VOID
Library of
Davidson College

SEXTVS IVLIVS AFRICANVS

LIST OF THE VICTORS AT THE OLYMPIAN GAMES

ΟΛΥΜΠΙΑΔΩΝ ΑΝΑΓΡΑΦΗ

ΣΕΞΤΟΥ ΙΟΥΛΙΟΥ ΑΦΡΙΚΑΝΟΥ
ΟΛΥΜΠΙΑΔΩΝ ΑΝΑΓΡΑΦΗ

ΕΚ ΤΗΣ ΤΟΥ ΑΡΕΩΣ
ΤΥΠΟΓΡΑΦΙΑΣ

Sextus Julius Africanus
OLYMPIONICARVM FASTI

OR

LIST OF THE VICTORS AT THE OLYMPIAN GAMES

GREEK TEXT
WITH CRITICAL COMMENTARY,
NOTES, AN APPENDIX WITH
THE TESTIMONIA COLLECTED FROM
OTHER SOURCES AND
AN INDEX OF THE OLYMPIONICAE

By

I. RUTGERS
[1862]

ARES PUBLISHERS INC.
CHICAGO   MCMLXXX

796.4
A 258o

Exact Reprint of the Edition:
Leyden 1862
Ares Publishers Inc.
612 North Michigan Avenue
Chicago, Illinois 60611
Printed in the United States of America
International Standard Book Number
0-89005-351-0

SEXTI IULII AFRICANI

ΟΛΥΜΠΙΑΔΩΝ ΑΝΑΓΡΑΦΗ

ADIECTIS CETERIS QUAE EX

OLYMPIONICARUM FASTIS

SUPERSUNT.

> ... delubrum Iovis Olympii ludorum claritate
> fastos Graeciae complexum.
> PLINIUS.

RECENSUIT,

COMMENTARIO CRITICO

ET

INDICE OLYMPIONICARUM

INSTRUXIT

I. RUTGERS.

LUGDUNI-BATAVORUM,

apud E. J. BRILL.

MDCCCLXII.

SPECIMEN LITTERARIUM INAUGURALE,

EXHIBENS

OLYMPIONICARUM FASTOS,

QUOD

ANNUENTE SUMMO NUMINE,

EX AUCTORITATE RECTORIS MAGNIFICI

A. KUENEN,

PHIL. THEOR. MAG. LITT. HUM. ET THEOL. DOCT. ET IN FAC. THEOL. PROF. ORD.,

AMPLISSIMI SENATUS ACADEMICI CONSENSU

ET

NOBILISSIMAE FACULTATIS PHILOSOPHIAE THEORETICAE
ET LITTERARUM HUMANIORUM DECRETO,

Pro Gradu Doctoratus

SUMMISQUE IN PHILOSOPHIAE THEORETICAE ET LITTERARUM
HUMANIORUM DISCIPLINA HONORIBUS AC PRIVILEGIIS

IN ACADEMIA LUGDUNO-BATAVA

RITE AC LEGITIME CONSEQUENDIS,

PUBLICO AC SOLEMNI EXAMINI SUBMITTET

IOHANNES RUTGERS,

EX PAGO BREEDE GRONINGANUS,

DIE XX M. IANUARII A. MDCCCLXII, HORA II—III,

IN AUDITORIO MAIORI.

LUGDUNI-BATAVORUM,
APUD E. J. BRILL,
Academiae Typographum.

VIRO CLARISSIMO

ANTONIO RUTGERS,

PATRI OPTIMO CARISSIMO.

Solent fere, quibus contingit Academiam Lugduno-Batavam sedem ac magistram habere studiorum, decurso curriculo Academico quantum Almae Matri debeant publice profiteri. Et mihi profecto propitia fuit, cui non tantum per duo fere lustra clarissimos viros audire licuit et dulci commilitonum commercio conformari, sed, quod longe maximum est, Tua quotidiana consuetudine frui, carissime Pater; qui, ut olim pueri ingenium colebas et ad litterarum amorem incitabas, ita adolescentis numquam desiisti studia prudentibus adiuvare consiliis omnique subsidio ornare. Verum neque haec, neque cetera patrii amoris documenta innumerabilia verbis aequare valeo; quo magis factis probare conabor quid sentiat in pectore animus, atque hoc maxime contendam, quod etiamsi adsecutus non fuero vel contendisse decorum erit, ut antiqua gentis nostrae in litteris laude, a Te confirmata et aucta, dignus aliquando reperiar.

Tibi quoque, clarissime Cobet, qui talis mihi studiorum dux exstitisti — et, si mea vota valebunt, diu eris —, ut cui plura debeam post Patrem habeam neminem; Tibi, clarissime

Bake, quem admiramur, quotquot Te audivimus, quotquot Te cognovimus, amamus et veremur; Tibi, clarissime *Hulleman*, qui quantopere et doctrinae Tuae copia et insigni benevolentia litterarum studiosis prodesse studeas, scio expertus; Vobis denique omnibus, viri clarissimi, quos sive in litterarum disciplina sive in aliis praeceptores habui, debitam Vobis gratiam factis referre malo quam agere verbis. Plerique Vestrum non minus comes se amicos mihi quam doctos praebuere magistros; quos ut eundem erga me animum, dum merebor, conservare velint, etiam atque etiam rogo.

Vos, optimi commilitones, quibuscum vitam Academicam studiis et amicitiae dicabam, sit Vobis vita felix et fidelis memoria mei, Vestrum numquam oblituri.

PROLEGOMENA.

CAPUT PRIUS.

DE SEX. IULII AFRICANI 'Ολυμπιάδων ἀναγραφῇ EIUSQUE EDENDAE SUBSIDIIS CRITICIS.

Solebant olim victorum in ludis Olympicis nomina non tantum praeconis voce pronuntiari et famae praeconio per omnem Graeciam circumferri, sed etiam publicae memoriae conservandae causa publicis litteris ab Hellanodicis [1] consignari [2]. Continebantur his monumentis Olympionicarum inde a Coroebo nomina [3], perpetua serie continuata [4].

---

[1] Pausanias VI. VIII. 1 de Euanorida Eleo Olympionica: γενόμενος δ' Ἑλλανοδίκης ἔγραψε καὶ οὗτος τὰ ὀνόματα ἐν Ὀλυμπίᾳ τῶν νενικηκότων.
[2] Haec sunt ad quae Pausanias provocare solet τὰ Ἠλείων ἐς τοὺς Ὀλυμπιονίκας γράμματα. Vid. III. xxi. 1. V. xxi. 9. VI. ii. 3. xiii. 10.
[3] Aristodemus et Polybius apud Eusebium loco infra indicato p. 3 nota 2. Eusebii verba haec sunt: ἱςοροῦσι δ' οἱ περὶ Ἀριςόδημον τὸν Ἠλεῖον, ὡς ἀπ' εἰκοςῆς καὶ ἑβδόμης Ὀλυμπιάδος ἤρξαντο οἱ ἀθληταὶ ἀναγράφεσθαι, ὅσοι δηλαδὴ νικηφόροι · πρὸ τοῦ γὰρ οὐδεὶς ἀνεγράφη, ἀμελησάντων τῶν πρότερον. τῇ δ' εἰκοςῇ ὀγδόῃ τὸ ςάδιον νικῶν Κόροιβος Ἠλεῖος ἀνεγράφη πρῶτος · καὶ ἡ Ὀλυμπιὰς αὕτη πρώτη ἐτάχθη, ἀφ' ἧς Ἕλληνες ἀριθμοῦσι τοὺς χρόνους. τὰ δ' αὐτὰ τῷ Ἀριςοδήμῳ καὶ Πολίβιος ἱςορεῖ.
[4] Pausanias V. VIII. 6: ἐξ οὗ τὸ συνεχὲς ταῖς μνήμαις ἐπὶ ταῖς Ὀλυμπιάσιν ἐςί, δρόμου μὲν ἆθλα ἐτέθη πρῶτον, καὶ Ἠλεῖος Κόροιβος ἐνίκα.

Quaesitum est, sintne a Coroebi inde tempore victorum nomina continua serie

Ex illis Olympionicarum fastis complures olim compositae sunt ἀναγραφαί, quae tamen omnes perierunt praeter unam. Una superest 'Ολυμπιάδων ἀναγραφή, quam servavit in chronico suo Eusebius. Nec tamen Eusebium auctorem habet, sed Sex. Iulium Africanum[1]. Ut enim alia multa ex Africani chronicis ad verbum descripsit Eusebius[2], ita hanc quoque Olympiadum recensionem. Recensentur enim Olympiades non usque ad Eusebii aetatem, sed usque ad ipsum tempus quo chronica sua scripsit Africanus[3].

---

componi coepta, an forte multis demum Olympiadibus postea; utque illud veri parum simile, ita minime absona mihi videtur K. O. Mülleri opinio (Geschichte Hellenischer Stämme und Städte, II. 1 p. 130): «Ursprünglich waren sie wohl auf einzelne Säulen geschrieben, dann aber unter Aufsicht der Hellanodiken gesammelt worden." Quis nomina illa collegerit et disposuerit, non traditur; nisi forte huc referenda sunt Pausaniae verba VI. vi. 3, ubi de Paraballonte Eleo Olympionica: ὑπελείπετο δὲ καὶ ἐς τοὺς ἔπειτα φιλοτιμίαν (sic coniecit Facius; codices φιλοτιμία), τῶν νικησάντων 'Ολυμπίασι τὰ ὀνόματα ἀναγράψαι ἐν τῷ γυμνασίῳ τῷ ἐν 'Ολυμπίᾳ. Paraballon quando vixerit ignoratur; certe ante saec. V vixisse vix potest.

[1] Floruit in Palaestina, imperante Elagabalo (218—222). Eusebius Chron. ad annum 222: Παλαιςίνης Νικόπολις, ἡ πρότερον 'Εμμαοῦς, ἐκτίσθη πόλις, πρεσβεύοντος ὑπὲρ αὐτῆς καὶ προϊςαμένου 'Ιουλίου 'Αφρικανοῦ τοῦ τὰ χρονικὰ συγγραψαμένου. Leguntur haec verba in Chron. Pasch. p. 267 D, sed ex Eusebio descripta esse demonstrat uterque chronici Eusebiani interpres, Latinus (p. 173 Scaligeri) et Armenius (P. II p. 297 Aucheri, 390 Maii). Hieronymus de viris illustr. LXIII: Julius Africanus, cuius quinque de temporibus exstant volumina, sub imperatore M. Aurelio Antonino, qui Macrino successerat, legationem pro instauratione urbis Emmaus suscepit, quae postea Nicopolis appellata est. Syncellus p. 359 B instauratam Emmauntem tradit ab Alexandro Mammaeae filio.

Plura de Africano eiusque scriptis dabunt Fabricius, Biblioth. Graec. (cur. Harles), IV p. 240 sqq., et Cave, Script. Eccles. Hist. Liter. (1741), I p. 110 sqq.

[2] De Eusebii chronico magnam partem ex Africano descripto vid. Scaliger in Prolegomenis et notis ad suam Eusebiani chronici editionem.

[3] Africanus enim teste Syncello p. 107 D opus suum chronologicum perduxit usque ad Antonini (Elagabali) tempora. Sed accuratissime definit ipse Africanus apud Syncellum, cuius p. 212 B verba haec sunt: καθ' ὃν (i. e. κατὰ Φίλινον ἄρχοντα) ὑπάτενον Γράτος Σαβινιανὸς 'Ρωμαίων καὶ Σέλευκος ἀπὸ τῶν περὶ Βροῦττον μετὰ τοὺς βασιλεῖς ὑπατευσάντων ψκε' καταριθμούμενοι ἐπὶ τὸ ͵εψκη' ἔτος τοῦ κόσμου κατὰ τὸν 'Αφρικανόν, ὅπερ ἦν 'Αντωνίνου, τοῦ καὶ Αὐγέντου ('Αυίτου), 'Ρωμαίων βασιλέως ἔτος γ'. Scripsit igitur haec Africanus Grato et Seleuco coss., i. e. anno mundi ex Africani calculis 5723, cuius anni mense

Rationi consentaneum est **Africanum** antiquiorem quandam
ἀναγραφήν sive integram sive carptim descripsisse et ad suam aetatem continuasse. Neque difficilis est coniectura de antiquioris
illius ἀναγραφῆς patria. Etiamsi nullum inesset eius rei indicium,
dubitari tamen vix posse existimo, quin philologis *Alexandrinis*
eam **Africanus** debuerit. Alexandria enim proximis ante et
post Chr. saeculis praecipua fuit eruditionis et litterarum Graecarum sedes; ibi et ceterae artes liberales magno studio colebantur,
et haec quae imperiis metas et rebus tempora ponit. Quum igitur
constet **Eratosthenem**[1], doctissimum philologum Alexandrinum,
qui et ceteris disciplinis et chronologiae magnam operam dedit,
recensionem edidisse Olympionicarum[2], suspiceris Eratosthenis
ἀναγραφήν, a philologis Alexandrinis continuatam, tandem ab **Africano** chronicis suis sic esse insertam uti nunc eam possidemus.
Neque est haec mera suspicio. Suam ipsa ἀναγραφή patriam et
generis auctorem prodit. Alexandrinam originem arguunt ea quae
leguntur sub Olymp. CXIV: Ἀλέξανδρος ἐτελεύτησεν · μεθ᾽ ὃν εἰς
πολλοὺς διαιρεθείσης τῆς ἀρχῆς, Αἰγύπτου καὶ Ἀλεξανδρείας ἐβασίλευσε Πτολεμαῖος. Et in paucis fragmentis quae ex **Eratosthenis** *Olympionicis* supersunt, unum est quod iisdem paene verbis

---

Iunio exeunte aut Iulio ineunte (nam celebrabantnr ludi Olympici primo plenilunio post solstitium) acta est Olympias CCL; scripsit anno tertio Elagabali, cuius annus quartus incipit VI Id. Iun. coss. Grato et Seleuco (Clinton, Fasti Romani, I p. 232); ergo scripsit exeunte Olympiadis CCXLIX anno quarto.

1 Natus est Cyrenis Olymp. CXXVI. Athenis Alexandriam venit vocatus a Ptolemaeo Euergete, ergo post Olymp. CXXXIII, 2. Bibliothecae Alexandrinae praefuit Olymp. CXXXIX et proxime praecedentibus sequentibusque; nec tamen usque ad mortem, quam Olymp. CXLVI sibi conscivit. Vid. Ritschl, die Alexandrinischen Bibliotheken cet., p. 75 sqq.

2 **Eratosthenis** recensioni titulus erat Ὀλυμπιονῖκαι. Diogenes Laertius VIII. 11. 1 (51): λέγει Ἐρατοσθένης ἐν τοῖς Ὀλυμπιονίκαις. Athenaeus IV. 39 p. 154 Casauboni: Ἐρατοσθένης ἐν πρώτῳ Ὀλυμπιονικῶν. Continebat, praeter ea quae in **Africani** ἀναγραφῇ superesse videntur, ceteros quoque Olympionicas (vid. fragmenta laudata ad Olymp. LXXI p. 30 nota 4 et ad Olymp. LXXIX p. 44 nota 1) et alia. Ante **Eratosthenem** Ὀλυμπιονίκας vulgaverat Aristoteles, testibus Diogene Laertio V. 1. 12 (26) et libello adespoto *de Aristot. vita atq. script.* (p. 14 Westermanni in append. ad Diog. Laert. ed. Didot.); cum Eratosthenes, certe ex parte, secutus est; Diogenes Laertius VIII. 11. 1 (51): λέγει Ερατοοθένης ἐν τοῖς Ὀλυμπιονίκαις . μάρτυρι χρώμενος Ἀριστοτέλει.

legitur in Africani ἀναγραφῇ [1], in brevius quidem contractum, sed sic ut de Eratosthenica illius loci origene dubitari vix possit. Aliud, licet tenue, indicium est in anno urbis conditae, in quo Africani ἀναγραφή cum Eratosthenis calculis conspirat [2].

Expositis quae de recensionis origine comperta mihi sunt, reddam nunc rationes de subsidiis criticis, quibus in edenda Africani ἀναγραφῇ usus sum. Ea duo fuere numero: codex Parisinus et interpretatio Armeniaca.

Codex Parisinus.

Chronici Eusebiani pars, ab Eclogario anonymo descripta, Graece superest in codice qui servatur in Imperiali (Regia) Parisiorum Bibliotheca, numerisque olim signatus fuit 1082, 1296 [3], et 5244, hodie est 2600. Eclogarius ille Parisinus et alia quaedam Eusebii capita, et hoc quoque servavit, quod Olympiadum recensionem continet. Ex huius codicis apographo, quod a Casaubono acceperat, primus Iosephus Scaliger fragmenta Eusebiana vulgavit [4]. Iterum eadem, una cum iis quae aliunde depromsit Eclogarius, edidit J. A. Cramer [5]. Crameri editio fidelissima habetur [6], propter haec Editoris verba: *cum ea parum fideliter expressisse visus est Scaliger, haud ingratum fore reputavi viris antiquorum monumento-*

---

[1] Sub Olymp. XLVIII, ad quem locum descripsi Eratosthenis verba uti exstant apud Diogenem Laertium.

[2] Secundum Eratosthenis chronographiam Roma condita est Olymp. VII (Dionysius Halicarnasensis I. 74 p. 188 Reiskii; Solinus II). Africanus sub Olymp. VII: ʽΡώμυλος ʽΡώμην ἔκτισεν.

[3] Göller, de situ et orig. Syracus., p. 200, varias Olympionicarum ἀναγραφάς enumerans: *Anonymi chronologiam veterem cum Catalogo Olympiadum et Olympionicarum servat Bibl. Reg. Parisin. nr.* MCCXCVI. Et paullo post: *Iulius Africanus ςαδιονικῶν elenchum fecit*, cet., quasi haec diversa sint. Non ipsius Gölleri error est, sed Ionsii, de scriptor. histor. philos. IV p. 266, cuius verba imprudenter Göllerus descripsit, ne hoc quidem cogitans, mutatos post Ionsii aetatem fuisse codicum in Bibliotheca Parisina numeros.

[4] In sua Eusebiani Chronici editione. Utor Eusebii Scaligeriani editione altera, quae prodiit Amstelodami, 1658. Ὀλυμπιάδων ἀναγραφή in hac editione legitur p. 39 sqq.

[5] In Anecdotorum Graecorum Parisiensium volumine II, Oxonii 1839. Ὀλυμπιάδων ἀναγραφή legitur p. 142 sqq.

[6] E. c. ab Evaldo Scheibel, in sua operis Scaligeriani, cui titulus Ὀλυμπιάδων ἀναγραφή, editione, Berolini 1852.

rum studiosis, si ea insignia Eusebii fragmenta iterum vulgarentur quam fidelissime iuxta codicem. Quae fides cum suspecta mihi esset, eam partem codicis, quae mea intererat, ipse excussi. Comperi Crameri verba illa partim vera esse, partim falsa; Olympionicarum recensionem in Scaligeri editione revera non satis fideliter esse expressam[1] (quod tamen non Scaligero imputandum est, utpote qui ipse codicem non vidit); Cramerum autem negligenter et imperite codicem descripsisse et edidisse[2]. Missa igitur utraque

---

[1] Nec tamen tam indiligenter quam Cramero visum est. Hic enim, ubicunque Scaligeri editio a sua differt, Scaligerianam negligentia a codicis scriptura recedere existimavit; quum tamen multis locis aut id quod Scaliger dedit in codice legatur (exempla vid. in nota sq.), aut tacita correctio sit manifesti cuiusdam vitii. His igitur locis peccavit Cramer, sive suo Marte sive cum codice; sed aliis quibusdam vitiosum fuit Casaubonianum illud, quo Scaliger usus est, apographum, in quo e. c. Olymp. CLXXXVII pro *Ἀρίςων Θούριος* legebatur *Σώπατρος Ἀργεῖος*, et Olymp. CLXXXVIII stadionica deficiebat.

[2] Quoniam, ut dixi, Crameri editio vulgo creditur quam fidelissime ipsum codicem exhibere, exemplis quibusdam meum de eius fide iudicium adstruam. Primum ostendam quale sit Crameri illud *quam fidelissime iuxta codicem*. Solet librarius codicis Parisini in initio cuiusque versus scribere numerum Olympiadis et nomen stadionicae, deinde in fine versus vocem *ςάδιον*, intermisso spatio vacuo modo maiori modo minori. Igitur scripserat:
  Ἑκατοςὴ νζ' Λεωνίδας τὸ τέταρτον   ςάδιον.
Deinde additurus *μόνος δὲ καὶ πρῶτος ἐπὶ τέσσαρας Ὀλυμπιάδας ςεφάνους Ὀλυμπιακοὺς ἔχει δώδεκα*, chartae parcens spatio vacuo quod inter *τέταρτον* et *ςάδιον* supererat ita usus est, ut in eo scriberet verba *μόνος δὲ καὶ πρῶτος*, reliqua in versu sequenti. Cramerus, quam fidelissime iuxta codicem scilicet, dedit haec:
  Ἑκατοςὴ νζ' Λεωνίδας τὸ τέταρτον · μόνος δὲ καὶ πρῶτος ςάδιον.
  Ἐπὶ τέσσαρας Ὀλυμπιάδας ςεφάνους Ὀλυμπιακοὺς ἔχει δώδεκα.
Similiter et aliis locis peccavit, cocca fide codicem secutus.
  Revera fideliter Cramer p. 141, 20 ductus exprimi curavit vocis *πρότερον* compendiose scriptae', cuius tamen fidelitatis causa haec fuisse videtur, quod compendium illud non intellexit; nam quamquam aliquot volumina anecdotorum edidit, non felix est in explicandis usitatissimis scripturae compendiis; p. 141, 25, ubi in codice exaratae sunt literae *νικ* cum compendio syllabae *αν* et circumflexo, edidit *νικῆς*, non sine magno detrimento sententiae, et adnotavit (nam dis-

---

[1] Perperam tamen dedit *τὸν πρότερον;* in codice recte legitur *τῶν πρότερον*. Typothetae imputo quod falso ad vocem *πρότερον* adnotatur: *sic bis in codice;* adnotandum hoc erat in vicinia ad vocem *νικήφοροι*, quae bis in codice legitur.

editione ipsum codicem secutus sum; a quo ubi discessi lectiones eius adnotavi, exceptis nullius usus quisquiliis, ut Ταυρομενείτης, Συρρακούσιος, Μιτυληναῖος et similibus [1].

Interpretatio Armeniaca.

Saeculo XVIII exeunte Hierosolymis repertus, Constantinopolin delatus, ibique in Bibliothecam Patriarchalis Armeniorum Seminarii conditus est vetus codex Armeniacam chronici Eusebiani interpretationem continens. Huius codicis apographum Venetias pervenit

---

crepantes Scaligeri lectiones sedulo in calce adiecit) «νικᾶν Scal.;" p. 143, 27 edidit μονομαχῶ, quasi haec forma Graeca esset; adnotavit de more a μονομαχῶν Scal ;" codex exhibet μονομαχ cum compendio syllabae ων et circumflexo.

Haud ingratum fore reputavit Cramerus viris antiquorum monumentorum studiosis, si manifesta quoque et solennia librariorum vitia quam fidelissime iuxta codicem exprimeret. Hinc e. c. per cum p. 143 innotuit in codice non Πισαῖοι, Συρακούσιος, ἐξεμέτρησε, Πολυνείκης, scriptum esse, quod parum fideliter dederat Scaliger, sed Πισσαῖοι, Συρρακούσιος, ἐξεμέτρισε, Πολυνίκης, aliaque eiusdem farinae. Sunt forte quibus hoc non ingratum; ceteri, credo, aequo animo ferimus, dummodo fideliter codicis lectiones exprimantur. Cramerus autem in hac re parum fideliter versatus est. Primum enim sibi non constitit, quum e. c. p. 149, 14 sq. Συρακούσιος et Κυζικηνός edidit, ubi in codice est Συρρακούσιος et Κιζικηνός, aliaque similia in quibus unum est quod curamus, p. 145, 11 non Εὔανδρος scriptum esse in codice, sed *Ἐνανδρος, ex Μίνανδρος corruptum. Deinde haud pauca huius generis non ex codice protulit, sed finxit ipse. Falsum est quod p. 141, 14 ad vocem ἐπετέλεσε notavit: «ἐπετέλησε Cod.;" recte codex ἐπετέλεσε. Edidit p. 141, 20 Κοίροβος, cum solita adnotatione «Κόροιβος Scal.;" non sic peccare solent librarii neque hoc loco sic peccatum est; pro Κόροιβος saepe Κόρυβος scriptum videbis, vix umquam, opinor, Κοίροβος. A Cramero p. 142, 28 fictum est nomen nihili Πενταχλῆς; in codice recte legitur Πανταχλῆς, quod olim dedit Scaliger. Edidit p. 143, 21 αὐτοῦ et adnotavit «ἑαυτοῦ Scal.;" ἑαυτοῦ non est Scaligeri emendatio, nam sine mendo legitur in codice. Non Codicis lectionem protulit sed suam hallucinationem Cramerus p. 147, 24 ubi dedit ἄλεπτος; codex ἄληπτος, quod dedit Scaliger. Paullo post cum codice Scaliger ἀτραυμάτιςος, Cramer (p. 148, 13) ἀτραμάτιςος de suo. Portento hominis portentum nominis dedit Cramer p. 153, 3 Κόμονδρος; codex Κόμονδος, Scaliger Κόμοδος, sic enim Commodi nomen in codicibus scribi solet. Nec minus bellum nomen est Προσιδάμας, quod finxit Cramer p. 153, 17; cum codice Scaliger Τρωσιδάμας.

Plura eiusdem generis premo, nam sunt haec maximam partem eiusmodi ut neminem fallant. Quaedam tamen specimina dedi quibus constet quo iure Cramer suae editionis fidem prae Scaligerianae extollat.

[1] Sunt forte in iis quoque lectionibus quas adnotavi, quae abiici debebant. Sed praestat in hanc partem peccasse quam in alteram.

ad Io. Bapt. Aucherum, monachum Armenium; qui quum postea
Constantinopoli ipsum codicem multum et diu versasset, tandem
anno 1818 hanc Armeniacam interpretationem vulgavit cum translatione Latina fideliter magis quam eleganter verbum verbo exprimenti [1].

Prodierat paullo antea, eodem tamen anno, alia huius interpretationis Armeniacae versio Latina, non ex ipso codice, sed ex
apographo quodam elaborata per Angelum Maium interprete Iohanne
Zohrabo [2]. Repetiit hanc editionem Maius anno 1833 [3].

Fuit interpres ille Armenius Graecae linguae parum peritus. Sed
quoniam Graeca fideliter exprimere studuit, non raro huius interpretationis ope emendare licuit codicem Parisinum, eiusque lacunas
explere. Lectiones eius notatu non plane indignas sedulo enotavi.

Ad restituendam Africani manum aliarum quoque $\dot{\alpha}\nu\alpha\gamma\rho\alpha\phi\tilde{\omega}\nu$
reliquiis usus sum, a Diodoro Siculo, Dionysio Halicarnasensi, aliisque, servatis. Horum quoque discrepantes lectiones
non utique spernendas quam potui accuratissime exhibui.

---

[1] Eusebii Pamphili Chronicon bipartitum, opera P. Io. Baptistae Aucher. Venetiis 1818.

Prodiit duplici forma, in quarto et in folio, quarum secunda (verba sunt Aucheri in Praefatione) magis expurgata fuit ab erroribus typographi. Utor editione in quarto, in qua '$O\lambda\nu\mu\pi\iota\dot{\alpha}\delta\omega\nu$ $\dot{\alpha}\nu\alpha\gamma\rho\alpha\phi\eta$ legitur P. I p. 282 sqq.

[2] Eusebii Pamphili Chronicorum Canonum libri duo. Angelus Maius et Johannes Zohrabus latinitate donatum ediderunt. Mediolani 1818. Legitur '$O\lambda\nu\mu\pi\iota\dot{\alpha}\delta\omega\nu$ $\dot{\alpha}\nu\alpha\gamma\rho\alpha\phi\eta$ p. 142 sqq.

[3] In Scriptorum Veterum nova Collectione, tomo VIII. Romae 1833. '$O\lambda\nu\mu\pi\iota\dot{\alpha}\delta\omega\nu$ $\dot{\alpha}\nu\alpha\gamma\rho\alpha\phi\eta$ legitur p. 145 sqq. (Chronici Eusebiani librum II Maius in hac editione non exhibuit secundum Armeniacam interpretationem, sed secundum Latinam Hieronymi).

In Olympionicarum recensione neque Mediolanensis editio, neque Romana, accuratissime lectiones interpretis Armenii exhibent. In Romana quaedam ex Aucheri editione emendata sunt, sed contra nova quaedam commissa.

CAPUT ALTERUM.

DE CETERIS FASTORUM OLYMPICORUM RELIQUIIS.

Africani ἀναγραφῇ adieci cetera quae ex Olympionicarum fastis aetatem tulerunt. Qua in re fontibus usus sum duplicis potissimum generis. Primum enim multa ex ipsis Eleorum monumentis, sive recta via, sive per ambages, ad nos pervenerunt; deinde de quibusdam Olympionicis absque Eleorum tabulis aequalium testimonio constat. De utroque genere paucis videndum.

Aliquot afferuntur Olympionicae ex ipsis Eleorum fastis sine ambagibus petiti. Occurrunt hi apud Pausaniam, qui ipse Eleorum tabulas exploravit et in rebus dubiis ad eas provocare solet [1]. Sed longe plura ex Olympionicarum fastis aetatem tulerunt per ἀναγραφάς olim ex illis descriptas. Nam licet harum recensionum praeter Africani hanc, quam tenes, nulla integra superit, et pauca tantum fragmenta ex Aristotelis, Eratosthenis [2], Agriopae [3], Phlegontis [4], Dexippi [5] recensionibus

---

[1] Cf. supra p. I, nota 2.

[2] De Aristotelis et Eratosthenis ἀναγραφαῖς dixi p. III nota 2.

[3] Agriopan quendam 'Ολυμπιονίκας edidisse testatur Plinius VIII. XXII. 34. § 82 et libro I in indice auctorum externorum libro VIII adhibitorum. Continebat haec ἀναγραφή non stadionicas tantum, sed ceteros quoque victores. Unicum eius fragmentum vid. p. 118.

[4] Phlegon Trallianus, Hadriani libertus, scripsit 'Ολυμπιονικῶν καὶ χρονικῶν συναγωγήν libris XVI, quae continebat Olympionicas (exceptis iis qui σαλπιγκτήν aut κήρυκα vicerunt) ab Olymp. I ad Olymp. CCXXIX, adiecta singulis Olympiadibus brevi rerum gestarum enarratione. Qualis fuerit haec συναγωγή (de qua egit Westermann in Paradoxographis p. XXXVII sqq.) apparet ex insigni fragmento quod servavit Photius Biblioth. cod. XCVII. Cf. Olymp. II, VII, XXIII, XXVII, CLXXVII.

[5] P. Herennii Dexippi Atheniensis χρονικὴ ἱςορία (de qua vid. Niebuhr in Corp. Script. Hist. Byzant. I p. XIV sqq.) continebat stadionicas usque ad Olymp. CCLXII, i. e. usque ad suam aetatem. Cf. Olymp. CCLXII.

afferantur ipsorum nominibus insignita, permulta tamen sive ex eorum quos dixi, sive ex aliorum[1] anagraphis ad nos pervenerunt fonte non indicato. Diodorus Siculus v. c. et Dionysius Halicarnasensis non potuissent singulis Olympiadibus adscribere τὸν ϛαδιονίκην, nisi sibi ad manum fuisset Aristotelis aliave Olympionicarum recensio. Sic ceteri quoque scriptores, qui post Alexandrum vixere, ubi quem Olympiae vicisse tradunt, plerumque petiverunt ex ἀναγραφῇ quadam, quales complures in doctorum hominum manibus erant.

Alterum genus est eorum qui victorias Olympicas commemorant sua aetate reportatas. Ex Pindari carminibus e. c. constat de quibusdam victoriis Olympicis; hinc igitur certa conclusione efficitur quid in Eleorum tabulis scriptum fuerit. Pertinent huc et alii et Thucydides, qui bis Olympionicae nomine utitur ad designandam Olympiadem; constat de re ipsa: ergo constat etiam de verbis quibus ea res in Olympionicarum fastis fuit notata. Idem valet de ceteris scriptoribus sive ipsi testes sint, sive aequalium testimonia referant[2], et de veteribus *Epigrammatis* atque *Inscriptionibus*. Nam si cui ab Hellanodicis palma Olympica est decreta, non potest esse ulla dubitatio, quin victoria illa in fastos relata sit.

Undique igitur collectos[3] Olympionicas quantum fieri poterat suae quemque Olympiadi adsignavi, dubitationis signo apposito ubi

---

[1] Primus, sed negligenter, Olympionicarum recensionem edidisse fertur Hippias Eleus (Plut. Num. I). Praeter hunc unus ante Aristotelem de Olympionicis scripsisse traditur, Menaechmus (anon. de Arist. vita atque script. p. 14 Westermanni in append. ad Diog. Lect. ed. Didot). Porro Timaeus Tauromenita (Polyb. XII. xi. 1. Suid. v. Τίμαιος), Philochorus Atheniensis (Suid. v. Φιλόχορος) et Stesiclides Atheniensis (Diog. Laert. II. vi. 11 (56)).

[2] Vix opus est monere in his alia certissima esse, alia minus certa; non est quisquam a me monendus ut Suidae e. c. non eam fidem habeat quam Thucydidi. Ut igitur appareat quo fundamento singula nitantur ipsa testium verba ubique adscripsi.

[3] Veterum scriptorum loca, in quibus Olympici victores commemorantur magnam partem mihi indicarunt Ed. Corsinus (in Hieronicarum catalogo, quem addidit Dissertationibus IV agonisticis, Lipsiae 1752), Ev. Scheibel (in opere laudato p. iv nota 6) et Joh. Henr. Krause (in indice alphabetico Olympionicarum, quem adiecit operi cui titulus Olympia, oder Darstellung der grossen Olympischen Spiele cet., Wien 1838).

coniectura veri magis minusve simili hoc factum est. Ceteros singulis certaminibus victores appendix complectitur[1], index omnes.

---

[1] De ordine quo in ipsis ludis certamina habita sint, non constat. Neque dispicere potui ordinis quem Phlegon Trallianus secutus est, qui Olympiadis CLXXVII victores omnes, exceptis tantum tubicine et praecone, enumerat, rationem. Itaque hunc mihi ordinem constitui. Primum posui gymnica virorum certamine eo ordine quo adscita sunt: ςάδιον, δίαυλον, δολιχόν, πάλην, πένταθλον, πυγμήν, παγκράτιον, ὁπλίτην. Sequuntur ςάδιον παίδων, πάλη παίδων, πυγμή παίδων, παγκράτιον παίδων: hoc enim ordine adscita sunt gymnica puerorum certamina. Deinde certamina circensia, ad eandem normam disposita: τέθριππον, κέλης, (ἀπήνη, κάλπη,) συνωρίς, τέθριππον πωλικόν, συνωρὶς πωλική, κέλης πωλικός. Agmen claudunt σαλπιγκτής et κήρυξ. Eundem ordinem secutus sum in ἀναγραφῇ, sicubi plures eadem Olympiade memorantur Olympionicae.

ΟΛΥΜΠΙΑΔΩΝ ΑΝΑΓΡΑΦΗ.

Typis maioribus expressa est S. Iulii Africani *Ὀλυμπιάδων ἀναγραφή*. Cetera unde petita sint, adnotatum est ad singula.

Ἑλλήνων Ὀλυμπιάδες

ἀπὸ τῆς πρώτης ἐπὶ τὴν σμζ΄¹, καθ᾽ ἣν Ῥωμαίων ἐβασίλευεν Ἀντωνῖνος υἱὸς Σεβήρου.

α΄
Κόροιβος Ἠλεῖος ϛάδιον ².

Τοῦτο γὰρ ἠγωνίζοντο μόνον ἐπ᾽ Ὀλυμπιάδων ιγ΄ ³.

ol. I
a. C. 776

ἐπ᾽ Ὀλυμπιάδων ιγ΄] Sic legisse videtur int. Armen., qui vertit: *usque ad duci-*

¹ Sic. At continet haec recensio Olympiades σμθ΄. Videtur Africanus primum recensuisse Olympiades CCXLVII, postea recensionem suam duabus Olympiadibus auctam edidisse. Quae coniectura eo firmari videtur, quod usque ad Olympiadem CCXLVII adscripti sunt Romani Imperatores, duabus autem ultimis Olympiadibus omissi.

² Cum Africano, cuius idem testimonium vid. apud Syncellum p. 197 C, conspirant ceteri omnes. Callimachi, Aristodemi Elei et Polybii testimonia vid. apud Eusebium Chron. p. 39 Scaligeri, 141 Crameri, 281 Aucheri, 142 (in ed. 2ᵃ 144) Maii, vel apud Syncellum, qui p. 196 totum hunc Eusebii locum descripsit. Porro consentiunt Strabo VIII. III. 30 p. 355 Casauboni, Pausanias V. VIII. 6, VIII. XXVI. 4,

Phlegon Trallianus p. 136 Meursii, 205 Westermanni in Paradoxogr., Athenaeus IX. 28 p. 382 Casauboni, Eusebius *Chron.* p. 28 Scaligeri, 139 Crameri, 274 Aucheri, 137 (in ed. 2ᵃ 139) Maii.

Ad hanc Olympiadem et sequentes usque ad XIIIᵃᵐ cf. quoque Philostratus *de Gymnast.* p. 20 Darembergii, 14 Mynae: ἦν γὰρ τὰ πάλαι Ὀλύμπια εἰς τὴν τρίτην ἐπὶ δέκα Ὀλυμπιάδα ϛάδιον μόνον, καὶ ἐνίκων ἐν αὐτοῖς Ἠλεῖοι τρεῖς (Olymp. I, II et V), ἑπτὰ Μεσσήνιοι (Olymp. III, IV, VII, VIII, IX, X et XI), Κορίνθιος (Olymp. XIII), Δυμαῖος (Olymp. VI), Κλεωναῖος (Olymp. XII), ἄλλος ἄλλην Ὀλυμπιάδα.

³ Idem omnes unanimi consensu testantur. Praeter Philostratum l. l., vid. Pausanias IV. IV. 5, V. VIII. 6,

ol. II
a. C. 772

β'

Ἀντίμαχος Ἡλεῖος ἐκ Δυσποντίου ϛάδιον [1].
Ῥῶμος καὶ Ῥωμύλος ἐγεννήθησαν.

ol. III
a. C. 768

γ'

Ἄνδροκλος (Φίντα?) Μεσσήνιος ϛάδιον [2].

ol. IV
a. C. 764

δ'

Πολυχάρης Μεσσήνιος ϛάδιον [3].

---

mam tertiam Olympiadem. Cod. Paris. ἐπὶ Ὀλυμπιακῶν ἀγώνων. *Ἄνδροκλος*]

VIII. xxvi. 4, Plutarchus *Sympos.* V. 2 p. 675 ed. Londin., Scholiasta Pindari ad Olymp. I. p. 44 Boeckhii. Traditioni de variis certaminibus sensim Olympiae adscitis fidem denegat Dissenius in Excursu I ad Pind. Carm. p. 265 (in ed. 2a a Schneidewino curata p. 334) sic scribens: *quod Pausanias libr. V*, 8 *tradit et Jul. Africanus apud Eusebium post cursum Ol.* 18 *luctam et quinquertium receptum, Ol.* 23 *pugilatum, Ol.* 25 *currus equorum, hoc si ita intelligas, primis septendecim Olympiadibus nonnisi cursu virorum certatum, manifesto ineptum est, quum iam apud Homerum cetera quoque genera videamus, a Pelopis autem funebribus ludis equi certe vix unquam abfuerint.* Immo ex quo tempore certa notitia in ϛήλαις haberetur certaminis alicuius Olympici, hunc introductionis annum dixere, nec credibile pugilatum revera quinquertio serius adscitum. Quare credibile non sit pugilatum quinquertio serius adscitum esse, non video. Ceterum viri clarissimi ratiocinatio falsa nititur hypothesi. Si ludi Olympici primis iam Olympiadibus per totam Graeciam clari fuissent, manifesto ineptum esset quod Olympionicarum fasti tradunt. Verum non ita est. Primis Olympiadibus hi ludi tantummodo e regionibus Elidi adiacentibus competitores alliciebant, nec nisi sensim paullatimque celebriores sunt facti, cuius rei testis est ipsa Ὀλυμπιάδων ἀναγραφή, modo attendas ad Olympionicarum patriam. Tantum igitur abest ut traditio illa inepta sit habenda, ut contra aucta ludorum Olympicorum celebritas vix intelligatur nisi causam habeat auctam eorum splendorem adscitis sensim pluribus certaminibus.

[1] Phlegon Trallianus apud Stephan. Byzant. v. Δυσπόντιον, p. 208 Westermanni in Paradoxogr.: Φλέγων ἐν Ὀλυμπιάδι δ' - Ἀντίμαχος Ἡλεῖος ἐκ Δυσποντίου ϛάδιον, ubi ἐν Ὀλυμπιάδι δ' pro ἐν Ὀλυμπιάδι β' aut Stephano debetur aut scribae; ipsum enim Phlegontem ab Africano non dissensisse demonstrat eorum consensus in Ol. I, VII, cet.

[2] Fortasse *Ἄνδροκλος* stadionica idem est ac *Ἀνδροκλῆς ὁ Φίντα*, quo cum fratre Antiocho in Messenia regnante primum bellum Messenium erupit, teste Pausania IV. iv. 4.

[3] Pausanias IV. iv. 5: Πολυχάρης Μεσσήνιος τά τ' ἄλλα οὐκ ἀφανὴς καὶ νίκην Ὀλυμπίασιν ἀνῃρημένος· τετάρτην Ὀλυμπιάδα ἦγον Ἠλεῖοι καὶ ἀγώνισμα ἦν ϛαδίου μόνον ὅθ' ὁ Πολυχάρης ἐνίκησεν.

ε' ol. V a. C. 760
Αἰσχίνης Ἠλεῖος ςάδιον.

ς' ol. VI a. C. 756
Οἰβώτας Οἰνία Δυμαῖος ςάδιον¹.

ζ' ol. VII a. C. 752
Δαϊκλῆς Μεσσήνιος ςάδιον².
Ῥωμύλος Ῥώμην ἔκτισεν.

η' ol. VIII a. C. 748
Ἀντικλῆς Μεσσήνιος ςάδιον.

θ' ol. IX a. C. 744
Ξενοκλῆς (Ξενόδοκος³) Μεσσήνιος ςάδιον.

ι' ol. X a. C. 740
Δωτάδας Μεσσήνιος ςάδιον.

ια' ol. XI a. C. 736
Λεωχάρης Μεσσήνιος ςάδιον.

---

ausaniae codices *Ἀνδροκλῆς*. Sed cf. nota ad h. l. *Δαϊκλῆς*] Cod. Paris. *ιοκλῆς*. Int. Arm. *Darkles*, in quo latet *Δαϊκλῆς*, quod sine mendo legitur pud Phlegontem et Dionysium. *Δωτάδας*] Cod. Paris. et int. Armen. *Δωτάδης*. *εωχάρης*] Sic cod. Paris. et int. Armen. In Eleorum fastis sine dubio *Λαχάρης*

¹ Pausanias VI. III. 8: ἡ δὲ τοῦ ιδίου νίκη τῷ Οἰβώτᾳ γέγονεν Ὀλυμπιάδι ἕκτῃ.
Idem VII. xvii. 6 de Dymes prisco omine Πάλεια disputans: Οἰβώτᾳ, ait, δρὶ Δυμαίῳ, ςαδίου μὲν ἀνελομένῳ κην Ὀλυμπιάδι ἕκτῃ, εἰκόνος δ' ἐν λυμπίᾳ περὶ τὴν ὀγδοηκοςὴν Ὀλυμπιάδα κατὰ μάντευμα ἐκ Δελφῶν ἀξιωέντι, ἐπίγραμμά (Anthol. Graec. apnd. 267) ἐςὶν ἐπ' αὐτῷ λέγον·
Ὤνία Οἰβώτας ςάδιον νικῶν ὅδ' Ἀχαιὸς
πατρίδα Πάλειαν θῆκ' ὀνομαςοτέραν.

Eidem VII. xvii. 13 ὁ δρομεὺς Οἰβώτας dicitur Ἀχαιῶν πρῶτος Ὀλύμπια νικῆσαι.

² Phlegon Trallianus p. 147 Meursii, 207 Westermanni in Paradoxogr.: Δαϊκλῆς Μεσσήνιος, ὃς τῇ ἑβδόμῃ Ὀλυμπιάδι ςάδιον ἐνίκα.
Dionysius Halicarn. *Antiq. Roman.* I. 71 p. 180 Reiskii: τῆς ἐβδόμης Ὀλυμπιάδος, ἣν ἐνίκα ςάδιον Δαϊκλῆς Μεσσήνιος.

³ Pausanias IV. v. 10: τῆς ἐνάτης Ὀλυμπιάδος, ἣν Ξενόδοκος Μεσσήνιος ἐνίκα ςάδιον.

ol. XII
a. C. 732

ιβ´

Ὀξύθεμις Κλεωναῖος ϛάδιον.

ol. XIII
a. C. 728

ιγ´

Διοκλῆς Κορίνθιος ϛάδιον¹.

ol. XIV
a. C. 724

ιδ´

Δέσμων Κορίνθιος ϛάδιον².
Προσετέθη καὶ δίαυλος καὶ ἐνίκα ˝Υπηνος Ἠλεῖος
(Πισαῖος)³.

ol. XV
a. C. 720

ιε´

˝Ορσιππος Μεγαρεὺς ϛάδιον⁴.

---

scriptum erat. *Κλεωναῖος*] Sic Philostratus loco laudato ad Olympiadem I. Cod. Paris. et int. Armen. *Κορωναῖος*. Illud verum videtur, nam primis xx Olympiadibus ceteri victores omnes Peloponnesii sunt et paullatim demum auctus horum ludorum splendor alios quoque allicere coepit. *Δέσμων*] Pausaniae codices *Δάσμων*. *˝Υπηνος*] Sic int. Armen., Pausaniae codices et Philostratus. Cod. Paris. *῾Υπήνιος*. *˝Ορσιππος*] Sic eum et ceteri omnes appellant (nisi quod

¹ Aristoteles *Polit*. II. 12 p. 1274a Bekkeri: *ἐγένετο δὲ καὶ Φιλόλαος ὁ Κορίνθιος νομοθέτης Θηβαίοις. ἦν δ' ὁ Φιλόλαος τὸ μὲν γένος τῶν Βακχιαδῶν, ἐραϛὴς δὲ γενόμενος Διοκλέους τοῦ νικήσαντος Ὀλυμπίασιν, ὡς ἐκεῖνος τὴν πόλιν ἔλιπε διαμισήσας τὸν ἔρωτα τὸν τῆς μητρὸς Ἀλκυόνης, ἀπῆλθεν εἰς Θήβας, κἀκεῖ τὸν βίον ἐτελεύτησαν ἀμφότεροι. καὶ νῦν ἔτι δεικνύουσι τοὺς τάφους αὐτῶν* cet.

² Pausanias IV. XIII. 7: *τῆς τετάρτης καὶ δεκάτης Ὀλυμπιάδος, ἣν Δάσμων Κορίνθιος ἐνίκα ϛάδιον*.

³ Pausanias V. VIII. 6: *Ὀλυμπιάδι δ' ὑϛερον τετάρτῃ καὶ δεκάτῃ προσετέθη σφίσι δίαυλος· ˝Υπηνος δ' ἀνὴρ Πισαῖος ἀνείλετο ἐπὶ τῷ διαύλῳ τὸν κότινον*.

Philostratus *de Gymnast*. p. 20 Darembergii, 14 Mynae: *ἐπὶ δὲ τῆς τετάρτης ἐπὶ δέκα δίαυλος μὲν ἤρξατο· ῾Υπήνου δ' ἐγένετο Ἠλείου ἢ ἐπ' αὐτῷ νίκη*.

⁴ Pausanias I. XLIV. 1: *Κοροίβου δὲ τέθαπται πλησίον ˝Ορσιππος, ὃς περιεζωσμένων ἐν τοῖς ἀγῶσι κατὰ δή τι παλαιὸν ἔθος τῶν ἀθλητῶν ἐν Ὀλυμπίᾳ ἐνίκα ϛάδιον δραμὼν γυμνός. φασὶ δὲ καὶ ϛρατηγοῦντα ὕϛερον τὸν Ὀρσιππον ἀποτεμίσθαι χώραν τῶν προσοίκων. δοκῶ δ' οἱ καὶ ἐν Ὀλυμπίᾳ τὸ περίζωμα ἑκόντι περιρρυῆναι, γνόντι ὡς ἀνδρὸς περιεζωσμένου δραμεῖν ῥᾷων ἐϛὶν ἀνὴρ γυμνός*.

Inscriptio Megarica, in Boeckhii Corp. Inscr. n. 1050 Tom. 1 p. 553 (Anthol. Graec. append. 272):

Προσετέθη δόλιχος καὶ γυμνοὶ ἔδραμον· ἐνίκα Ἄκανθος Λάκων[1].

ις'

Πυθαγόρας Λάκων ςάδιον[2].

ol. XVI
a. C. 716

"Ορσιππος est in Scholio Veneto B) et Africanus. In Eleorum fastis sine dubio legebatur Dorica nominis forma, "Ορρίππος, quam servat Inscriptio Megarica.

Ὀρριππῳ Μεγαρῆς με δαΐφρονι τῇδ᾽
ἀρίδηλον
μνᾶμα θέσαν, φάμᾳ Δελφίδι πει-
θόμενοι·
ὅς δὴ μακίζους μὲν δρους ἀπελύσατο
πάτρᾳ,
πολλὰν δυσμενέων γᾶν ἀποτεμνο-
μένων,
πρᾶτος δ᾽ Ἑλλάνων ἐν Ὀλυμπίᾳ ἐςε-
φανώθη
γυμνός, ζωννυμένων τῶν πρὶν ἐπὶ
ςαδίῳ.

« Titulum vix ante quintum vel sextum post Christi natales saeculum exaratum esse, docent litterarum formae...... Quum antiquus titulus, qui olim Megaris positus erat, vetustate esset detritus, vir aliquis antiquitatis studiosus instaurandum monumentum curavit." Boeckh.
Huius epigrammatis primum et postremum distichon corrupte leguntur apud Scholiastam Thucyd. I. 6.
Grammaticorum nugas vide, si tanti est, in Scholiis ad Hom. Il. ψ. 683 in Etymologico Magno v. γυμνά-σια, et apud Isidorum Hispalensem XVIII. xvii. 2. In quibus hoc tantum notatu dignum, quod apud Isidorum et Schol. Venetum B res gesta dicitur archonte Athenis Hippomene; qui, sive magistratum iniit Olymp. XIII, 2 (Pausanias IV. xiii. 7) sive Olymp. XIV, 3 (Dionysius Halicarn. Antiq. Roman. I. 71 p. 180 Reiskii), Olymp. XV munere adhuc fungebatur.

[1] Pausanias post verba ad Olymp. XIV p. 6 nota 3 laudata addit: τῇ δ᾽ ἑξῆς "Ἄκανθος. Intercidisse quaedam in hanc sententiam: τῇ δ᾽ ἑξῆς (προσετέθη δόλιχος καὶ ἐνίκα Λακεδαιμόνιος) Ἄκανθος, manifestum est.
Philostratus post verba laudata ad Olymp. XIV p. 6 nota 3 sic pergit: μετ᾽ ἐκείνην δολίχου ἀγών, καὶ ἐνίκα Σπαρτιάτης Ἄκανθος.
Dionysius Halicarn. Antiq. Roman. VII. 72 p. 1485 Reiskii: ὁ γὰρ πρῶτος ἐπιχειρήσας ἀποδυθῆναι τὸ σῶμα καὶ γυμνὸς Ὀλυμπίασι δραμὼν ἐπὶ τῆς ιε' Ὀλυμπιάδος Ἄκανθος ὁ Λακεδαιμόνιος ἦν.
Quum Orsippo inter currendum subligaculum delapsum esset, placuit dehinc omnibus nudis currere; itaque ea ipsa Olympiade οἱ δολιχοδρόμοι, ut ait Africanus h. l., γυμνοὶ ἔδραμον. Hinc modo Orsippus, modo Acanthus primus nudus cucurrisse dicitur. Praeter scriptores laudatos, testis est Hesychius v. ζώσατο: κατὰ γὰρ τοὺς Ὁμήρου χρόνους οὐδέπω γυμνοὶ ἠγωνίζοντο, ἀλλ᾽ ἀπὸ τῆς πεντεκαιδεκάτης Ὀλυμπιάδος.

[2] Plutarchus Num. I: Πυθαγόραν τὸν Σπαρτιάτην Ὀλύμπια νενικηκότα ςάδιον ἐπὶ τῆς ἑκκαιδεκάτης Ὀλυμπιάδος.

Dionysius Halicarn. Antiq. Roman. II. 58 p. 360 Reiskii: τῆς ἑκκαιδεκάτης Ὀλυμπιάδος, ἐν ᾗ ἐνίκα ςάδιον Πυθαγόρας Λάκων.

ol. XVII
a. C. 712

ιζ'

Πῶλος Ἐπιδαύριος ϛάδιον.

ol. XVIII
a. C. 708

ιη'

Τέλλις Σικυώνιος ϛάδιον.
Προσετέθη πάλη καὶ ἐνίκα Εὐρύβατος Λάκων¹ (Λουσιεύς²).
Προσετέθη καὶ πένταθλον καὶ ἐνίκα Λάμπις Λάκων³.

ol. XIX
a. C. 704

ιθ'

Μένος Μεγαρεὺς ϛάδιον.

ol. XX
a. C. 700

κ'

Ἀθηράδας Λάκων ϛάδιον.

ol. XXI
a. C. 696

κα'

Πανταχλῆς Ἀθηναῖος ϛάδιον.

ol. XXII
a. C. 692

κβ'

Ὁ αὐτὸς τὸ δεύτερον ϛάδιον.

ol. XXIII
a. C. 688

κγ'

Ἰκάριος Ὑπερασιεὺς ϛάδιον⁴.

Μένος] Scaliger coniecit *Μένων*.   *Ἰκάριος*] Pausaniae codices *Ἴκαρος*. *Ὑπερασιεύς*] Sic Phlegon apud Stephanum Byzantinum. Cod. Paris. *Ὑπηρεσιεύς*

¹ Pausanias V. VIII. 7: ἐπὶ δὲ τῆς ὀγδόης καὶ δεκάτης Ὀλυμπιάδος πεντάθλου καὶ πάλης ἀφίκοντο ἐς μνήμην · καὶ τοῦ μὲν Λάμπιδι ὑπῆρξεν, Εὐρυβάτῳ δ' ἡ νίκη τῆς πάλης, Λακεδαιμονίοις καὶ τούτοις.

² Philostratus de Gymnast. p. 20 Darembergii, 14 Mynae: ἀνδρῶν δὲ πένταθλον καὶ ἀνδρῶν πάλην ἤσκησεν ἡ ὀγδόη ἐπὶ δέκα Ὀλυμπιάς· ἐνίκα δὲ πάλην μὲν Εὐρύβατος Λουσιεύς, τὰ δὲ πέντε Λάμπις Λάκων. εἰσὶ δ' οἳ καὶ

τὸν Εὐρίβατον Σπαρτιάτην γράφουσιν.

³ Pausanias et Philostratus locis laudatis.

⁴ Pausanias IV. xv. 1: τῆς τρίτης Ὀλυμπιάδος καὶ εἰκοϛῆς, ἣν Ἴκαρος Ὑπερασιεὺς ἐνίκα ϛάδιον. Phlegontem Trallianum laudat Stephan. Byzant. v. Ὑπερασία, p. 20: Westermanni in Paradoxogr.: τὸ ἐθνικὸ Ὑπερασιεύς. Φλέγων εἰκοϛῇ τρίτῃ Ὀλυμπιάδι.

Προσετέθη πυγμὴ καὶ Ὀνόμαςος Σμυρναῖος ἐνίκα, ὃ καὶ τῇ πυγμῇ νόμους θέμενος¹.

κδ´

Κλεοπτόλεμος Λάκων ςάδιον.

ol. XXIV
a. C. 684

κε´

Θάλπιος Λάκων ςάδιον.

ol. XXV
a. C. 680

Προσετέθη τέθριππον καὶ ἐνίκα Παγώνδας Θηβαῖος².

κς´

Καλλισθένης Λάκων ςάδιον.

ol. XXVI
a. C. 676

Φιλόμβροτος δὲ Λάκων πένταθλος τρισὶν Ὀλυμπιάσιν ἐνίκησεν³.

Κάρνεια ἐτέθη πρῶτον ἐν Λακεδαίμονι κιθαρῳδῶν ἀγών.

Int. Armen. *Hyperesius.* Pausaniae codices Ὑπερησιεύς.   Θάλπιος] Sic cod. Paris. Int. Arm. *Thalpis.*   Παγώνδας] Sic Pausaniae codices. Cod. Paris. Πάτων. Int. Armen. *Paoron.*   Φιλόμβροτος] Sic cod. Paris. Int. Armen. *Philimbrotos.*

¹ Pausanias V. VIII. 7: τρίτῃ δ᾽ Ὀλυμπιάδι καὶ εἰκοςῇ πυγμῆς ἆθλα ἀπέδοσαν· Ὀνόμαςος δ᾽ ἐνίκησεν ἐκ Σμύρνης συντελούσης ἤδη τηνικαῦτα ἐς Ἴωνας. Philostratus *de Gymnast.* p. 20 sq. Darembergii, 15 Mynae: ἡ δὲ τρίτη καὶ εἰκοςῇ Ὀλυμπιὰς ἄνδρα ἤδη ἐκάλει πύκτην καὶ κρατισθ᾽ ὁ Σμυρναῖος Ὀνόμαςος πυκτεύσας ἐνίκησεν, ἐπιγράψας τὴν Σμύρνην ἔργῳ καλῷ· ὁπόσαι γὰρ πόλεις Ἰωνικαί τε καὶ Λύδιαι καὶ ὁπόσαι καθ᾽ Ἑλλήσποντόν τε καὶ Φρυγίαν καὶ ὁπόσα ἔθνη ἀνθρώπων ἐν Ἀσίᾳ εἰσί, ταῦθ᾽ ὁμοῦ ξύμπανθ᾽ ἡ Σμύρνα ὑπερεβάλετο καὶ ςεφάνου Ὀλυμπικοῦ πρώτη ἔτυχεν. Καὶ νόμους ἔγραψεν ὁ ἀθλητὴς οὗτος πυκτικούς, οἷς ἐχρῶντο οἱ Ἠλεῖοι διὰ σοφίαν τοῦ πύκτου· καὶ οὐκ ἤχθοντο οἱ Ἀρκάδες εἰ νόμους ἔγραψέ τις αὐτοῖς ἐναγωνίους ἐξ Ἰωνίας ἥκων τῆς ἁβρᾶς. In his κράτιςα pro κρατίςως, Λύδιαι καὶ ὁπόσαι pro Λύδιοι ὅσαι et αὐτοῖς ἐναγωνίους pro ἐν τοῖς ἐναγωνίοις debentur Cobeto, de Philostrati lib. περὶ γυμνας., p. 42 sq., cui Ἀρκάδες quoque suspectum est; non mirabor si quando ex codice ἀθληταί pro Arcadibus prodibunt.

² Pausanias V. VIII. 7: πέμπτῃ δ᾽ ἐπὶ ταῖς εἴκοσι κατεδέξαντο ἵππων τελείων δρόμον καὶ ἀνηγορεύθη Θηβαῖος Παγώνδας κρατῶν ἅρματι.

³ Itaque verisimile est eum Olymp. XXVI, XXVII et XXVIII vicisse, quamquam non negem fieri posse ut Olymp. XXIV, XXV et XXVI vicerit.

ol. XXVII
a. C. 672

κζ´

Εὐρυβάτης Ἀθηναῖος ϛάδιον¹.
? Φιλόμβροτος Λάκων πένταθλον².
Δάϊππος Κροτωνιάτης πύξ³.
Ἠλείων ἐκ Δυσποντίου τέθριππον⁴.

ol. XXVIII
a. C. 668

κη´

Χάρμις (Χίονις⁵) Λάκων ϛάδιον. Ὃς σύκοις ξηροῖς ἤσκει.

Εὐρυβάτης] Sic legitur apud Dionysium. Cod. Paris. et int. Armen. Εὔρυβος. Pausaniae codices Εὐρύβοτος. Ἠλείων] Westermannus coniecit Ἠλεῖος, quod

¹ Pausanias II. xxiv. 7: τετάρτῳ δ᾽ ἔτει τῆς (supple ἑβδόμης καὶ εἰκοϛῆς) Ὀλυμπιάδος ἦν Εὐρυβάτης Ἀθηναῖος ἐνίκα ϛάδιον.
Dionysius Halicarn. Antiq. Roman. III. 1 p. 406 Reiskii: τῆς ἑβδόμης καὶ εἰκοϛῆς Ὀλυμπιάδος, ἣν ἐνίκα ϛάδιον Εὐρυβάτης Ἀθηναῖος.
² Africanus Olymp. XXVI.
³ Phlegon Trallianus apud. Stephan. Byzant. v. Δυσπόντιον, p. 208 Westermanni in Paradoxogr.: Φλέγων ἐν Ὀλυμπιάδι κζ´· Δάϊππος Κροτωνιάτης πύξ, Ἠλείων ἐκ Δυσποντίου τέθριππον.
⁴ Phlegon Trallianus l l.
⁵ Pausanias III. xiv. 3: ἐγγυτάτω δὲ τῶν μνημάτων ἃ τοῖς Ἀγιάδαις πεποίηται ϛήλην ὄψει, γεγραμμέναι δ᾽ εἰσὶν ἃς Χίονις ἀνὴρ Λακεδαιμόνιος δρόμου νίκας ἀνείλετο, ἄλλας τε καὶ Ὀλυμπίασιν. ἐνταῦθα δ᾽ ἑπτὰ ἐγένοντο νῖκαι, τέσσαρες μὲν ϛαδίου, διαύλου δ᾽ αἱ λοιπαί· τὸν δὲ σὺν τῇ ἀσπίδι δρόμον ἐπ᾽ ἀγῶνι λήγοντι οὐ συνέβαινεν εἶναί πω.

Idem IV. xxiii. 4: ἔτει πρώτῳ τῆς ὀγδόης τε καὶ εἰκοϛῆς Ὀλυμπιάδος, ἣν ἐνίκα Χίονις Λάκων.
Idem IV. xxiii. 10: ταῦτα δ᾽ ἐπὶ τῆς Ὀλυμπιάδος ἐπράχθη τῆς ἐνάτης καὶ εἰκοϛῆς, ἣν Χίονις Λάκων τὸ δεύτερον ἐνίκα.
Idem VIII. xxxix. 3: δευτέρῳ ἔτει τῆς τριακοϛῆς Ὀλυμπιάδος, ἣν Χίονις Λάκων ἐνίκα τὸ τρίτον.

Duplici modo conati sunt viri docti haec cum Africani anagraphe conciliare. Fuit enim qui apud Africanum Olymp. XXVIII pro Χάρμις reponeret Χίονις et ad hanc rationem sequentia exigeret; at Africanum diversos voluisse Olympiadum XXVIII et XXIX stadionicas, demonstrant adiecta ὃς σύκοις ξηροῖς ἤσκει et οὗ τὸ ἅλμα ποδῶν ἦν νβ´. Neque audiendus qui Pausaniae locos ex libro IV et VIII laudatos de victoriis diaulo reportatis accepit et loco ex libro III laudato vocabula ϛαδίου et διαύλου transposuit; nam veteres in re chronologica solis stadionicis utuntur.
Quamquam Pausanias III. xiv. 3

? Φιλόμβροτος Λάκων πένταθλον¹.

Ταύτην ἦξαν Πισαῖοι, Ἠλείων ἀσχολουμένων διὰ τὸν πρὸς Δυμαίους πόλεμον².

κθ´

Χίονις Λάκων (τὸ δεύτερον³) ϛάδιον. Οὗ τὸ ἅλμα ποδῶν ἦν νβ´.

? Χίονις Λάκων δίαυλον⁴.

λ´

Ὁ αὐτὸς τὸ δεύτερον (τρίτον⁵).

? Χίονις Λάκων δίαυλον⁶.

Πισαῖοι Ἠλείων ἀποϛάντες ταύτην τ' ἦξαν καὶ τὰς ἑξῆς κβ´⁷.

λα´

Χίονις Λάκων τὸ τρίτον (τέταρτον⁸) ϛάδιον.

? Χίονις Λάκων δίαυλον⁹.

ol. XXIX
a. C. 664

ol. XXX
a. C. 660

ol. XXXI
a. C. 656

---

aut victoris nomen esse, aut nomen victoris excidisse. ποδῶν ἦν νβ´] Sic cod. Paris. Int. Armen. erat XXII *cubitorum*, quod nomen mensurae incertum ad ipsam ϛήλην provocet quam Spartae Chionidi posuerant cives, alteramque huius similem viderit Olympiae (VI. XIII. 2), tamen eius auctoritas me non permovet ut Africani anagraphen h. l. mendosam esse credam. Nam si Africanus falsus est, unde tandem et quo modo Charmis ille irrepsit? Contra si Pausanias erravit, error est qualis facile potuit committi.

1 Africanus Olymp. XXVI.
2 De Olympiadibus non ab Eleis celebratis in diversas partes abeunt testes. Cf. Weissenbornii commentatio de Phidone Argivo, in opusculo cui titulus Hellen, Beiträge zur Griech. Alterthumsk., Jena 1844; Clinton, Fasti Hellenici, I passim; Grote, history of Greece, II p. 315 nota 1 et 435 nota 1 ed. Americ.

3 Pausanias laudatus ad Olymp. XXVIII, p. 10 nota 5.
4 Pausanias III. XIV. 3: ἐνταῦθα (Ὀλυμπίασι) δ' ἑπτὰ ἐγένοντο νῖκαι, τέσσαρες μὲν ϛαδίου, διαύλου δ' αἱ λοιπαί. Si revera ter diauli palma Chionidi obtigit, hae victoriae satis probabili ratione iisdem Olympiadibus adsignabuntur quibus stadio vicit. Sed quoniam videtur Pausanias hallucinatus esse circa Chionidis victorias (cf. ad Olymp. XXVIII p. 10 nota 5), dubitationis signum apposui.
5 Pausanias laudatus ad Olymp. XXVIII, p. 10 nota 5.
6 Cf. ad Olymp. XXIX.
7 Cf. ad Olymp. XXVIII.
8 Pausanias laudatus ad Olymp. XXVIII p. 10 nota 5.
9 Cf. ad Olymp. XXIX.

cf. XXXII
a. C. 652

λβ'

Κρατῖνος Μεγαρεὺς ςάδιον.
Ὅτε καὶ πυγμὴν Κομαῖος τρίτος ἀδελφῶν ἀγωνισάμενος ἐνίκα.

cf. XXXIII
a. C. 648

λγ'

Γύγης Λάκων ςάδιον.
Προσετέθη παγκράτιον καὶ ἐνίκα Λύγδαμις Συρακόσιος ὑπερμεγέθης, ὃς ςάδιον ἐξεμέτρησε τοῖς αὐτοῦ ποσίν, μόνος ἑξακοσίας παραθέσεις ποιησάμενος[1].

Μύρων Σικυώνιος τεθρίππῳ[2].

Προσετέθη καὶ κέλης καὶ ἐνίκα Κραυξίδας Θεσσαλὸς ἐκ Κραννῶνος[3].

---

esse ait Aucherus ad h. l. Perperam inde reponi iusserunt ποδῶν ἦν κβ', quamquam rβ' non sine causa suspicionem moverit; forte legendum ποδῶν ἦν λβ' aut πήχεων ἦν κβ'. τρίτος ἀδελφῶν] Sic cod. Paris. Int. Armen. *tres fratres* (in accusativo). Γύγης] Cod. Paris. et int. Armen. Γύγις. μόνος] Sic scripsi e Scaligeri emendatione. Cod. Paris. μόνας. Int. Armen. *tantum*. κέλης] omittit cod. Paris. iusto spatio relicto. Κραυξίδας] Sic Pausaniae codi-

[1] Pausanias V. VIII. 8: ὀγδόῃ δ' ἀπὸ ταύτης (ab Olymp. XXV) Ὀλυμπιάδι ἐδέξαντο παγκρατιαςήν τ' ἄνδρα καὶ ἵππον κέλητα· ἵππος μὲν δὴ Κραννωνίου Κραυξίδα παρέφθη, τοὺς δ' ἐσελθόντας ἐπὶ τὸ παγκράτιον Λύγδαμις κατειργάσατο Συρακόσιος. τούτῳ πρὸς ταῖς Λιθοτομίαις ἐςὶν ἐν Συρακούσαις μνῆμα. εἰ δὲ καὶ Ἡρακλεῖ τῷ Θηβαίῳ μέγεθος παρισοῦτο ὁ Λύγδαμις, ἐγὼ μὲν οὐκ οἶδα, λεγόμενον δ' ὑπὸ Συρακοσίων ἐςίν.

Philostratus *de Gymnast.* p. 22 Darembergii, 15 Mynae: κατὰ δὲ τὴν τρίτην καὶ τριακοςὴν Ὀλυμπιάδα παγκράτιον μὲν ἐτέθη, μήπω τεθέν, Λύγδαμις δ' ἐνίκα Συρακόσιος. μέγας δ' οὗτος τις ὁ Σικελιώτης ἦν, ὡς τὸν πόδα ἰσόπηχυν εἶναι· τὸ γοῦν ςάδιον ἀναμετρῆσαι λέγεται τοσούτοις αὐτοῦ ποσὶν

ὅσοι τοῦ ςαδίου πήχεις νομίζονται. Vix opus est his Philostrateis ut intelligatur absurdum esse quod Africanus tradit: μόνος ἑξακοσίας παραθέσεις ποιησάμενος. Hoc, opinor, multi poterant; solus Lygdamis ςάδιον ἀνεμέτρησε τοσούτοις αὐτοῦ ποσὶν ὅσοι τοῦ ςαδίου πήχεις νομίζονται.

Solinus cap. IV: *Syracusanus Lygdamis, qui tertia et tricesima Olympiade primus ex Olympico certamine pancratii coronam reportavit.*

[2] Pausanias VI. XIX. 2: ἔςι δὲ θησαυρὸς ἐν Ὀλυμπίᾳ Σικυωνίων καλούμενος, Μύρωνος δ' ἀνάθημα τυραννήσαντος Σικυωνίων. τοῦτον ᾠκοδόμησεν ὁ Μύρων νικήσας ἅρματι τὴν τρίτην καὶ τριακοςὴν Ὀλυμπιάδα.

[3] Pausanias loco modo laudato nota 1.

Στόμας Ἀθηναῖος ϛάδιον.

λδ΄

ol. XXXIV
a. C. 644

Σφαῖρος Λάκων ϛάδιον¹.
Καὶ δίαυλον Κύλων Ἀθηναῖος, ὁ ἐπιθέμενος τυραννίδι².

λε΄

ol. XXXV
a. C. 640

(Ἀρυτάμας Λάκων ϛάδιον.
Παγκράτιον) Φρύνων Ἀθηναῖος, ὃς Πιττακῷ μονομαχῶν ἀνῃρέθη³.

λϛ΄

ol. XXXVI
a. C. 636

---

ces. Cod. Paris. Κραξίλλας. Int. Armen. *Kraxilas*. Στόμας] Sic cod. Paris. Int. Armen. *Stomos*. λϛ΄ *Ἀρυτάμας — ἀνῃρέθη*] Cod. Paris. et int. Armen. λϛ΄ *Φρύνων Ἀθηναῖος ϛάδιον · ὃς Πιττακῷ μονομαχῶν ἀνῃρέθη*. Cf. nota ad hunc locum. *Ἀρυτάμας*] Videtur nomen corruptum esse; forte Εὐρυσάμας.

¹ Dionysius Halicarn. *Antiq. Roman.* III. 36 p. 518 Reiskii: τῆς τριακοςῆς καὶ πέμπτης Ὀλυμπιάδος, ἣν ἐνίκα Σφαῖρος Λακεδαιμόνιος.

² Herodotus V. 71: οἱ δ᾽ ἐναγέες Ἀθηναίων ὧδε ὠνομάσθησαν· ἦν Κύλων τῶν Ἀθηναίων ἀνὴρ Ὀλυμπιονίκης· οὗτος ἐπὶ τυραννίδι ἐκόμησε, cet.

Thucydides I. 126: τὸ δ᾽ ἄγος ἦν τοιόνδε· Κύλων ἦν Ἀθηναῖος, ἀνὴρ Ὀλυμπιονίκης, τῶν πάλαι εὐγενής τε καὶ δυνατός. ἐγεγαμήκει δὲ θυγατέρα Θεαγένους, Μεγαρέως ἀνδρός, ὃς κατ᾽ ἐκεῖνον τὸν χρόνον ἐτυράννει Μεγάρων· χρωμένῳ δὲ τῷ Κύλωνι ἐν Δελφοῖς ἀνεῖλεν ὁ θεός, ἐν τῇ τοῦ Διὸς τῇ μεγίςῃ ἑορτῇ καταλαβεῖν τὴν Ἀθηναίων ἀκρόπολιν. ὁ δὲ παρά τε τοῦ Θεαγένους δύναμιν λαβὼν καὶ τοὺς φίλους ἀναπείσας, ἐπειδὴ ἐπῆλθεν Ὀλύμπια τὰ ἐν Πελοποννήσῳ κατέλαβε τὴν ἀκρόπολιν ὡς ἐπὶ τυραννίδι, νομίσας ἑορτήν τε τοῦ Διὸς μεγίςην εἶναι καὶ

αὑτῷ τι προσήκειν Ὀλύμπια νενικηκότι. Pausanias I. XVIII. 1: Κύλωνα δ᾽ οὐδὲν ἔχω σαφὲς εἰπεῖν ἐφ᾽ ὅτῳ χαλκοῦν ἀνέθεσαν τυραννίδα ὅμως βουλεύσαντα. τεκμαίρομαι δὲ τῶνδ᾽ ἕνεκα, ὅτι εἶδος κάλλιςος καὶ τὰ ἐς δόξαν ἐγένετο οὐκ ἀφανής, ἀνελόμενος διαύλου νίκην Ὀλυμπικήν, καὶ οἱ θυγατέρα ὑπῆρξε γῆμαι Θεαγένους ὃς Μεγάρων ἐτυράννησεν.

³ Sic Africanum scripsisse, scribere certe debuisse censeo. Iis enim quae nunc apud Eusebium leguntur (λϛ΄· *Φρύνων Ἀθηναῖος ϛάδιον· ὃς Πιττακῷ μονομαχῶν ἀνῃρέθη*) duo adversantur. Primum Diogenis Laertii testimonium I. IV. 1 (74): Φρύνων παγκρατιαςὴς Ὀλυμπιονίκης. Credibile non est Phrynonem cum robore velocitatem ita iunxisse ut et pancratii et cursus palmam tulerit, quod soli Theageni contigisse videtur (Pausanias VI. XI. 5);

λζ'

Εὐρυκλείδας Λάκων ςάδιον.
Προσετέθη ςάδιον παίδων καὶ ἐνίκα Πολυνείκης Ἠλεῖος[1].

Προσετέθη καὶ παίδων πάλη καὶ ἐνίκα Ἱπποσθέν[ης] Λάκων, ὃς διαλιπὼν μίαν τὰς ἑξῆς πέντε Ὀλυμπιάδ[ας].

καὶ γὰρ (verba sunt Epicteti in Dissertat. ab Arriano digest. III. I. 5) τὸ παγκρατιαςὴν οἶμαι ποιοῦν καλόν, τοῦτο παλαιςὴν οὐκ ἀγαθὸν ποιεῖ, δρομέα καὶ γελοιότατον. Itaque aut stadio aut pancratio vicit. Iam traditur Phryno occubuisse in certamine singulari cum Pittaco, quod melius quadrat in virum robore corporis quam velocitate insignem. Ergo verisimile est Phrynoni non stadii sed pancratii palmam obtigisse. Alterum quod vulgatae lectioni adversatur testimonium legitur apud Antigonum Carystium Histor. Mirab. CXXI (135) p. 90 Westermanni in Paradoxogr.: "Ἵππυς (vulg. "Ἵππων) δ' ὁ Ῥηγῖνος περὶ τῶν λεγομένων τόπων φθείρειν τὰ ἐμπίπτοντα τοιοῦτόν τι γράφει. φησὶν ἐν Ἀθήναις ἐπὶ βασιλέως Ἐπαινέτου, Ὀλυμπιάδος ἕκτης καὶ τριακοςῆς, ἐν ᾗ Ἀρυτάμας Λάκων νικᾷ ςάδιον, τῆς Σικελίας ἐν Παλίκοις οἰκοδομηθῆναι τόπον, εἰς ὃν ὅςτις ἂν εἰσέλθῃ, εἰ μὲν κατακλιθείη, ἀποθνήσκειν, εἰ δὲ περιπατοίη οὐδὲν πάσχειν. Verba Ὀλυμπιάδος ςάδιον Hippyis aetate scripta esse non possunt; verum etiam si ipse Antigonus hoc adiecerit, non de suo finxit sed hausit ex ἀναγραφῇ quadam. Ferebatur igitur in Aristotelis aliave ἀναγραφῇ Arytamas (si sanum est nomen) Lacedaemonius stadionica Olympiade XXXVI. E coniuncto hoc cum Diogenis testimonio emergit id quod textu dedi.

Africanum hac Olympiade praet[er] stadionicam pancratii quoque victore[m] addidisse, nemo mirabitur qui eum o[b] servaverit stadionicis adiecisse ex cete[ris] victoribus Olympicis eos, qui aut no[n] quodam certamine adscito primi viceran[t] aut prae ceteris notatu digni videbantu[r]. Quemadmodum igitur Olympiade XXX[V] Cylonem addidit τὸν ἐπιθέμενον τυρα[ν]νίδι, sic Olympiade XXXVI Phrynone[m] τὸν Πιττακῷ μονομαχήσαντα.

Straboni XIII. I. 38 p. 599 Casa[u]boni et Eusebio Chron. interpr. Hiero[n.] p. 124 Scaligeri, interpr. Armen. P. p. 191 Aucheri, 329 (in ed. 2ª 33[1]) Maii, Ὀλυμπιονίκης dicitur Phryno, n[ul]que certaminis genere indicato, neq[ue] Olympiade.

De Phrynonis morte in certamine si[n]gulari cum Pittaco vid. Diogenes, Str[a]bo et Eusebius ll. ll., Plutarch[us] de malign. Herod. p. 858 ed. Londin[i] Polyaenus Strateg. I. 25, Festus Retiarius, Suidas v. Πιττακό[ς] Scholiasta Aeschyli ad Eumen. 39[0]

[1] Pausanias V. VIII. 9: δρόμου μ[ὲν] δὴ καὶ πάλης ἐτέθη παισὶν ἆθλα ἐ[πὶ] τῆς ἑβδόμης καὶ τριακοςῆς Ὀλυμπιάδο[ς] καὶ Ἱπποσθένης Λακεδαιμόνιος πάλη[ι] Πολυνείκης δὲ τὸν δρόμον ἐνίκησ[ε] Ἠλεῖος.

ἀνδρῶν πάλην ἐνίκησεν¹.

λη´

'Ολυνθεὺς Λάκων ϛάδιον.
Εὐτελίδας Λάκων πάλην παίδων².
Προσετέθη παίδων πένταθλον καὶ ἠγωνίσχντο τότε
μόνον · ἐνίκα δ' Εὐτελίδας Λάκων³.

ol. XXXVIII
a. C. 628

λθ´

'Ριψόλαος Λάκων ϛάδιον.
'Ιπποσθένης Λάκων πάλην⁴.

ol. XXXIX
a. C. 624

μ´

'Ολυνθεὺς Λάκων τὸ δεύτερον.
'Ιπποσθένης Λάκων πάλην⁵.

ol. XL
a. C. 620

δ' Εὐτελίδας] Cod. Paris. δὲὐτελίδας, expunctis spiritibus.   Int. Armen. Deutilidas.
Pausaniae codices Εὐτελίδας. E Philostrati codice Mynas in apographo dedit Εὐτείδα,

¹ Pausanias loco laudato.
Idem III. XIII. 9: τῷ δ' 'Ετοιμοκλεῖ
καὶ αὐτῷ καὶ 'Ιπποσθένει τῷ πατρὶ
πάλης εἰσὶν 'Ολυμπικαὶ νῖκαι, συναμφο-
τέροις μὲν μία τε καὶ δέκα, τῷ δ' 'Ιπ-
ποσθένει μίᾳ νίκῃ τὸν υἱὸν παρελθεῖν
ὑπῆρξεν. Cf. III. xv. 7, de quo loco
vid. Cobet, de Philostr. lib. περὶ γυμ-
νας., p. 68.
In nobilissimis athletis est Philo-
strato de Gymnast. p. 4 Darembergii, 2
Mynae: ἡ πάλαι γυμναϛικὴ Μίλωνας ἐ-
ποίει καὶ 'Ιπποσθένεις, Πουλυδάμαντάς
τε καὶ Προμάχους καὶ Γλαῦκον τὸν
Δημύλου καὶ τοὺς πρὸ τούτων ἔτι
ἀθλητάς.
² Pausanias loco mox laudando.
³ Pausanias V. IX. 1: πένταθλον
παίδων ἐπὶ τῆς ὀγδόης 'Ολυμπιάδος καὶ
τριακοϛῆς ἐτέθη, καὶ ἐπ' αὐτῷ τὸν κό-
τινον Εὐτελίδα Λακεδαιμονίου λαβόν-
τες οὐκέτι ἀρεϛὰ Ἠλείοις ἦν πεντάθλους
εἰσέρχεσθαι παῖδας.

Idem VI. xv. 8: Σπαρτιάτῃ δ' Εὐ-
τελίδᾳ γεγόνασιν ἐν παισὶ νῖκαι δύο
ἐπὶ τῆς ὀγδόης καὶ τριακοϛῆς 'Ολυμπι-
άδος, πάλης, ἡ δ' ἑτέρα πεντάθλου
(in his duae voculae periisse videntur:
ἡ μὲν πάλης, ἡ δ' ἑτέρα πεντά-
θλου). πρῶτον γὰρ δὴ τότε οἱ παῖδες
καὶ ὕϛατον πενταθλήσοντες ἐσεκλήθη-
σαν.
Philostratus de Gymnast. p. 22 Da-
rembergii, 16 Mynae: φαοὶ καὶ παῖδα
πένταθλον παρελθεῖν ἐκεῖ κατὰ τὴν
ὀγδόην καὶ τριακοϛήν, ὅτε νικῆσαι μὲν
Εὐτελίδαν Λακεδαιμόνιον, τὴν δ' ἰδίαν
ταύτην μηκέτι ἀγωνίσασθαι παῖδα ἐν
'Ολυμπίᾳ.
Plutarchus Sympos. V. 2 p. 675 ed.
Londin.: ἀνῃρέθη δὲ καὶ παισὶ πεντά-
θλοις ϛέφανος τεθείς.
⁴ Africanus Olymp. XXXVII. Pau-
sanias loco ibi laudato.
⁵ Africanus Olymp. XXXVII et
Pausanias ibi laudatus.

ol. XLI a. C. 616	μα΄

Κλεώνδας Θηβαῖος ςάδιον¹.
Ἱπποσθένης Λάκων πάλην².
Προσετέθη παίδων πυγμὴ καὶ ἐνίκα Φιλητᾶς Συβαρίτης³.

ol. XLII a. C. 612	μβ΄

Λυκώτας Λάκων ςάδιον.
Ἱπποσθένης Λάκων πάλην⁴.

ol. XLIII a. C. 608	μγ΄

Κλέων Ἐπιδαύριος ςάδιον.
Ἱπποσθένης Λάκων πάλην⁵.

ol. XLIV a. C. 604	μδ΄

Γέλων Λάκων ςάδιον.

ol. XLV a. C. 600	με΄

Ἀντικράτης Ἐπιδαύριος ςάδιον.

---

in editione sua *Εὐτεάδα*. Κλεώνδας] Apud Dionysium vitiose legitur Κλεωνίδας. Φιλητᾶς] Cod. Paris. Φιλώτας. Int. Armen. *Philotas*. Pausaniae codices Φιλήτας,

¹ Dionysius Halicar**g**. *Antiq. Roman*. III. 46 p. 537 Reiskii: τῆς μιᾶς καὶ τετταρακοςῆς Ὀλυμπιάδος, ἥν ἐνίκα Κλεώνδας Θηβαῖος.
² Africanus Olymp. XXXVII et Pausanias loco ibi laudato.
³ Pausanias V. VIII. 9: πρώτη δ᾽ ἐπὶ ταῖς τεσσαράκοντα Ὀλυμπιάδι πύκτας ἐσεκάλεσαν παῖδας, καὶ περιῆν τῶν ἐσελθόντων Συβαρίτης Φιλητᾶς. Philostratus *de Gymnast*. p. 22 Darembergii, 16 Mynae: πυγμὴν δὲ παίδων οἱ μὲν φασὶν ἐπὶ τῆς πρώτης καὶ τεσσαρακοςῆς ἄρξασθαι Ὀλυμπιάδος καὶ Φιλητᾶν Συβαρίτην νενικηκέναι, οἱ δ᾽ ἐπὶ τῆς ἑξηκοςῆς λέγουσιν, ᾗ ἐνίκησε παίδων πυγμὴν Κρίων ἐκ Κίω τῆς σου. In his ᾗ ἐνίκησε παίδων πυγμήν e coniectura dedi; Mynas quid in codice scriptum esset, dispicere non potuit; in apographo scripsit: νενίκηκε καὶ φαιὴν πυγμήν. Quod in apographi margine Mynas scripsit: κατ᾽ ἥν πυγμὴν ἐνίκησε, et quod in sua editione dedit: ἐνίκησε δὲ πυγμήν, videtur ex coniectura dedisse.
⁴ Africanus Olymp. XXXVII et Pausanias loco ibi laudato.
⁵ Africanus Olymp. XXXVII et Pausanias loco ibi laudato.

μς' ol. XLVĪ a. C. 596

Χρυσόμαχος Λάκων ςάδιον.
Καὶ Πολυμήςωρ Μιλήσιος παίδων ςάδιον, ὃς αἰπολῶν
λαγὼν κατέλαβεν¹.

μζ΄ ol. XLVII a. C. 592

Εὐρυκλῆς Λάκων ςάδιον.

μη΄ ol. XLVIII a. C. 588

Γλύκων (Γλαυκίας ²) Κροτωνιάτης ςάδιον.
Πυθαγόρας Κρατέου Σάμιος, ἐκκριθεὶς παίδων πυγμὴν
καὶ ὡς θῆλυς χλευαζόμενος, προσβὰς τοὺς ἄνδρας,
ἅπαντας ἑξῆς ἐνίκησεν³.

---

quod apud Philostratum quoque legitur. Χρυσόμαχος] Sic int. Arm. Cod.
Paris. Χρυσόμαξος. Πολυμήςωρ] Sic cod. Paris. Int. Armen. *Polymnestor*. Illud
apud Philostratum, hoc apud Solinum legitur. προσβὰς τοὺς ἄνδρας] Sic scripsi

¹ Philostratus *de Gymnast.* p. 22
Darembergii, 16 Mynae: ὁ δὲ νικήσας
τὸ τῶν παίδων ςάδιον κατὰ τὴν ἕκτην
καὶ τεσσαρακοςὴν Ὀλυμπιάδα (τότε
γὰρ πρῶτον ἐτέθη) παῖς ἦν καλὸς Πο-
λυμήςωρ ὁ Μιλήσιος, ὃς τῇ ῥύμη τῶν
ποδῶν λαγὼν ἔφθανεν. In his τότε γὰρ
πρῶτον ἐτέθη manifestus error est.
Nec enim per se credibile est, ςάδιον
παίδων serius adscitum esse quam
παίδων πάλην, παίδων πένταθλον et
παίδων πυγμήν, et Africanus Olymp.
XXXVII et Pausanias loco ibi laudato
diserte testantur iam Olymp. XXXVII
hoc certamen introductum esse.
Idem p. 70 Darembergii, 44 Mynae:
ἐγυμνάζοντο δ' οἱ παλαιοὶ οἱ μὲν ἄχθη
φέροντες οὐκ εὔφορα, οἱ δ' ὑπὲρ τάχους
ἁμιλλώμενοι πρὸς ἵππους καὶ πτῶκας,
οἱ δ' ὀρθοῦντές τε καὶ κάμπτοντες σί-

δηρον ἐληλαμένον ἐς παχύ, οἱ δὲ βουσὶ
συνεζευγμένοι καρτεροῖς τε καὶ ἁμα-
ξεύουσιν, οἱ δὲ ταύρους ἐπαυχενίζοντες,
οἱ δ' αὐτοὺς λέοντας. Ταῦτα δὲ δὴ
Πολυμήςορες καὶ Γλαῦκοι (cf. Olymp.
LXV) καὶ Ἀλησίαι (cf. Olymp. LXXX)
καὶ Πουλυδάμας ὁ Σκοτουσαῖος (cf. O-
lymp. XCIII).

Bocchus apud Solinum, cuius cap.
VI verba haec sunt: *Polymestor Mile-
sius puer, quum a matre locatus esset
ad caprarios pastus, ludicro leporem
consecutus est, et ob id statim produ-
ctus a gregis domino Olympiade sexta
et quadragesima, ut Bocchus auctor
est, victor in stadio meruit coronam.*

² Pausanias X. VII. 4: τῆς τεσσα-
ρακοςῆς Ὀλυμπιάδα καὶ ὀγδόης, ἣν
Γλαυκίας ὁ Κροτωνιάτης ἐνίκησεν.

³ Eratosthenes apud Diogenem

? . . . . Ληναῖος . . . . ¹.

Λυκῖνος Κροτωνιάτης ϛάδιον.

ex Diogene et Syncello. Cod. Paris. προβὰς εἰς τοὺς ἄνδρας. Int. Armen. teste Auchero: sese promovit atque omnes omnino viros superavit; teste Zohrabo: pro-

Laertium VIII. 1. 25 (47): 'Ερατοσθένης δέ φησι, καθὸ καὶ Φαβωρῖνος ἐν τῇ ὀγδόῃ παντοδαπῆς ἱςορίας παρατίθεται, τοῦτον (Pythagoram) εἶναι τὸν πρῶτον ἐντέχνως πυκτεύσαντα ἐπὶ τῆς ὀγδόης καὶ τετταρακοςῆς 'Ολυμπιάδος, κομήτην καὶ ἁλουργίδα φοροῦντα· ἐκκριθέντα τ' ἐκ τῶν παίδων καὶ χλευασθέντα αὐτίκα προοβῆναι τοὺς ἄνδρας καὶ νικῆσαι. δηλοῦν δὲ τοῦτο καὶ τοὐπίγραμμα ὅπερ ἐποίηοε Θεαίτητος (Anthol. Graec. append. 37).

Πυθαγόρην τινά, Πυθαγόρην, ὦ ξεῖνε,
κομήτην,
ἀδόμενον πύκτην εἰ κατέχεις Σάμιον,
Πυθαγόρης ἐγώ εἰμι· τὰ δ' ἔργα μου
εἴ τιν' ἔροιο
'Ηλείων, φήσεις αὐτὸν ἄπιςα λέγειν.

Aliud Epigramma apud Diogenem Laërtium VIII. 1. 25 (49), in Anthol. Graec. append. 284:

Οὗτος πυκτεύσων ἐς 'Ολύμπια παισὶν
ἄνηβος
ἤλυθε Πυθαγόρης ὁ Κράτεω Σάμιος.

Syncellus p. 239 B: Πυθαγόρας ὁ Σάμιος, 'Ολυμπίασιν ἐκκριθεὶς παίδων πυγμὴν ὡς ἁπαλός, προσβὰς τοὺς ἄνδρας, ἐνίκα κατὰ τὴν να' (debebat μη') 'Ολυμπιάδα.

Proverbiorum collectio in codicibus Bodleiano et Vaticano, in Leutschii et Schneidewini Paroemiogr. Graec. I p. 240: ἐν Σάμῳ κομήτης: Πυθαγόρας πύκτης Σάμιος ἐκόμα· καταφρονηθεὶς οὖν παραδόξως ἐνίκησεν.

Plutarchi Proverb. Cent. II. 8: τὸν ἐν Σάμῳ κομήτην: Σάμιός τις ἐγένετο πύκτης, ὃς ἐπὶ μαλακίᾳ σκωπτόμενος, ἐπειδὴ κόμας εἶχεν, ὑπὸ τῶν ἀνταγωνιςῶν, συμβαλὼν αὐτοὺς ἐνίκησεν.

Seriores Pythagoram athletam, Crateae filium, confundere coeperunt cum Pythagora philosopho, Mnesarchi filio. Hinc apud Lucianum Somn. s. Gall. 8 Pythagoras philosophus dicitur ἀθλητής ποτε γενόμενος καὶ 'Ολύμπια οὐκ ἀφανῶς ἀγωνισάμενος. Augustinus Epist. 137 (al. 3) ad Volusian. cap. III § 12: Quis nunc extremus idiota vel quae abiecta muliercula non credit animae immortalitatem vitamque post mortem futuram? quod apud Graecos olim primus Pherecydes Assyrius (l. Syrius) cum disputasset, Pythagoram Samium illius disputationis noritate ex athleta in philosophum vertit. Hinc quoque proverbium illud ad philosophum retulerunt (Iamblichus vit. Pythag. 11 et 30). Quos recte reprehendit Hesychius: ἐν Σάμῳ κομήτας: ἔνιοι Πυθαγόραν τὸν σοφόν φασι τὴν πυκτικὴν ἀσκῆσαι καὶ ἀπ' αὐτοῦ τὴν παροιμίαν λέγεσθαι, ἁμαρτάνοντες.

¹ Phlegontem Trallianum hac Olympiade Lenaeum quendam victorem commemorasse, suspicor propter verba Stephani Byzant.: Λῆνος: χώρα τῶν Πισαίων· ὁ πολίτης Ληναῖος. Φλέγων τεσσαρακοςῇ ὀγδόῃ 'Ολυμπιάδι.

ν'

Ἐπιτελίδας Λάκων ςάδιον ¹.
Οἱ ἑπτὰ σοφοὶ ὠνομάσθησαν.

να'

Ἐρατοσθένης Κροτωνιάτης ςάδιον.

νβ'

Ἆγις Ἠλεῖος ςάδιον.
Ἀρριχίων Φιγαλεὺς παγκράτιον ².

νγ'

Ἅγνων Πεπαρήθιος ςάδιον.
Ἀρριχίων Φιγαλεὺς παγκράτιον ³.

νδ'

Ἱππόςρατος Κροτωνιάτης ςάδιον.
Ἀρριχίων Φιγαλεὺς τὸ τρίτον νικῶν παγκράτιον ψιλωθεὶς ⁴ ἀπέθανε καὶ νεκρὸς ἐςέφθη, φθάσαντος ἀπείπα-

---

cedens viros omnes egregie superavit. "Ἅγνων] Cod. Paris. "Ἅγνων. Int. Armen. *Anon.* 'Ἀρριχίων] Sic codices in Philostrati Imaginibus et alter Syncelli codex (de altero tacet Dindorfius). Cod. Paris. 'Ἀριχίων. Int. Armen. *Aregion.* Pausaniae codices "Ἀρχων, 'Ἀρχίων, 'Ἀρράχων, 'Ἀρραχίων, 'Ἀραχίων, 'Ἀρρυχίων cet., neque unus est qui sibi constet. Apud Philostratum de Gymnastica Mynas

¹ Diodorus Siculus V. 9: κατὰ τὴν πεντηκοςὴν Ὀλυμπιάδα, ἥν ἐνίκα ςάδιον 'Ἐπιτελίδας ὁ Λάκων.
Dionysius Halicarn. *Antiq. Roman.* IV. 1. p. 634 Reiskii: τῆς πεντηκοςῆς Ὀλυμπιάδος, ἥν ἐνίκα ςάδιον 'Ἐπιτελίδας Λάκων.

² Africanus Olymp. LIV. Pausanias, Philostratus et Syncellus locis ibi laudatis p. 20 nota 1.

³ Africanus Olymp. LIV. Pausanias, Philostratus et Syncellus locis ibi laudatis p. 20 nota 1.

⁴ Sic Syncellus quoque, nisi quod sequiorem formam ψιλισθεὶς habet. Aliter rem narrant Pausanias et Philostratus. Vid. nota sequens. Mox ἀπείπασθαι pro ἀπειπεῖν intactum reliqui, quia scriptoris, non librariorum vitium esse videbatur.

σθαι τοῦ ἀνταγωνιςοῦ κλωμένου αὐτῷ τοῦ ποδὸς ὑπ' ἐκείνου[1].

in apographo *Ἀρίωνα* dedit, in sua editione *Ἀρίονα*. Suidas in voce tres diver-

[1] Pausanias VIII. XL. 1: Φιγαλεῦσι δ' ἀνδριάς ἐςιν ἐπὶ τῆς ἀγορᾶς Ἀρριχίωνος τοῦ παγκρατιαςοῦ . . . . . τῷ δ' Ἀρριχίωνι ἐγένοντο Ὀλυμπικαὶ νῖκαι, δύο μὲν Ὀλυμπιάσι ταῖς πρὸ τῆς τετάρτης καὶ πεντηκοςῆς, ἐγένετο δὲ καὶ ἐν αὐτῇ σὺν δικαίῳ τ' ἐκ τῶν Ἑλλανοδικῶν καὶ Ἀρριχίωτος αὐτοῦ τῇ ἀρετῇ. ὡς γὰρ δὴ πρὸς τὸν καταλειπόμενον ἔτι τῶν ἀνταγωνιςῶν ἐμάχετο ὑπὲρ τοῦ κοτίνου, ὁ μὲν προέλαβεν ὅςις δὴ ὁ ἀνταγωνιζόμενος, καὶ τοῖς ποσὶ τὸν Ἀρριχίωνα εἶχεν ἐξωκώς, καὶ τὸν τράχηλον ἐπίεζεν ἅμα αὐτοῦ ταῖς χερσίν· ὁ δ' Ἀρριχίων ἐκκλᾷ τὸν ἐν τῷ ποδὶ τοῦ ἀνταγωνιζομένου δάκτυλον, καὶ Ἀρριχίων τε τὴν ψυχὴν ἀφίησιν ἀγχόμενος, καὶ ὁ ἄγχων τὸν Ἀρριχίωνα ὑπὸ τοῦ δακτύλου τῆς ὀδύνης κατὰ τὸν καιρὸν ἀπαγορεύει τὸν αὐτόν· Ἡλεῖοι δ' ἐςεφάνωσάν τε καὶ ἀνηγόρευσαν τοῦ Ἀρριχίωνος τὸν νεκρόν. Philostratus *Imag.* II. 6: ἐς αὐτὰ ἥκεις Ὀλύμπια καὶ τῶν ἐν Ὀλυμπίᾳ τὸ κάλλιςον· τουτὶ γὰρ δὴ ἀνδρῶν τὸ παγκράτιον, ςεφανοῦται δ' αὐτὸ Ἀρριχίων ἐπαποθανὼν τῇ νίκῃ. Post pauca cum δὶς ἤδη νικῆσαι τὰ Ὀλύμπια dicit cum in hoc certamen descenderet. Deinde sic certamen describit: τὸν Ἀρριχίωνα μέσον ἤδη ᾑρηκὼς ὁ ἀντίπαλος ἀποκτεῖναι ἔγνω καὶ τὸν μὲν πῆχυν τῇ δειρῇ ἐνέβαλεν ἀποφράττων αὐτῷ τὸ ἆσθμα, τὰ σκέλη δὲ τοῖς βουβῶσιν ἐναρμόσας καὶ περιδείρας ἐς ἑκατέραν ἀγκύλην ἄκρῳ τῷ πόδε τῷ μὲν πνίγματι ἔφθη αὐτὸν ὑπνηλοῦ τοῦ ἐντεῦθεν θανάτου τοῖς αἰσθητηρίοις ἐντρέχοντος τῇ δ' ἐπιτάσει τῶν σκελῶν ἀτειμένῃ χρησάμενος οὐκ ἔφθη τὸν λογισμὸν τοῦ Ἀρριχίωνος· ἐκλακτίσας γὰρ τὸν ταρσὸν τοῦ ποδὸς Ἀρριχίων, ἐφ' οὗ ἐκινδύνευεν αὐτῷ τὰ δεξιὰ κρεμαννυμένης ἤδη τῆς ἀγκύλης ἐκεῖνον μὲν συνέχει τῷ βουβῶνι ὡς οὐκέτ' ἀντίπαλον, τοῖς δὲ γ' ἀριςεροῖς ἐνιζήσας καὶ τὸ περὶ τὸ ἄκρον τοῦ ποδὸς ἐναποκλείσας τῇ ἀγκύλῃ οὐκ ἐᾷ μένειν τῷ σφυρῷ τὸν ἀςφάγαλον ὑπὸ τῆς ἐς τὸ ἔξω βιαίου ἀποςροφῆς· ἡ γὰρ ψυχὴ ἀπιοῦσα τοῦ σώματος ἀδρανὲς μὲν αὐτὸ ἐργάζεται, δίδωσι δ' αὐτῷ ἰσχύειν ἐς ὃ ἀπερείδεται. γέγραπται δ' ὁ μὲν ἀποπνίξας νεκρῷ εἰκάσαι καὶ τὸ ἀπαγορεῦον ἐπισημαίνων τῇ χειρί· ὁ δ' Ἀρριχίων ὅσα οἱ νικῶντες γέγραπται, καὶ γὰρ τὸ αἷμα ἐν τῷ ἄνθει καὶ ὁ ἱδρὼς ἀκραιφνὴς ἔτι, καὶ μειδιᾷ, καθάπερ οἱ ζῶντες, ἐπειδὰν νίκης αἰσθάνωνται.

Idem de *Gymnast*. p. 34 Darembergii, 22 Mynae: *Ἀρριχίωνα δὲ τὸν παγκρατιαςὴν δύο μὲν ἤδη Ὀλυμπιάδας (νικῶντα, τρίτην δ' ἐπ' ἐκείναις Ὀλυμπιάδα) μαχόμενον περὶ τοῦ ςεφάνου (καὶ ἤδη ἀπαγορεύοντα), Ἐρυξίας ὁ γυμναςὴς εἰς ἔρωτα θανάτου κατέςησεν, ἀναβοήσας ἔξωθεν ὡς καλὸν ἐντάφιον ἐν Ὀλυμπίᾳ μὴ ἀπειπεῖν.* (Quae uncinis inclusi Mynas in apographo dedit, in sua editione omisit). Postrema verba, de quibus dubitatum est, mihi sana videntur. Quum enim athletae aut ἀποθνητέον esset, aut ἀποῤῥητέον, non minus recte dictum puto καλὸν ἐντάφιον τὸ ἐν Ὀλυμπίᾳ μὴ ἀπειπεῖν, quam si legeretur καλὸν ἐντάφιον τὸ ἐν Ὀλυμπίᾳ τεθνάναι vel ἀποθανεῖν.

Καλλίας Φαινίππου Ἀθηναῖος κέλητι ¹.

νε΄

ol. LV
a. C. 560

Ἱππόκρατος ὁ αὐτὸς τὸ δεύτερον.
Ὅτε Κῦρος ἐβασίλευε Περσῶν.

νς΄

ol. LVI
a. C. 556

Φαῖδρος Φαρσάλιος ςάδιον.

νζ΄

ol. LVII
a. C. 552

Λάδρομος Λάκων ςάδιον.

νη΄

ol. LVIII
a. C. 548

Διόγνητος Κροτωνιάτης ςάδιον ².

νθ΄

ol. LIX
a. C. 544

Ἀρχίλοχος Κερκυραῖος ςάδιον.
Πραξιδάμας Σωκλείδου Αἰγινήτης πυγμήν ³.

---

sas scripturas profert: *Ἀραχίων*, *Ἀρχίων*, *Ἀρραχίων*. *Σωκλείδου*] Sic Pindarus, nisi quod forma *Σωκλείδα* utitur. «ὁ *Δίδυμος · Σωκλῆς ἐςι τὸ ὄνομά*,

Syncellus p. 239 C Eusebium vel Africanum descripsit. Pro ψιλωθείς habet ψιλισθείς, pro καὶ νεκρὸς ἐςίφθη habet νεκρός τ' ἐςίφθη, omittit αὐτῷ et pro ἐκείνου habet αὐτοῦ.
¹ Scholiasta Aristophanis ad Av. 283: ὁ πρῶτος γοῦν Καλλίας Φαινίππου πατρὸς ἐςιν, ὁ νενικηκὼς ἵππῳ τὴν τετάρτην καὶ πεντηκοςὴν Ὀλυμπιάδα.
Interpolator Herodoti VI. 122: Καλλίεω δὲ τούτου (τοῦ Φαινίππου, cap. 121) ἄξιον πολλαχοῦ μνήμην ἐςὶ πάντα τινὰ ἔχειν. τοῦτο μὲν γὰρ τὰ προλελεγμένα ..... τοῦτο δὲ τὰ ἐν Ὀλυμπίῃ ἐποίησε, ἵππῳ νικήσας, τεθρίππῳ δὲ δεύτερος γενόμενος.

Meursius in scholio laudato legendum censuit τὴν οδ' pro τὴν νδ', quae coniectura manifesto falsa est, quum Callias, teste Herodoto VI. 121, aequalis et infestissimus adversarius fuerit Pisistrati, cuius bis exsulis toties bonorum sector exstitit.
² Pausanias X. v. 13: τῆς ὀγδόης Ὀλυμπιάδος καὶ πεντηκοςῆς, ἣν Κροτωνιάτης ἐνίκα Διόγνητος.
³ Pausanias VI. xviii. 7: Πραξιδάμαντος Αἰγινήτου νικήσαντος πυγμῇ τὴν ἐνάτην Ὀλυμπιάδα ἐπὶ ταῖς πεντήκοντα.
Pindarus Nem. VI. 15 (28) sqq. de Praxidamantis nepote Alcimida.

ξ'

Ἀπελλαῖος Ἠλεῖος ϛάδιον.
? Τίσανδρος Κλεοκρίτου Νάξιος ἐκ Σικελίας πυγμήν [1].
? Μίλων Διοτίμου Κροτωνιάτης πάλην παίδων [2].
Κρέων Κεῖος πυγμὴν παίδων [3].

ξα'

Ἀγάθαρχος Κερκυραῖος ϛάδιον [4].

φησι. παρήγαγε δ' αὐτὸ πατρωνυμικῶς, ὡς ἔθος ἐϛὶ τοῖς ποιηταῖς." Scholiasta
ἴχνεσιν ἐν Πραξιδάμαντος ἑὸν πόδα
νίμων
πατροπάτορος ὁμαιμίον.
κεῖνος γὰρ Ὀλυμπιόνικος ἐὼν Αἰακίδαις
ἔρνεα πρῶτος ἔνεικεν ἀπ' Ἀλφεοῦ,
καὶ πεντάκις Ἰσθμοῖ ϛεφανωσάμενος,
Νεμίᾳ δὲ τρίς,
ἔπαυσε λάθαν
Σωκλείδα, ὃς ὑπέρτατος
Ἀγησιμάχῳ υἱέων γένετο,
ἐπεὶ οἱ τρεῖς ἀεθλοφόροι πρὸς ἄκρον
ἀρετᾶς
ἦλθον, οἵ τε πόνων ἐγεύσαντο. σὺν
θεοῦ δὲ τύχᾳ
ἕτερον οὔ τινα οἶκον ἀπεφάνατο πυγ-
μαχίᾳ πλεόνων
ταμίαν ϛεφάνων μυχῷ Ἑλλάδος ἁπάσας.
vs. 18 ἔνεικεν adiecit Bergkius.
[1] Pausanias VI. XIII. 8: Νάξου δ'
οἰκισθείσης ποτὲ ἐν Σικελίᾳ ὑπὸ Χαλ-
κιδέων τῶν ἐπὶ τῷ Εὐρίπῳ τῆς πόλεως μὲν
οὐδ' ἐρείπια ἐλείπετο ἐς ἡμᾶς ἔτι, ὄνο-
μα δὲ καὶ ἐς τοὺς ἔπειτα εἶναι τῆς
Νάξου Τίσανδρες ὁ Κλεοκρίτου μάλιϛα
αἰτίαν ἐχέτω. τετράκις γὰρ δὴ ἐν ἀν-
δράσι κατεμαχέσατο ὁ Τίσανδρος πύκ-
τας ἐν Ὀλυμπίᾳ, τοσαῦται δὲ καὶ Πυ-
θοῖ γεγόνασιν αὐτῷ νῖκαι, Κορινθίοις
δ' οὐκ ἦν πω τηνικαῦτα οὐδ' Ἀργείοις
ἐς ἅπαντας ὑπομνήματα τοὺς Νεμεάτας.

E postremis Pausaniae verbis ap-
paret priscis admodum temporibus Ti-
sandrum vixisse. Constat autem statuam
eius Olympicam post Olymp. LXI sculp-
tam esse, quum antiquissimae statuae
quas Olympiae vidit Pausanias Praxi-
damantis Aeginetae et Rhexibii Opuntii
fuerint, quorum hic Olymp. LXI pan-
cratio, ille Olymp. LIX eodem quo Ti-
sander certamine victor exstitit.

Τίσανδρος ὁ ἐκ τῆς Νάξου πύκτης
iuxta nobilissimos athletas commemora-
tur a Philostrato de Gymnast. p. 72
Darembergii, 44 Mynae.

Philostrati circa Tisandri patriam
errorem, quam cum insula homonyma
confudit, castigavit Cobet, de Philostr.
lib. περὶ γυμνας. p. 8. Paucos fuisse
Philostrati aetate quibus nota esset
Naxus Siciliae, mirum non est, quum
ea civitas iam Olymp. XCIV, 2 a Dio-
nysio fuerit deleta (Diodorus Sicu-
lus XIV. 15).
[2] Cf. ad Olymp. LXII p. 23 nota 4.
[3] Philostratus loco laudato ad O-
lymp. XLI.
[4] Dionysius Halicarn. Antiq. Ro-
man. IV. 41 p. 745 Reiskii: τῆς ἑξηκο-
ϛῆς καὶ πρώτης Ὀλυμπιάδος, ἣν ἐνίκα
ϛάδιον Ἀγάθαρχος Κερκυραῖος.

? Τίσανδρος· Κλεοκρίτου Νάξιος ἐκ Σικελίας πυγμήν[1].
'Ρηξίβιος Ὀπούντιος παγκράτιον[2].

ξβ'

Ἐρυξίας Χαλκιδεὺς ςάδιον[3].
Μίλων Διοτίμου Κροτωνιάτης πάλην. Ὃς νικᾷ Ὀλύμ-
πια ἐξάκις[4], Πύθια ἑξάκις, Ἴσθμια δεκάκις, Νέμεα
ἐννεάκις.

Pindari ad Nem. VI. 30 p. 469 Boeckhii.
1 Cf. ad Olymp. LX, p. 22 nota 1.
2 Pausanias VI. xviii. 7: Ὀπουν-
τίου 'Ρηξιβίου παγκρατιαςὰς καταγω-
νισαμένου μιᾷ πρὸς ταῖς ἑξήκοντα Ὀ-
λυμπιάδι.
3 Iamblichus vit. Pythag. VII. 35:
κατὰ τὴν Ὀλυμπιάδα τὴν δευτέραν
ἐπὶ ταῖς ἑξήκοντα, καθ' ἣν Ἐρυξίδας ὁ
Χαλκιδεὺς ςάδιον ἐνίκησεν.
4 Pausanias VI. xiv. 5: Μίλωνα
τὸν Διοτίμου πεποίηκε μὲν Δαμέας ἐκ
Κρότωνος καὶ οὗτος. ἐγένοντο δὲ τῷ
Μίλωνι ἓξ μὲν ἐν Ὀλυμπίᾳ πάλης νῖκαι,
μία δ' ἐν παισὶν ἐξ αὐτῶν, cet.
Suidas v. Μίλων Pausaniam descripsit.
Diodorus Siculus XII. 9 narrat
Milonem praefuisse Crotoniatis in bello
cum Sybaritis; ὁ γὰρ ἀνὴρ οὗτος ἑξάκις
Ὀλύμπια νενικηκώς .... λέγεται πρὸς
τὴν μάχην ἀπαντῆσαι κατεςεφανωμένος
τοῖς Ὀλυμπιακοῖς ςεφάνοις.
Simonides in Anthol. Planud. 24, in
Bergkii Poet. Lyr. Graec. p. 919 ed. 2ae:
Μίλωνος τόδ' ἄγαλμα καλοῦ καλόν,
ὅς ποτὶ Πίσῃ
ἑπτάκι νικήσας εἰς γόνατ' οὐκ ἔπεσεν.
In his ποτὶ Schneidewini emendatio est
pro ποτέ. Pro ἑπτάκι legi posse ἑξάκι,
viderunt viri docti.

Ἐρυξίας] Iamblichus Ἐρυξίδας.
Auctor Argum. Theocrit. Idyll.
IV Theocritum diu post Milonem vix-
isse dicit, εἴγε Μίλων τῇ ἑβδόμῃ Ὀλυμ-
πιάδι πάλῃ νικᾷ, ubi corruptela mani-
festa est, emendatio incerta.
Milo in omnium ore erat ut exem-
plum roboris. Lucianus de Imagin.
19: εἴ τις Μίλωνα τὸν ἐκ Κρότωνος ἢ
Γλαῦκον τὸν ἐκ Καρύςου ἢ Πολυδά-
μαντα ἐπαινέσαι θέλων ἔπειτα λέγοι
ἰσχυρότερον ἕκαςον αὐτῶν γυναικὸς γε-
νέσθαι, οὐκ ἂν οἴει γελασθῆναι αὐτὸν
ἐπὶ τῇ ἀνοίᾳ τοῦ ἐπαίνου; vid. etiam
Strabo VI. I. 12 p. 262 sq. Casauboni,
Philostratus loco laudato ad Olymp.
XXXVII p. 15 nota 1, Idem vit. Apoll.
Tyan.IV.28, Anthol. Graec. II. vs.230, alii.
Verisimile est Africanum Milonis
mentionem iniecisse aut ea Olympiade
qua primum vicit (inter viros; nam
alioquin scripsisset πάλην παίδων), aut
ea qua sextam palmam tulit. Quum
igitur constet Milonem Olymp. LXVII,
qua Sybaris a Crotoniatis deleta est,
aetate adhuc floruisse, illud verum vi-
detur. Quapropter suspicor Milonis vi-
ctoriam inter pueros Olympiadi LX esse
adsignandam, viriles Olympiadibus LXII
—LXVI.

24

? Τίσανδρος Κλεοκρίτου Νάξιος ἐκ Σικελίας πυγμήν¹.
Κίμων Στησαγόρου Ἀθηναῖος τεθρίππῳ².

ol. XLIII
a. C. 528

ξγ´

Παρμενίδης Καμαριναῖος ςάδιον³.
? Μίλων Διοτίμου Κροτωνιάτης πάλην⁴.
? Τίσανδρος Κλεοκρίτου Νάξιος ἐκ Σικελίας πυγμήν⁵.
Πεισίςρατος Ἱπποκράτους Ἀθηναῖος τεθρίππῳ⁶.

ol. XLIV
a. C. 524

ξδ´

Μένανδρος Θεσσαλὸς ςάδιον.
? Μίλων Διοτίμου Κροτωνιάτης πάλην⁷.
Κίμων Στησαγόρου Ἀθηναῖος τεθρίππῳ⁸.

Στησαγόρου] Sic Herodoti codices. Aliis Τισάγορας audit. Μένανδρος] Sic

¹ Cf. ad Olymp. LX p. 22 nota 1.
² Herodotus VI. 103: Κίμωνα τὸν Στησαγόρεω κατέλαβε φυγέειν ἐξ Ἀθηνέων Πεισίςρατον τὸν Ἱπποκράτεος. καὶ αὐτῷ φεύγοντι Ὀλυμπιάδα ἀνελέσθαι τεθρίππῳ συνέβη, καὶ ταύτην μὲν τὴν νίκην ἀνελόμενόν μιν τὠυτὸ ἐξενείκασθαι τῷ ὁμομητρίῳ ἀδελφεῷ Μιλτιάδῃ· μετὰ δὲ τῇ ὑςέρῃ Ὀλυμπιάδι τῇσι αὐτῇσι ἵπποισι νικῶν παραδιδοῖ Πεισιςράτῳ ἀνακηρυχθῆναι, καὶ τὴν νίκην παρεὶς τούτῳ κατῆλθε ἐπὶ τὰ ἑωυτοῦ ὑπόσπονδος. καὶ μιν ἀνελόμενον τῇσι αὐτῇσι ἵπποισι ἄλλην Ὀλυμπιάδα κατέλαβε ἀποθανέειν ὑπὸ τῶν Πεισιςράτου παίδων, οὐκέτι περιεόντος αὐτοῦ Πεισιςράτου.
Plutarchus Cat. Mai. V: τῶν Κίμωνος ἵππων, αἷς Ὀλύμπια τρὶς ἐνίκησεν.

Quum ter iisdem equis palmam consecutus sit Cimon, non dubitavi victorias eius tribus continuis Olympiadibus adsignare. Pisistratus autem, quem Olymp. LXIII, 2 diem obiisse constat (Clinton, Fasti Hellenici, II. p. 12 ed. 2ae), obiit post secundam sed ante ter-

tiam Cimonis victoriam. Hae igitur Olympiadibus LXIII et LXIV adsignandae sunt, prima Olympiadi LXII.

Satis constanter seriores Cimonem Stesagorae filium, eiusque fratrem ὁμομήτριον Miltiadem Cypseli filium, confundunt cum Miltiade Marathonio eiusque filio Cimone. Hinc Pseudo-Andocides c. Alcib. 33: ἀναμνήσθητε δὲ καὶ τοὺς προγόνους, ὡς ἀγαθοὶ καὶ σώφρονες ἦσαν, οἵτινες ἐξωςράκισαν Κίμωνα διὰ παρανομίαν, ὅτι τῇ ἀδελφῇ τῇ ἑαυτοῦ συνῴκησεν. καίτοι οὐ μόνον αὐτὸς Ὀλυμπιονίκης ἦν, ἀλλὰ καὶ ὁ πατὴρ αὐτοῦ Μιλτιάδης. Alium errorem hoc loco commissum in causa ob quam Cimon in exilium missus sit, castigavit I. Rutgersius in Variis Lection. I. 9 p. 39.

³ Diodorus Siculus I. 68: τῆς ἑξηκοςῆς καὶ τρίτης Ὀλυμπιάδος, ἣν ἐνίκα ςάδιον Παρμενίδης Καμαριναῖος.
⁴ Cf. ad Olymp. LXII p. 23 nota 4.
⁵ Cf. ad Olymp. LX p. 22 nota 1.
⁶ Cf. ad Olymp. LXII p. 24 nota 2.
⁷ Cf. ad Olymp. LXII p. 23 nota 4.
⁸ Cf. ad Olymp. LXII p. 24 nota 2.

ξε'

Ἄνοχος Ἀδαμάτα Ταραντῖνος ςάδιον (καὶ δίαυλον?)¹.
? Μίλων Διοτίμου Κροτωνιάτης πάλην².
Προσετέθη ὁπλίτης καὶ ἐνίκα Δαμάρετος Ἡραιεύς³.
Γλαῦκος Δημύλου Καρύςιος πυγμὴν παίδων⁴.

---

int. Armen. Cod. Paris. *Ἐνανδρος.* *Ἄνοχος*] Sic Pausaniae codices. Cod. Paris.
Ἀχοχας. Int. Armen. *Anachos.* *Δαμάρετος*] Sic Pausaniae codices libro VI. Cod.
Paris. *Δαμάριτος.* Int. Armen. *Damaretos.* Plerique Pausaniae codices ceteris locis
Δημάρετος. Philostrati codex *Δημάρητος.* *Ἡραιεύς*] Sic int. Armen. et Pau-

¹ Pausanias VI. xiv. 11: "Ἄνοχος ὁ Ἀδαμάτα Ταραντῖνος ςαδίου λαβὼν καὶ διαύλου νίκην. Incertum an eadem Olympiade utramque victoriam reportarit.
² Cf. ad Olymp. LXII p. 23 nota 4.
³ Pausanias V. vιιι. 10: τῶν δ' ὁπλιτῶν ὁ δρόμος ἐδοκιμάσθη μὲν ἐπὶ τῆς πέμπτης Ὀλυμπιάδος καὶ ἑξηκοςῆς, μελέτης, ἐμοὶ δοκεῖν, ἕνεκα τῆς ἐς τὰ πολεμικά· τοὺς δὲ δραμόντας ἀσπίσιν ὁμοῦ πρῶτος Δαμάρετος ἐκράτησεν Ἡραιεύς.
Idem VI. x. 4: Δαμαρέτῳ δ' Ἡραιεῖ νίῳ τε τοῦ Δαμαρέτου καὶ υἰωνῷ δύο ἐν Ὀλυμπίᾳ γεγόνασιν ἑκάςῳ νῖκαι, Δαμαρέτῳ μὲν πέμπτῃ ἐπὶ ταῖς ἑξήκοντα Ὀλυμπιάδι, ὅτε ἐνομίσθη πρῶτον ὁ τοῦ ὅπλου δρόμος, καὶ ὡσαύτως τῇ ἐφεξῆς.
Idem VIII. xxvι. 2: ἀθλητὰς δ', ὁπόσοι γεγόνασιν Ἀρκάσιν, ὑπερῆκε τῇ δόξῃ Δαμάρετος Ἡραιεύς, ὅς τὸν ὁπλίτην δρόμον ἐνίκησεν ἐν Ὀλυμπίᾳ πρῶτος.
Idem X. vιι. 7: τρίτῃ δὲ Πυθιάδι ἐπὶ ταῖς εἴκοσι προςιθέασιν ὁπλίτην δρόμον· καὶ ἐπ' αὐτῷ Τιμαίνετος ἐκ Φλιοῦντος ἀνείλετο τὴν δάφνην, Ὀλυμπιάσιν ὕςερον πέντε ἢ Δαμάρετος Ἡραιεὺς ἐνίκησεν. Prima Pythias incidit in Olymp. XLVIII. 3 (cf. Boeckhius, Ex-

plicat. ad Pindari Olymp. XII, p. 206 sqq., et Clinton, Fasti Hellenici, III p. 612 sqq. ed. 2ᵃᵉ); ergo Pythias XXIII = Olymp. LXX, 3 = quinque Olympiades et duo anni post Olymp. LXV. 1.
Philostratus *de Gymnast.* p. 24 Darembergii, 16 Mynae: Δαμάρετος δὲ κατὰ τὴν ἑξηκοςὴν πέμπτην πρῶτος ὁπλίτου λέγεται τυχεῖν, Ἡραιεύς, οἴμαι, ὥν.
⁴ Pausanias VI. x. 1 sqq.: ἐπὶ τοῖς κατειλεγμένοις ἕςηκεν ὁ Καρύςιος Γλαῦκος...... πατρὸς δ' οὗτος ὁ Καρύςιος ἦν Δημύλου, καὶ γῆν φασιν αὐτὸν κατ' ἀρχὰς ἐργάζεσθαι. ἐκπεσοῦσαν δ' ἐκ τοῦ ἀρότρου τὴν ὕνιν πρὸς τὸ ἄροτρον καθήρμοσε τῇ χειρὶ ἀντὶ σφύρας χρώμενος. καὶ πως ἐθεάσατο ὁ Δημύλος τὸ ὑπὸ τοῦ παιδὸς ποιούμενον καὶ ἐπὶ τούτῳ πυκτεύσοντα ἐς Ὀλυμπίαν αὐτὸν ἀνήγαγεν. ἔνθα δὴ ὁ Γλαῦκος ἅτ' οὐκ ἐμπείρως ἔχων τῆς μάχης ἐτιτρώσκετο ὑπὸ τῶν ἀνταγωνιζομένων, καὶ ἡνίκα πρὸς τὸν λειπόμενον ἐξ αὐτῶν ἐπύκτευεν ἀπαγορεύειν ὑπὸ πλήθους τῶν τραυμάτων ἐνομίζετο. καὶ οἱ τὸν πατέρα βοῆσαι φασιν· ὦ παῖ, παῖε τὴν ἀπ' ἀρότρου. οὕτω γε δὴ βιαιοτέραν ⪤ τὸν ἀνταγωνιζόμενον ἐνεγκὼν τὴν πληγὴν αὐτίκα εἶχε τὴν νίκην...... τοῦ Γλαύ-

ξϛ'

'Ισχυρὸς Ἱμεραῖος ςάδιον.
? Μίλων Διοτίμου Κροτωνιάτης πάλην [1].
? Τιμασίθεος Δελφὸς παγκράτιον [2].

saniae codices, nisi quod horum quidam libro X Κραιεὺς habent. Philostrati

κον δὲ τὴν εἰκόνα ἀνέθηκε μὲν ὁ παῖς αὐτοῦ, Γλαυκίας δ' Αἰγινήτης ἐποίησεν. σκιαμαχοῦντος δ' ὁ ἀνδριὰς παρέχεται σχῆμα, ὅτι ὁ Γλαῦκος ἦν ἐπιτηδειότατος τῶν κατ' αὐτὸν χειρονομῆσαι πεφυκώς.

Suidas v. Γλαῦκος Καρύςιος Pausaniam descripsit.

Philostratus de Gymnast. p. 34 Darembergii, 22 Mynae: Γλαῦκον τὸν Καρύςιον, ἀπιςούμενον ἐν Ὀλυμπίᾳ τὴν πυγμὴν τῷ ἀντιπάλῳ (sic sine sensu Mynas), Τισίας ὁ γυμναςὴς εἰς νίκην ἤγαγε παρακελευσάμενος τὴν ἀπ' ἀρότρου πλῆξαι· τουτὶ δ' ἄρα ἦν ἡ τῆς δεξιᾶς εἰς τὸν ἀντίπαλον φορά· τὴν γὰρ χεῖρα ἐκείνην ὁ Γλαῦκος οὕτω τι ἔρρωτο ὡς ὕνιν ἐν Εὐβοίᾳ ποτὲ καμφθεῖσαν ὀρθῶσαι, σφυρηδὸν τῇ δεξιᾷ πλήξας.

In nobilissimis athletis est Demostheni et Aeschini locis laudandis ad Olymp. CXII, Philostrato laudato ad Olymp. XXXVII p. 15 nota 1 et ad Olymp. XLVI p. 17 nota 1, Luciano laudato ad Olymp. LXII p. 23 nota 4, Eclogario Parisino p. 154 Crameri in Anecd. Graec. Paris. vol. II.

Simonides hanc victoriam celebravit epinicio cuius fragmentum servavit Lucianus pro Imagin. 19 (cf. Quintilianus Instit. Orator. XI. II. 14), in Bergkii Poet. Lyr. Graec. p. 872 ed. 2ae.

Suidas v. Γλαῦκος·... Γλαῦκος ὄνομα κύριον, γένος Καρύςιος, πύκτης, πέμπτῃ καὶ ἑξηκοςῇ Ὀλυμπιάδι ςεφανωθείς.

Auctor τῶν ῥητορικῶν λέξεων in Bekkeri Anecd. Graec. p. 232: Γλαῦκος Καρύςιος: πύκτης ἦν ὁ Γλαῦκος, πέμπτην καὶ ἑξηκοςὴν Ὀλυμπιάδα ςεφανωθείς..... ἀπέθανε δ' ἐξ ἐπιβουλῆς Γέλωνος τοῦ Συρακοσίων τυράννου.

Utroque loco ἑξηκοςήν scripsi pro εἰκοςήν ex certissima Brunnii emendatione; Glauci enim filius statuam patris, post multas in aliis Iudis victorias a Gelone interfecti, faciendam mandavit Glauciae Aeginetae, qui circa Olymp. LXXV floruit (Brunn, Geschichte der Griech. Künstler, I. p. 83).

[1] Cf. ad Olymp. LXII p. 23 nota 4.
[2] Herodotus V. 72 narrat Cleomenem, regem Lacedaemoniorum, qui Athenas venerat ab Isagora contra Clisthenem auxilio vocatus, a plebe superatum deditione facta abiisse cum suis; τοὺς δὲ ἄλλους Ἀθηναῖοι κατέδησαν τὴν ἐπὶ θανάτῳ, ἐν δὲ αὐτοῖσι καὶ Τιμησίθεον τὸν Δελφόν, τοῦ ἔργα χειρῶν τε καὶ λήματος ἔχοιμ' ἂν μέγιςα κπταλέξαι. οὗτοι μέν νυν δεδεμένοι ἐτελεύτησαν.

Pausanias VI. VIII. 6: Προμάχου δ' οὐ πόρρω Τιμασίθεος ἀνάκειται γένος Δελφός, Ἀγελάδα μὲν ἔργον τοῦ Ἀργείου, παγκρατίου δὲ δύο μὲν ἐν Ὀλυμπίᾳ νίκας τρεῖς δ' ἀνῃρημένος Πυθοῖ. καὶ αὐτῷ καὶ ἐν πολέμοις ἐςὶν ἔργα τῇ τε τόλμῃ λαμπρὰ καὶ οὐκ ἀποδέοντα τῇ εὐτυχίᾳ, πλήν γε δὴ τοῦ τελευταίου· τοῦτο δ' αὐτῷ θάνατον τὸ ἐγχείρημα ἤνεγκεν. Ἰσαγόρα γὰρ τῷ Ἀ-

Δαμάρετος Ἡραιεὺς ὁπλίτην ¹.
Κλεοσθένης Πόντιος Ἐπιδάμνιος τεθρίππῳ ².

ξζ'
Φαναῖς Πελληνεὺς· πρῶτος ἐτρίσσευσεν, ςάδιον, δίαυ-
λον, ὅπλον.

ol. LXVII
a. C. 512

? Τιμασίθεος Κροτωνιάτης πάλην ³.
? Τιμασίθεος Δελφὸς παγκράτιον ⁴.

ξη'
Ἰσόμαχος Κροτωνιάτης ςάδιον ⁵.

ol. LXVIII
a. C. 508

codex *Κραεὺς*. Cod. Paris. *Ἡρακλείδης*. Πόντιος] nomen videtur esse corruptum. Πελληνεύς] Sic cod. Paris. et int. Armen. Scaliger coniecit Πριηνεύς, Goldhagen Παλληνεύς, propter traditionem a Pausania VII. xvii. 13 memoratam, ab Olympiade VI ad LXXX nullum Achaeum Olympiae vicisse. Dubius haereo utrum Πελληνεύς legendum an Παλληνεύς emendandum sit. Ab altera enim parte, quum constet Olympiade XXIII et LXXI Achaeos vicisse (nam qui e Strabonis verbis, VIII. vi. 25 p. 383 Casauboni, effecit Hyperesiam olim non fuisse civitatem Achaïcam, verba Strabonis non intellexit), ipsa traditio manifesto falsa est. Sed ab altera parte vix intelligo quomodo circa Olympiadem LXXX fama illa circumferri potuerit, si quinquaginta tantum annis ante ipsa stadii palma Achaeo contigisset. Ἰσόμαχος] Apud Dionysium legitur Ἰσχόμαχος.

Θηναίῳ τὴν ἀκρόπολιν τὴν Ἀθηναίων καταλαβόντι ἐπὶ τυραννίδι μετασχὼν τοῦ ἔργου καὶ ὁ Τιμασίθεος θάνατον ζημίαν εὗρε τοῦδε τοῦ ἀδικήματος παρ' Ἀθηναίων. Sic enim legendum videtur; pro εὗρε τοῦδε τοῦ in libris est εὕρετο δὲ τοῦ.

Quum igitur Timasitheus aetate adhuc florens supplicium passus sit Olymp. LXVIII, non multum a vero aberraverit qui victorias eius Olympicas Olympiadibus LXVI et LXVII adsignet.

¹ Pausanias laudatus ad Olymp. LXV p. 25 nota 3.
² Pausanias VI. x. 6: *ἐπὶ δὲ τῷ Πανταρκει Κλεοσθένους ἐςὶν ἅρμα ἀνδρὸς Ἐπιδαμνίου..... ἐνίκα μὲν δὴ τὴν ἕκτην Ὀλυμπιάδα καὶ ἑξηκοςὴν ὁ*

Κλεοσθένης..... καὶ ἐλεγεῖον τόδ'
ἐςὶν ἐπὶ τῷ ἅρματι (Anthol. Graec. append. 227):

*Κλεοσθένης μ' ἀνέθηκεν ὁ Πόντιος
ἐξ Ἐπιδάμνου,
νικήσας ἵπποις καλὸν ἀγῶνα Διός.*

³ Pausanias VI. xiv. 5 de Milone Crotoniata: *ἀφίκετο δὲ καὶ ἕβδομον παλαίσων ἐς Ὀλυμπίαν· ἀλλὰ γὰρ οὐκ ἐγένετο οἷός τε καταπαλαῖσαι Τιμασίθεον πολίτην τ' ὄντα αὐτῷ καὶ ἡλικίᾳ νέον, πρὸς δὲ καὶ σύνεγγυς οὐκ ἐθέλοντα ἵςασθαι*.

⁴ Cf. ad Olymp. LXVI p. 26 nota 2.
⁵ Dionysius Halicarn. *Antiq. Roman.* V. 1 p. 843 Reiskii: *Ὀλυμπιάδος ὀγδόης καὶ ἑξηκοςῆς ἐνεςώσης, καθ' ἣν ἐνίκα ςάδιον Ἰσχόμαχος Κροτωνιάτης*.

Ἱπποκλέας Θεσσαλὸς ἐκ Πελιννκίου ὁπλίτην [1].
Φειδώλα Κορινθίου παῖδες κέλητι [2].

cl. LXIX
a. C. 504

ξθ´

Ὁ αὐτὸς τὸ δεύτερον [3].

---

[1] Pindarus *Pyth.* X. 12 (20) sqq.:
τὸ δὲ συγγενὲς ἐμβέβακεν ἴχνεσιν
πατρός
'Ολυμπιονίκα δὶς ἐν πολεμαδόκοις
Ἄρεος ὅπλοις.
Puer cuius Pythica victoria hoc carmine celebratur, quique patris vestigia pressisse dicitur, Hippocleas est (cf. Olymp. LXXII). Patri idem quod filio nomen fuisse docet vs. 57 (87) ubi Pythionicam τὸν Ἱπποκλέα appellat poeta. Vulgo hoc loco e Schmidii coniectura editur τὸν Ἱπποκλέαν; creditur enim patris nomen Φρικίας fuisse, propter vs. 15 (23) sq.:
ἔθηκε καὶ βαθυλείμων' ὑπὸ Κίρρας
ἀγών
πέτραν κρατησίποδα Φρικίαν,
verum omnino faciendum videtur cum G. Hermanno (Emendat. Pindar., in Opusculis vol. VII p. 165) monenti veri similius esse alium quempiam Hippocleae cognatum id nominis habuisse; quod quum verissime monuisset Hermannus, eidem tamen postea (l. l. in nota) imposuit Eustathius, qui Φρικίαν equi nomen esse putavit, quasi Pindarus, ut ostenderet familiare esse Hippocleae pedum velocitate in sacris ludis reportare victorias, duo protulerit exempla, patris alterum, alterum equi. Nec Eustathio nec Scholiastae, qui vulgati de Phricia erroris auctor est, quidquam tribuendum, quippe quorum opiniones ipsius loci Pindarici, qui in controversia est, interpretatione nitantur.

Quibus Olympiadibus Hippocleae pater homonymus Olympiae vicerit, non traditur. Verum cum Pindarus hoc carmen composuerit Olympiade LXIX, 3 (nam, teste Scholiasta ad inscript. p. 410 Boeckhii, minor Hippocleas ἐνίκησε τὴν εἰκοςὴν δευτέραν Πυθιάδα), Olympiadibus autem LXV (qua hoc certamen adscitum est), LXVI et LXVII alii cursu armato vicerint, sequitur Hippocleae victorias Olympiadibus LXVIII et LXIX esse adsignandas.

[2] Pausanias VI. XIII. 10: Ἐγένοντο δὲ καὶ τοῦ (Κορινθίου, § 9) Φειδώλα τοῖς παισὶν ἐπὶ κέλητι ἵππῳ νῖκαι, καὶ ὅ θ' ἵππος ἐπὶ ςήλῃ πεποιημένος καὶ ἐπίγραμμά ἐςιν ἐπ' αὐτῷ (Anthol. Graec. append. 389):
*Ἀλυνδρόμας Λύκος Ἰσθμί' ἅπαξ, δύο
δ' ἐνθάδε νίκαις
Φειδώλα παίδων ἐςεφάνωσε δόμους.*
οὐ μὴν τῷ γ' ἐπιγράμματι καὶ τὰ Ἡλείων ἐς τοὺς Ὀλυμπιονίκας ὁμολογεῖ γράμματα · ὀγδόῃ γὰρ Ὀλυμπιάδι καὶ ἑξηκοςῇ καὶ οὐ περὶ ταύτης ἐςὶν ἐν τοῖς Ἡλείων γράμμασιν ἡ νίκη τῶν Φειδώλα παίδων. Verba καὶ οὐ περὶ ταύτης corrupta esse manifestum est; in variis virorum doctorum coniecturis prae ceteris (πρὸ ταύτης, πέρα ταύτης, περὶ ταύτην, παρὰ ταύτην) placet καὶ οὐ παρὲξ ταύτης; certe in hanc sententiam Pausanias scripsit. — Ceterum de dissensu illo non habeo quod proferam.

[3] Dionysius Halicarn. *Antiq. Roman.* V. 37 p. 927 Reiskii: Ὀλυμπιὰς ἦν ἐνάτη καὶ ἑξηκοςή, ἣν ἐνίκα ςάδιον Ἰσχόμαχος Κροτωνιάτης τὸ δεύτερον.

Θεσσαλός Πτοιοδώρου Κορίνθιος . . . . .¹.
Ἱπποκλέας Θεσσαλός ἐκ Πελινναίου ὁπλίτην ².

ο'

Νικέας Ὀπούντιος ϛάδιον³.
? Μνασέας Λίβυς Κυρηναῖος ὁπλίτην ⁴.
Προσετέθη ἀπήνης δρόμος καὶ ἐνίκα Θερσίας Θεσσαλός ⁵.

ol. LXX
a. C. 500

Νικέας] Sic int. Armen. Cod. Paris. Νικαίςας. Dionysii codices Νικίας et Νικαίας exhibent. Scaliger coniecit Νικίας. Νικέας, Τιμέας et similia nomina occurrunt

¹ Pindarus Olymp. XIII (quo carmine Xenophontis Corinthii victorias celebrat) 35 (48):
πατρὸς δὲ Θεσσαλοῖ᾽ ἐπ᾽ Ἀλφεοῦ
ῥεέθροισιν αἴγλα ποδῶν ἀνάκειται.
Thessali pater Πτοιόδωρος dicitur vs. 41 (58).
Hanc victoriam, quae quo cursus genere reportata sit non traditur, Scholiasta vetus ad vs. 1, p. 267 Boeckhii reportatam dicit ἐν τῇ ξθ' Ὀλυμπιάδι.
² Cf. ad Olymp. LXVIII p. 28 nota 1.
³ Dionysius Halicarn. Antiq. Roman. V. 50 p. 961 Reiskii: ἐπὶ τῆς ἑβδομηκοςῆς Ὀλυμπιάδος, ἢν ἐνίκα ςάδιον Νικέας ὁ Λοκρὸς ἐξ Ὀποῦντος.
⁴ Pausanias VI. XIII. 7: παρὰ τὸν Βύκελον ὁπλίτης ἀνὴρ ἐπίκλησιν Λίβυς Μνασέας Κυρηναῖος ἕςηκεν.
Quando vicerit Mnaseas, exputari quodammodo potest ex Pausania VI. XVIII. 1, ubi Cratisthenis Cyrenaei ἀναθήματα recenset, a Rhegino Pythagora sculpta; addit: λέγεται δὲ καὶ ὡς Μνασέου τοῦ δρομέως ἐπικληθέντος δ᾽ ὑφ᾽ Ἑλλήνων Λίβυος εἴη παῖς ὁ Κρατισθένης.
Quum igitur Pythagoras Rheginus circa Olymp. LXXV sqq. floruerit (Brunn, Geschichte der Griech. Künstler, I. p. 132 sq.), non potest Mnaseae victoria multum post Olymp. LXX reportata esse. Con-

stat autem eam non ante Olymp. LXX esse reportatam, quum Olymp. LXV (qua cursus armatus adscitus est) et sequentibus usque ad LXIX alii hoc certamine victores exstiterint.
⁵ Pausanias V. IX. 1: τῆς δ᾽ ἀπήνης καὶ κάλπης τὸν δρόμον, τὸν μὲν Ὀλυμπιάδι νομισθέντα ἑβδομηκοςῇ, τὸν δὲ τῆς κάλπης τῇ ἐφεξῆς ταύτης, κήρυγμα ὑπὲρ ἀμφοτέρων ἐποιήσαντο ἐπὶ τῆς τετάρτης Ὀλυμπιάδος καὶ ὀγδοηκοςῆς μήτε κάλπης τοῦ λοιποῦ μήτ᾽ ἀπήνης ἔσεσθαι δρόμον. ὅτε δ᾽ ἐτέθη πρῶτον, Θερσίου μὲν ἀπήνη Θεσσαλοῦ, Παταίκου δ᾽ Ἀχαιοῦ τῶν ἐκ Δύμης ἐνίκησεν ἡ κάλπη.
Polemo Iliensis apud Scholiastam Pindari ad Olymp. V inscript., p. 117 Boeckhii: περὶ τῆς ἀπήνης Πολέμων φησί..... καταλυθῆναι τοῦτο τὸ ἀγώνισμα κατὰ τὴν πδ' (sic pro οδ' correxit Boeckhius) Ὀλυμπιάδα καὶ εἶναι ιγ' νίκας. At teste Pausania fuerunt ιε' aut certe ιδ'.
Scholiasta Pindari vetus ad Olymp. V. 6 et 19, p. 119 et 122 Boeckhii tradit hoc ἀγώνισμα καταλυθῆναι περὶ τὴν πε' Ὀλυμπιάδα. Vetus scholion ad Olymp. VI inscript., p. 129 Boeckhii: κατελύθη δ᾽ ἡ ἀπήνη, ὥς τινές φασιν, ὀγδοηκοςῇ πέμπτῃ Ὀλυμ-

οα'

Τισικράτης Κροτωνιάτης ςάδιον[1].
Ἐξαίνετος Ἐμπεδοκλέους Ἀκραγαντῖνος πάλην[2].
Κλεομήδης Ἀςυπαλαιεὺς Ἴκκον Ἐπιδαύριον ἀποκτείνας ἐν τῇ πυγμῇ κατεγνώσθη ὑπὸ τῶν Ἑλλανοδικῶν καὶ ἀφῃρέθη τὴν νίκην[3].
Ἐμπεδοκλῆς Ἐξαινέτου Ἀκραγαντῖνος κέλητι[4].

---

in inscriptionibus. Τισικράτης] Dionysii codices uno loco (VI. 34) dissentiunt, Στησικράτης offerentes et Στησίκρατος et, quod vero proximum est, Πισικράτης.

πιάδι, κατ' ἐνίους δ' ὀγδοηκοςῇ ἕκτῃ. Bentleius (Resp. ad C. Boyl., p. 88 versionis latinae) alterum Scholiastae testimonium ex omni parte consentire monet cum testimonio Pausaniae; consuetudinem ἀπήνης intermissam esse Ol. LXXXV, eamque intermissionem promulgatam fuisse Ol. LXXXIV.

[1] Dionysius Halicarn. Antiq. Roman. VI. 1 p. 1036 Reiskii: ἐπὶ τῆς ἑβδομηκοςῆς καὶ πρώτης Ὀλυμπιάδος, ἣν ἐνίκα ςάδιον Τισικράτης Κροτωνιάτης. Eadem verba cum iis quae praecedunt et iis quae sequuntur male adhaeserunt libro V p. 1035 Reiskii.

[2] Satyrus loco mox laudando nota 4.

[3] Pausanias VI. ιx. 6: τῇ δ' Ὀλυμπιάδι τῇ πρὸ ταύτης (τῆς δευτέρας καὶ ἑβδομηκοςῆς) Κλεομήδην φασὶν Ἀςυπαλαιέα ὡς Ἴκκῳ πυκτεύων ἀνδρὶ Ἐπιδαυρίῳ τὸν Ἴκκον ἀποκτείνειεν ἐν τῇ μάχῃ, καταγνωσθεὶς δ' ὑπὸ τῶν Ἑλλανοδικῶν ἄδικα εἰργάσθαι καὶ ἀφῃρημένος τὴν νίκην ἔκφρων ἐγένετο ὑπὸ τῆς λύπης. Sequuntur quaedam de Cleomedis furore, deque honoribus divinis ei iubente Pythia a civibus habitis; ad quae cf. Plutarchus Rom. 28.

Suidas v. Κλεομήδης Pausaniam descripsit.

Solent veteres religionis Christianae apologetae adversariis obiicere Cleomedis apotheosin (Origenes contra Celsum p. 113, 125, 130 Spenceri; Cyrillus Alexandr. contra Iulianum p. 204 Spanhemii), unde nonnumquam caedem quoque adversarii in ludis Olympicis commemorant.

Oenomaus apud Eusebium Praepar. Evang. V. xxxiv. 2 sqq.: Κλεομήδης πύκτης Ἀςυπαλαιεύς..... Ὀλυμπίασι πληγῇ μιᾷ πατάξας τὸν ἀνταγωνιςὴν ἀνέῳξε τὴν πλευρὰν αὐτοῦ καὶ ἐμβαλὼν τὴν χεῖρα ἐλάβετο τοῦ πνεύμονος..... καὶ προςιμηθεὶς τεσσάρων ταλάντων ζημίαν ἐπὶ τούτῳ οὐχ ὑπέςη, cet.

Theodoretus Therap. VIII. p. 115 Sylburgii: οὗτος τὸν ἀνταγωνιςὴν μιᾷ πατάξας πληγῇ ἀνέῳξε μὲν αὐτοῦ τὴν πλευράν, ἐμβαλὼν δ' εἴσω τὴν χεῖρα τῶν ἐγκάτων ἐλάβετο· εἶτα τῶν ἀθλοτετῶν διὰ τὴν τῆς ὠμότητος χαλεπηνάντων ὑπερβολὴν καὶ τίμημα ἐπιθέντων, ἀνεχώρησε μὲν βαρυθυμῶν, cet.

[4] Heraclides apud Diogenem Laertium VIII. ιι. 1 (51), ubi de Empedocle philosopho sermo est: ὁμοίως καὶ Ἡρακλείδης ἐν τῷ περὶ νόσων ὅτι λαμπρᾶς ἦν οἰκίας ἱπποτροφηκότος τοῦ πάππου.

Aristotelis testimonio usus Eratosthenes apud Diogenem Laertium l. l. λέγει δὲ καὶ Ἐρατοσθένης ἐν τοῖς Ὀλυμπιονίκαις τὴν πρώτην καὶ ἑβδομηκοςὴν Ὀλυμπιάδα νενικηκέναι τὸν τοῦ

Προσετέθη κάλπης δρόμος και ενίκα Πάταικος Δυμαίος[1].

οβ'

Ο αυτός το δεύτερον[2].

Ἱπποκλέας Ἱπποκλέου Θεσσαλ. ἐκ Πελιννχίου . . . .[3].
Φίλων Γλαύκου Κερκυραῖος πυγμήν[4].

ol. LXXII
a. C. 492

Μέτωνος (Empedoclis philosophi patris) πατέρα, μάρτυρι χρώμενος Ἀριςοτέλει. Satyrus apud Diogenem Laërtium VIII. ii. 1 (53): Σάτυρος δ' ἐν τοῖς βίοις φησὶν ὅτι Ἐμπεδοκλῆς υἱὸς μὲν ἦν Ἐξαινέτου κατέλιπε δὲ καὶ αὐτὸς υἱὸν Ἐξαίνετον · ἐπί τε τῆς αὐτῆς Ὀλυμπιάδος τὸν μὲν ἵππῳ κέλητι νενικηκέναι, τὸν δ' υἱὸν αὐτοῦ πάλῃ, ἤ, ὡς Ἡρακλείδης ἐν τῇ Ἐπιτομῇ, δρόμῳ. Perperam Diogenes, ut dudum viderunt viri docti, Satyri verba de Empedocle philosopho accepit; spectant philosophi avum homonymum. Itaque Exaenetus, qui hac Olympiade lucta vicit (nam Satyri epitomatori nil tribuendum videtur), patruus fuit Empedoclis philosophi.
Athenaeus I. 5 p. 3 Casauboni et ex Athenaeo Suidas v. Ἀθήναιος, eundem quem Diogenes errorem errantes, Empedocli philosopho victoriam Olympicam assignant.
[1] Pausanias loco ad Ol. LXX p. 29 nota 5 laudato.
[2] Pausanias VI. ix. 5: τῆς δευτέρας καὶ ἑβδομηκοςῆς Ὀλυμπιάδος, ἣν Τισικράτης ἐνίκα Κροτωνιάτης ςάδιον.
Dionysius Halicarn. Antiq. Roman. VI. 34 p. 1117 Reiskii: τῆς ἑβδομηκοςῆς καὶ δευτέρας Ὀλυμπιάδος, ἣν ἐνίκα δεύτερον Τισικράτης Κροτωνιάτης.
Eadem verba leguntur apud eundem VI. 49 p. 1151 Reiskii, ubi perperam codices habent ἑβδομηκοςῆς καὶ ἐβδομῆς.
[3] Scholiasta Pindari ad Pyth. X (quo carmine Pythica Hippocleae victoria celebratur) inscript., p. 410 Boeckhii: ἐνίκησε δὲ καὶ οβ' καὶ ογ' Ὀλυμπιάδα. Non addit quo certamine has victorias reportarit; certum tamen est inter viros reportatos esse, quum iam Olymp. LXIX, 3 Delphis puer vicerit (cf. ad Olymp. LXVIII, nota 69), verisimile cursu reportatas esse, qunm Delphis quoque cursu vicerit; porro altera victoria (Olymp. LXXIII) non diaulo fuit reportata, quippe cuius palmam tulit alius. Ergo utramque aut dolicho aut cursu armato reportatam puto. De patris nomine cf. ad Olymp. LXVIII p. 28 nota 1.
[4] Simonides apud Pausaniam VI. ix. 9, in Anthol. Graec. append. 85, in Bergkii Poet. Lyr. Gr. p. 918 ed. 2ae:
πατρὶς μὲν Κόρκυρα, Φίλων δ' ὄνομ',
εἰμὶ δὲ Γλαύκου
υἱός, καὶ νικῶ πὺξ δυ' Ὀλυμπιάδας.
Pausanias loco laudato: παρὰ δὲ τοῦ Γέλωτος τὸ ἅρμα ἀνάκειται Φίλων, τέχνη τοῦ Αἰγινήτου Γλαυκίου.
Non traditur quibus Olympiadibus Philo vicerit, - sed verisimillimum mihi videtur eum vicisse Olymp. LXXII et LXXIII. Primum enim cum nonnisi post Olymp. LXX crebro invaluerit mos ponendi Olympionicis statuas, Glaucias autem Aegineta circa Olymp. LXXV floruerit (Brunn, Geschichte der Griech.

ογ'.

Ἄςυλος Κροτωνιάτης ςάδιον καὶ δίαυλον[1].
Ἱπποκλέας Ἱπποκλέου Θεσσαλὸς ἐκ Πελινναίου ....[2].
Φίλων Γλαύκου Κερκυραῖος πυγμήν [3].
Γέλων Δεινομένους Γελῴος τεθρίππῳ [4].

Ἄςυλος] Sic Pausanias, Plinius et Clemens. Künstler, I. p. 83), satis probabile est Philonis victorias post Olymp. LXX reportatas esse. Deinde constat eas ante Simonidis mortem obtinuisse, i. e. ante Olymp. LXXVIII, 2 (Clinton, Fasti Hellenici, II p. 39 ed. 2ae). Atqui Olymp. LXXI, LXXIV, LXXV, LXXVI et LXXVII alii pugilatu vicerunt. Ergo.

[1] Dionysius Halicarn. *Antiq. Roman.* VIII. 1 p. 1502 Reiskii: κατὰ τὴν ἑβδομηκοςὴν καὶ τρίτην Ὀλυμπιάδα, καθ' ἣν ἐνίκα ςάδιον Ἀςύλος Κροτωνιάτης.

Pausanias VI. XIII. 1: Ἀςύλος Κροτωνιάτης τρισὶν ἐφεξῆς Ὀλυμπιάσι ςαδίου τε καὶ διαύλου νίκας ἔσχεν.

Simonides Astyli victorias celebravit carmine cuius fragmentum servarunt Photius v. περιαγειρόμενοι, Suidas eadem voce et Apostolius *Proverb.* Cent. XIV. 18 (in Pantini edit. XV. 97). In Bergkii poetis Lyricis Graecis legitur p. 873 ed. 2ae.

Plato *de Leg.* VIII. p. 839 E 840 A: Ἆρ' οὖν οὐκ ἴσμεν τὸν Ταραντῖνον Ἴκκον ἀκοῇ διὰ τὸν Ὀλυμπίασί τ' ἀγῶνα καὶ τούς τ' ἄλλους, ὧν διὰ φιλονικίαν καὶ τέχνην καὶ τὸ μετὰ τοῦ σωφρονεῖν ἀνδρεῖον ἐν τῇ ψυχῇ κεκτημένος, ὡς λόγος, οὔτε τινὸς πώποτε γυναικὸς ἥψατο, οὐδ' αὖ παιδὸς ἐν ὅλῃ τῇ τῆς ἀσκήσεως ἀκμῇ; καὶ δὴ καὶ Κρίσωνα καὶ Ἀςύλον καὶ Διόπομπον καὶ ἄλλους παμπόλλους ὁ αὐτός που λόγος ἔχει. Scholiasta ad h. l. ςαδιοδρόμοι γάμων ἀπάντων ἀπείρατοι, α' Ἴκκος Ταραντῖνος, β' Κρίσων Ἱμεραῖος, γ' Ἀςύλος Κροτωνιάτης, δ' Διόπομπος Θεσσαλός.

Clemens Alexandrinus *Strom.* III. VI. 50 p. 192 Sylburgi: φασὶ δὲ καὶ ἀθλητὰς οὐκ ὀλίγους ἀφροδισίων ἀπέχεσθαι, δι' ἄσκησιν σωματικὴν ἐγκρατευομένους, καθάπερ τὸν Κροτωνιάτην Ἀςύλον καὶ Κρίσωνα τὸν Ἱμεραῖον.

Plinius *Hist. Natur.* XXXIV. VIII. 19. § 59 de Pythagora Rhegino: *fecit et stadiodromon Astylon qui Olympiae ostenditur.*

[2] Cf. ad Olymp. LXXII p. 31 nota 3.
[3] Cf. ad Olymp. LXXII. p. 31 nota 4.
[4] Pausanias VI. IX. 4: Τὰ ἐς τὸ ἅρμα τοῦ Γέλωνος οὐ κατὰ ταὐτὰ δοξάζειν ἐμοί τε παρίςαται καὶ τοῖς πρότερον ἢ ἐγὼ τὰ ἐς αὐτὸ εἰρηκόσιν, οἳ Γέλωνος τοῦ ἐν Σικελίᾳ τυραννήσαντός φασιν ἀνάθημα εἶναι τὸ ἅρμα. ἐπίγραμμα μὲν δή ἐςιν αὐτῷ (l. ἐπ' αὐτῷ) Γέλωνα Δεινομένους ἀναθεῖναι Γελῷον, καὶ ὁ χρόνος τούτῳ τῷ Γέλωνί ἐςι τῆς νίκης τρίτη πρὸς τὰς ἑβδομήκοντα Ὀλυμπιάς (codd. Ὀλυμπιάδας). Γέλων δ' ὁ Σικελίας τυραννήσας Συρακούσας ἔσχεν Ὑβριλίδου μὲν Ἀθήνησιν ἄρχοντος, δευτέρῳ δ' ἔτει τῆς δευτέρας καὶ ἑβδομηκοςῆς Ὀλυμπιάδος, ἣν Τισικράτης ἐνίκα Κροτωνιάτης ςάδιον. δῆλα οὖν ὡς Συρακόσιον ἤδη καὶ οὐ Γελῷον ἀναγορεύειν αὐτὸν ἔμελλεν. ἀλλὰ γὰρ ἰδιώτης εἴη ἄν τις ὁ Γέλων οὗτος, πατρὸς

Ἱέρων Δεινομένους Γελῷος κέλητι [1].

legitur, altero *Ἀζυλλος*. *Ἀζυλλος* etiam legitur apud Platonem. Diodori codices *Ἀσυλος*. Photii codex περὶ *Ἀετύλου*. Suidae codices *Ἀετύλου*, *Ἀετύλλου* cet. A-

ϑ' ὁμωνύμου τῷ τυράννῳ καὶ αὐτὸς ὁμώνυμος. Infelici coniectura Pausanias difficultatem tollere aggressus est quam sibi ipse creaverat; Gelo enim non Olymp. LXXII, 2 sed Olymp. LXXIII, 4 Syracusis potitus est; Olymp. LXXII, 2 non Syracusarum sed Gelae tyrannus factus est. Cf. Clinton, Fasti Hellenici, II. p. 24 et 28 ed. 2ᵃᵉ.

[1] Pausanias VI. XII. 1: πλησίον δ' ἅρμα τ' ἐςὶ χαλκοῦν καὶ ἀνὴρ ἀναβεβηκὼς ἐπ' αὐτό, κέλητες δ' ἵπποι παρὰ τὸ ἅρμα εἷς ἑκατέρωθεν ἕςηκε, καὶ ἐπὶ τῶν ἵππων καθέζονται παῖδες. ὑπομνήματα δ' ἐπὶ νίκαις Ὀλυμπικαῖς ἐςιν Ἱέρωνος τοῦ Δεινομένους τυραννήσαντος Συρακοσίων μετὰ τὸν ἀδελφὸν Γέλωνα. τὰ δ' ἀναθήματα οὐχ Ἱέρων ἀπέςειλεν, ἀλλ' ὁ μὲν ἀποδοὺς τῷ θεῷ Δεινομένης ἐςὶν ὁ Ἱέρωνος. Idem VIII. XLII. 8: Ἱέρωνος δ' ἀποθανόντος πρότερον πρὶν ἢ τῷ Ὀλυμπίῳ Διὶ ἀναθεῖναι τὰ ἀναθήματα ἃ εὔξατο ἐπὶ τῶν ἵππων ταῖς νίκαις, οὕτω Δεινομένης ὁ Ἱέρωνος ἀπέδωκεν ὑπὲρ τοῦ πατρός.

Epigramma apud Pausan. VIII. XLII, 9, in Anthol. Graec. append. 325:

σόν ποτε νικήσας, Ζεῦ Ὀλύμπιε, σεμνὸν ἀγῶνα
τεθρίππῳ μὲν ἅπαξ, μουνοκέλητι δὲ δίς,
δῶρ' Ἱέρων τάδε σοι ἐχαρίσσατο· παῖς δ' ἀνέθηκε
Δεινομένης πατρὸς μνῆμα Συρακοσίου.

Hae tres victoriae quibus Olympiadibus sint reportatae docet Scholiasta Pin-

dari vetus ad Olymp. I. p. 21 Boeckhii: ἐπιγέγραπται ὁ ἐπινίκιος Ἱέρωνι τῷ Γέλωνος ἀδελφῷ νικήσαντι ἵππῳ κέλητι τὴν ογ' Ὀλυμπιάδα, ἢ ὥς ἔνιοι ἅρματι. ὁ δ' αὐτὸς καὶ τὴν οζ' νικᾷ κέλητι, τὴν δ' οη' τεθρίππῳ. In hoc tantum erravit Scholiasta, quod carmine illo Pindarico priorem Hieronis victoriam celeticam celebrari affirmat, quum is Olymp. demum LXXV, 3 Syracusarum tyrannus factus sit (Clinton, Fasti Hellenici, II p. 30 ed. 2ᵃᵉ), hoc autem carmine (vs. 23=34) Συρακόσιος βασιλεύς appelletur (nam non audiendos esse qui Pindari versum laudatum tentarunt ut hoc carmen ad victoriam Olymp. LXXIII partam spectare possit, vel metrum demonstrat). Qui vero inter veteres Hieronem Olymp. LXXIII curru vicisse tradiderunt, neque sibi constant si tamen illam victoriam Pindari carmine celebrari putant, et manifesto falsi sunt, quum Olymp. LXXIII non Hiero sed frater eius Gelo victoriam curulem reportarit, Hiero autem (teste epigrammatis laudati auctore) semel tantum curru vicerit, quod Olymp. LXXIII factum tradit Scholiasta laudatus.

Γελῷον Hieronem hac Olympiade renuntiatum esse dubium non est; quae enim in Scholiis ad Pindarum traduntur de Hierone Syracusano et Aetnaeo renuntiato (vid. ad Olymp. LXXVII) huc non pertinent, quum hac Olympiade Aetna nondum esset condita (Diodorus Siculus XI. 49) et Syracusis etiamtum democratia obtineret (Goeller, de situ et origine Syracusarum, p. 9 sq.).

οδ'

Ὁ αὐτὸς (Συρακόσιος ¹) τὸ δεύτερον ςάδιον καὶ δίαυλον.
? Δρομεὺς Στυμφάλιος δόλιχον².
Εὔθυμος Ἀςυκλέους Λοκρὸς Ἐπιζεφύριος πυγμήν³.

pud Apostolium *Αἰτύλου* legitur. Nostro loco cod. Paris. et int. Armen. *Ἀςύαλος*.

¹ Dionysius Halicarn. *Antiq. Roman.* VIII. 77 p. 1694 Reiskii: τῆς ἑβδομηκοςῆς καὶ τετάρτης Ὀλυμπιάδος ἐνεςώσης, ἣν ἐνίκα ςάδιον Ἀςύλος Συρακόσιος.
Pausanias loco laudato ad Olymp. LXXIII p. 32 nota 1, sic pergit: ὅτι δ᾽ ἐν δύο ταῖς ὑςέραις ἐς χάριν τὴν Ἱέρωνος (imo *Γέλωνος*) τοῦ Δεινομένους ἀνηγόρευσεν αὐτὸν Συρακόσιον, τούτων ἕνεκα οἱ Κροτωνιᾶται τὴν οἰκίαν αὐτοῦ δεσμωτήριον εἶναι κατέγνωσαν καὶ τὴν εἰκόνα καθεῖλον παρὰ τῇ Ἥρᾳ τῇ Λακινίᾳ κειμένην.
Cf. porro ad Olymp. LXXIII.
² Pausanias VI. VII. 10: ἀνὴρ δ᾽ ἐκ Στυμφήλου Δρομεὺς ὄνομα καὶ δὴ καὶ ἔργον τοῦτο ἐπὶ δολίχῳ παρεσχημένος δύο μὲν ἔσχεν ἐν Ὀλυμπίᾳ νίκας, τοσαύτας δ᾽ ἄλλας Πυθοῖ καὶ Ἰσθμίων τε τρεῖς καὶ ἐν Νεμέᾳ πέντε. λέγεται δ᾽ ὡς καὶ κρέας ἐσθίειν ἐπινοήσειε, τέως δὲ τοῖς ἀθληταῖς τὰ σιτία τυρὸν ἐκ τῶν ταλάρων εἶναι. τούτου μὲν δὴ Πυθαγόρας τὴν εἰκόνα ἐςὶν εἰργασμένος.
Rheginus Pythagoras floruit Olymp. LXXV sqq. (Brunn, Geschichte der Griech. Künstler, I p. 132 sq.). Ergo probabile est Dromei victorias paucis Olympiadibus ante Ergotelen reportatas esse, qui Olymp. LXXVII et LXXVIII dolicho vicit.
³ Pausanias VI. vi. 4: τὰ ἐς Εὔθυμον τὸν πύκτην οὗ μ᾽ εἰκὸς ὑπερβαίνειν ἦν τὰ ἐς τὰς νίκας αὐτῷ καὶ τὰ

ἐς δόξαν ὑπάρχοντα τὴν ἄλλην. γένος μὲν δὴ ἦν ὁ Εὔθυμος ἐκ τῶν ἐν Ἰταλίᾳ Λοκρῶν, οἳ χώραν τὴν πρὸς τῷ Ζεφυρίῳ τῇ ἄκρᾳ νέμονται, πατρὸς δ᾽ ἐκαλεῖτο Ἀςυκλέους. Et post pauca § 5 sqq.: ἀνελομένῳ δ᾽ οἱ πυγμῆς ἐν Ὀλυμπίᾳ νίκην τετάρτῃ πρὸς ταῖς ἑβδομήκοντα Ὀλυμπιάδι οὐ κατὰ ταὐτὰ ἐς τὴν ἐπιοῦσαν Ὀλυμπιάδα ἔμελλε χωρήσειν. Θεαγένης γὰρ ὁ Θάσιος Ὀλυμπιάδι θέλων τῇ αὐτῇ πυγμῆς τ᾽ ἀνελίσθαι καὶ παγκρατίου νίκας ὑπερεβάλετο πυκτεύων τὸν Εὔθυμον. οὐ μὴν οὐδ᾽ ὁ Θεαγένης ἐπὶ τῷ παγκρατίῳ λαβεῖν ἐδυνήθη τὸν κότινον, ἅτε προκαταγασθεὶς τῇ μάχῃ πρὸς τὸν Εὔθυμον. ἐπὶ τούτῳ δ᾽ ἐπιβάλλουσιν οἱ Ἑλλανοδίκαι τῷ Θεαγένει τάλαντον μὲν ἱερὰν ἐς τὸν θεὸν ζημίαν, τάλαντον δὲ βλάβης τῆς ἐς Εὔθυμον, ὅτι ἐπηρείᾳ τῇ ἐς ἐκεῖνον ἐδόκει σφίσιν ἐπανελίσθαι τὸ ἀγώνισμα τῆς πυγμῆς· τούτων ἕνεκα καταδικάζουσιν αὐτὸν ἐκτῖσαι καὶ ἰδίᾳ τῷ Εὐθύμῳ χρήματα. ἕκτῃ δ᾽ Ὀλυμπιάδι ἐπὶ ταῖς ἑβδομήκοντα τὸ μὲν τῷ θεῷ τοῦ ἀργυρίου γινόμενον ἐξέτισεν ὁ Θεαγένης, καὶ ἀμειβόμενος αὐτὸν οὐκ ἐσῆλθεν ἐπὶ τὴν πυγμήν· καὶ ἐπ᾽ ἐκείνης τ᾽ αὐτῆς καὶ ἐπὶ τῆς μετ᾽ ἐκείνην Ὀλυμπιάδος τὸν ἐπὶ πυγμῇ ςέφανον ἀνείλετο ὁ Εὔθυμος.
Suidas v. Εὔθυμος sua excerpsit ex Pausania.
Plinius *Hist. Nat.* VII. XLVII. 48.§ 152: *Euthymus pycta, semper Olympiae vi-*

Ἀγησίδαμος Ἀρχεστράτου Λοκρὸς Ἐπιζεφύριος πυγμὴν παίδων [1].

ΟΕ'

ol. LXXV
a. C. 480

Ὁ αὐτὸς (Συρακόσιος) τὸ τρίτον ϛάδιον καὶ δίαυλον [2].
? Δρομεὺς Στυμφάλιος δόλιχον [3].
? Ἱερώνυμος Ἄνδριος πένταθλον [4].

---

ctor et semel victus. Patria ei Locri in Italia. Pro *semper* Davisius *saepe* coniecit, melius Meursius *sed ter*, nisi quod *sed* ferri nequit.

Aelianus *Var. Hist.* VIII. 18: Εὔθυμος ὁ Λοκρὸς τῶν ἐν Ἰταλίᾳ πύκτης ἀγαθὸς ἦν, ῥώμῃ τε σώματος πεφίςευται θαυμασιώτατος γενέσθαι.

Eclogarius Parisinus p. 154 Crameri in Anecd. Graec. Paris. vol. II: Εὔθυμος ὁ Λοκρὸς πύκτης ἦν διὰ ῥώμην σώματος εἰς ὑπερβολὴν θαυμαζόμενος.

Straboni VI. I. 5 p. 255 Casauboni simpliciter πύκτης dicitur.

[1] Celebravit hanc victoriam Pindarus *Olymp.* X et XI. In priore carmine, vs. 11 sqq.:

ἴσθι νῦν, Ἀρχεϛράτου
παῖ, τεᾶς, Ἀγησίδαμε, πυγμαχίας
ἕνεκεν
κόσμον ἐπὶ ϛεφάνῳ χρυσέας ἐλαίας
ἁδυμελῆ κελαδήσω,
τῶν Ἐπιζεφυρίων Λοκρῶν γενεὰν ἀ-
λέγων.

Victoriam inter pueros reportatam esse docet alterius carminis finis, ubi Agesidami, quo tempore Olympiae victorem cum viderat poeta, puerilis venustas praedicatur.

Scholiasta vetus ad Olymp. XI inscript., p. 238 Boeckhii: ἐνίκησε δ᾽ οὗτος ὁ Ἀγησίδαμος τὴν ἑβδομηκοστὴν τετάρτην Ὀλυμπιάδα. Ibidem aliud vetus scholion codicis Vratislav. (cuius

scholia corruptissima sunt): οὗτος ἐνίκησεν ἕκτην καὶ ἑβδόμην (sic) Ὀλυμπιάδα.

² Diodorus Siculus XI. 1: ἤχθη παρ᾽ Ἠλείοις Ὀλυμπιὰς πέμπτη πρὸς ταῖς ἑβδομήκοντα, καθ᾽ ἣν ἐνίκα ϛάδιον Ἀςύλος Συρακόσιος.

Apud Dionysium Halicarn. IX. 1 p. 1739 Reiskii pro ἐπὶ τῆς ἑβδομηκοϛῆς καὶ πέμπτης Ὀλυμπιάδος legendum ἐπὶ τῆς ἑβδομηκοϛῆς καὶ πέμπτης Ὀλυμπιάδος, ἣν ἐνίκα ϛάδιον Ἀςύλος Συρακόσιος.

Cf. porro ad Olymp. LXXIII et ad Olymp. LXXIV.
[3] Cf. ad Olymp. LXXIV p. 34 nota 2.
[4] Herodotus IX. 33: Τισαμενῷ μαντευομένῳ ἐν Δελφοῖσι περὶ γόνου ἀνεῖλε ἡ Πυθίη ἀγῶνας τοὺς μεγίϛους ἀναιρήσεσθαι πέντε. Ὁ μὲν δὴ ἁμαρτὼν τοῦ χρηϛηρίου προσεῖχε γυμνασίοισι ὡς ἀναιρησόμενος γυμνικοὺς ἀγῶνας, ἀσκέων δὲ πεντάεθλον παρ᾽ ἓν πάλαισμα ἔδραμε νικᾶν Ὀλυμπιάδα, Ἱερωνίμῳ τῷ Ἀνδρίῳ ἐλθὼν ἐς ἔριν.

Pausanias III. XI. 6: Τισαμενῷ λόγιον ἐγένετο ἀγῶνας ἀναιρήσεσθαι πέντε ἐπιφανεϛάτους αὐτόν. οὕτω πένταθλον Ὀλυμπίασιν ἀσκήσας ἀπῆλθεν ἡττηθείς, καίτοι τὰ δύο γ᾽ ἦν πρῶτος· καὶ γὰρ δρόμῳ τ᾽ ἐκράτει καὶ πηδήματι Ἱερώνυμον Ἄνδριον. καταπαλαισθεὶς δ᾽ ὑπ᾽ αὐτοῦ καὶ ἁμαρτὼν τῆς νίκης cet.

Idem VI. XIV. 13: ἐπὶ δ᾽ αὐτοῖς (κεῖται) Ἱερώνυμος Ἄνδριος· ὃς τὸν

Θεαγένης Τιμοσθένους Θάσιος πυγμήν [1].
Δρομεὺς Μαντινεὺς παγκράτιον ἀκονιτί [2].

Ἠλεῖον Τισαμενὸν πενταθλοῦντα ἐν Ὀλυμπίᾳ κατεπάλαισεν. Quum igitur in memoriam huius victoriae statua Hieronymi Olympiae posita sit, magnopere miror viros doctos dubitare an revera palmam tulerit Hieronymus. Magis etiam miror ancipitem et difficillimam iis videri quaestionem quid requisitum fuerit ut cui quinquertii palma tribueretur. Quod enim certaminis natura fert, eum victorem renuntiatum esse, qui tribus quinquertii partibus adversarios superavisset, id legis fuisse luculenter demonstrant veterum testimonia. Verbum τριάζειν, quod in lucta significat τρὶς καταβαλεῖν τὸν ἀντίπαλον i. e. vincere, quodque in cursoribus significat eadem Olympiade tres de cursu ferre palmas, etiam de pentathlis in usu erat. Quo sensu, docet Plutarchus *Sympos.* IX. 2 p. 757 ed. Londin.: τοῖς τρισὶν, ὥσπερ οἱ πένταθλοι, περίεςι καὶ νικᾷ, et Pollux III. 151: ἐπὶ πεντάθλου τὸ νικῆσαι ἀποτριάξαι λέγουσιν. Significat igitur τριάζειν et ἀποτριάζειν in pentathlo: *tribus pentathli partibus superare adversarios et sic demum ferre palmam.* Cum his amice conspirant quae de Hieronymi cum Tisameno certamine traduntur. Nam lucta ultima quinquertii pars erat; vicerat autem Tisamenus cursu et saltu, vicerat Hieronymus disco et acontio; itaque lucta ea iam lege erant certaturi, ut qui hac parte vinceret quinquertii victor renuntiaretur, alter quamquam sic satis honorifice victus tamen abiret. Vicit lucta Hieronymus; hic igitur coronatus, renuntiatus et in fastos relatus est, Tisamenus παρ᾽ ἓν πάλαισμα ἔδραμε νικᾶν.

Quod igitur in textu dubitationis signum apposui, id non Hieronymi victoriam sed victoriae tempus spectat, nam qua Olympiade vicerit non traditur. Constat autem victoriam reportatam esse ante pugnam ad Plataeas, nam, testibus Herodoto et Pausania locis laudatis, Tisamenus, cum Olympiae victus gymnica certamina valere iussisset et faciliorem haruspicinae artem coepisset exercere, Graecorum haruspex fuit ante pugnam Plataeensem. Proxima ante hanc pugnam Olympiade reportatam esse ideo suspicor, quod Tisamenus ante complura proelia sacra fecit, quorum Plataeense fuit primum (Herodotus IX. 35).

[1] Pausanias loco laudato ad Olymp. LXXIV p. 34 nota 3.
Eidem VI. xi. 2 ὁ Τιμοσθένους dicitur.
Nobilissimus hicce περιοδονίκης in omnium ore erat ut exemplar Herculei roboris. Vid. Plutarchus *Reip. ger. praec.* p. 811 ed. Londin., Lucianus *quom. sit hist. conscrib.* 35, idem *deor. coet.* 12, Athenaeus X. 4 p. 412 Casauboni, Eclogarius Parisinus (cui perperam Μεταγένης audit) p. 155 Crameri in Anecd. Graec. Paris. vol. II. Suidas v. Εὔθυμος et v. Νικῶν (quod pro athletae nomine habuit) Pausaniam descripsit.

[2] Pausanias VI. xi. 4: ὅσα μὲν ἔργων τῶν Θεαγένους ἐς τὸν ἀγῶνα ἧκεν τὸν Ὀλυμπικὸν, προυδήλωσεν ὁ λόγος ἤδη μοι τὰ δοκιμώτατα ἐξ αὐτῶν, Εὐθυμόν θ᾽ ὡς κατεμαχέσατο τὸν πύκτην, καὶ ὡς ὑπ᾽ Ἠλείων ἐπεβλήθη τῷ Θεαγένει ζημία. τότε μὲν δὴ τοῦ παγκρατίου τὴν νίκην ἀνὴρ ἐκ Μαντινείας Δρομεὺς ὄνομα πρῶτος ὧν ἴσμεν ἀκο-

? Θεόγνητος Αιγινήτης πάλην παίδων [1].

ος'
Σκαμάνδριος Μυτιληναίος ςάδιον [2].

Σκαμάνδριος] Sic cod. Paris. et Diodorus. Int. Armen. et Dionysius *Σκάμανδρος.*

ριτί λέγεται λαβεῖν· τὴν δ' Ὀλυμπιάδα
τὴν ἐπὶ ταύτῃ παγκρατιάζων ὁ Θεαγένης ἐκράτει.

[1] Pindarus *Pyth.* VIII (quo carmine victoriam Pythicam celebrat ab Aristomene Aegineta puerorum lucta reportatam) vs. 35 (49) sqq.:

παλαισμάτεσσι γὰρ ἰχνίων ματραδελφεούς
Ὀλυμπίᾳ τε Θεόγνητον οὐ κατελέγχεις,
οὐδὲ Κλειτομάχοιο νίκαν Ἰσθμοῖ
θρασύγυιον.

Pausanias VI. IX. 1: Θεογνήτῳ δ' Αἰγινήτῃ πάλης μὲν ςέφανον λαβεῖν ὑπῆρξεν ἐν παισί, τὸν δ' ἀνδριάντα οἱ Πτόλιχος ἐποίησεν Αἰγινήτης. διδάσκαλοι δ' ἐγεγόνεσαν Πτολίχῳ μὲν Συνοῶν ὁ πατήρ, ἐκείνῳ δ' Ἀριςοκλῆς Σικυώνιος, ἀδελφός τε Κανάχου καὶ οὐ πολὺ τὰ ἐς δόξαν ἐλασσούμενος.
Ptolichus igitur quum integra generatione et quod excurrit iunior fuerit Canacho Sicyonio, qui circa Olymp. LXX floruit (Brunn, Geschichte der Griech. Künstler, I. p. 74 sqq.), parum probabile est Theognetum ante Olymp. LXXV Olympiae vicisse. Certissimum mihi videtur eum non post Olymp. LXXV victoriam illam reportasse, nam plane assentior G. Hermanno (Emendat. Pindar., in Opusculis VII p. 155 sqq.) Pindari carmen Pythicum octavum non paullo post pugnam navalem ad Cecryphaleam scriptum esse (quod post O. Müllerum Boeckhius aliique perhibuerunt), sed

paullo post pugnam Salaminiam. »Quis credat enim," ita Hermannus p. 156, »Pindarum Aeginetas, qui illo in proelio [ad Cecryphaleam], etiamsi illos fortissime pugnasse putamus, tamen una cum Peloponnesiis victi erant ab Atheniensibus, non solum laudasse ut victores, sed etiam Athenienses comparasse cum Porphyrione, Typhoeo, Alcyoneo, quorum temeritatem Juppiter fulmine et telis suis Apollo prostraverint? ..... Immo, si quidquam, certissimum videtur, non de aliis quam de Persis dictum esse illud βία δὲ καὶ μεγάλαυχον ἔσφαλεν ἐν χρόνῳ, quorum tumidas minas et ferocem superbiam Aeginetae ad Salaminem tanta fortitudine fregerunt, iis ut primatus sit adiudicatus: quod testatus est Herodotus VIII. 93. Et quis non videat, et ingens debuisse bellum esse et non Graecorum, sed barbarorum, quod cum Gigantum immani conatu compararetur? Ex quo consequitur, corruptum quidem esse Pythiadis numerum, qui est in scholiis [scholion ad inscript. p. 294 Boeckhii: γέγραπται ἡ ᾠδὴ Ἀριςομένει Αἰγινήτῃ παλαιςῇ νικήσαντι τὴν λε' Πυθιάδα], sed aliter debere corrigi quam factum videmus. Et quum in codice Gottingensi λη' esse dicatur, facillimum est scribi κη'. Incidit enim Pythias XXVIII. in Olympiadis LXXV. annum tertium, cuius Olympiadis primo anno pugnatum ad Salaminem erat."

[2] Diodorus Siculus XI. 48: Ὀλυμπιὰς ἤχθη ἕκτη πρὸς ταῖς ἑβδομή-

Εὔθυμος Ἀςυκλέους Λοκρὸς Ἐπιζεφύριος πυγμήν [1].
Θεαγένης Τιμοσθένους Θάσιος παγκράτιον [2].
Ἀσώπιχος Κλεοδάμου Ὀρχομένιος ςάδιον παίδων [3].
Θήρων Αἰνησιδάμου Ἀκραγαντῖνος τεθρίππῳ [4].

κοντα καθ' ἣν ἐνίκα ςάδιον Σκαμάνδριος Μυτιληναῖος.
Dionysius Halicarn. *Antiq. Roman.* IX. 18 p. 1791 Reiskii: ἐπὶ τῆς ἐβδομηκοςῆς καὶ ἕκτης Ὀλυμπιάδος, ἣν ἐνίκα ςάδιον Σκάμανδρος Μυτιληναῖος.

[1] Cf. ad Olymp. LXXIV p. 34 nota 3.
[2] Pausanias loco laudato ad Olymp. LXXV p. 36 nota 2. Cf. quoque ad Olymp. LXXV p. 36 nota 1.
[3] Pindarus *Olymp.* XIV hanc victoriam celebravit. Vs. 17 (25) sqq.:

Λυδῷ γὰρ Ἀσώπιχον ἐν τρόπῳ
ἐν μελέταις τ' ἀείδων ἔμολον,
οὕνεκ' Ὀλυμπιόνικος ἁ Μινυεία
σεῖο ἕκατι· μελαντειχέα νῦν δόμον
Φερσεφόνας ἔλθ' Ἀχοῖ, πατρὶ κλυτὰν
φέροισ' ἀγγελίαν,
Κλεύδαμον ὄφρ' ἰδοῖσ' υἱὸν εἴπῃς,
ὅτι οἱ νέαν
κόλποις παρ' εὐδόξου Πίσας
ἐςεφάνωσε κυδίμων ἀέθλων πτεροῖσι
χαίταν.

Scholiasta vetus ad inscript., p. 292 Boeckhii: οὗτος ἐνίκησε τὴν ος' Ὀλυμπιάδα ςαδίῳ. Idem numerus ibidem pellucet in corrupto scholio recentiori: γέγραπται ὁ ὕμνος Ἀσωπίχῳ τῷ ἀπ' Ὀρχομενοῦ νικήσαντι τὴν ἕκτην Ὀλυμπιάδα, ubi Boeckhius τὴν ἐβδομηκοςῆν καὶ ἕκτην emendavit.
[4] Hanc victoriam Pindarus *Olymp.* II et III celebravit. II. 5 (8) sq.:

Θήρωνα δὲ τετραορίας ἕνεκα νικαφόρου
γεγωνητέον.... ἔρεισμ' Ἀκράγαντος.
Αἰνησιδάμου dicitur II. 46 (83) et III. 9 (14).

Vetus Scholiasta ad inscript., p. 58 Boeckhii: γέγραπται ὁ ἐπινίκιος Θήρωνι Ἀκραγαντίνῳ ἅρματι νικήσαντι τὴν ἑβδομηκοςὴν ἑβδόμην Ὀλυμπιάδα. Aliud vetus scholion ad vs. 166, p. 85 Boeckhii: ὁ δὲ Θήρων ος' ἢ ος' ἐνίκησεν. Aliud vetus scholion ad vs. 168, p. 86 Boeckhii: ἐνίκα οὖν ος'. Res Theroni adversas quas Pindarus *Olymp.* II (cf. vs. 12=22 sqq., 52=95, 56=104 sqq., 95=174 sqq. et universa carminis ratio scripti in solatium malorum et aerumnarum) respicit, easdem esse constat, quas Olymp. LXXVI, 1 gestas memorat Diodorus Siculus XI. 48 sq. Dissentiunt tamen viri docti de Olympiade qua Thero vicerit. Boeckhius in Explicat. ad Olymp. II., p. 119 sq. »dubitari non potest," inquit, »hanc odam eamque, quae eá celebratur, Olympicam victoriam non Olymp. 77. sed Olymp. 76. tribuendam esse, qua incipiente variis casibus, quos carmen significat, Thero vexatus fuerit: quas vero turbas Diodorus initio anni Olymp. 76, 1. narrat, eas iam antea exeunte Olymp. 75, 4 inde a vere vel aestate incipiente coeptas esse, nihil impedit quominus statuas, quum hac ratione in multis rebus exponendis versatum Diodorum sciamus.... Ea vero tempestate, qua inter Hieronem et Theronem discordia fuisset, scriptum carmen esse, significant etiam scholia ..... nec quattuor annis post Olymp. 77, 1. aptum videri poterat has res carmini inmisceri, quae Olymp. 76, 1. aptissime a poëta commemorabantur: quo accedit, quod Olymp. 77, 1. incipiente

Δάνδης Ἀργεῖος ςάδιον¹.

Δάνδης] Sic cod. Paris. et Diodori codices. In Anthologiae codice *Δάνδις* legitur. Int. Armen. *Daudin*. Apud Dionysium legitur *Δάτης*.

non solum Thero iam defunctus, sed etiam filius Thrasydaeus tyrannide privatus erat, quamquam haec Diodorus in ipsum annum Olymp. 77, 1. retulerit: ut proinde hoc et sequens carmen ante Olymp. 77, 1. compositum necessario sit." Clinton, Fasti Hellenici, III p. 610 sq. ed. 2ae contra Boeckhii rationes haec profert: *Nothing in Diodorus XI. 48. 49. indicates that the transactions of Thero are to be thrown back to the spring of Olymp. 75, 4. rather than carried forwards to the spring of Ol. 76, 1. the year in which Diodorus relates them.* Negat vir doctus id, quod nemo affirmat. Pindar, sic pergit, *v. 29—39 alludes to these troubles, but intimates that they had ceased, and had been happily adjusted: λάθα δὲ πότμῳ σὺν εὐδαίμονι γένοιτ' ἄν. These troubles Diodorus places in Olymp. 76, 1. and we have no reason in the absence of any testimony to throw them back into the preceding year. But if they occurred in Olymp. 76, 1. and were terminated before this ode was written, we cannot well ascribe the ode to that Olympiad.* Huius syllogismi assumtio (*we have no reason to throw them back into the preceding year*) nihil aliud est nisi petitio principii; nam quaestio utrum turbae illae adsignandae sint Olympiadi LXXV, 4, an cum Diodoro Olympiadi LXXVI, 1, pendet a quaestione utrum hoc Pindari carmen adsignandum sit Olympiadi LXXVI, 1. an Olympiadi LXXVII, 1. Refutanda igitur Clintoni erant haec duo argumenta, quibus praecipue nixus Boeckhius Pindari carmen et Theronis victoriam Olympiadi LXXVI, 1. assignaverat: 1° Olymp. LXXVII, 1. aptum videri non poterat carmen scriptum in solatium malorum et aerumnarum quibus quatuor annis ante afflictus fuerat Thero; 2° Olymp. LXXVII, 1. Thero non amplius in vivis erat. Priori argumento nihil opposuit Clinton. Alteri non tantum nihil respondit, sed etiam si negasset Theronem mortuum esse ante Olymp. LXXVII, 1. sibi non constitisset. Nam cum Boeckhio Pindari carmen Olymp. XII assignat Olympiadi LXXVII 1. et ex isto carmine sequitur Theronem tum iam mortuum fuisse; cf. Boeckhii locus laudandus ad Olymp. LXXVII p. 40 nota 1.

¹ Diodorus Siculus XI. 53: ἤχθη παρ' Ἠλείοις Ὀλυμπιὰς ἑβδομηκοςὴ καὶ ἑβδόμη, καθ' ἣν ἐνίκα ςάδιον Δάνδης Ἀργεῖος.

Dionysius Halicarn. *Antiq. Roman.* IX. 37 p. 1844 Reiskii: ἐπὶ τῆς ἑβδομηκοςῆς καὶ ἑβδόμης Ὀλυμπιάδος, ἣν ἐνίκα ςάδιον Δάνδης Ἀργεῖος.

Simonides in Anthol. Graec. XIII. 14, in Bergkii Poët. Lyr. Gr. p. 910 ed. 2ae:

Ἀργεῖος Δάνδης ςαδιοδρόμος ἐνθάδε
  κεῖται,
νίκαις ἱππόβοτον πατρίδ' ἐπευ-
  κλείσας,
Ὀλυμπίῃ δίς, ἐν δὲ Πυθῶνι τρία,
δύω δ' ἐν Ἰσθμῷ, πεντεκαίδεκ' ἐν
  Νεμέᾳ·
τὰς δ' ἄλλας νίκας οὐκ εὐμαρές ἐς'
  ἀριθμῆσαι.

Ἐργοτέλης Φιλάνορος Ἱμεραῖος δόλιχον [1].

Altera Dandis victoria Olympica nec qua Olympiade reportata sit traditur, nec quo cursus genere; nam quamquam ςαδιόδρομος Simonidi dicatur certissimum tamen est alteram illam victoriam non simplici stadio esse reportatam.

[1] Pausanias VI. iv. 11: Ἐργοτέλης ὁ Φιλάνορος δολίχου δύο ἐν Ὀλυμπίᾳ νίκας, τοσαύτας δ' ἄλλας Πυθοῖ καὶ ἐν Ἰσθμῷ τε καὶ Νεμείων ἀνῃρημένος, οὐχ Ἱμεραῖος εἶναι τὸ ἐξ ἀρχῆς καθάπερ γε τὸ ἐπίγραμμα τὸ ἐπ' αὐτῷ φησι, Κρὴς δ' εἶναι λέγεται Κνώσιος· ἐκπεσὼν δ' ὑπὸ ςασιωτῶν ἐκ Κνωσοῦ καὶ ἐς Ἱμέραν ἀφικόμενος πολιτείας τετύχηκε καὶ πολλὰ εὕρετο ἄλλα ἐς τιμήν. ἔμελλεν οὖν, ὡς τὸ εἰκός, Ἱμεραῖος ἐν τοῖς ἀγῶσιν ἀναγορευθήσεσθαι.
Pindarus Olymp. XII priorem (nam vs. 17 = 25 sqq., ubi victorias ab Ergotele reportatas recenset, non commemorat victoriam Olympicam ante hanc partam) victoriam celebravit. Vs. 13 (19) sqq.:

υἱὲ Φιλάνορος, ἤτοι καὶ τεά κεν
ἐνδομάχας ἅτ' ἀλέκτωρ συγγόνῳ παρ'
    ἑςίᾳ
ἀκλεὴς τιμὰ κατεφυλλορόησεν ποδῶν,
εἰ μὴ ςάσις ἀντιάνειρα Κνωσίας σ'
    ἄμερσε πάτρας.
νῦν δ' Ὀλυμπίᾳ ςεφανωσάμενος
καὶ δὶς ἐκ Πυθῶνος Ἰσθμοῖ τ', Ἐρ-
    γότελες,
θερμὰ Νυμφᾶν λουτρὰ βαςάζεις, ὁμι-
    λέων παρ' οἰκείαις ἀρούραις.

Scholiastae ad inscript., p. 271 Boeckhii unanimi consensu hanc victoriam reportatam tradunt κατὰ τὴν οζ' Ὀλυμπιάδα. »Quaeritur, quaenam tum Himerae conditio fuerit...... Liberam tum Himeram fuisse, non sub tyranno, immo nuperrime liberatam, ipsa oda declarat..... Iam succurrit rerum gestarum memoria. Diodorus XI, 53. sub Olymp. 77, 1 narrat Thrasydaeum Agrigenti et Himerae tyrannum, post patris obitum etiam insolentiorem quam antea factum, mercenariorum, item Agrigentinorum et Himerensium plus quam viginti millibus, peditibus equitibusque collectis, cum Hierone apud flumen Acragantem (τὸν Ἀκράγαντα dicit Diodorus), conflixisse, fusumque et fugatum, caesis plus quam quattuor millibus suorum imperio excidisse, mox apud Megarenses capitis damnatum esse: οἱ δ' Ἀκραγαντῖνοι, inquit, κομισάμενοι τὴν δημοκρατίαν, διαπρεσβευσάμενοι πρὸς Ἱέρωνα τῆς εἰρήνης ἔτυχον. Quodsi tum Agrigentini libertatem recuperarunt, quid Himerensibus factum censes? Nempe quod illis aequum fuit, id non iniquum Himerensibus: igitur his quoque Hieroneni libertatem confirmasse consentaneum est. Immo id haec ipsa oda demonstrat. Ne multa: Diodorus more suo quae vere Olymp. 76, 4. anno exeunte gesta erant, in Olymp. 77, 1. retulit, ut ab anni naturalis vere incipientis initio progrederetur: igitur Olymp. 77, 1. quum vinceret Ergoteles, Himera iam liberata fuit: unde simul liquet, Theronem Olymp. 76, 4. defunctum eodemque anno Thrasydaeum expulsum esse." Boeckhius in Explicat. ad Pindari Olymp. XII, p. 208 sq., cui in universum assentior. Hoc tantum animadvertendum, libertatis potius speciem istam fuisse quam libertatem; democratia usi sunt Agrigentini et Himerenses, sed tutore Hierone (cf. Diodorus Siculus XI. 76, ubi inter τοὺς κατὰ τὴν Ἱέρωνος δυναςείαν ἐκπεπτωκότας Agrigentinos quoque et Himerenses fuisse tradit).

Εὔθυμος Ἀςυκλέους Λοκρὸς Ἐπιζεφύριος πυγμήν [1].
Καλλίας Διδυμίου Ἀθηναῖος παγκράτιον [2].
Ἱέρων Δεινομένους Συρακόσιος κέλητι [3].

Altera Ergotelis victoria quando reportata sit, non traditur; quum autem Ergoteles, teste Pindaro l. l., aliquot demum annis (minimum *septimo*, nam exsul demum coepit gymnicos honores petere, et ante Olympicam victoriam duas Pythicas reportavit) post exilium priorem reportarit, propter eius aetatem veri simillimum est alteram proxima Olympiade obtinuisse. Etenim Ergoteles, si demum Olymp. LXXIX iterum Olympiae vicisset, per XV annos cursu excelluisset; quod vix credibile.
Vetus scholion ad inscript., p. 261 Boeckhii, tradens e Pythicis istis victoriis priorem reportatam esse Pythiade XXV (h. e. Olymp. LXXII, 3), corruptum forte est; fide certe non dignum. Verisimile est Pythicas victorias Pythiade XXVIII et XXIX reportatas esse.

[1] Pausanias loco laudato ad Olymp. LXXIV p. 34 nota 3.
[2] Pausanias V. ιχ. 3: τότε δὲ (i. e. Ὀλυμπιάδι ἑβδόμῃ πρὸς ταῖς ἑβδομήκοντα) προήχθησαν ἐς νύκτα οἱ παγκρατιάζοντες ..... καὶ ἐκράτει μὲν Ἀθηναῖος Καλλίας τοὺς παγκρατιάσαντας.
Idem VI. vi. 1: Καλλίᾳ Ἀθηναίῳ παγκρατιαςῇ τὸν ἀνδριάντα ἀνὴρ Ἀθηναῖος Μίκων ἐποίησεν ὁ ζωγράφος.
Pseudo-Andocides *contra Alcib.* 32: αἴσχιςον δὲ φανήσεσθε ποιοῦντες, εἰ τοῦτον μὲν ἀγαπᾶτε τὸν ἀπὸ τῶν ὑμετέρων χρημάτων ταῦτα κατεργασάμενον, Καλλίαν δὲ τὸν Διδυμίου, τῷ σώματι νικήσαντα πάντας ἀγῶνας τοὺς ςεφανηφόρους, ἐξωςρακίσατε.
[3] Hanc victoriam celebravit Pindarus *Olymp.* I. Cf. supra ad Olymp. LXXIII p. 33 nota 1.

Scholiasta vetus ad inscript., p. 21 Boeckhii: νικήσας δὲ τὰ Ὀλύμπια ἀνεκήρυξεν αὐτὸν Συρακόσιον καὶ Αἰτναῖον, κτίσας τὴν παρακειμένην τῷ ὄρει πόλιν ἐν τῇ Σικελίᾳ Αἴτνην ὁμώνυμον τῷ ὄρει. Vetus scholion ad verba Συρακόσιον ἱπποχάρμαν βασιλῆα (v. 23 = 33), p. 29 Boeckhii: ἔνιοι δ᾽ ἀναγινώσκουσι παροξύνοντες τὴν παραλήγουσαν συλλαβὴν τοῦ Συρακόσιον (sic legendum videtur pro τῶν Συρακοσίων) καὶ τὴν ἐσχάτην τοῦ ἱπποχάρμαν περισπῶσιν, ἵν᾽ ᾖ· τῶν Συρακοσίων ἱπποχαρμῶν. τὸν γὰρ Ἱέρωνα οὐκ εἶναι Συρακόσιον ὅτ᾽ ἐνίκα· κτίσαντα γὰρ αὐτὸν τὴν Κατάνην καὶ προσαγορεύσαντα Αἴτναν ἀπ᾽ αὐτῆς Αἰτναῖον λέγουσιν αὐτόν (excidisse videtur ἀνακηρυχθῆναι vel, quamvis vitiosum, ἀναγορευθῆναι). εὐήθεις φησὶ Δίδυμος τούτους· τότε γὰρ ὁ Ἱέρων ἦν Συρακόσιος καὶ οὐδὲ ἦν Αἰτναῖος, ὥς φησιν Ἀπολλόδωρος. ὁ δ᾽ Ἀριςόνικος ἀξιοπίςως Αἰτναῖον ὄντα Συρακόσιον ὀνομάζεσθαι. Scholion ad Pyth. I, p. 300 Boeckhii: Ἱέρων ἄνωθεν Συρακόσιός ἐςι, τὴν δὲ Κατάνην ἀνακτίσας ὁμωνύμως τῷ παρακειμένῳ ὄρει Αἴτναν προσηγόρευσε, καὶ Αἰτναῖον αὐτὸν κατὰ τοὺς ἀγῶνας νικῶν ἀνεκήρυξεν. Scholion ad Nem. I, p. 426 Boeckhii: Ἱέρων οἰκιςὴς ἀντὶ τυράννου βουλόμενος εἶναι, Κατάνην ἐξελὼν Αἴτνην μετωνόμασε τὴν πόλιν, αὐτὸν οἰκιςὴν προσαγορεύσας, καὶ ἐν ταῖς ἀναρρήσεσιν ἔν τισι τῶν ἀγώνων Αἰτναῖον αὐτὸν εἶπεν.

In his hoc certum est, Hieronem in *Pythica* victoria, paullo post Aetnam conditam reportata, Aetnaeum renuntiatum esse; hoc enim confirmat carmen

Παρμενίδης Ποσειδωνιάτης ϛάδιον [1].

Ἐργοτέλης Φιλάνορος Ἱμεραῖος δόλιχον [2].

? Τιμόδημος Τιμόνου Ἀθηναῖος παγκράτιον [3].

Ἱέρων Δεινομένους Συρακόσιος (Αἰτναῖος [4]) τεθρίππῳ [5].

Ἀγησίας Σωϛράτου Συρακόσιος ἀπήνῃ [6].

---

quo victoriam illam Pindarus celebravit (*Pyth.* 1). An *Olympiae* quoque Aetnaeus renuntiatus sit, dubium. In carmine enim Pindarico huius rei nullum vestigium; imo vs. 23 (33) *Συρακόσιος* audit. Superest victoria curulis Olymp. LXXVIII reportata, sed mirum profecto esset Hieronem Olymp. LXXVII Syracusanum renuntiatum esse, Olymp. vero LXXVIII Aetnaeum, octo annos post Aetnam conditam (Diodorus Siculus XI. 49). Neque ullus testis est de Hierone Olympiae Aetnaeo renuntiato, praeter scholiastam loco primum laudato, qui forte hac in re Pythicam victoriam cum Olympica confudit.

[1] Diodorus Siculus XI. 65: *Ὀλυμπιὰς ἤχθη ἑβδομηκοϛὴ καὶ ὀγδόη, καθ᾿ ἣν ἐνίκα ϛάδιον Παρμενίδης Ποσειδωνιάτης.*
Dionysius Halicarn. *Antiq. Roman.* IX. 56 p. 1897 Reiskii: *κατὰ τὴν ἑβδομηκοϛὴν καὶ ὀγδόην Ὀλυμπιάδα, ἣν ἐνίκα ϛάδιον Παρμενίδης Ποσειδωνιάτης.*

[2] Cf. ad Olymp. LXXVII p. 40 nota 1.

[3] Scholiasta Pindari ad Nem. II (quo carmine Nemeaca Timodemi victoria pancratio reportata celebratur) vs. 1, p. 436 Boeckhii: *μετὰ τὴν Νεμεακὴν νίκην ἐϛεφανοῦτο τὰ Ὀλύμπια.* Pindari carmen Nemeacum II scriptum esse Olymp. LXXV, 2, coniecit Boeckhius in Indice Temporum, quem Explicationibus praemisit, p. 25 (repetiit hunc Indicem Berghius in Poet. Lyr. Gr. p. 7

sqq. ed. 2ᵃᵉ). Olympiadibus LXXVI, LXXVII et LXXIX alii Olympiae pancratio vicerunt.

[4] Cf. ad Olymp. LXXVII p. 41 nota 3.

[5] Cf. ad Olymp. LXXIII p. 33 nota 1.

[6] Pindarus *Olymp.* VI hanc victoriam celebravit. Vs. 4 (5) *Ὀλυμπιονίκας* dicitur is quem canit poeta, vs. 9 (14) *Σωϛράτου υἱός*, vs. 12 (17) *Ἀγησίας*, vs. 18 (30) *ἀνὴρ Συρακόσιος*; vs 22 (38) docet eum mularum curru vicisse.
Scholiasta vetus ad inscript., p. 129 Boeckhii: *γέγραπται ἡ ᾠδὴ ὡς μὲν ἔνιοι Ἀγησίᾳ Συρακοσίῳ, ὡς δ᾿ ἔνιοι Στυμφηλίῳ, υἱῷ Σωϛράτου ἀπήνῃ.* Agesiam ex Stymphalio Syracusanum factum esse indicant ipsius Pindari verba, vs. 98 (165) sqq.:

σὺν δὲ φιλοφροσύναις εὐηράτοις Ἁγησία δέξαιτο κῶμον οἴκοθεν οἴκαδ᾿ ἀπὸ Στυμφαλίων τειχέων ποτινισόμενον, ματέρ᾿ εὐμήλοιο λείποντ᾿ Ἀρκαδίας.

Vicisse Agesiam Hierone Syracusis regnante, i. e. Olymp. LXXVI, LXXVII aut LXXVIII (Clinton, Fasti Hellenici, II p. 30 et 38 ed. 2ᵃᵉ) docet Pindarus vs. 92 (156) sqq.:

εἰπὸν δὲ μεμνᾶσθαι Συρακοσσᾶν τε καὶ Ὀρτυγίας, τὰν Ἱέρων καθαρῷ σκαπτῷ διέπων, ἄρτια μηδόμενος, φοινικόπεζαν ἀμφέπει Δάματρα, λευκίππου τε θυγατρὸς ἑορτάν, καὶ Ζηνὸς Αἰτναίου κράτος.

E postremis his verbis veri simile esse

Ξενοφῶν Θεσσαλοῦ Κορίνθιος ςάδιον καὶ πένταθλον¹.
Διαγόρας Δαμαγήτου Ῥόδιος πυγμήν².

monuit Boeckhius (in Explicat. ad hoc carmen, p. 151) Agesiam post Aetnam conditam. ergo non Olymp. LXXVI (Diodorus Siculus XI. 49), vicisse. Olymp. autem LXXVII, Pindarus Syracusis in aula Hieronis erat, ubi Hieronis victoriam carmine (*Olymp.* I) celebravit; hoc autem carmen (*Olymp.* VI) in Peloponneso cantatum, Agesia Syracusas redeunte. Ergo assentiendum Boeckhio (l. l. p. 152), Agesiae victoriam reportatam esse Olymp. LXXVIII.

¹ Diodorus Siculus XI. 70: Ὀλυμπιὰς ἤχθη ἑβδομηκοςὴ καὶ ἐνάτη, καθ᾽ ἣν ἐνίκα ςάδιον Ξενοφῶν Κορίνθιος. Dionysius Halicarn. *Antiq. Roman.* IX. 61 p. 1915 Reiskii: ἐπὶ τῆς ἐνάτης καὶ ἑβδομηκοςῆς Ὀλυμπιάδος, ἣν ἐνίκα Ξενοφῶν Κορίνθιος.

Pausanias IV. xxiv. 5: κατὰ τὴν ἐνάτην Ὀλυμπιάδα καὶ ἑβδομηκοςήν, ἣν Κορίνθιος ἐνίκα Ξενοφῶν. Hoc loco ἑβδομηκοςήν certa emendatione restituit Palmerius; codd. εἰκοςήν.

Pindarus utramque victoriam celebravit *Olymp.* XIII. Vs. 28 (38) sqq. Iovem precatur poëta:

Ξενοφῶντος εὔθυνε δαίμονος οὖρον,
δέξαι δ᾽ οἱ ςεφάνων ἐγκώμιον τεθμόν,
τὸν ἄγει πεδίων ἐκ Πίσας,
πενταέθλῳ ἅμα ςαδίου νικῶν δρόμον·
     ἀντεβόλησεν
τῶν ἀνὴρ θνατὸς οὔπω τις πρότερον.

De patre Thessalo cf. Olymp. LXIX.

Scholiasta Pindari recentior ad vs 1, p. 268 Boeckhii utramque victoriam κατὰ τὴν οθ᾽ Ὀλυμπιάδα reportatam tradit.

Eadem haec victoria ansam dedit Pindaro componendi scolii cuius fragmenta servavit Athenaeus XIII. 33 p. 573 sq. Casauboni. Leguntur in Boeckhii Pindaro Tom. II pars II p. 608, in Bergkii Poet. Lyr. Graec. p. 260 ed. 2ae.

² Pindarus *Olymp.* VII hanc victoriam celebravit. Vs. 13 (23) sqq.:

καί νυν ὑπ᾽ ἀμφοτέρων σὺν Διαγόρᾳ
     κατέβαν, τὰν ποντίαν
ὑμνέων παῖδ᾽ Ἀφροδίτας, Ἀελίοιό τε
          νύμφαν,
Ῥόδον εὐθυμάχαν ὄφρα πελώριον ἄνδρα παρ᾽ Ἀλφειῷ ςεφανωσάμενον
αἰνέσω πυγμᾶς ἄποινα
καὶ παρὰ Καςαλίᾳ, πατέρα τε Δαμάγητον ἁδόντα Δίκᾳ.

Scholiasta vetus ad inscript., p. 157 Boeckhii: Διαγόρᾳ Ῥοδίῳ πύκτῃ· νικήσαντι τὴν οθ᾽ Ὀλυμπιάδα.

Aristoteles et Apollas apud Scholiastam Pindari ad inscript., p. 158 Boeckhii: περὶ δὲ τούτου τοῦ Διαγόρου εἶπε μὲν καὶ Ἀριςοτέλης καὶ Ἀπολλᾶς, μαρτυροῦσι δὲ τοιαῦτα. κατὰ γὰρ τὴν Ὀλυμπίαν ἔςηκεν ὁ Διαγόρας μετὰ τὴν Λυσάνδρου εἰκόνα, πηχῶν τεσσάρων δακτύλων πέντε, τὴν δεξιὰν ἀνατείνων χεῖρα, τὴν δ᾽ ἀριςερὰν εἰς αὐτὸν ἐπικλίνων. μετὰ δὲ τοῦτον ἵςαται καὶ ὁ Δαμάγητος, ὁ πρεσβύτατος τῶν παίδων αὐτοῦ, ὅς ἦν καὶ ὁμώνυμος τῷ πάππῳ, παγκράτιον προβεβλημένος, καὶ αὐτὸς πηχῶν τεσσάρων, ἐλάττων δὲ τοῦ πατρὸς δακτύλων πέντε. ἐχόμενος δὲ τούτου ἔςηκε Δωριεὺς ἀδελφός, πύκτης (imo παγκρατιαςής) καὶ αὐτὸς προβεβλημένος. τρίτος δὲ μετ᾽ ἐκεῖνον

Ἐφουδίων Μαινάλιος παγκράτιον [1].
Φερίας Αἰγινήτης πάλην παίδων [2].

ol. LXXX
a. C. 460

π'

Τορύμμας Θεσσαλὸς ϛάδιον [3].
Πάλην Ἀμησινᾶς Βαρκαῖος, ὃς βουκολῶν ταύρῳ ἐγυμ-

Ἐφουδίων] vid. nota ad h. l. *Τορύμμας*] Sic cod. Paris. et int. Armen. Apud Diodorum *Τορύλλας* legitur, apud Dionysium *Τορύμβας*. Scheibel coniecit *Τυρίμμᾶς*. *Ἀμησινᾶς*] Sic cod. Paris. et int. Armen. Si Mynae credendum, in Philostrati codice *Ἀλησίας* audit. Neutrum verum videtur, nisi forte peregri-

Ἀκουσίλαος, τῇ μὲν ἀριϛερᾷ ἱμάντα ἔχων πυκτικόν, τὴν δὲ δεξιὰν ὡς πρὸς προσευχὴν ἀνατείνων. καὶ οὗτοι μὲν οἱ τοῦ νικηφόρου παῖδες ἐν ϛήλαις ἵϛανται σὺν τῷ πατρί· μετ' ἐκείνους δὲ καὶ θυγατέρων αὐτοῦ νικηφόροι υἱοὶ δύο. Εὐκλῆς πυγμῇ νικήσας *Ἄνδρωνα καὶ μετ' ἐκεῖνον Πεισίρροθος.
Pausanias VI. VII. 1 sq.: θεασάμενος καὶ τούτους ἐπὶ τῶν Ῥοδίων ἀθλητῶν ἀφίξει τὰς εἰκόνας, Διαγόραν καὶ τὸ ἐκείνου γένος. οἱ δὲ συνεχεῖς τ' ἀλλήλοις καὶ ἐν κόσμῳ τοιῷδ' ἀνέκειντο· Ἀκουσίλαος μὲν λαβὼν πυγμῆς ἐν ἀνδράσι ϛέφανον, Δωριεὺς δ' ὁ νεώτατος παγκρατίῳ νικήσας Ὀλυμπιάσιν ἐφεξῆς τρισίν. πρότερον δ' ἔτι τοῦ Δωριέως ἐκράτησε καὶ Δαμάγητος τοὺς ἐσελθόντας ἐς τὸ παγκράτιον. οὗτοι μὲν ἀδελφοί τ' εἰσὶ καὶ Διαγόρου παῖδες, ἐπὶ δ' αὑτοῖς κεῖται καὶ ὁ Διαγόρας, πυγμῆς ἐν ἀνδράσιν ἀνελόμενος νίκην.
[1] Eratosthenes et Polemo Iliensis apud Hesychium: Ἐφωδίων· Ἐρατοσθένης διὰ τοῦ Τ Ἐφωτίωνα ἀναγράφει, Μαινάλιον περιοδονίκην παγκρατιαϛήν· ὁ δὲ Πολέμων διὰ τοῦ Δ.
Aristophanes *Vesp.* 1190 sqq.:

ἀλλ' οὖν λέγειν χρή σ' ὡς ἐμάχετό γ' αὐτίκα
Ἐφουδίων παγκράτιον Ἀσκώνδᾳ καλῶς,
ἤδη γέρων ὢν καὶ πολιός.
Scholiasta ad h. l.: *Ἀσκώνδᾳ καλῶς:* (τὸ χ,) ὅτι περὶ τοῦ Ἐφουδίωνος ἀληθῶς ἱϛορεῖ. (Ἄλλως. ὅτι κατεψευσμένοι φαίνονται οὗτοι παγκρατιαϛαὶ ἐπὶ παιδιᾷ. ὁ δ' Ἀσκώνδας καὶ ἐξ αὐτοῦ τοῦ ὀνόματος. εἰ μὴ ἄρα ὁ Ἐφουδίων ἐϛὶν ὁ ἐν ταῖς Ὀλυμπιάσι φερόμενος Ἐφουδίων Μαινάλιος αθ'.) Uncis inclusa absunt a codice Ravennate.
[2] Pausanias VI. XIV. 1: Φερίας Αἰγινήτης ὀγδόῃ μὲν πρὸς ταῖς ἑβδομήκοντα Ὀλυμπιάδι κομιδῇ τ' ἔδοξεν εἶναι νέος καὶ οὐκ ἐπιτήδειός πω νομισθεὶς παλαίειν ἀπηλάθη τοῦ ἀγῶνος, τῇ δ' ἑξῆς (κατεδέχθη γὰρ τηνικαῦτα ἐς τοὺς παῖδας) ἐνίκα παλαίων.
[3] Diodorus Siculus XI. 77: Ὀλυμπιὰς ἤχθη ὀγδοηκοϛή, καθ' ἣν ἐνίκα ϛάδιον Τορύλλας Θετταλός.
Dionysius Halicarn. *Antiq. Roman.* X. 1 p. 1981 Beiskii: Ὀλυμπιὰς ἦν ὀγδοηκοϛή, ἣν ἐνίκα ϛάδιον Τορύμβας Θεσσαλός.

νάζετο • ὃν καὶ εἰς Πίσαν ἀγαγὼν συνεγυμνάσθη [1].
? Σώςρατος Πελληνεὺς ςάδιον παίδων [2].
Ἀλκιμέδων Ἰφίωνος Αἰγινήτης πάλην παίδων [3].
Ἀρκεσίλαος Βάττου Κυρηναῖος τεθρίππῳ [4].

num nomen habuit athleta. Σώςρατος] Sic Pausaniae codices libro VII. Iidem altero loco (VI. VIII. 1) Σωκράτης. Sed fortasse diversi sunt.

[1] Philostratus loco laudato ad Olymp. XLVI pag. 17 nota 1.

[2] Pausanias VII. XVII. 13 sq.: ἐν τῇ χώρᾳ τῇ Δυμαίᾳ καὶ τοῦ δρομέως Οἰβώτα ** νικήσαντι Ὀλύμπια Ἀχαιῶν πρώτῳ γέρας οὐδὲν ἐξαίρετον παρ᾽ αὐτῶν ἐγίνετο εὔρασθαι • καὶ ἐπὶ τούτῳ κατάρας ὁ Οἰβώτας ἐποιήσατο μηδενί Ὀλυμπικὴν νίκην ἔτι Ἀχαιῶν γενέσθαι. καὶ ἦν γάρ τις θεῶν ᾧ τοῦ Οἰβώτα τελεῖσθαι τὰς κατάρας οὐκ ἀμελὲς ἦν, διδάσκονταί ποθ᾽ οἱ Ἀχαιοὶ καθ᾽ ἥντινα αἰτίαν ςεφάνου τοῦ Ὀλυμπίασιν ἡμάρτανον, διδάσκονται δ᾽ ἀποςείλαντες ἐς Δελφούς. οὕτω δὴ καὶ ἄλλα ἐς τιμήν σφισι τοῦ Οἰβώτα ποιήσασι καὶ τὴν εἰκόνα ἀναθεῖσιν ἐς Ὀλυμπίαν, Σώςρατος Πελληνεὺς ςαδίου νίκην ἔςχεν ἐν παισίν. Idem VI. VIII. 1 statuam commemorat Σωκράτους Πελληνίεως δρόμου νίκην ἐν παισὶν εἰληφότος, ubi fortasse Σωςράτου legendum cum Siebelisio in ed. minore.

Tradit Pausanias VII. XVII. 6 (verba adscripsi ad Olymp. VI) Oebotae statuam positam esse περὶ τὴν ὀγδοηκοςὴν Ὀλυμπιάδα. Suspicor hanc temporis definitionem niti fastis Olympicis, quippe qui Sostratum victorem habuerint Olympiade LXXX.

[3] Pindarus Olymp. VIII hanc victoriam celebravit. Vs. 15 (19) sqq. ita Alcimedontis fratrem alloquitur:
Τιμόσθενες, ὕμμε δ᾽ ἐκλάρωσεν πότμος

Ζηνὶ γενεθλίῳ • ὅς σε μὲν Νεμέᾳ πρόφατον, Ἀλκιμέδοντα δὲ πὰρ Κρόνου λόφῳ θῆκεν Ὀλυμπιονίκαν.
ἦν δ᾽ ἐσορᾶν καλός, ἔργῳ τ᾽ οὐ κατὰ εἶδος ἐλέγχων
ἐξένεπε κρατέων πάλᾳ δολιχήρετμον Αἴγιναν πάτραν.

Iphiona defunctum, quem Pindarus vs. 81 (106) accepturum dicit laetum nuntium de Alcimedontis victoria, patrem fuisse Alcimedontis, verisimillimum est; quamquam diversas hac de re traditiones memorent Scholiastae veteres ad vs. 106, p. 203 Boeckhii: ὁ Ἰφίων πρόγονός ἐςιν Ἀλκιμέδοντος, οἱ δ᾽ ὅτι πατὴρ αὐτοῦ. Aliud scholion: Ἰφίων καὶ Καλλίμαχος κατὰ μέν τινας ἁπλῶς συγγενεῖς τοῦ Ἀλκιμέδοντος • κατὰ δέ τινας Ἰφίων μὲν πατὴρ Ἀλκιμέδοντος τεθνεώς, Καλλίμαχος δὲ θεῖος. Recentior Scholiasta ad l. l., p. 204 Boeckhii: ὁ Ἰφίων δ᾽ ὁ πατήρ, ὥς φασί τινες, τοῦ Ἀλκιμέδοντος. — Certe mirum, si poeta victoris, praesertim pueri, avum commemorasset (vs. 70 = 93), patris nullam mentionem iniecisset.

Scholiasta Pindari vetus ad inscript., p. 187 Boeckhii: γέγραπται ὁ ἐπινίκιος προηγουμένως τῷ Ἀλκιμέδοντι παιδὶ παλαιςῇ νικήσαντι τὴν ὀγδοηκοςὴν Ὀλυμπιάδα.

[4] Arcesilaum reportata Olympiade LXXVIII, 3 Pythica victoria (quam Pindarus Pyth. IV et V celebravit) Olympicam quoque molitum esse, hinc patet

πα'

Πολύμναςος Κυρηναῖος ςάδιον ¹.
? Ἐφάρμοςος Ὀπούντιος πάλην ².

quod Pindarus *Pyth.* V in fine vota facit ut etiam in ludis Olympicis Arcesilao victoria contingat.
Scholiasta Pindari ad Pyth. IV inscript., p. 342 Boeckhii: γέγραπται ἡ ᾠδὴ Ἀρκεσιλάῳ Πολυμνήςου παιδὶ (fefellerunt hominem Pindari verba vs. 59 = 104: ὦ μάκαρ υἱὲ Πολυμνάςου) Κυρηναίῳ τὸ γένος τῆς Λιβύης νικήσαντι τὴν τριακοςὴν πρώτην Πυθιάδα· ἔνιοι δὲ καὶ τὴν ὀγδοηκοςὴν Ὀλυμπιάδα· ἀλλ' οὐκ ἔγραψεν εἰς τὴν Ὀλυμπιακὴν αὐτοῦ νίκην, καίτοι μετὰ τὴν Πυθικὴν γενομένην, ἀλλ' εἰς τὰ Πύθια μόνον.
Batti filios fuisse quotquot Arcesilai Cyrenis regnarunt, res est notissima vel ex oraculo apud Herodotum IV. 163.
¹ Diodorus Siculus XI. 84: παρ' Ἠλείοις Ὀλυμπιὰς ἤχθη μία πρὸς ταῖς ὀγδοήκοντα, καθ' ἣν ἐνίκα ςάδιον Πολύμναςος Κυρηναῖος.
Dionysius Halicarn. *Antiq. Roman.* X. 26 p. 2057 Reiskii: Ὀλυμπιὰς ἣν ὀγδοηκοςῇ καὶ πρώτῃ, ἣν ἐνίκα ςάδιον Πολύμναςος Κυρηναῖος.
² Celebravit hanc victoriam Pindarus *Olymp.* IX. Vs. 1 sqq. docent Epharmostum Olympiae vicisse. Vs. 12(19)sqq.:

οὗτοι χαμαιπετέων λόγων ἐφάψεαι,
ἀνδρὸς ἀμφὶ παλαίσμασιν φόρμιγγ'
ἐλελίζων
κλεινᾶς ἐξ Ὀπόεντος.

« Epharmosti Opuntii victoria Olympica lucta parta quando contigerit, ignoratur. Clarus ille luctator praeter ceteras victorias vs. 94 sqq. memoratas Isthmia vicerat ter et Nemea (vs. 90—93), item Pythia, quae vs. 13, 18 sq. separatim cum Olympica simul victoria nominantur; unde coniecerim Pythiam victoriam non multo ante Olympicam accidisse; neque enim ob solam Pythiorum ludorum celebritatem Olympicae victoriae Pythiam in hoc carmine iungi, ipsa verborum, quibus Pindarus in hac re utitur, ratio videtur monstrare. Iam vero de temporibus nihil relatum nisi in Scholiis vs. 17. ἐνίκησε δὲ ὁ Ἐφάρμοςος καὶ Ὀλύμπια, ὡς προεῖπε, καὶ Πύθια, ἑβδομηκοςῇ τρίτῃ Ὀλυμπιάδι: et rursum, καὶ γὰρ Πύθια ἐνίκησεν ὁ Ἐφάρμοςος τὴν τριακοςὴν Πυθιάδα, ubi tamen cod. Vrat. pro tricesima Pythiade praebet λγ'. Pythia igitur aut Pyth. 30 aut Pyth. 33 vicisse dicitur, Olymp. 77, 3 vel 80, 3: sed in priori Scholio Pythia victoria, non Olympica, ut vulgo statuunt, in Olymp. 73 refertur. Quae quum inter se pugnare Hermannus videret, numerum corrigendum esse recte iudicavit, scripsitque ἑβδομηκοςῇ ὀγδόῃ Ὀλυμπιάδι, ut Olympias secundum scholiastae computationem, quam falsam esse alibi docui, Pythiadi tricesimae responderet; verum postquam Pythiadem tricesimam tertiam ex Vratislaviensi attuli, in promptu est corrigere: καὶ Πύθια τριακοςῇ τρίτῃ Πυθιάδι, quae coniectura non solum in tantis Scholiorum vitiis non audax est, sed etiam certa: Olympiadis enim aliena in Pythia victoria mentio est. Praeterea multo probabilius est in altera lectione τὴν τριακοςὴν periisse vocem τρίτην, quam in altera γ' (τρίτην) male additum esse. Quae quum ita sint, non

πβ´

Λύκος Λαρισαῖος ςάδιον ¹.
Ψαῦμις Ἄκρωνος Καμαριναῖος ἀπήνῃ ².

πγ´

Κρίσων Ἱμεραῖος ςάδιον ³.

Κρίσων] Sic Diodorus, Dionysius, Pausanias, Plato in Protagora et Clemens. Cod. aliud statui potest nisi Pyth. 33. Olymp. 80, 3. Epharmostum Pythia vicisse: Olympica igitur victoria probabili ratione Olymp. 81. assignabitur." Boeckhius, in Explicat. ad Olymp. IX, p. 186 sq.
¹ Dionysius Halicarn. X. 53 p. 2131 Reiskii: ἐπὶ τῆς ὀγδοηκοςῆς καὶ δευτέρας Ὀλυμπιάδος, ἣν ἐνίκα ςάδιον Λύκος Θεσσαλὸς ἀπὸ Λαρίσσης. Apud Diodorum Siculum lacuna huius Olympiadis actae mentionem abripuit.
² Pindarus *Olymp.* IV et V hanc victoriam celebravit. In altero carmine vs. 1 sqq.:

ὑψηλᾶν ἀρετᾶν καὶ ςεφάνων ἄωτον
     γλυκύν
τῶν Οὐλυμπίᾳ, Ὠκεανοῦ θύγατερ,
   καρδίᾳ γελανεῖ
ἀκαμαντόποδός τ᾽ ἀπήνας δέκευ Ψαύ-
    μιός τε δῶρα·
ὅς τὰν σὰν πόλιν αὔξων, Καμάρινα,
    λαοτρόφον,
βωμοὺς ἓξ διδύμους ἐγέραρεν ἑορταῖς
    θεῶν μεγίςαις
ὑπὸ βουθυσίαις ἀέθλων τε πεμπαμέ-
    ροις ἁμίλλαις
ἵπποις ἡμιόνοις τε μοναμπυκίᾳ τε.
   τὶν δὲ κῦδος ἁβρόν
νικάσαις ἀνέθηκε, καὶ ὃν πατέρ᾽ Ἄ-
κρων᾽ ἐκάρυξε καὶ τὰν νέοικον ἕδραν.
Scholiasta vetus ad Olymp. IV inscript., p. 111 Boeckhii: γέγραπται ἡ

ᾠδὴ Ψαύμιδι Καμαριναίῳ νικήσαντι τὴν ὀγδοηκοςὴν δευτέραν Ὀλυμπιάδα τεθρίππῳ, παιδὶ Ἄκρωνος. Vetus scholion ad Olymp. V inscript., p. 117 Boeckhii: γέγραπται ἡ ᾠδὴ· τῷ αὐτῷ Ψαύμιδι τεθρίππῳ καὶ ἀπήνῃ καὶ κέλητι νενικηκότι τὴν ὀγδοηκοςὴν δευτέραν Ὀλυμπιάδα. Deceptus est quisquis haec adnotavit Pindari verbis laudatis: ἵπποις ἡμιόνοις τε μοναμπυκίᾳ τε. Psaumis triplici illo certaminis genere certaverat, sed vicerat sola apene, quod et ex Pindari loco laudato apparet, et inde quod poeta IV. 12 (21) sqq. Psaumidi victorias equis reportandas apprecatur. Cum scholiis laudatis bene conveniunt, quoad temporis definitionem, Pindari verba laudata quibus Camarinam νέοικον ἕδραν appellat. Olympiade enim LXXIX, 4 instaurata erat (Diodorus Siculus XI. 76). Misere corruptum est vetus scholion ad Olymp. V. 19, p. 122 Boeckhii, quod sic prodiit ex cod. Vratislaviensi: ὅτι δὲ περὶ τὴν π´ ἐνίκησεν Ὀλυμπιάδα ὁ Ψαῦμις τῇ ἀπήνῃ, οὕτω συνορᾶται· καταλύεται γὰρ αὐτῇ τὸ ἀγώνισμα περὶ ὀγδοηκοςὴν ε´ Ὀλυμπιάδα· τῷ δὲ ἅρματι ἐνίκησε τὴν πβ´ Ὀλυμπιάδα· ὥςε τὴν πα´ ἐνίκησεν ἐν τῇ ἀπήνῃ ὁ Ψαῦμις.
³ Diodorus Siculus XII. 5: Ἠλεῖοι ἤγαγον Ὀλυμπιάδα τρίτην πρὸς

πδ´

Ὁ αὐτὸς τὸ δεύτερον¹.
Κατελύθη κάλπης καὶ ἀπήνης δρόμος².

πε´

Ὁ αὐτὸς τὸ τρίτον³.

Paris., int. Armen. et Platonis codices altero loco **Κρίσσων**. Hesychius *Γρίσων*.

ταῖς ὀγδοήκοντα, καθ᾽ ἣν ἐνίκα ςά-
διον Κρίσων Ἱμεραῖος.
Dionysius Halicarn. *Antiq. Ro-
man.* XI. 1 p. 2156 Reiskii: ἐπὶ τῆς
ὀγδοηκοςῆς καὶ τρίτης Ὀλυμπιάδος, ἣν
ἐνίκα ςάδιον Κρίσων Ἱμεραῖος.
Pausanias V. xxiii. 4: ἐςὶ δὲ πρὸ
τοῦ Διὸς τούτου ςήλη χαλκῆ, Λακε-
δαιμονίων καὶ Ἀθηναίων συνθήκας
ἔχουσα εἰρήνης ἐς τριάκοντα ἐτῶν ἀ-
ριθμόν. ταύτας ἐποιήσαντο Ἀθηναῖοι
παραςησάμενοι τὸ δεύτερον Εὔβοιαν,
ἔτει τρίτῳ τῆς Ὀλυμπιάδος, ἣν Κρί-
σων Ἱμεραῖος ἐνίκα ςάδιον. Lege: ἔτει
τρίτῳ τῆς τρίτης Ὀλυμπιάδος καὶ ὀγ-
δοηκοςῆς, ἣν Κρίσων Ἱμεραῖος ἐνίκα
ςάδιον. Pausaniam de more Olympiadis
numerum addidisse, hoc quidem loco
eo magis probabile, quod duabus quo-
que sequentibus Olympiadibus Crison
stadio vicit, is ergo qui scribit ἔτει
τρίτῳ τῆς Ὀλυμπιάδος ἣν Κρίσων Ἱ-
μεραῖος ἐνίκα ςάδιον tempus omnino
non definit. Euboea autem a Pericle
reciperata est, et foedus illud factum,
Olymp. LXXXIII, 3 (Clinton, Fasti Hel-
nici, II p. 52 ed. 2ae).
Plato eiusque Scholiasta l. l. ad O-
lymp. LXXIII, p. 32 nota 1, et *Protag.* p.
335 E: νῦν δ᾽ ἐςὶν ὥσπερ ἂν εἰ δέοιό
μου Κρίσωνι τῷ Ἱμεραίῳ δρομεῖ ἀκμά-
ζοντι ἕπεσθαι.

Clemens Alexandrinus loco lau-
dato ad Olymp. LXXIII p. 32 nota 1.
Aristophanes (Byzantinus, ut
videtur) apud Zonaram I p. 451: *Γρίσ-
σων* (vel *Γρίσων*) ὁ χοῖρος καὶ ὄνομα
δρομέως παρ᾽ Ἀριςοφάνει. Et apud
Hesychium: *Γρίσων:* ὓς · Ἀριςοφάνης
δ᾽ ὄνομα δρομέως νενικηκότος ἐν Ὀ-
λυμπίᾳ ςάδιον.
Nugas agit Plutarchus *de adulat.
et amici discr.* p. 58 ed. Londin. Cri-
sonem cursu certantem faciens cum A-
lexandro Magno.
¹ Diodorus Siculus XII. 23: Ὀ-
λυμπιὰς ἤχθη τετάρτη πρὸς ταῖς ὀγ-
δοήκοντα, καθ᾽ ἣν ἐνίκα ςάδιον Κρί-
σων Ἱμεραῖος.
Apud Dionysium Halicarn. XI.
51 lacuna huius Olympiadis mentionem
nobis eripuit.
Cf. porro ad Olymp. LXXXIII p. 47
nota 3.
² Cf. ad Olymp. LXX p. 29 nota 5.
Plutarchus *Sympos.* V. 2 p. 675
ed. Londin.: τοῖς Ὀλυμπίοις πάντα προς-
θήκη πλὴν τοῦ δρόμου γέγονε · πολλὰ
δὲ καὶ θέντες ἔπειτ᾽ ἀνεῖλον, ὥσπερ
τὸν τῆς κάλπης ἀγῶνα καὶ τὸν τῆς
ἀπήνης.
³ Diodorus Siculus XII. 29: Ἠ-
λεῖοι ἤγαγον Ὀλυμπιάδα πέμπτην πρὸς
ταῖς ὀγδοήκοντα, ἐν ᾗ ἐνίκα Κρίσων

πς'

Θεόπομπος (Διόπομπος ¹). Θεσσαλὸς ςάδιον ².
? Ἀκουσίλαος Διαγόρου Ῥόδιος πυγμήν ³.
? Δαμάγητος Διαγόρου Ῥόδιος παγκράτιον ⁴.
Παντάρκης Ἠλεῖος πάλην παίδων ⁵.

πζ'

Σώφρων Ἀμβρακιώτης ςάδιον ⁶.

ol. LXXXVI
a. C. 436

ol. LXXXVI.
a. C. 432

Σώφρων] Sic cod. Paris. et Diodorus. Int. Armen. Euphranor. Ἀμβρακιώτης]

Ἱμεραῖος τὸ δεύτερον. Certatim viri docti reponi iusserunt τὸ τρίτον; veri tamen similius mihi videtur ipsum Diodorum errorem illum commisisse, praesertim cum ad Olymp. LXXXIV secundam Crisonis victoriam ita commemoret, quasi tum *primum* is vicerit.
Cf. ad Olymp. LXXXIII et LXXXIV.
¹ Plato eiusque Scholiasta laudati ad Olymp. LXXIII p. 32 nota 1.
² Diodorus Siculus XII. 33: Ἠλεῖοι ἤγαγον Ὀλυμπιάδα ἕκτην πρὸς ταῖς ὀγδοήκοντα, καθ' ἣν ἐνίκα ςάδιον Θεόπομπος Θετταλός.
³ Cf. ad Olymp. LXXIX p. 43 nota 2.
Pausanias VI. vii. 3: Διαγόραν δὲ καὶ ὁμοῦ τοῖς παισὶν Ἀκουσιλάῳ καὶ Δαμαγήτῳ λέγουσιν ἐς Ὀλυμπίαν ἐλθεῖν · νικήσαντες δ' οἱ νεανίσκοι διὰ τῆς πανηγύρεως τὸν πατέρα ἔφερον βαλλόμενόν θ' ὑπὸ τῶν Ἑλλήνων ἄνθεσι καὶ εὐδαίμονα ἐπὶ τοῖς παισὶ καλούμενον. Eadem historia corrupte legitur apud Scholiastam Pindari ad Olymp. VII inscript. p. 158 Boeckhii. Inepte hic Damagetum et Acusilaum vicisse dicit κατὰ τὴν αὐτὴν ἡμέραν τῷ πατρί, quum dicendum esset κατὰ τὴν αὐτὴν ἡμέραν. Eandem quoque historiam variis modis narrant Gellius Noct. Att. III. xv. 3, Cicero Tuscul.

Quaest. I. XLVI. 111, et Plutarchus Pelop. XXXIV.
Constat igitur Damagetum et Acusilaum eadem Olympiade vicisse, idque ante fratrem Dorieum, cuius prima victoria reportata fuit Olymp. LXXXVII. Porro eorum pater Diagoras vicit Olymp. LXXIX. Itaque ipsi aut Olymp. LXXXVI vicerunt, aut certe non multo prius.
⁴ Cf. nota praecedens et ad Olymp. LXXIX p. 43 nota 2.
Gellius loco laudato perperam Damagetum luctatorem facit. Constat enim e locis ad Olymp. LXXIX p. 43 nota 2 laudatis Damagetum pancratio vicisse; quodsi utriusque certaminis palmam tulisset, commemoraretur inter τοὺς ἀφ' Ἡρακλέους.
⁵ Pausanias V. xi. 3: τὸν δ' αὑτὸν ταινίᾳ τὴν κεφαλὴν ἀναδούμενον ἐοικέναι τὸ εἶδος Παντάρκει λέγουσι, μειράκιον δ' Ἠλεῖον τὸν Παντάρκην παιδικὰ εἶναι τοῦ Φειδίου · ἀνείλετο δὲ καὶ ἐν παισὶν ὁ Παντάρκης πάλης νίκην Ὀλυμπιάδι ἕκτῃ πρὸς ταῖς ὀγδοήκοντα.
Idem VI. x. 6: μετὰ δ' Ἴκκον καταπαλαίσας παῖδας Παντάρκης ἕςηκεν Ἠλεῖος ὁ ἐρώμενος Φειδίου.
⁶ Diodorus Siculus XII. 37: Ἠλεῖοι δ' ἤγαγον Ὀλυμπιάδα ἑβδόμην πρὸς ταῖς ὀγδοήκοντα, καθ' ἣν ἐνίκα ςάδιον Σώφρων Ἀμπρακιώτης.

Δωριεὺς Διαγόρου 'Ρόδιος (Θούριος[1]) παγκράτιον[2].

Ἐν ᾧ ὁ Πελοποννησιακὸς πόλεμος συνεκροτήθη.

ol. LXXXVIII
a. C. 428

πη'.

Σύμμαχος Μεσσήνιος ἀπὸ Σικελίας ςάδιον[3].

Dubius haereo utrum sic legendum an *Ἀμπρακιώτης* emendandum sit; utraque

[1] Pausanias VI. vii. 4: ἀπηγορεύοντο δ' οὗτός τε (Δωριεὺς) καὶ ὁ Πεισίροδος Θούριοι, διωχθέντες ὑπὸ τῶν ἀντιςασιωτῶν ἐκ τῆς 'Ρόδου καὶ ἐς Ἰταλίαν παρὰ Θουρίους ἀπελθόντες. Dorieum ex Rhodio Thurium esse factum testatur etiam Xenophon *Hellen.*]. vi. 19: (Φανοσθένης) περιτυχὼν δυοῖν τριήροιν Θουρίοιν ἔλαβεν αὐτοῖς ἀνδράσιν · καὶ τοὺς μὲν αἰχμαλώτους ἅπαντας ἔδησαν Ἀθηναῖοι, τὸν δ' ἄρχοντα αὐτῶν Δωριέα, ὄντα μὲν 'Ρόδιον, πάλαι δὲ φυγάδα ἐξ Ἀθηνῶν καὶ 'Ρόδου ὑπ' Ἀθηναίων κατεψηφισμένων αὐτοῦ θάνατον καὶ τῶν ἐκείνου συγγενῶν, πολιτεύοντα παρ' αὐτοῖς, ἐλεήσαντες ἀφεῖσαν οὐδὲ χρήματα πραξάμενοι. Et *Epigramma* Simonidi adscriptum in Anthol. Graec. XIII. 11, in Bergkii Poetis Lyricis Graec. p. 928 ed. 2ae:
A. τίς εἰκόνα τάνδ' ἀνέθηκεν;
B. Δωριεὺς ὁ Θούριος.
A. Οὐ 'Ρόδιος γένος ἦν;
B. Ναί, πρὶν φυγεῖν γε
πατρίδα,
δεινᾷ γε χειρὶ πολλὰ ῥέξας ἔργα καὶ
βίαια.
Quum vero Dorieus cum suis, a factione Attica pulsi, *Thurios* in coloniam Atheniensium migraverint, fieri hoc vix potuit ante rerum commutationem quae post Athenicusium in Sicilia cladem

Thuriis obtinuit (Grote, History of Greece, X. p. 584 ed. Americ.). Itaque quod Pausanias scribit de Dorieo Thurio renuntiato, id de aliis victoriis postea comparatis acceperim. Accedit quod in Thucydidis loco ad Olymp. LXXXVIII p. 51 nota 2 laudando Rhodius dicitur, non Thurius.
[2] Cf. ad Olymp. LXXIX p. 43 nota 2. Perperam in scholio ad Pindarum ibi laudato πύκτης dicitur. Pugilatus palmam cum pancratio coniunxisse non potest, nam in omni antiquitate duo tantum exstiterunt qui, quamquam non eadem Olympiade (hoc enim nemini contigit), utriusque tamen certaminis palmam tulerint; Theagenes Thasius et Thebanus Clitomachus (Pausanias VI. xv. 3). Tres Doriei victorias huic Olympiadi et duabus sequentibus adsignandas esse, docet Thucydidis locus laudandus ad Olymp. LXXXVIII p. 51 nota 2, comparatus cum Pausania laudato ad Olymp. LXXIX p. 43 nota 2.
[3] Diodorus Siculus XII. 49: Ἠλεῖοι δ' ἤγαγον (editur ἦγον) Ὀλυμπιάδα ὀγδόην πρὸς ταῖς ὀγδοήκοντα, καθ' ἣν ἐνίκα ςάδιον Σύμμαχος Μεσσήνιος ἀπὸ Σικελίας.
Pausanias VI. ii. 10: θαῦμα δ' εἴπερ ἄλλο τι καὶ τόδ' ἐποιησάμην · Μεσσηνίους γὰρ ἐκ Πελοποννήσου φεί-

Δωριεὺς Διαγόρου Ῥόδιος (Θούριος¹) παγκράτιον².

πθ'

ol. LXXXIX
a. C. 424

Ὁ αὐτὸς τὸ δεύτερον³.

Δωριεὺς Διαγόρου Ῥόδιος (Θούριος⁴) παγκράτιον⁵.
Ἑλλάνικος Ἀλκαινέτου Ἡλεῖος ἐκ Λεπρέου⁶ πυγμὴν παίδων⁷.

ϟ'

ol. XC
a. C. 420

Ὑπέρβιος Συρακόσιος ςάδιον⁸.
Ἀνδροσθένης Λοχαίου Ἀρκὰς ἐκ Μαινάλου παγκράτιον⁹.

---

enim forma non tantum in libris sed etiam in inscriptionibus et nummis occurrit.

γοντας ἐπέλιπεν ἡ περὶ τὸν ἀγῶνα τύχη τὸν Ὀλυμπικόν · ὅτι γὰρ μὴ Λεοντίσκος καὶ Σύμμαχος τῶν ἐπὶ τῷ πορθμῷ Μεσσηνίων, ἄλλος γ' οὐδεὶς Μεσσήνιος, οὔτε Σικελιώτης οὔτ' ἐκ Ναυπάκτου, δῆλός ἐςιν Ὀλυμπίασιν ἀνῃρημένος νίκην · εἶναι δ' οἱ Σικελιῶται καὶ τούτους τῶν ἀρχαίων Ζαγκλαίων καὶ οὐ Μεσσηνίους φασίν.

¹ Cf. ad Olymp. LXXXVII p. 50 nota 1.
² Thucydides III. 8 ubi versatur in describendis rebus gestis anno a. C. 428: ἦν δ' Ὀλυμπίας ᾗ Δωριεὺς Ῥόδιος τὸ δεύτερον ἐνίκα. Thucydides non stadionica utitur ad tempora definienda, sed pancratiasta; ut infra Olymp. XC.
Cf. ad Olymp. LXXIX p. 43 nota 2 et ad Olymp. LXXXVII p. 50 nota 2.
³ Diodorus Siculus XI. 65: παρὰ τοῖς Ἠλείοις Ὀλυμπιὰς ἤχθη ἐνάτη καὶ ὀγδοηκοστή, καθ' ἣν ἐνίκα ςάδιον Σύμμαχος τὸ δεύτερον.
Pausanias loco laudato ad Olymp. LXXXVIII p. 50 nota 3.

⁴ Cf. ad Olymp. LXXXVII p. 50 nota 1.
⁵ Cf. ad Olymp. LXXIX p. 43 nota 2, et ad Olymp. LXXXVII p. 50 nota 2.
⁶ Pausanias V. v. 3: ἐθέλουσι μὲν δὴ οἱ Λεπρεᾶται μοῖρα εἶναι τῶν Ἀρκάδων, φαίνονται δ' Ἠλείων κατήκοοι τὸ ἐξ ἀρχῆς ὄντες· καὶ ὅσοι αὐτῶν Ὀλύμπια ἐνίκησαν, Ἠλείους ἐκ Λεπρέου σφᾶς ὁ κῆρυξ ἀνεῖπεν.
⁷ Pausanias VI. VIII. 9: ἐγένοντο δὲ καὶ Ἀλκαινέτῳ τῷ Θεάντου Λεπρεάτῃ καὶ αὐτῷ καὶ τοῖς παισὶν Ὀλυμπικαὶ νῖκαι. αὐτὸς μέν γε πυκτεύων ὁ Ἀλκαίνετος ἔν τ' ἀνδράσι καὶ πρότερον ἔτι ἐκράτησεν ἐν παισίν· Ἑλλάνικον δὲ τὸν Ἀλκαινέτου καὶ Θέαντον ἐπὶ πυγμῇ παίδων ἀναγορευθῆναι τὸν μὲν ἐνάτῃ πρὸς ταῖς ὀγδοήκοντα Ὀλυμπιάδι, τὸν δὲ τῇ ἐφεξῆς ταύτῃ συνέβη τὸν Θέαντον.
⁸ Diodorus Siculus XII. 77: Ἠλεῖοι ἤγαγον Ὀλυμπιάδα ἐνενηκοςήν, καθ' ἣν ἐνίκα ςάδιον Ὑπέρβιος Συρακόσιος.
⁹ Thucydides V. 49 ubi enarrat

Θέαντος Ἀλκαινέτου Ἠλείος ἐκ Λεπρέου [1] πυγμὴν παίδων [2].
Θηβαίων δῆμος τεθρίππῳ [3].

ol. XCI
a. C. 416

ϙα´

Ἐξαίνετος Ἀκραγαντῖνος ϛάδιον [4].
? Ἀνδροσθένης Λοχαίου Ἀρκὰς ἐκ Μαινάλου παγκράτιον [5].

Ἐξαίνετος] Sic Diodorus et Aelianus. Cod. Paris. *Ἐξάγεντος*. Int. Armen. *Exegentos*.

res anno a. C. 420 gestas: *Ὀλύμπια δ' ἐγένετο τοῦ θέρους τούτου οἷς Ἀνδροσθένης Ἀρκὰς παγκράτιον τὸ πρῶτον ἐνίκα.*
Pausanias VI. vi. 1: *Νικοδάμου δ' ἔργον τοῦ Μαιναλίου παγκρατιαςής ἐςιν ἐκ Μαινάλου δύο νίκας ἐν ἀνδράσιν ἀνελόμενος Ἀνδροσθένης Λοχαίου.*
[1] Cf. ad Olymp. LXXXIX p. 51 nota 6.
[2] Pausanias loco laudato ad Olymp. LXXXIX p. 51 nota 7.
[3] Thucydides V. 49: *Ὀλύμπια δ' ἐγένετο τοῦ θέρους τούτου ..... καὶ Λακεδαιμόνιοι τοῦ ἱεροῦ ὑπ' Ἠλείων εἴρχθησαν ὥςε μὴ θύειν μηδ' ἀγωνίζεσθαι, οὐκ ἐκτίνοντες τὴν δίκην αὐτοῖς ἣν ἐν τῷ Ὀλυμπιακῷ νόμῳ Ἠλεῖοι κατεδικάσαντο αὐτῶν.* Et capite 50: *δέος δ' ἐγένετο τῇ πανηγύρει μέγα μὴ ξὺν ὅπλοις ἔλθωσιν οἱ Λακεδαιμόνιοι, ἄλλως τε καὶ ἐπειδὴ καὶ Λίχας ὁ Ἀρκεσίλα Λακεδαιμόνιος ἐν τῷ ἀγῶνι ὑπὸ τῶν ῥαβδούχων πληγὰς ἔλαβεν, ὅτι νικῶντος τοῦ αὐτοῦ ζεύγους καὶ ἀνακηρυχθέντος Βοιωτῶν δημοσίου κατὰ τὴν οὐκ ἐξουσίαν τῆς ἀγωνίσεως, προελθὼν ἐς τὸν ἀγῶνα ἀνέδησε τὸν ἡνίοχον, βουλόμενος δηλῶσαι ὅτι αὐτοῦ ἦν τὸ ἅρμα.*
Xenophon Hellen. III. ii. 21: *Λακεδαιμόνιοι κατὰ τὸν αὐτὸν χρόνον* *πάλαι ὀργιζόμενοι τοῖς Ἠλείοις καὶ ὅτι ἐποιήσαντο ξυμμαχίαν πρὸς Ἀθηναίους καὶ Ἀργείους καὶ Μαντινέας, καὶ ὅτι δίκην φάσκοντες καταδεδικάσθαι αὐτῶν ἐκώλυον καὶ τοῦ ἱππικοῦ καὶ τοῦ γυμνικοῦ ἀγῶνος, καὶ οὐ μόνον ταῦτ' ἥρκει, ἀλλὰ καὶ Λίχα παραδόντος Θηβαίοις τὸ ἅρμα, ἐπεὶ ἐκηρύττοντο νικῶντες, ὅτ' εἰσῆλθε Λίχας ϛεφανώσων τὸν ἡνίοχον, μαςιγοῦντες αὐτόν, ἄνδρα γέροντα, ἐξήλασαν.*
Pausanias VI. ii. 2: *τῷ δ' Ἀρκεσίλᾳ καὶ Λίχᾳ τῷ παιδί, τῷ μὲν αὐτῶν γεγόνασι δύο Ὀλυμπικαὶ νῖκαι, Λίχας δ' εἰργομένων τηνικαῦτα τοῦ ἀγῶνος Λακεδαιμονίων καθῆκεν ἐπ' ὀνόματι τοῦ Θηβαίων δήμου τὸ ἅρμα, τὸν δ' ἡνίοχον νικήσαντα ἀνέδησεν αὐτὸς ταινίᾳ· καὶ ἐπὶ τούτῳ μαςιγοῦσιν αὐτὸν οἱ Ἑλλανοδίκαι.* Et § 3: *τὰ δ' Ἠλείων ἐς τοὺς Ὀλυμπιονίκας γράμματα οὐ Λίχαν, Θηβαίων δὲ τὸν δῆμον ἔχει νενικηκότα.*
[4] Diodorus Siculus XII. 82: *παρ' Ἠλείοις ἤχθη Ὀλυμπιὰς πρώτη πρὸς ταῖς ἐνενήκοντα, καθ' ἣν ἐνίκα ϛάδιον Ἐξαίνετος Ἀκραγαντῖνος.*
Aelianus *Var. Hist.* II. 8: *κατὰ τὴν πρώτην καὶ ἐνενηκοςὴν Ὀλυμπιάδα, καθ' ἣν ἐνίκα Ἐξαίνετος ὁ Ἀκραγαντῖνος ϛάδιον.*
[5] Cf. ad Olymp. XC p. 51 nota 9.

Ἀλκιβιάδης Κλεινίου Ἀθηναῖος τεθρίππῳ [1].

[1] Thucydides VI. 16 Alcibiadem ita loquentem facit: οἱ γὰρ Ἕλληνες καὶ ὑπὲρ δύναμιν μείζω ἡμῶν τὴν πόλιν ἐνόμισαν, τῷ ἐμῷ διαπρεπεῖ τῆς Ὀλυμπίαζε θεωρίας, πρότερον ἐλπίζοντες αὐτὴν καταπεπολεμῆσθαι, διότι ἄρματα μὲν ἑπτὰ καθῆκα, ὅσα οὐδείς πω ἰδιώτης πρότερον, ἐνίκησα δέ, καὶ δεύτερος καὶ τέταρτος ἐγενόμην, καὶ τἆλλα ἀξίως τῆς νίκης παρεσκευασάμην.
Euripides apud Plutarchum Alcib. XI, emendatius apud Bergkium in Poet. Lyr. Gr. p. 471 sq. ed. 2ae:
Σὲ δ' ἀείσομαι ὦ Κλεινίου παῖ·
καλὸν ἁ νίκα · (τὸ) κάλλιςον (δ'),
ὃ μηδεὶς ἄλλος Ἑλλάνων (λάχεν),
ἅρματι πρῶτα δραμεῖν
καὶ δεύτερα καὶ τρίτα, βῆναί τ' ἀπονητί, Διὸς ςεφθέντα τ' ἐλαίᾳ κάρυκι βοᾶν παραδοῦναι.
In his τό addidit Bergkius, δ' Reiskius, λάχεν Bergkius; Διός pro δὶς emendavit Hermannus. Ceterum minus accurate Euripides καὶ τρίτα; debuit τέταρτα.
Plutarchus Alcib. XI. praeter Euripidis l. l. ex Thucydide sua habet.
Demosthenes in Midiam 145: ἔτι δ' ἵππων Ὀλυμπίασιν ἀγῶνες ὑπῆρχον αὐτῷ (Alcibiadi) καὶ νῖκαι.
Isocrates de Bigis p. 353 Stephani: Περὶ δὲ τοὺς αὐτοὺς χρόνους ὁρῶν τὴν ἐν Ὀλυμπίᾳ πανήγυριν ὑπὸ πάντων ἀνθρώπων ἀγαπωμένην καὶ θαυμαζομένην ..... τοὺς μὲν γυμνικοὺς ἀγῶνας ὑπερεῖδεν ..... ἱπποτροφεῖν δ' ἐπιχειρήσας ..... οὐ μόνον τοὺς ἀνταγωνιςάς, ἀλλὰ καὶ τοὺς πώποτε νικήσαντας ὑπερεβάλετο. ζεύγη γὰρ καθῆκε τοσαῦτα μὲν τὸν ἀριθμὸν ὅσοις οὐδ' αἱ μέγιςαι τῶν πόλεων ἠγωνίσαντο, τοιαῦτα δὲ
τὴν ἀρετὴν ὥςε καὶ πρῶτος καὶ δεύτερος γενέσθαι καὶ τρίτος.
Pseudo-Andocides contra Alcib. 25: ἡγοῦμαι δ' αὐτὸν πρὸς τοῦτο μὲν οὐδὲν ἀντερεῖν, λέξειν δὲ περὶ τῆς νίκης τῆς Ὀλυμπίασιν.
Athenaeus I. 5 p. 3 Casauboni: Ἀλκιβιάδης δ' Ὀλύμπια νικήσας ἅρματι πρῶτος καὶ δεύτερος καὶ τέταρτος, εἰς ἃς νίκας καὶ Εὐριπίδης ἔγραψεν ἐπινίκιον, θύσας Ὀλυμπίῳ Διῒ τὴν πανήγυριν πᾶσαν εἱςίασεν.
Satyrus apud Athenaeum XII. 47 p. 534 Casauboni: ἀφικόμενος δ' (ὁ Ἀλκιβιάδης) Ἀθήνησιν ἐξ Ὀλυμπίας, δύο πίνακας ἀνέθηκεν, Ἀγλαοφῶντος (Athenaeum aut scripsisse aut scribere debuisse Ἀριςοφῶντος τοῦ Ἀγλαοφῶντος, ostendit Brunn, Geschichte der Griech. Künstler, II p. 13 sq) γραφήν· ὧν ὁ μὲν εἶχεν Ὀλυμπιάδα καὶ Πυθιάδα ςεφανούσας αὐτόν, cet.
Non traditur qua Olympiade hanc victoriam reportarit Alcibiades. E Thucydidis loco laudato apparet eam reportatam esse ante expeditionem Siculam. Ergo Olymp. LXXXVIII, LXXXIX, XC aut XCI. Tractavit hanc quaestionem Grote, History of Greece, VII p. 54 sqq. ed. Americ., et ostendit Olympiadibus LXXXVIII et LXXXIX eam fuisse Graeciae conditionem ut non credibile sit alterutri Olympiadi Alcibiadis victoriam esse adsignandam. Datur igitur optio inter Olymp. XC et XCI, quumque Olymp. XC Thebanorum respublica (Lichas) τεθρίππῳ vicerit, non dubitari posse credas quin Alcibiades palmam tulerit Olymp. XCI. At Grote nihilo minus Alcibiadis victoriam Olympiadi XC adsignat. *Alkibiades*, inquit, *and Lichas may both have gained cha-*

Ὁ αὐτὸς τὸ δεύτερον [1].

riot-victories at the same festival: of course only one of them can have gained the grand final prize, and which of the two that was it is impossible to say. Haec hypothesis unice excogitata est ut Alcibiadis et Thebanorum victoriae eidem Olympiadi possent adsignari, neque quidquam aliunde attulit Grote quo eam commendaret. Quod enim dixit, currus, si multi aderant, necessario in aliquot τάξεις dividi debuisse, ut primum singuli ordines, deinde singulorum ordinum victores inter se decertarent, verissimum id quidem est, sed ad rem non facit; stadiodromi quoque (ut hoc exemplo a Grotio allato contra ipsum utar) in τάξεις divisi primum currebant, deinde iterum currebant singulorum ordinum victores, et unum tamen omnibus proponebatur praemium, unus victor renuntiabatur et referebatur in fastos. — Non capio quid sibi velint Grotii verba « the grand final prize;" nam nullum, praeter coronam Olympicam, in his ludis proponebatur praemium. Aut igitur taxinicae illi reportabant idem praemium quod verbis istis « the grand final prize " designatur, aut nullum. — Mihi quidem, cum in stadio, diaulo, cet. unum tantum victorem fuisse constet, cumque nullum veterum scriptorum afferatur neque testimonium neque vel tenuissimum indicium secus fuisse in equorum cursu, parum probabilis videtur Grotii opinio. Sed quoniam hanc hypothesin excogitavit ut sic Alcibiadis victoriam eidem Olympiadi posset adsignare, qua Licham (vel potius Thebanorum rempublicam) vicisse constat, ostendam, etiamsi vera esset Grotii hypothesis, vel sic tamen fieri non posse ut utraque illa victoria eadem Olympiade fuerit reportata. Of course, ita Grote, only one of them can have gained the grand final prize, and which of the two that was it is impossible to say. Videamus. Thebanorum reipublicae non nescio quod minus praemium obtigisse, sed «the grand final prize," haud ambigue demonstrant Thucydidis, Xenophontis et Pausaniae loci laudati ad Olymp. XC p. 52 nota 3. Neque ipsum Grotium tanto studio favere puto taxinicis suis, ut statuat eos non tantum a praecone victores renuntiatos esse, sed et Olympica corona ornatos, plane uti ceteri Olympionicae; quinimo in fastos etiam relatos, nam teste Pausania τὰ 'Ηλείων ἐς τοὺς 'Ολυμπιονίκας γράμματα Θηβαίων τὸν δῆμον ἔχει νενικηκότα. Si Thebanorum reipublicae non obtigit «the grand final prize," quid tandem honoris superest quo magnum illud praemium distinctum fuerit? Quid ergo? Num statuendum Alcibiadem νικῆσαι, δεύτερον γενέσθαι et τέταρτον — in sua τάξει? deinde, cum ipsam nobilem palmam peteret, victum et superatum spe victoriae excidisse? Si dubitas, relege Euripidis, Thucydidis et Isocratis verba laudata, et cogita quantis omnium et aequalium et posterorum laudibus Alcibiadis victoria fuerit celebrata.

Restat igitur sola XCI Olympias, cui victoria Alcibiadis satis probabili ratione adsignetur.

[1] Diodorus Siculus XIII. 34: Ὀλυμπιὰς ἤχθη παρ' Ἠλείοις δευτέρα

ργ'

Εὐβώτας Κυρηναῖος ςάδιον¹.

Παγκράτιον Πουλυδάμας Νικίου Σκοτουσαῖος ὑπερμεγέθης · ὃς ἐν Πέρσαις παρ᾽ Ὤχῳ² γενόμενος λέοντας ἀνῄρει καὶ ὡπλισμένους γυμνὸς κατηγωνίσατο³.

Εὐβώτας] Sic Pausanias et Xenophontis interpolator (ubi tamen plerique codices Εὐβότας). Apud Diodorum Εὔβατος legitur, apud Aelianum Εὐβάτας. Cod. Paris. Εὔκατος. Int. Armen. Eurotos. κατηγωνίσατο] Cod. Paris. addit ἴςη δὲ καὶ ἅρματα ἐλαυνόμενα κατὰ κράτος. Haec verba sero aliunde (e Pausania VI. v. 6) addita esse, testatur cum Armenio interprete Scholiasta πρὸς ταῖς ἐνενήκοντα, καθ᾽ ἣν ἐνίκα ςάδιον Ἐξαίνετος Ἀκραγαντῖνος.

Idem XIII. 82: κατὰ τὴν προτέραν ταύτης Ὀλυμπιάδα, δευτέραν ἐπὶ ταῖς ἐνενήκοντα, νικήσαντος Ἐξαινέτου Ἀκραγαντίνου, κατήγαγον αὐτὸν εἰς τὴν πόλιν ἐφ᾽ ἅρματος, cet.

¹ Diodorus Siculus XIII. 68: Ὀλυμπιὰς ἐγένετο τρίτη πρὸς ταῖς ἐνενήκοντα, καθ᾽ ἣν ἐνίκα ςάδιον Εὔβατος Κυρηναῖος.

Pausanias VI. VIII. 3: Εὐβώτας δ᾽ ὁ Κυρηναῖος, ὅτε τὴν ἐσομένην οἱ δρόμου νίκην ἐν Ὀλυμπίᾳ παρὰ τοῦ μαντείου τοῦ ἐν Λιβύῃ προπεπυσμένος, τήν τ᾽ εἰκόνα ἐπεποίητο πρότερον, καὶ ἐφ᾽ ἡμέρας τῆς αὐτῆς ἀνηγορεύθη τε νικήσας καὶ ἀνέθηκε τὴν εἰκόνα.

Interpolator Xenophontis (de quo vid. Dodwellus, de veteribus Graecorum et Romanorum cyclis, diss. VIII, sect. XIX, p. 340 sqq., sect. XXIII sqq. p. 346 sqq.) *Hell*. I. II. 1: τῷ δ᾽ ἄλλῳ ἔτει [ᾧ ἦν Ὀλυμπιὰς τρίτη καὶ ἐνενηκοςή, ᾗ προςεθεῖσα ξυνωρὶς ἐνίκα Εὐαγόρου Ἠλείου, τὰ δὲ ςάδιον Εὐβώτας Κυρηναῖος].

Aelianus *Var. Hist*. X. 2 historiolam quandam narrat de Eubota Cyrenaeo Hieronica et Laide celeberrima apud Corinthios meretrice. Eandem vero fa-

mam de Aristotele quodam Cyrenaeo habes apud Clementem Alexandr. *Strom*. III. VI. 50 p. 192 Sylburgi.

² Idem est qui vulgo Darius Nothus dicitur; de quo Ctesias apud Photium cod. LXXII p. 42a Bekkeri: βασιλεύει Ὦχος καὶ μετονομάζεται Δαρειαῖος. Pausanias VI. v. 7: Δαρεῖος δ᾽ Ἀρταξέρξου παῖς νόθος, ... ἐπυνθάνετο γὰρ τοῦ Πουλυδάμαντος τὰ ἔργα, πέμπων ἀγγέλους ἀνέπεισεν αὐτὸν ἐς Σοῦσά τε καὶ ἐς ὄψιν ἀφικέσθαι τὴν αὑτοῦ.

³ Πουλυδάμας ὁ παγκρατιαςής commemoratur a Platone *Respubl*. p. 338C, ad quem locum Scholiasta: οὗτος ὁ Πουλυδάμας ἀπὸ Σκοτούσης ἦν, πόλεως Θεσσαλίας, διασημότατος παγκρατιαςής, ὑπερμεγέθης, ὃς ἐν Πέρσαις παρ᾽ Ὤχῳ γενόμενος τῷ βασιλεῖ λέοντας ἀνεῖλε καὶ ὡπλισμένους γυμνὸς κατηγωνίσατο.

Pausanias VI. v. 1: ὁ δ᾽ ἐπὶ τῷ βάθρῳ τῷ ὑψηλῷ Λυσίππου μέν ἐςιν ἔργον, μέγιςος δ᾽ ἁπάντων ἐγένετο ἀνθρώπων πλὴν τῶν ἡρώων καλουμένων καὶ εἰ δή τι ἄλλο ἦν πρὸ τῶν ἡρώων θνητὸν γένος · ἀνθρώπων δὲ τῶν καθ᾽ ἡμᾶς οὗτός ἐςιν ὁ μέγιςος Πουλυδάμας Νικίου . Σκότουσα δ᾽ ἡ τοῦ Πουλυδάμαντος πατρίς οὐκ ᾠκεῖτο ἔτι ἐφ᾽ ἡμῶν.

Προσετέθη συνωρὶς καὶ ἐνίκα Εὐαγόρχς Ἠλεῖος¹.

ol. XCIV
a. C. 404

ϟδ´

Κροκίνας Λαρισαῖος ϛάδιον².
Λασθένης Θηβαῖος (δόλιχον?)³.
Πρόμαχος Δρύωνος Πελληνεὺς παγκράτιον⁴.

Platonis. **Κροκίνας**] Sic cod. Paris., int. Armen. et Xenophontis interpolator. Apud Diodorum **Κορκίνας** legitur. **Πελληνεύς**] Sic Pausanias. Apud Philostra-

Post pauca § 3: *παγκρατίου μὲν δὴ καὶ ἄλλοις ἤδη γεγόνασιν ἐπιφανεῖς νῖκαι · Πουλυδάμαντι δὲ τάδ' ἀλλοῖα παρὰ τοὺς ἐπὶ τῷ παγκρατίῳ ϛεφάνους ὑπάρχοντά ἐϛιν.* Sequuntur praeclara quaedam roboris specimina a Polydamante edita, e quibus Africanus ea tantum adiecit quae hac ipsa Olympiade Polydamas gessit.
Ex hoc Pausaniae capite sua excerpsit Suidas v. **Πολυδάμας**. Eadem excerpta leguntur ad Homeri Iliad. M. 80 in cod. Veneto B.
Cf. quoque Pausaniae et Philostrati loci mox laudandi ad Olymp. XCIV, nota 4.
De Polydamantis facinoribus et morte praeterea adiri possunt Diodorus IX. 25, idemque apud Tzetzen Chil. II. 38, et Philostratus laudatus ad Olymp. XLVI p. 17 nota 1. Vid. quoque Philostratus laudatus ad Olymp. XXXVII p. 15 nota 1, et Lucianus laudatus ad Olymp. LXII p. 23 nota 4.
¹ Pausanias V. VIII. 10: *δρόμος δὲ δύο ἵππων τελείων συνωρὶς κληθεῖσα τρίτῃ μὲν Ὀλυμπιάδι ἐτέθη πρὸς ταῖς ἐνενήκοντα, Εὐαγόρας δ' ἐνίκησεν Ἠλεῖος.*
Diodorus Siculus XIII. 57, ubi versatur in narrandis rebus gestis Olymp. XCIII, 1: *προϛετέθη δὲ καί*

συνωρὶς κατὰ τὴν αὐτὴν Ὀλυμπιάδα.
Interpolator Xenophontis loco laudato p. 55 nota 1.
² Diodorus Siculus XIV. 3: *ἤχθη Ὀλυμπιὰς κατὰ τοῦτον τὸν ἐνιαυτὸν τετάρτη πρὸς ταῖς ἐνενήκοντα, καθ' ἣν ἐνίκα ϛάδιον Κροκίνας Λαρισαῖος.*
Interpolator Xenophontis Hellen. II. III. 1: *τῷ δ' ἐπιόντι ἔτει* [ᾧ ἦν Ὀλυμπιάς, ᾗ τὸ ϛάδιον ἐνίκα Κροκίνας Θετταλός].
³ Diodorus Siculus XIV. 11, ubi versatur in enarratione rerum Olymp. XCIV, 1 gestarum: *Λασθένην τε τὸν Θηβαῖον, τὸν νενικηκότα ταύτην τὴν Ὀλυμπιάδα, λέγεται πρὸς ἵππον ἀθλητὴν δραμόντα νικῆσαι · τὸν δὲ δρόμον ἀπὸ τῆς Κορωνείας μέχρι τῆς Θηβαίων πόλεως γενέσθαι.* Propter postrema Diodori verba suspicor Lasthenem *δολιχοδρόμον* fuisse. Certum est eum aut dolicho aut diaulo aut armato cursu vicisse, nam stadii palmam, ipso quoque Diodoro teste, hac Olympiade tulit Crocinas Larisaeus.
⁴ Pausanias VII. XXVII. 5: *ἐνταῦθα ἀνὴρ Πελληνεὺς ἔϛηκε Πρόμαχος ὁ Δρύωνος, ἀνελόμενος παγκρατίου νίκας, τὴν μὲν Ὀλυμπίασιν*, cet. Et § 6: *λέγεται δὲ καὶ ὡς Πουλυδάμαντος τοῦ Σκοτουσαίου κρατήσειεν ἐν Ὀλυμπίᾳ · τὸν δὲ Πουλυδάμαντα δεύτερα τότ' ἐς*

57

ϟε'

ol. XCV
a. C. 400

Μίνως Ἀθηναῖος ϛάδιον ¹.

? Ἀντίοχος Ἠλεῖος ἐκ Λεπρέου ² παγκράτιον ³.

ϟϛ'

ol. XCVI
a. C. 396

Εὐπόλεμος Ἠλεῖος ϛάδιον ⁴.

---

tum p. 34 Darembergii, 22 Mynae vitiose legitur Προμάχου τοῦ ἐκ Πέλλης. **Μίνως**] Sic Diodorus. Cod. Paris. **Μίνων**, quod ex **Μίνως** corruptum esse fidem facit lectio int. Armen. *Minon*. **Εὐπόλεμος**] Sic cod. Paris., int. Armen. et Pausanias, qui nomen sic scriptum vidit in epigrammate. Apud Diodorum

τὸν ἀγῶνα ἀφῖχθαι τὸν Ὀλυμπικὸν παρὰ βασιλέως τοῦ Περσῶν ἀνασωθέντα οἴκαδε. Θεσσαλοὶ δ᾽ ἠσσηθῆναι Πουλυδάμαντα οὐχ ὁμολογοῦντες παρίχονται καὶ ἄλλα ἐς πίϛιν καὶ ἐλεγεῖον ἐπὶ τῷ Πουλυδάμαντι·

⁵Ω τροφὲ Πουλυδάμαντος ἀνικάτου Σκοτόεσσα.

Πελληνεῖς δ᾽ οὖν Πρόμαχον τὰ μάλιϛ᾽ ἄγουσιν ἐν τιμῇ.

Philostratus *de Gymnast.* p. 34 Darembergii, 23 Mynae: ὁ Πρόμαχος ..... οὐκ ἐνίκα μόνον, ἀλλὰ καὶ Πουλυδάμαντα τὸν Σκοτουσαῖον μετὰ τοὺς λέοντας οὓς ὁ Πουλυδάμας ᾑρήκει παρ᾽ Ὤχῳ τῷ Πέρσῃ.

Quum igitur Polydamas Olymp. XCIII pancratii palmam tulerit, victusque sit a Promacho δευτέρα τότ᾽ ἐς τὸν Ὀλυμπικὸν ἀγῶνα ἀφιγμένος, verisimile est Promacho victoriam obtigisse Olympiade XCIV. Idem hinc quoque efficere licet, quod Promachus vicisse fertur Polydamantem recens reversum ex aula Darii, qui Olymp. XCIII, 4 diem obiit (Clinton, Fasti Hellenici, II p. 315 ed. 2ᵃᵉ).

¹ Diodorus Siculus XIV. 35: ἐγενήθη Ὀλυμπιὰς πέμπτη πρὸς ταῖς

ἐνενήκοντα, καθ᾽ ἣν ἐνίκα ϛάδιον Μίνως Ἀθηναῖος.

² Cf. ad Olymp. LXXXIX p. 51 nota 6.

³ Pausanias VI. III. 9: Ἀντιόχου δ᾽ ἀνδριάντα ἐποίησε μὲν Νικόδαμος, γένος δ᾽ ὁ Ἀντίοχος ἦν ἐκ Λεπρέου. παγκρατίῳ δ᾽ ἄνδρας ἐν Ὀλυμπίᾳ μὲν ἐκράτησεν ἅπαξ, cet.

Xenophon *Hellen.* VII. I. 33: συνεχῶς δὲ βουλευόμενοι οἱ Θηβαῖοι ὅπως ἂν τὴν ἡγεμονίαν λάβοιεν τῆς Ἑλλάδος, ἐνόμισαν εἰ πέμψειαν πρὸς τὸν Περσῶν βασιλέα, πλεονεκτῆσαι ἄν τι ἐν ἐκείνῳ. Et post pauca: ἀναβαίνουσι Θηβαίων μὲν Πελοπίδας, Ἀρκάδων δ᾽ Ἀντίοχος ὁ παγκρατιαϛής, cet.

Aut hac Olympiade, aut certe non multo post videtur Antiochus palmam tulisse, nam statua eius Olympica eiusdem artificis opus erat, qui Androsthenis (Olymp. XC et XCI) statuam fecit. Quominus prius (i. e. Olymp. XCII) ponatur Antiochi victoria vetat legatio eius ad Artaxerxem Olympiade CIII, 2 suscepta (Clinton, Fasti Hellenici, II p. 114 ed. 2ᵃᵉ).

⁴ Diodorus Siculus XIV. 54: Ὀλυμπιὰς ἤχθη ἐνενηκοστὴ καὶ ἕκτη, ἣν ἐνίκα Εὐπόλεμος Ἠλεῖος.

Pausanias VIII. XLV. 4: τῆς ἕκτης

8

Προσετέθη σαλπιγκτής καὶ ἐνίκα Τίμαιος Ἠλεῖος.
Προσετέθη καὶ κήρυξ καὶ ἐνίκα Κράτης Ἠλεῖος.

ol. XCVII
a. C. 392

ϟζ'
Τεριναῖος Ἠλεῖος ϛάδιον [1].
Φορμίων Ἁλικαρνατεὺς πυγμήν [2].
? Δίκων Καλλιμβρότου Καυλωνιάτης ϛάδιον παίδων [3].

ol. XCVIII
a. C. 388

ϟη'
Σώσιππος Δελφὸς (Ἀθηναῖος [4]) ϛάδιον.
Ἀριϛόδαμος Θράσιδος Ἠλεῖος πάλην· οὗ μέσα οὐδεὶς ἔλαβεν [5].

legitur Εὔπολις. Κράτης] Sic cod. Paris. Int. Armen. Akrates. Τεριναῖος] Sic cod. Paris. et int. Armen. Apud Diodorum legitur Τεριρης. Post Τεριναῖος vocem Ἠλεῖος omittunt Diodori codices et int. Armen. Δελφός] Sic int. Armen. Cod. Paris. vitio non insolito ἀδελφός. Ἀριϛόδαμος] Sic Pseudo-Simonides. Cod. Paris., int. Armen. et Pausaniae codices Ἀριϛόδημος. μέσα] Sic emendavit Scaliger. Cod. Paris. μέσας. Int. Armen. teste Auchero: cuius in medium nemo

καὶ ἐνενηκοςῆς Ὀλυμπιάδος, ἣν Εὐπόλεμος Ἡλεῖος ἐνίκα ϛάδιον.
Idem VI. III. 7: Εὐπολέμου δ' Ἠλείου τὴν μὲν εἰκόνα Σικυώνιος εἴργαςαι Δαίδαλος· τὸ δ' ἐπίγραμμα τὸ ἐπ' αὐτῷ μηνύει ϛαδίου μὲν ἀνδρῶν Ὀλυμπίασι νίκην ἀνελέοσθαι τὸν Εὐπόλεμον, cet. Addit: λέγεται δ' ἐπὶ τῷ Εὐπολέμῳ καὶ τάδε · ὡς ἐφεϛήκοιεν τρεῖς ἐπὶ τῷ δρόμῳ Ἑλλανοδίκαι, νικᾶν δὲ τῷ μὲν Εὐπολέμῳ δύο ἐξ αὐτῶν δοῖεν, ὁ τρίτος δ' Ἀμβρακιώτῃ Δίοντι, καὶ ὡς χρημάτων καταδικάσαιτο ὁ Δίων ἐπὶ τῆς Ὀλυμπικῆς βουλῆς ἑκατέρου τῶν Ἑλλανοδικῶν οἳ νικᾶν τὸν Εὐπόλεμον ἔγνωσαν.
[1] Diodorus Siculus XIV. 94: ἤχθη Ὀλυμπιὰς ἑβδόμη πρὸς ταῖς ἐνενήκοντα, ἣν ἐνίκα Τερίρης. Sine dubio Diodorus scripsit ἣν ἐνίκα Τεριναῖος Ἡλεῖος.

[2] Pausanias loco laudando ad Ol. XCVIII p. 59 nota 1.
[3] Cf. ad Olymp. XCIX p. 59 nota 2. Diconis inter pueros victoriam huic Olympiadi suspicor esse adsignandam, quum Dico, teste Pausania, circa idem tempus ex puero vir et Syracusanus ex Cauloniata factus sit, Cauloniatae autem, teste Diodoro, anno huius Olympiadis quarto Syracusas migrare coacti sint.
[4] Diodorus Siculus XIV. 107: Ὀλυμπιὰς ἤχθη ὀγδόη πρὸς ταῖς ἐνενήκοντα, καθ' ἣν ἐνίκα Σώσιππος Ἀθηναῖος.
[5] Pausanias VI. III. 4: ἀνάκειται καὶ ἐξ αὐτῆς Ἤλιδος παλαιϛὴς ἀνὴρ Ἀριϛόδαμος Θράσιδος· γεγόνασι δ' αὐτῷ καὶ Πυθοῖ δύο νῖκαι καὶ Νεμέᾳ (sic legendum esse, e vestigiis codicum coniecerunt Schubart et Walz). ἡ δ' εἰκὼν

Εὔπωλος Θεσσαλὸς πυγμήν, χρήμασι διχφθείρας τοὺς ἀνταγωνιςάς¹.

ϙϑ´

Δίκων Καλλιμβρότου Συρακόσιος ςάδιον².

ol. XCIX
a. C. 384

est ingressus, teste Zohrabo: *quem nemo medium corripuit.* Καλλιμβρότου]

ἐςὶ τοῦ *Ἀριςοδάμου* τέχνη *Δαιδάλου* τοῦ Σικυωνίου: qui quum Olympiade XCVI sqq. floruerit (Brunn, Geschichte der Griech. Künstler, I. p. 278), dubium esse nullum potest quin Aristodamus apud Pausaniam idem sit quem Olympiade XCVIII vicisse tradit Africanus. Hinc emendatum est et a Simonide Ceo abiudicatum *Epigramma* quod legitur apud Hephaestionem p. 113 Gaisfordi: τοιοῦτόν ἐςὶ καὶ τὸ Σιμωνίδειον ἐπίγραμμα (in Anthol. Graec. append. 86):

'Ἴσθμια δίς, Νεμέᾳ δίς, 'Ολυμπίᾳ
   ἐςεφανώθην,
οὔ πλάτεϊ νικῶν σώματος, ἀλλὰ
   τέχνᾳ,
'Ἀριςόδαμος Θράσιδος 'Ἀλεῖος πάλᾳ.

Ut conveniat Epigrammatis auctori cum Pausania, pro *Ἴσθμια* (quod in viro Eleo ideo quoque ferri nequit, quod Elei exclusi erant a ludis Isthmicis; vid. Pausanias V. II. 2 sqq. VI. XVI. 2) legendum esse Πύθια monuerunt viri docti. Si mireris Πύθια a scribis in Ἴσθμια mutatum, multo magis mirandum si duo fuissent athletae quibus idem nomen, ipsis et patribus, eadem patria, certaminis genus idem eademque artificiosa pugnandi ratio (de altero enim Africanus: οὗ μέσα οὐδεὶς ἔλαβεν, de altero poëta: οὐ πλάτεϊ νικῶν σώματος, ἀλλὰ τέχνᾳ), denique in ceteris ludis idem victoriarum numerus.

¹ Pausanias V. XXI. 2 sq.: πρὸς ᾗ κρηπῖδι ἀγάλματα Διὸς ἀνάκεινται

χαλκᾶ. ταῦτα ἐποιήθη μὲν ἀπὸ χρημάτων ἐπιβληθείσης ἀθληταῖς ζημίας ὑβρίσασιν ἐς τὸν ἀγῶνα, καλοῦνται δ' ὑπὸ τῶν ἐπιχωρίων Ζᾶνες. πρῶτοι δ' ἀριθμὸν ἓξ ἐπὶ τῆς ὀγδόης ἐςησαν καὶ ἐνενηκοςῆς 'Ολυμπιάδος· Εὔπωλος γὰρ Θεσσαλὸς χρήμασι διέφθειρε τοὺς ἐλθόντας (l. ἐσελθόντας) τῶν πυκτῶν, 'Ἀγήτορα 'Ἀρκάδα, καὶ Πρύτανιν Κυζικηνόν, οὖν δ' αὐτοῖς καὶ Φορμίωνα 'Ἁλικαρνασέα μὲν γένος, 'Ολυμπιάδι δὲ τῇ πρὸ ταύτης κρατήσαντα. τοῦτο ἐξ ἀθλητῶν ἀδίκημα πρῶτον γενέσθαι λέγουσι, καὶ πρῶτοι χρήμασιν ἐζημιώθησαν ὑπ' 'Ηλείων Εὔπωλος καὶ οἱ δεξάμενοι δῶρα παρ' Εὐπώλου.

² Diodorus Siculus XV. 14: παρ' 'Ηλείοις 'Ολυμπιὰς ἤχθη ἐνενηκοςὴ ἐνάτη, καθ' ἣν ἐνίκα ςάδιον Δίκων Συρακόσιος.

Epigramma adespoton in Anthol. Graec. XIII. 15:

Εἰμὶ Δίκων υἱὸς Καλλιμβρότου, αὐ-
   τὰρ ἐνίκων
τετράκις ἐν Νεμέᾳ, τρὶς 'Ολύμπια,
   πεντάκι Πυθοῖ,
τρὶς δ' Ἰσθμοῖ· ςεφανῶ δ' ἄςυ
   Συρακοσίων.

Versu 2 monente Wesselingio τρίς scripsi pro δίς (cf. Pausanias statim laudandus). Vs. 3 Ἰσθμοῖ reposui pro Ἰσθμῷ.

Pausanias VI. III. 11: Δίκων δ' ὁ Καλλιμβρότου πέντε μὲν Πυθοῖ δρόμου νίκας, τρεῖς δ' ἀνείλετο Ἰσθμίων, τέσσαρας δ' ἐν Νεμέᾳ, καὶ 'Ολυμπικὰς

Σωτάδης Κρής δόλιχον ¹.

Προσετέθη τέθριππον πωλικὸν καὶ ἐνίκα Εὐρύβατος
Λάκων ².

ol. C
a. C. 380

ρ'

Διονυσόδωρος Ταραντῖνος ϛάδιον ³.

Σωτάδης Ἐφέσιος δόλιχον ⁴.

ol. CI
a. C. 376

ρα'

Δάμων Θούριος ϛάδιον ⁵.

ol. CII
a. C. 372

ρβ'

Ὁ αὐτὸς τὸ δεύτερον ⁶.

Sic codex Anthologiae. Pausaniae codices Καλλιβρότον. Εὐρύβατος] Sic cod. Paris. Int. Armen. *Eurybasos*. Pausaniae codices Συβαριάδης. Διονυσόδωρος] Sic cod. Paris. Int. Armen. *Dionysidoros*. Apud Diodorum Διονυσιόδωρος legitur.

μίαν μὲν ἐν παισί, δύο δ' ἄλλας ἀνδρῶν (quarum igitur alteram diaulo, dolicho aut cursu armato, sive eadem sive alia Olympiade) · καὶ οἱ καὶ ἀνδριάντες ἴσοι ταῖς νίκαις εἰσὶν ἐν Ὀλυμπίᾳ. παιδὶ μὲν δὴ ὄντι αὐτῷ Καυλωνιάτῃ, καθάπερ γε καὶ ἦν, ὑπῆρξεν ἀναγορευθῆναι · τὸ δ' ἀπὸ τούτου Συρακόσιον αὐτὸν ἀνηγόρευσεν ἐπὶ χρήμασιν. Postrema vocabula videtur Pausanias ex infelici coniectura addidisse; alia enim fuit causa ob quam Dicon Syracusanus renuntiatus est, quam aperit Diodorus Siculus XIV. 106, ubi Dionysii res Olympiade XCVII, 4 gestas enarrat: ἀνέζευξεν ἐπὶ Καυλωνίαν. ταύτης δὲ τοὺς μὲν ἐνοικοῦντας ἐν Συρακούσαις μετῴκισε, καὶ πολιτείαν δοὺς πέντ' ἔτη συνεχώρησεν ἀτελεῖς εἶναι · τὴν δὲ πόλιν κατασκάψας τοῖς Λοκροῖς τὴν χώραν τῶν Καυλωνιατῶν ἐδωρήσατο.

1 Pausanias VI. XVIII. 6: Σωτάδης δ' ἐπὶ δολίχου νίκαις Ὀλυμπιάσι μὲν ἐνάτῃ καὶ ἐνενηκοστῇ Κρής, καθάπερ γε καὶ ἦν, ἀνερρήθη, τῇ ἐπὶ ταύτῃ δὲ λαβὼν χρήματα παρὰ τοῦ Ἐφεσίων κοινοῦ Ἐφεσίοις ἐσεποίησεν αὑτόν · καὶ αὐτὸν ἐπὶ τῷ ἔργῳ φυγῇ ζημιοῦσιν οἱ Κρῆτες.

2 Pausanias V. VIII. 10: ἐνάτῃ δ' ᾕρεσεν Ὀλυμπιάδι καὶ ἐνενηκοστῇ καὶ πώλων ἅρμασιν ἀγωνίζεσθαι · Λακεδαιμόνιος δὲ Συβαριάδης τὸν ϛέφανον τῶν πώλων ἔσχε τοῦ ἅρματος.

3 Diodorus Siculus XV. 23: παρ' Ἠλείοις Ὀλυμπιὰς ἤχθη ἑκατοςή, καθ' ἣν ἐνίκα ϛάδιον Διονυσόδωρος Ταραντῖνος.

4 Pausanias loco modo laudato nota 1.

5 Diodorus Siculus XV. 36: Ἠλεῖοι ἤγαγον Ὀλυμπιάδα πρώτην πρὸς ταῖς ἑκατόν, καθ' ἣν ἐνίκα ϛάδιον Δάμων Θούριος.

Pausanias VII. XXV. 4: τῆς πρώτης Ὀλυμπιάδος ἐπὶ ταῖς ἑκατόν, ἣν Δάμων Θούριος ἐνίκα τὸ πρῶτον.

6 Diodorus Siculus XV. 50: παρ'

Τρωΐλου Ἀλκίνου Ἠλείου συνωρίς¹.
Τοῦ αὐτοῦ πωλικὸν τέθριππον².

ργ´

Πυθόρατος Ἐφέσιος (Ἀθηναῖος³) ςάδιον.
Δαμίσκος Μεσσήνιος ςάδιον παίδων⁴.

ol. CIII
a. C. 368

ρδ´

Φωκίδης Ἀθηναῖος ςάδιον⁵.
Αὕτη ὑπὸ Πισαίων ἐτέθη⁶.

ol. CIV
a. C. 364

Φωκ. Ἀθ. ςάδιον] Sic int. Armen. et Diodorus. Cod. Paris. *Φωκ. Ἀθ. πάλη.*

Ἠλείοις Ὀλυμπιὰς ἤχθη δευτέρα πρὸς ταῖς ἑκατόν, καθ᾽ ἣν ἐνίκα ςάδιον Δάμων Θούριος.

Pausanias IV. XXVII. 9: τῆς δευτέρας καὶ ἑκατοςῆς Ὀλυμπιάδος, ἣν Δάμων Θούριος τὸ δεύτερον ἐνίκα.

Idem VI. v. 3: δευτέρᾳ Ὀλυμπιάδι ἐπὶ ταῖς ἑκατόν, ἣν Δάμων Θούριος ἐνίκα τὸ δεύτερον.

Idem. VIII. XXVII. 8: τῆς ἑκατοςῆς Ὀλυμπιάδος καὶ δευτέρας ἣν Δάμων Θούριος ἐνίκα ςάδιον.

¹ Pausanias VI. I. 4: πλήσιον δὲ τοῦ Κλεογένους Δεινόλοχός τε κεῖται Πύρρου (sic pro Πύρρος τε emendavit Bekkerus) καὶ Τρωΐλος Ἀλκίνου. τούτοις γένος μὲν καὶ αὐτοῖς ἐςὶν ἐξ Ἤλιδος, γεγόνασι δέ σφισιν οὐ κατὰ ταὐτὰ αἱ νῖκαι, ἀλλὰ τῷ μὲν ἑλλανοδικεῖν θ᾽ ὁμοῦ καὶ ἵππων ὑπῆρξεν ἀνελέσθαι νίκας, [τῷ Τρωΐλῳ δὲ] τελείᾳ τε συνωρίδι καὶ πώλων ἅρματι · Ὀλυμπιάδι δ᾽ ἐκράτει δευτέρᾳ πρὸς ταῖς ἑκατόν. ἀπὸ τούτου δὲ καὶ νόμος ἐγένετο Ἠλείοις μηδ᾽ ἵππους τοῦ λοιποῦ τῶν ἑλλανοδικούντων καθιέναι μηδένα. Expungenda videntur verba τῷ Τρωΐλῳ δέ, inserta ab imperito lectore qui non ca-

piebat voci τῷ μέν respondere in sequentibus ἡ δὲ τοῦ Δεινολόχου μήτηρ. Bekkerus solam voculam δέ delevit, sed, praeterquam quod tum alieno loco apparent verba τῷ Τρωΐλῳ, solet Pausanias in huiusmodi sententia bipartita ponere in priori parte ὁ μέν, τοῦ μέν cet. sine nomine; vid. VI. II. 2; III. 2, 13; IV. 1 cet.

² Pausanias loco laudato.

³ Diodorus Siculus XV. 71: παρ᾽ Ἠλείοις Ὀλυμπιὰς ἤχθη τρίτη πρὸς ταῖς ἑκατόν, καθ᾽ ἣν ἐνίκα ςάδιον Πυθόρατος Ἀθηναῖος.

⁴ Pausanias VI. II. 10: παρὰ δὲ Μεσσήνιος Δαμίσκος, ὅς δύο γεγονὼς ἔτη καὶ δέκα ἐνίκησεν ἐν Ὀλυμπίᾳ. Et § 11: ἐνιαυτῷ ὕςερον τοῦ οἰκισμοῦ τοῦ Μεσσήνης ἀγόντων Ὀλύμπια Ἠλείων ἐνίκα ςάδιον παῖδας ὁ Δαμίσκος οὗτος. Atqui ὁ οἰκισμὸς ὁ Μεσσήνης locum habuit Olymp. CII, 4 (Clinton, Fasti Hellenici, II p. 112 ed. 2ae): ergo.

⁵ Diodorus Siculus XV. 78: Ὀλυμπιὰς ὑπὸ Πισατῶν καὶ Ἀρκάδων ἤχθη τετάρτη πρὸς ταῖς ἑκατόν, καθ᾽ ἣν ἐνίκα ςάδιον Φωκίδης Ἀθηναῖος.

⁶ Diodorus Siculus loco laudato:

Σώςρατος Σικυώνιος ἐπίκλησιν Ἀκροχερσίτης παγκράτιον ¹.
Εὐβώτας Κυρηναῖος τεθρίππῳ ².

ρε'

Πῶρος Κυρηναῖος ϛάδιον ³.
? Σώςρατος Σικυώνιος ἐπίκλησιν Ἀκροχερσίτης παγκράτιον ⁴.

Πῶρος] Sic int. Armen. et Diodorus. Cod. Paris. Παῦρος. Pausaniae codices Πρῶρος.

Πισᾶται ἀνανεωσάμενοι τὸ παλαιὸν ἀ-
ξίωμα τῆς πατρίδος, καί τισι μυθικαῖς
καὶ παλαιαῖς ἀποδείξεσι χρώμενοι, τὴν
θέσιν τῆς Ὀλυμπιακῆς πανηγύρεως αὑ-
τοῖς προσήκειν ἀπεφαίνοντο, κρίνοντες
δὲ τὸν παρόντα καιρὸν εὔθετον ἔχειν
ἀμφισβητῆσαι τοῦ ἀγῶνος, συμμαχίαν
ἐποιήσαντο πρὸς Ἀρκάδας ὄντας πολε-
μίους Ἠλείων, συναγωνιςὰς δὲ λαβόν-
τες τούτους ἐςράτευσαν ἐπὶ τοὺς Ἠλεί-
ους ἄρτι τιθέντας τὸν ἀγῶνα · ἀντι-
ςάντων δὲ τῶν Ἠλείων πανδημεὶ συ-
νέςη μάχη καρτερά, θεωμένων τὴν μά-
χην τῶν παρόντων ἐπὶ τὴν πανήγυριν
Ἑλλήνων ἐξεφανωμένων καὶ μεθ' ἡσυ-
χίας ἀκινδύνως ἐπισημαινομένων τὰς ἑ-
κατέρωθεν ἀνδραγαθίας. τέλος Πισᾶται
νικήσαντες ἔθηκαν τὸν ἀγῶνα, καὶ τὴν
Ὀλυμπιάδα ταύτην ὕςερον οὐκ ἀνέγρα-
ψαν Ἠλεῖοι διὰ τὸ δοκεῖν βίᾳ καὶ ἀ-
δίκως διατεθῆναι.

Pausanias VI. XXII. 3: τὴν τετάρ-
την τε καὶ ἑκατοςὴν (Ὀλυμπιάδα),
τεθεῖσαν ὑπ' Ἀρκάδων, ἀνολυμπιάδα οἱ
Ἠλεῖοι καλοῦντες οὐκ ἐν καταλόγῳ τῶν
Ὀλυμπιάδων γράφουσιν.
Idem locis mox laudandis p. 62 nota
1 et 2.
¹ Pausanias VI. IV. 1: Σικυώνιος
Σώςρατος παγκρατιαςὴς ἀνήρ, ἐπίκλη-
σις δ' ἦν Ἀκροχερσίτης αὑτῷ · λαμ-

βανόμενος (sic pro παραλαμβανόμενος
emendandum ex Suida) γὰρ ἄκρων τοῦ
ἀνταγωνιζομένου τῶν χειρῶν ἔκλα, καὶ
οὐ πρότερον ἀνίει πρὶν ἢ αἰσθοιτο ἀπ-
αγορεύσαντος. γεγόνασι δ' αὐτῷ Νε-
μείων μὲν νῖκαι καὶ Ἰσθμίων ἀναμὶξ
δώδεκα, Ὀλυμπίασι δὲ καὶ Πυθοῖ,
τῇ μὲν δύο, τρεῖς δ ἐν Ὀλυμπίᾳ · τὴν
τετάρτην δ' Ὀλυμπιάδα ἐπὶ ταῖς ἑκα-
τόν (πρώτην γὰρ δὴ ἐνίκησεν ὁ Σώςρα-
τος ταύτην) οὐκ ἀναγράφουσιν οἱ Ἠ-
λεῖοι, διότι μὴ αὐτοὶ τὸν ἀγῶνα, ἀλλὰ
Πισαῖοι καὶ Ἀρκάδες ἔθεσαν ἀντ' αὑ-
τῶν.

Ex hoc Pausaniae loco sua habet Sui-
das v. ἀκροχειρίζεσθαι, et v.
Σώςρατος.
² Pausanias VI. VIII. 3 post verba
laudata ad Olymp. XCIII p. 55 nota 1
sic pergit: λέγεται δ' ὡς κρατήσειε καὶ
ἅρματι ἐπ' Ὀλυμπιάδος ταύτης ἡ λόγῳ
τῷ Ἠλείων ἐςὶ κίβδηλος τῶν ἀγωνοθε-
τησάντων Ἀρκάδων ἕνεκα.
³ Diodorus Siculus XVI. 2: Ὀ-
λυμπιὰς ἤχθη πέμπτη πρὸς ταῖς ἑκα-
τόν, καθ' ἣν ἐνίκα ςάδιον Πῶρος Κυ-
ρηναῖος.
Pausanias X. II. 3: πέμπτης Ὀλυμ-
πιάδος ἐπὶ ταῖς ἑκατόν, ἣν Πῶρος ἐνί-
κα Κυρηναῖος ςάδιον.
⁴ Cf. ad Olymp. CIV p. 62 nota 1.

ρς´

Ὁ αὐτὸς (Μαλιεὺς [1]) τὸ δεύτερον.
? Χαίρων Πελληνεὺς πάλιν [2].
? Σώςρατος Σικυώνιος ἐπίκλησιν Ἀκροχερσίτης παγκράτιον [3].
Φίλιππος Ἀμύντου Μακεδὼν κέλητι [4] (τεθρίππῳ [5]).

---

[1] Diodorus Siculus XVI. 15: Ὀλυμπιὰς ἤχθη ἕκτη πρὸς ταῖς ἑκατόν, καθ᾽ ἣν ἐνίκα ςάδιον Πῶρος Μαλιεύς. Videtur igitur Porus hac Olympiade Maliensis renuntiatus esse; cuius rei variae esse potuerunt caasae. Africanus mutatae civitatis mentionem facere supersedit, quemadmodum v. c. Olymp. LXXIV et LXXV.

[2] Pseudo-Demosthenes de foed. Alex. 10: σκέψασθε δ᾽ ὦ ἄνδρες Ἀθηναῖοι, ὅτι Ἀχαιοὶ μὲν οἱ ἐν Πελοποννήσῳ ἐδημοκρατοῦντο, τούτων δ᾽ ἐν Πελλήνῃ τὸν καταλέλυκε τὸν δῆμον ὁ Μακεδὼν ἐκβαλὼν τῶν πολιτῶν τοὺς πλείςους, τὰ δ᾽ ἐκείνων τοῖς οἰκέταις δέδωκε, Χαίρωτα δὲ τὸν παλαιςὴν τύραννον ἐγκατέςησεν.
Pausanias VII. xxvii. 7: Χαίρωνα δὲ (sic Boeckhius; Palmerius τὸν δὲ Χαίρωνα; in codicibus pro Chaerone irrepsit Chaeronea) δύο ἀνελόμενον πάλης νίκας (Ἰσθμικὰς inserit Boeckhius) καὶ ἐν Ὀλυμπίᾳ τέσσαρας οὐδ᾽ ἀρχὴν ἐθέλουσιν ὀνομάζειν, ὅτι κατέλυσε πολιτείαν, ἐμοὶ δοκεῖν, τὴν ἐν Πελλήνῃ, δῶρον τὸ ἐπιφθονώτατον παρ᾽ Ἀλεξάνδρου τοῦ Φιλίππου λαβὼν τύραννος πατρίδος τῆς αὑτοῦ καταςῆναι.
Athenaeus XI. 119 p. 509 Casauboni: Χαίρων ὁ Πελληνεύς, ὅς οὐ μόνον Πλάτωνι ἐσχόλακεν, ἀλλὰ καὶ Ξενοκράτει.
Chaeron tyrannus factus est Olymp. CXI, 2 (cf. Grote, history of Greece, XII p. 16 sq. ed. Americ.). Victorias eum Olympicas omnes ante tyrannidem reportasse, nec tamen grandaevum ab Alexandro civitati praefectum esse, admodum probabile est. Itaque vix possum a vero multum aberrare, cum Olympiadibus CVI, CVII, CVIII et CIX eas adsigno.

[3] Cf. ad Olymp. CIV p. 62 nota 1.

[4] Plutarchus Alex. III: Φιλίππῳ ἄρτι Ποτίδαιαν ᾑρηκότι τρεῖς ἧκον ἀγγελίαι κατὰ τὸν αὐτὸν χρόνον· ἡ μὲν Ἰλλυριοὺς ἡττᾶσθαι (l. ἡττῆσθαι) μάχῃ μεγάλῃ διὰ Παρμενίωνος, ἡ δ᾽ Ὀλυμπιάσιν ἵππῳ κέλητι νενικηκέναι, τρίτη δὲ περὶ τῆς Ἀλεξάνδρου γενέσεως. Alexander autem natus est Olymp. CVI, 1 (Clinton, Fasti Hellenici, II p. 124 ed. 2ae).

[5] Trogi Pompeii Epitomator, Iustinus, XII. xvi. 6: Eadem quoque die (qua natus est Alexander) nuntium pater eius duarum victoriarum accepit: alterius belli Illyrici, alterius certaminis Olympiaci, in quod quadrigarum currus miserat.
Certa argumenta quibus constet utro certamine, τεθρίππῳ an κέλητι, Philippus vicerit, frustra quaesivi. Ab altera parte, quamquam et Hiero v. c. celetem Olympiam miserit, solebant tamen principes quadrigarum potissimum certamine delectari. Ab altera vero parte facilius intelligitur quomodo fama victoriam celete partam in curulem mutarit, quam contra. In Trogi partes te trahat ipsius Plutarchi testimonium de Philippi victoriis curulibus, Alex. IV: Φίλιππος .... τὰς ἐν Ὀλυμπίᾳ νίκας τῶν ἁρ-

ol. CVII
u. C. 352

ρζ'

Μικρίνας Ταραντῖνος ςάδιον¹.
? Χαίρων Πελληνεὺς πάλην².

ol. CVIII
a. C. 348

ρη'

Πολυκλῆς Κυρηναῖος ςάδιον³.
? Χαίρων Πελληνεὺς πάλην⁴.

ol. CIX
a. C. 344

ρθ'

Ἀριςόλοχος Ἀθηναῖος ςάδιον⁵.
? Χαίρων Πελληνεὺς πάλην⁶.

ol. CX
a. C. 340

ρι'

Ἀντικλῆς Ἀθηναῖος ςάδιον⁷.

ol. CXI
a. C. 336

ριά'

Κλεόμαντις Κλειτόριος ςάδιον⁸.

Μικρίνας] Sic cod. Paris. et int. Armen. Diodorus *Σμικρίνας*. · ρι' *Ἀντικλῆς* *Ἀθ.* ς.] Sic int. Armen. (nisi quod *Anikles* habet) et Diodorus. In cod. Paris. Olympiadem CIX excipit CXI, lacuna non indicata. Mendi origo patet: nam Olympias CIX claudit codicis fol. 207 r., ab Olympiade CXI incipit fol. 207 v. μάτων ἐγχαράττων τοῖς νομίσμασιν: verum obiici potest, si Philippus curules quoque victorias reportavit, probabile esse Trogum eiusve epitomatorem diversas victorias confudisse. Plutarchi igitur testimonium veri similius mihi videtur.

¹ Diodorus XVI. 37: *Ὀλυμπιὰς ἤχθη ἑβδόμη πρὸς ταῖς ἑκατόν, καθ' ἣν ἐνίκα ςάδιον Σμικρίνας Ταραντῖνος.*
² Cf. ad Olymp. CVI p. 63 nota 2.
³ Diodorus Siculus XVI. 53: *Ὀλυμπιὰς ἤχθη ὀγδόη πρὸς ταῖς ἑκατόν, καθ' ἣν ἐνίκα ςάδιον Πολυκλῆς Κυρηναῖος.*
Pausanias X. III. 1: *ὀγδόης Ὀλυμ-*
πιάδος καὶ ἑκατοςῆς, ἣν Πολυκλῆς ἐνίκα ςάδιον Κυρηναῖος.
⁴ Cf. ad Olymp. CVI p. 63 nota 2.
⁵ Diodorus Siculus XVI. 69: *Ὀλυμπιὰς ἤχθη ἑκατοςὴ καὶ ἐνάτη, καθ' ἣν ἐνίκα ςάδιον Ἀριςόλοχος Ἀθηναῖος.*
⁶ Cf. ad Olymp. CVI p. 63 nota 2.
⁷ Diodorus Siculus XVI. 77: *Ὀλυμπιὰς ἤχθη δεκάτη πρὸς ταῖς ἑκατόν, καθ' ἣν ἐνίκα ςάδιον Ἀντικλῆς Ἀθηναῖος.*
⁸ Diodorus Siculus XVI. 91: *Ὀλυμπιὰς ἤχθη πρώτη πρὸς ταῖς ἑκατὸν καὶ δέκα, καθ' ἣν ἐνίκα ςάδιον Κλεόμαντις Κλειτόριος.*

Μῦς Ταραντῖνος πυγμήν [1].
? Διώξιππος Ἀθηναῖος παγκράτιον ἀκονιτί [2].

---

[1] Diogenianus Proverb. Cent. I. 72 (in Leutschii et Schneidewini Paroemiogr. Graec. II. p. 11 sq.): *Ἄρτι μῦς πίσσης γεύεται: Μῦς ὄνομά ἐς. Ταραντίνου τοῦ πύκτου, ὅς κατὰ τὴν ἑνδεκάτην ἐπὶ ταῖς ἑκατὸν Ὀλυμπιάδα Ὀλυμπίασιν ἐνίκησε πολλὰς πληγὰς λαβὼν ὑπὸ τῶν ἀνταγωνιςῶν. καί τις διηγούμενος περὶ αὐτοῦ ἔλεγεν· ὅσα ἔπαθεν ὁ Μῦς ἐν τῇ Πίσῃ (ὁ μῦς ἐν τῇ πίσσῃ).* Hinc sua descripsit auctor *Collectionis proverbiorum in codice Bodleiano* (in Leutschii et Schneidewini Paroemiogr. Graec. I. p. 139).
Zenobius *Proverb.* Cent. V. 46 (in Leutschii et Schneidewini Paroemiogr. Graec. l.l.): *Ὅσα Μῦς ἐν Πίσῃ: αὕτη ἡ παροιμία εἴρηται ἐπὶ τῶν νενικηκότων τοὺς ἀνταγωνιςὰς διὰ πολλοῦ πόνου· Μῦς γὰρ Ταραντῖνος πύκτης ἐν Πίσῃ ἀγωνιζόμενος καὶ πολλοὺς ἔχων ἀντιπάλους, πολλὰς πληγὰς λαβὼν μόλις ἐνίκησεν.*
Photius v. *Μῦς: ὅσα Μῦς ἐν Πίσῃ:* ἀπὸ Μῦς τοῦ Ταραντίνου πύκτου καὶ ὡς Ὀλυμπίασιν ἀπαλλάξαντος.
Suidas: *Μῦς: ὄνομα κύριον πύκτου.*
Idem v. *Ὅσα Μῦς ἐν Πίσῃ* eadem ferme habet quae Zenobius. Post *μόλις ἐνίκησεν* addunt aliquot codices: *Οὖτος ὁ Μῦς πύκτης ὢν ἐπὶ ταῖς ρ' Ὀλυμπιάσι μίαν ἐνίκησεν*, in quibus et numerus corruptus est, et syntaxis vitiosa.
[2] Aristobulus apud Athenaeum VI. 57 p. 251 Casauboni *Διώξιππον τὸν Ἀθηναῖον παγκρατιαςήν* commemorat.
Plinius *Hist. Natur.* XXXV. xi. 40 § 139: *Alcimachus* (pinxit) *Dioxippum,*

qui pancratio Olympia citra pulveris iactum, quod vocant aconiti, vicit.
Ὀλυμπιονίκης dicitur Diogeni Laertio VI. ii. 6 (43 et 61), Plutarcho *de curiosit.* p. 521 ed. Londin. et Aeliano *Var. Hist.* XII. 58. Diodorus Siculus XVII. 100 eum appellat *ἀθλητὴν ἄνδρα καὶ ταῖς ἐπιφανεςάταις νίκαις ἐςεφανωμένον.* Minus accurate *pugil nobilis* dicitur Curtio IX. vii. 16.
Diogenis Sinopensis scite dictum in Dioxippum amore captum vid. apud Diogenem Laertium, Plutarchum et Aelianum locis laudatis.
De Dioxippi certamine singulari cum Corrhago Macedone, deque eius morte cf. Diodorus et Curtius ll. ll., Aelianus X. 22 et *Eclogarius Parisinus* p. 154 Crameri in Anecd. Graec. Paris. vol. II.
Dioxippus, teste Diodoro, plures in celeberrimis ludis tulit palmas. Qui quum Olymp. CXI. 3 (Clinton, *Fasti Hellenici*, II. p. 152 ed. 2ae) cum Alexandro Magno in Asiam profectus sit, ibique vitae finem imposuerit, victoriae illae reportatae sunt ante Olymp. CXI, 3. Proximo eas ante expeditionem decennio reportatas esse puto; nam Olymp. CXIII, 2 Dioxippus id aetatis erat et roboris ut nudus armatum in certamine singulari superaret. Atqui victoria Olympica sine dubio plerisque ceterarum posterior fuit. Vicit enim Olympiae ἀκονιτί, i. e. ita omnes clarissimi athletae robur noverant ut nemo cum eo in certamen descendere sit ausus. Haec enim pleramque causa fuit victoriae citra pulveris iactum reportatae; cf. Philo Iudaeus, *de eo quod deter. pot. insid. sol.* p. 160.

ol. CXII
a. C. 332

ριβ´

Γρύλλος Χαλκιδεὺς ϛάδιον¹.
? Χείλων Χείλωνος Πατρεὺς πάλην².
Κάλλιππος Ἀθηναῖος πένταθλον, χρήματι διαφθείρας τοὺς ἀνταγωνιϛάς³.
? Φιλάμμων Ἀθηναῖος πυγμήν⁴.
Ἀλέξανδρος Βαβυλῶνα κατέσχε Δαρεῖον καθελών.

Γρύλλος] Sic Diodorus, cuius codices *Πρύαλος* quoque offerunt et *Γρύλος*. Cod. Paris. et int. Armen. *Εὐρύλας*. *Χείλωνος*] Sic epigramma a Porsono emendatum;

¹ Diodorus Siculus XVII. 40:
Ὀλυμπιὰς ἤχθη δευτέρα πρὸς ταῖς ἑκατὸν καὶ δέκα, καθ᾽ ἣν ἐνίκα Γρύλλος Χαλκιδεύς.

² Pausanias VI. iv. 6: *Χείλωνι δ᾽ Ἀχαιῷ Πατρεῖ δύο μὲν Ὀλυμπικαὶ νῖκαι πάλης ἀνδρῶν, μία δ᾽ ἐγένετο ἐν Δελφοῖς, τέσσαρες δ᾽ ἐν Ἰσθμῷ καὶ Νεμείων τρεῖς. ἐτάφη δ᾽ ὑπὸ τοῦ κοινοῦ τῶν Ἀχαιῶν, καί οἱ καὶ τοῦ βίου συνέπεσεν ἐν πολέμῳ τὴν τελευτὴν γενέσθαι. μαρτυρεῖ δέ μοι καὶ τὸ ἐπίγραμμα τὸ ἐν Ὀλυμπίᾳ* (Anthol. Graec. append. 249):

*μουνοπάλης νικῶ δὶς Ὀλύμπια Πύθιά
       τ᾽ ἄνδρας,
τρὶς Νεμέᾳ, τετράκις δ᾽ Ἰσθμῷ
       ἐν ἀγχιάλῳ,
Χείλων Χείλωνος Πατρεύς, ὃν λαὸς
       Ἀχαιῶν
ἐν πολέμῳ φθίμενον θάψ᾽ ἀρετῆς
       ἕνεκεν.*

Versum tertium restituit Porsonus; in eo libro, unde nostri Pausaniae codices omnes originem ducunt, ΧΕΙΛΩΝ-ΧΕΙΛΩΝΟΣ abierat in ΧΕΙΛΩΝΟΣ, quod *Χείλων ὅς* scriptum librariis causa fuit versum variis modis corrumpendi. Pausanias sic pergit: *τὸ μὲν δὴ ἐπίγραμμα ἐπὶ τοσοῦτο ἐδήλωσεν. εἰ δὲ*

Λυσίππου τοῦ ποιήσαντος τὴν εἰκόνα τεκμαιρόμενον τῇ ἡλικίᾳ συμβαλέσθαι δεῖ με τὸν πόλεμον ἔνθα ὁ Χείλων ἔπεσεν, ἤτοι ἐς Χαιρώνειαν Ἀχαιοῖς τοῖς πᾶσιν ὁμοῦ ϛρατεύσασθαι, ἢ ἰδίᾳ κατ᾽ ἀρετήν τε καὶ τόλμαν Ἀχαιῶν μόνος Ἀντιπάτρου μοι καὶ Μακεδόνων ἐναντία ἀγωνίσασθαι περὶ Λαμίαν φαίνεται τὴν ἐν Θεσσαλίᾳ.

Non ad Chaeroneam sed in bello Lamiaco Chilo cecidisse tradebatur in patria sua. Pausanias VII. vi. 5: *ὁ δὲ τῶν ἐπιχωρίων Πατρεῦσιν ἐξηγητὴς τὸν παλαιϛὴν Χείλωνα Ἀχαιῶν μόνον μετασχεῖν ἔφασκε τοῦ ἔργου περὶ Λαμίαν.*

Quum igitur bellum Lamiacum gestum sit Olymp. CXIV (Clinton, Fasti Hellenici, II p. 162 et 164 ed. 2ᵃᵉ), non multum a vero aberraverit, qui Chilonis victorias Olympicas adsignaverit Olympiadibus CXII et CXIII.

³ Pausanias V. xxi. 5: *Εὐπώλου δ᾽ ὑϛερόν φασιν Ἀθηναῖον Κάλλιππον ἀθλήσαντα πένταθλον ἐξωνήσασθαι τοὺς ἀνταγωνιουμένους χρήμασι, δευτέραν δ᾽ ἐπὶ ταῖς δέκα τε καὶ ἑκατὸν Ὀλυμπιάδα εἶναι ταύτην. ἐπιβληθείσης δὲ τῷ Καλλίππῳ καὶ τοῖς ἀνταγωνισαμένοις ζημίας ὑπ᾽ Ἠλείων*, cet.

⁴ Demosthenes *de Corona* 319:

ριγ'

Κλίτων Μακεδὼν ςάδιον¹.

Ἀγεὺς Ἀργεῖος δόλιχον · ὃς ἐν Ἄργει τὴν αὑτοῦ
νίκην αὐθημερὸν ἀνήγγειλεν.
? Χείλων Χείλωνος Πατρεὺς πάλην².

ριδ'

Μικίνας Ῥόδιος ςάδιον³.

Ἀλέξανδρος ἐτελεύτησεν. Μεθ' ὃν εἰς πολλοὺς διαιρεθείσης τῆς ἀρχῆς, Αἰγύπτου καὶ Ἀλεξανδρείας ἐβασίλευσε Πτολεμαῖος.

---

vid. nota ad h. l.   *Ἀγεύς*] Nomen corruptum videtur. *Μικίνας*] Sic Diodo-
ὁ Φιλάμμων οὐχ ὅτι Γλαύκον τοῦ Κα- sine dubio exemplo usus sit athletae cu-
ρυςίου καί τινων ἑτέρων πρότερον γε- ius recens victoria in omnium memoria
γενημένων ἀθλητῶν ἀσθενέςερος ἦν, ἀ- erat, suspicor Philammonis victoriam
ςεφάνωτος ἐκ τῆς Ὀλυμπίας ἀπῄει, ἀλλ' Olympiadi CXII esse adsignandam.
ὅτι τῶν εἰσελθόντων πρὸς αὐτὸν ἄριςα   Quod apud seriores Atheniensis dicitur
ἐμάχετο, ἐςεφανοῦτο καὶ νικῶν ἀνη- Philammon, fortasse nonnisi coniectura
γορεύετο. est. Subdubito num revera Atheniensis
Aeschines in Ctesiph. 189: οὐδὲ fuerit, cum nomen Philammonis Aegyp-
γὰρ Φιλάμμωνά φησι τὸν πύκτην Ὀλυμ- tio potius homini convenire videatur.
πίασι ςεφανωθῆναι νικήσαντα Γλαῦκον Poterat autem variis de causis qui Athe-
τὸν παλαιὸν ἐκεῖνον πύκτην, ἀλλὰ τοὺς nis natus non erat Atheniensis tamen
καθ' ἑαυτὸν ἀγωνιςάς. renuntiari.
Eustathius ad Hom. Il. ψ. 686 p.   ¹ Diodorus Siculus XVII. 82:
1324 ed. Rom.: λέγεται δὲ καὶ Φιλάμ- Ὀλυμπιὰς ἤχθη τρίτη πρὸς ταῖς ἑκα-
μων, πύκτης Ἀθηναῖος, νικᾶν τοὺς τὸν δέκα. Diodorus sine dubio ad-
ἀντιπάλους πάντα τὸν χρόνον. didit: καθ' ἣν ἐνίκα ςάδιον Κλίτων
Eadem quae apud Eustathium legun- Μακεδών.
tur apud Suidam v. Φιλάμμων.   ² Cf. ad Olymp. CXII p. 66 nota 2.
Quum Demosthenis et Aeschinis   ³ Diodorus Siculus XVII. 113:
orationes laudatae habitae sint Olymp. Ὀλυμπιὰς ἤχθη τετάρτη πρὸς ταῖς ἑ-
CXII, 3 (Clinton, Fasti Hellenici, II p. κατὸν καὶ δέκα, καθ' ἣν ἐνίκα ςάδιον
157 ed. 2ᵃᵉ), Demosthenes autem Μικίνας Ῥόδιος.

ol. CXV a. C. 320	ριε' Δαμασίας Άμφιπολίτης ςάδιον¹.
ol. CXVI a. C. 316	ρις' Δεινοσθένης Λάκων ςάδιον².
ol. CXVII a. C. 312	ριζ' Παρμενίδης Μυτιληναίος ςάδιον³.
ol. CXVIII a. C. 308	ριη' Άνδρομένης Κορίνθιος ('Απολλωνίδης Τεγεάτης⁴) ςάδιον. Άντήνωρ⁵ Άθηναίος ή Μιλήσιος παγκράτιον ἀκονιτί, περιοδονίκης άληπτος έν ταίς τρισίν ήλικίαις.
ol. CXIX a. C. 304	ριθ' Ανδρομένης Κορίνθιος ςάδιον⁶.

---

rus.* Cod. Paris. *Μικίννας*. Int. Armen. *Mikenas*. *Δεινοσθένης*] Sic Pausanias. Cod. Paris. *Δημοσθένης*. Int. Armen. *Dimosthenes*. Apud Diodorum *Δεινομένης* legitur. *Παρμενίδης*] Sic cod. Paris. et int. Armen. Apud Diodorum *Παρμενίων*. *ἀκονιτί*] Sic legendum videtur. Cod. Paris. *ἀκόντιον* (cum *ἀκονιτί* scriptum esset, videbatur sibi librarius *ἀκοντί*, i. e. *ἀκόντιον*, videre). Verbum, quo int. Armen. reddidit, teste Auchero significat *antagonista surrexit* aut *congredi ;*

¹ Apud Diodorum Siculum huius Olympionicae mentio una cum duorum annorum rebus gestis periit.

² Diodorus Siculus XIX. 17: Ὀλυμπιὰς ὑπῆρχεν ἕκτη πρὸς ταῖς ἑκατὸν καὶ δέκα, καθ' ἣν ἐνίκα ςάδιον Δεινομένης Λάκων.

Pausanias VI. XVI. 8: Λακεδαιμονίῳ δὲ Δεινοσθένει ςαδίου ἐγένετο ἐν ἀνδράσιν Ὀλυμπικὴ νίκη.

³ Diodorus Siculus XIX. 77: ἤχθη Ὀλυμπιὰς κατὰ τοῦτον τὸν ἐνιαυτὸν ἑβδόμη πρὸς ταῖς ἑκατὸν καὶ δέκα, καθ' ἣν ἐνίκα ςάδιον Παρμενίων Μυτιληναίος.

⁴ Diodorus Siculus XX. 37: παρὰ τοῖς Ἠλείοις Ὀλυμπιὰς ἤχθη ὀγδόη πρὸς ταῖς ἑκατὸν δέκα, καθ' ἣν ἐνίκα ςάδιον Ἀπολλωνίδης Τεγεάτης. Manifestum est aut Africani aut Eusebii aut denique scribae oculos ab Olymp. CXVIII aberrasse ad CXIX, unde nunc perperam Apollonides deëst et Andromenes bis palmam tulisse dicitur.

⁵ Hic sine dubio est Antenor ille pancratiasta, quem Maniae amatorem fuisse narrat Machon apud Athenaeum XIII. 42 p. 578 Casauboni.

⁶ Diodorus Siculus XX. 91: Ὀλυμπιὰς ἤχθη παρὰ τοῖς Ἠλείοις

ρκ' ol. CXX
a. C. 200

Πυθαγόρας Μάγνης ἀπὸ Μαιάνδρου ςάδιον.
Πάλην Κερᾶς Ἀργεῖος, ὃς χηλὰς ἀπέσπα βοός.

ρκα' ol. CXXI
a. C. 296

Πυθαγόρας τὸ δεύτερον.

ρκβ' ol. CXXII
a. C. 292

Ἀντίγονος Μακεδὼν ςάδιον.

ρκγ' ol. CXXIII
a. C. 288

Ὁ αὐτὸς τὸ δεύτερον.

ρκδ' ol. CXXIV
a. C. 284

Φιλόμηλος Φαρσάλιος ςάδιον.

ρκε' ol. CXXV
a. C. 280

Λάδας Αἰγιεὺς ςάδιον[1].

ρκϛ' ol. CXXVI
a. C. 276

Ἰδαῖος ἢ Νικάτωρ Κυρηναῖος ςάδιον[2].

ρκζ' ol. CXXVII
a. C. 272

Περιγένης Ἀλεξανδρεὺς ςάδιον.

Zohrabus vertit *adversatus*. ἀπὸ Μαιάνδρου] Sic legit int. Armen. qui vertit *Magnesius ex Menandro*. Cod. Paris. haec verba omittit. Πάλην Κερᾶς] Sic ἐνάτη πρὸς ταῖς ἑκατὸν δέκα, καθ' ἣν ἐνίκα ςάδιον Ἀνδρομένης Κορίνθιος.

[1] Pausanias III. XXI. 1: τὸν δ' ὁμώνυμον τούτῳ (Λάδᾳ Λάκωνι δολιχοδρόμῳ), νίκην καὶ αὐτὸν Ὀλυμπίασι, πλὴν οὐ δολίχου, ςαδίου δ' ἀνελόμενον, Ἀχαιὸν ἐξ Αἰγίου φησὶν εἶναι τὰ ἐς τοὺς Ὀλυμπιονίκας Ἠλείων γράμματα. Idem X. XXIII. 14: τῆς πέμπτης Ὀλυμπιάδος ἐπ' εἴκοσι καὶ ἑκατόν, ἣν Λάδας Αἰγιεὺς ἐνίκα ςάδιον.

[2] Pausanias VI. XII. 2: τῆς ἕκτης Ὀλυμπιάδος ἐπὶ ταῖς εἴκοσι καὶ ἑκατόν, ἣν Κυρηναῖος ςάδιον ἐνίκησεν Ἰδαῖος.

ol. CXXVIII
a. C. 268

ρκη'

Σέλευκος Μακεδὼν ϛάδιον.

ol. CXXIX
a. C. 264

ρκθ'

Φιλῖνος Ἀγεπόλιδος Κῷος ϛάδιον καὶ .... [1].

Προσετέθη συνωρὶς πωλικὴ καὶ ἐνίκα Φιλιϛίχη Μακεδονίς [2].

ol. CXXX
a. C. 260

ρλ'

Φιλῖνος ὁ αὐτὸς τὸ δεύτερον ϛάδιον καὶ .... [3].

ol. CXXXI
a. C. 256

ρλα'

Ἀμμώνιος Ἀλεξανδρεὺς ϛάδιον.

---

cod. Paris. Int. Armen. *Kerasos*, omissa voce πάλην. Ἀγεπόλιδος] Pausanias minus recte Ἡγεπόλιδος, nisi librariorum vitium est. Προσετέθη — Μακεδονίς] Haec omittit cod. Paris. Int. Armen. teste Auchero: *Addita Biga pullica, et vincebat Philistiachus Maceti (filius)*, teste Zohrabo: *Addita est equuleorum biga, vicitque Philistiachus Macedii*. Φιλιϛίχη] Sic legisse videtur int. Armen. Apud Athenaeum legitur Βιλιϛίχη, quod Macedones dicebant pro Φιλιϛίχη quemadmodum Βίλιππος, βάλακρος cet. (cf. Plutarchus Quaest. Graec. p. 292 ed. Londin.) Pausaniae codices Βελιϛίχη. Apud Clementem editur Βλίϛιχις.

[1] Pausanias VI. XVII. 2: Κλαζομενίου Ἡροδότου καὶ Φιλίνου τοῦ Ἡγεπόλιδος Κῴου ἀνέθεσαν τὰς εἰκόνας αἱ πόλεις, Κλαζομένιοι μὲν ὅτι ἐν Ὀλυμπίᾳ Κλαζομενίων πρῶτος ἀνηγορεύθη νικῶν Ἡρόδοτος, ἡ δ' οἱ νίκη ϛαδίου γέγονεν ἐν παισί, Φιλῖνον δ' οἱ Κῷοι δόξης ἕνεκα ἀνέθεσαν · ἐν μέν γε Ὀλυμπίᾳ δρόμου γεγόνασιν αὐτῷ νῖκαι πέντε, cet. Ex his igitur quinque victoriis duae stadio, teste Africano sunt reportatae; ceteras an iisdem Olympiadibus et quo cursus genere reportarit, non traditur.

[2] Pausanias V. VIII. 11: συνέθεσαν (l. προσέθεσαν) δ' ὕϛερον καὶ συνωρίδα πώλων καὶ πῶλον κέλητα · ἐπὶ μὲν δὴ τῇ συνωρίδι Βελιϛίχην ἐκ Μακεδονίας τῆς ἐπὶ θαλάσσῃ γυναῖκα, Τληπόλεμον δὲ Λύκιον ἀναγορευθῆναι λέγουσιν ἐπὶ τῷ κέλητι, τοῦτον μὲν ἐπὶ τῆς πρώτης καὶ τριακοϛῆς τε καὶ ἑκατοϛῆς Ὀλυμπιάδος, τῆς δὲ Βελιϛίχης τὴν συνωρίδα Ὀλυμπιάδι πρὸ ταύτης τρίτῃ. Ab hac Belistiche non diversa videtur Ptolemaei Philadelphi amica; de qua Ptolemaeus Euergetes apud Athenaeum XIII. 37 p. 576 Casauboni, Plutarchus *Amat*. p. 753 ed. Londin. Clemens Alexandrinus *Protrept.* IV. 48 p. 14 Sylburgi.

[3] Pausanias loco laudato ad Olymp. CXXIX nota 1.

Προσετέθη πωλικός κέλης καὶ ἐνίκα Ἱπποκράτης Θεσσαλός (Τληπόλεμος Λύκιος¹).

ρλβ' ol. CXXXII a. C. 252

Ξενοφάνης Αἰτωλὸς ἐξ Ἀμφίσσης ςάδιον.

ρλγ' ol. CXXXIII a. C. 248

Σιμύλος Νεαπολίτης ςάδιον.
Πάρθοι Μακεδόνων ἀπέςησαν καὶ πρῶτος ἐβασίλευσεν Ἀρσάκης, ὅθεν Ἀρσακίδαι.

ρλδ' ol. CXXXIV a. C. 244

Ἀλκίδας Λάκων ςάδιον.

ρλε' ol. CXXXV a. C. 240

Ἐράτων Εὐχαρίδου Αἰτωλὸς ςάδιον².
Πυγμὴν Κλεόξενος Ἀλεξανδρεύς, περιοδονίκης ἀτραυμάτιςος.

ρλς' ol. CXXXVI a. C. 236

Πυθοκλῆς Σικυώνιος ςάδιον.

Προσετέθη — Θεσσαλός] Haec omittit cod. Paris. Int. Armen. teste Auchero: *Additus monippus pullicus, et vincebat Hippocrates filius Thessali*, teste Maio: *Additus est singularis equus, vicitque Hippocrates Thessali filius.* ἐξ Ἀμφίσσης]

¹ Pausanias loco laudato ad Olymp. CXXIX p. 70 nota 2.
² *Inscriptio Boeotica*, in Boeckhii Corp. Inscript. n. 1590 Tom. I. p. 771, catalogum exhibet victorum in ludis, ut Boeckhio videtur, Thespiensibus; in his:
Ἐράτων Εὐχαρίδου Ὀπούντιος δίαυλον.
Ἐράτων Εὐχαρίδου Ὀπούντιος πένταθλον.

Sine dubio idem hic est qui Olymp. CXXXV Olympiae vicit. Nam Locros Opuntios hac aetate Aetolos fuisse, docet ipsa Africani ἀναγραφή, quae Olymp. CXXXII Xenophanem *Aetolum ex Amphissa* victorem habet. Et tempus quod attinet, Boeckhius, etiam absque Eratonis mentione, ex variis indiciis collegit inscriptionem non multum ab Olymp. CXXXV distare.

ol. CXXXVII
a. C. 232

ρλζ´

Μενεσθεὺς Βαργυλιήτης ςάδιον.

ol. CXXXVIII
a. C. 228

ρλη´

Δημήτριος Ἀλεξανδρεὺς ςάδιον.

ol. CXXXIX
a. C. 224

ρλθ´

Ἰολαΐδας Ἀργεῖος ςάδιον.

ol. CXL
a. C. 220

ρμ´

Ζώπυρος Συρακόσιος ςάδιον.
? . . . . Νιβίτης . . . . . . .¹.

ol. CXLI
a. C. 216

ρμα´

Δωρόθεος Ῥόδιος ςάδιον.
Παιάνιος Δαματρίου Ἠλεῖος πάλην².
Κλειτόμαχος Ἑρμοκράτους Θηβαῖος παγκράτιον³.

Sic int. Armen. Cod. Paris. haec verba omittit. *Βαργυλιήτης*] Cod. Paris. et int. Armen. *Βαρχυλίτης*. Legendum esse *Βαργυλιήτης* docet Inscriptio Bargylica in Boeckhii Corp. Inscript. n. 2670 Tom. II p. 458, ubi *Βαργυλιητῶν*

¹ Fortasse Nibiten quendam hac Olympiade victorem habuit Phlegon Trallianus. Stephanus Byzant.: *Νίβις: πόλις Αἰγύπτου · Φλέγων ρμ´ Ὀλυμπιάδι · τὸ ἐθνικὸν Νιβίτης ὡς Μεμφίτης.*

² Pausanias loco laudando ad Olymp. CXLII p. 73 nota 2.
Idem VI. xvi. 9: *Ἠλεῖος ἀθλητὴς Παιάνιος ὁ Δαματρίου πάλης τ᾽ ἐν Ὀλυμπίᾳ καὶ τὰς δύο Πυθικὰς ἀνῃρημένος νίκας.*

³ Pausanias VI. xv. 3: *Κλειτομάχου Θηβαίου τὴν μὲν εἰκόνα ἀνέθηκεν Ἑρμοκράτης ὁ τοῦ Κλειτομάχου πατήρ, τὰ δ᾽ οἱ ἐς δόξαν ἦν τοιάδε . . . . ἐν*

Ὀλυμπίᾳ δεύτερος ὁ Κλειτόμαχος οὗτος μετὰ τὸν Θάσιον Θεαγένην ἐπὶ παγκρατίῳ τ᾽ ἀνηγορεύθη καὶ πυγμῇ. παγκρατίου μὲν οὖν μιᾷ πρὸς ταῖς τεσσαράκοντα καὶ ἑκατὸν Ὀλυμπιάδι ἔφθανεν ἀνῃρημένος νίκην.

Suidas v. *Κλειτόμαχος* solo Pausania fonte usus est; conturbavit quae apud Pausaniam de Clitomacho et Capro leguntur.

Alcaeus iunior in Anthol. Graec. IX. 588:

*Οἷον ὁρᾷς, ὦ ξεῖνε, τὸ χάλκεον εἰκόνι λᾶμα
Κλειτομάχου, τοίαν Ἑλλὰς ἐσεῖδε βίαν.*

ρμβ'

Κράτης Ἀλεξανδρεὺς ςάδιον.

Κάπρος Πυθαγόρου Ἠλεῖος πάλην καὶ παγκράτιον ἐνίκα πρῶτος μεθ' Ἡρακλέα καὶ ἀναγράφεται δεύτερος[1] ἀφ' Ἡρακλέους[2].

Κλειτόμαχος Ἑρμοκράτους Θηβαῖος πυγμήν[3].

legitur. *Κάπρος*] Sic Pausaniae et Suidae codices. Cod. Paris. et int. Armen. *Κάρος*. Luciani codices *Κᾶρος* et *Κύρος*. *πρῶτος*] omittunt cod. Paris. et int.

Deinde celebrantur Clitomachi victoriae Isthmicae; in fine:

ἑπτάπυλοι δὲ
Θῆβαι καὶ γενέτωρ ἐςέφεθ' Ἑρμο-
κράτης.

[1] Qui athletae, ut Hercules, lucta simul et pancratio vicerunt, *οἱ ἀφ' Ἡρακλέους*, duplici ratione numerantur. Qui primus post Herculem utramque palmam coniunxit, Caprus, aliis *πρῶτος ἀφ' Ἡρακλέους* dicitur, aliis *δεύτερος ἀφ' Ἡρακλέους*, et sic in ceteris. Illam rationem amplexus est Cassius Dio (loco laudando ad Olymp. CCL), hanc Africanus.

[2] Pausanias loco laudato ad Olymp. CXLI p. 72 nota 3 sic pergit: ἡ δ' Ὀλυμπιὰς ἡ ἐφεξῆς εἶχε μὲν τὸν Κλειτόμαχον τοῦτον παγκρατίου καὶ πυγμῆς ἀγωνιςήν, εἶχε δὲ καὶ Ἡλεῖον Κάπρον ἐφ' ἡμέρας τῆς αὐτῆς παλαῖσαι θ' ὁμοῦ καὶ παγκρατιάσαι προθυμούμενον. γεγονυίας δ' ἤδη τῷ Κάπρῳ νίκης ἐπὶ τῇ πάλῃ ἀνεδίδασκεν ὁ Κλειτόμαχος τοὺς Ἑλλανοδίκας γενήσεσθαι σὺν τῷ δικαίῳ σφίσιν εἰ τὸ παγκράτιον ἐσκαλέσαιντο πρὶν ἢ πυκτεύσαντα αὐτὸν λαβεῖν τραύματα. λέγει τε δὴ εἰκότα, καὶ οὕτως ἐσκληθέντος τοῦ παγκρατίου κρατηθεὶς ὑπὸ τοῦ Κάπρου ὅμως ἐχρήσατο ἐς τοὺς πύκτας θυμῷ τ' ἐρρωμένῳ καὶ ἀκμῆτι τῷ σώματι.

Idem VI. xv. 10: παρὰ δ' αὐτὸν ἀνδριάντες δύο ἀνδρός εἰσιν Ἠλείου Κάπρου τοῦ Πυθαγόρου, πάλης τ' εἰληφότος καὶ παγκρατίου ςέφανον ἐφ' ἡμέρας τῆς αὐτῆς. πρώτῳ δὲ γεγόνασιν ἀνθρώπων αἱ δύο νῖκαι τῷ Κάπρῳ τούτῳ. τὸν μὲν δὴ ἐπὶ τοῦ παγκρατίου καταγωνισθέντα ὑπ' αὐτοῦ δεδήλωκεν ὁ λόγος ἤδη μοι· παλαίων δὲ κατέβαλεν Ἠλεῖον Παιάνιον Ὀλυμπιάδα πάλη τὴν προτέραν ἀνῃρημένον.

Idem loco laudando ad Olymp. CLXXVIII p. 81 nota 2.

Suidas loco laudato Pausaniam sequitur.

Lucianus *Ver. Histor.* II. 22 de ludis orcinis: πάλην μὲν ἐνίκησε Κάπρος ὁ ἀφ' Ἡρακλέους ..... παγκρατίου δ' ἆθλα οὐ τίθεται παρ' αὐτοῖς.

3 Cf. ad Olymp. CXLI p. 72 nota 3 et ad Olymp. CXLII p. 73 nota 2.

Quum semel tantum pugilatu Olympiae vicerit Clitomachus, huc pertinent ea quae narrat Polybius XXVII. VII *b*. 1 sqq.: ἐκείνου (Κλειτομάχου) ἀνυποςάτου δοκοῦντος εἶναι κατὰ τὴν ἄθλησιν, καὶ τῆς αὐτοῦ δόξης ἐπιπολαζούσης κατὰ πᾶσαν τὴν οἰκουμένην, Πτολεμαῖόν φασι τὸν βασιλέα φιλοδοξήσαντα πρὸς τὸ καταλῦσαι τὴν δόξαν αὐτοῦ, παρασκευάσαντα μετὰ πολλῆς φιλοτιμίας Ἀριςόνικον τὸν πύκτην

ol. CXLIII
a. C. 208

ρμγ´

Ἡράκλειτος Σάμιος ϛάδιον.

ol. CXLIV
a. C. 204

ρμδ´

Ἡρακλείδης Σαλαμίνιος ἐκ Κύπρου ϛάδιον.

ol. CXLV
a. C. 200

ρμε´

Πυρρίας Αἰτωλὸς ϛάδιον.

Παίδων πυγμὴν Μόσχος Κολοφώνιος · μόνος παιδικὴν περίοδον.

Προσετέθη παίδων παγκράτιον καὶ ἐνίκα Φαίδιμος Ἀλεξανδρεὺς ἐκ Τρῳάδος [1] (Ναυκρατίτης [2]).

Armen. Videtur ἐνίκα α´ in ἐνίκα abiisse. *ἐκ Κύπρου*] Sic int. Armen. Cod. Paris. haec verba omittit. *Μόσχος*] Sic cod. Paris. Int. Armen. Torchos. *παιδικήν*] Hanc Scaligeri emendationem confirmat int. Armen., qui teste Auchero:

ἐξαποϛεῖλαι, δοκοῦντα φύσιν ἔχειν ὑπερέχουσαν ἐπὶ ταύτην τὴν χρείαν · παραγενομένου δ᾿ εἰς τὴν Ἑλλάδα τοῦ προειρημένου καὶ συγκαταξάντος Ὀλυμπίασι πρὸς τὸν Κλειτόμαχον, ἐξ αὐτῆς, ὡς ἔοικεν, ἀπένευσαν πολλοὶ πρὸς τὸν Ἀριϛόνικον καὶ παρεκάλουν, χαίροντες ἐπὶ τῷ βλέπειν τετολμηκότα τινὰ συγκαταϛῆναι πρὸς τὸν Κλειτόμαχον · ὡς δέ γε προβαίνων ἐφάμιλλος ἐφαίνετο κατὰ τὸν ἀγῶνα, καί που καὶ τραῦμα καίριον ἐποίησε, κρότος ἐγίνετο, καὶ συνεξέπιπτον οἱ πολλοὶ ταῖς ὁρμαῖς, θαρρεῖν παρακαλοῦντες τὸν Ἀριϛόνικον. ἐν ᾧ καιρῷ φασι τὸν Κλειτόμαχον ἀποϛάντα καὶ διαπνεύσαντα βραχὺν χρόνον, ἐπιϛρέψαντα πρὸς τὰ πλήθη πυνθάνεσθαι, τί βουλόμενοι παρακαλοῦσι τὸν Ἀριϛόνικον, καὶ συναγωνίζονται ἐκείνῳ καθόσον εἰσὶ δυνατοί; πότερον οὐ συνοίδασιν αὐτῷ ποιοῦντι τὰ δίκαια κατὰ τὴν ἄθλησιν, ἢ τοῦτο ἀγνοοῦσι, διότι Κλειτόμαχος μὲν

ἀγωνίζεται νῦν ὑπὲρ τῆς τῶν Ἑλλήνων δόξης, Ἀριϛόνικος δὲ περὶ τῆς Πτολεμαίου βασιλέως; πότερον ἂν οὖν βούληθεῖεν τὸν Ὀλυμπίασι ϛέφανον Αἰγύπτιον ἀποφέρειν ἄνθρωπον νικήσαντα τοὺς Ἕλληνας, ἢ Θηβαῖον καὶ Βοιώτιον κηρύττεσθαι νικῶντα τῇ πυγμῇ τοὺς ἄνδρας; ταῦτα δ᾿ εἰπόντος τοῦ Κλειτομάχου, τηλικαύτην φασὶ γενέσθαι τὴν μετάπτωσιν τῶν πολλῶν, ὥϛε πάλιν ἐκ μεταβολῆς μᾶλλον ὑπὸ τοῦ πλήθους, ἢ τοῦ Κλειτομάχου, καταγωνισθῆναι τὸν Ἀριϛόνικον.

[1] Pausanias V. VIII. 11: πέμπτῃ δ᾿ ἐπὶ ταῖς τεσσαράκοντα καὶ ἑκατὸν ἆθλα ἐτέθη παγκράτιον παισί, καὶ ἐνίκα Φαίδιμος Αἰολεὺς ἐκ πόλεως Τρῳάδος. Pausanias igitur et Africanus se invicem supplent; Phaedimus erat Αἰολεὺς ἐκ τῆς Τρῳάδος Ἀλεξανδρείας.

[2] Philostratus de Gymnast. p. 24 Darembergii, 16 Mynae: ἑκατοϛῇ καὶ τεσσαρακοϛῇ καὶ πέμπτῃ Ὀλυμπιάδι

Μικίων Βοιώτιος ςάδιον. ρμς' ol. CXLVI a. C. 196

Ἀγέμαχος Κυζικηνὸς ςάδιον¹. ρμζ' ol. CXLVII a. C. 192

Πάλην Κλειτόςρατος Ῥόδιος, ὃς τραχηλίζων ἀπελάμβανεν².

Ἀκεσίλαος Μεγαλοπολίτης ςάδιον. ρμη' ol. CXLVIII a. C. 188

Ἱππόςρατος Σελευκεὺς ἐκ Πιερίας ςάδιον. ρμθ' ol. CXLIX a. C. 184

Ὀνησίκριτος Σαλαμίνιος ςάδιον. ρν' ol. CL a. C. 180

Θυμηλὸς Ἀσπένδιος ςάδιον. ρνα' ol. CLI a. C. 176

---

solus in puerorum pugna circulari vicit, teste Zohrabo: *solus puerilem periodum vicit*. Cod. Paris. παιδὶ τὴν, relicto inter utramque vocem spatio trium litterarum. Κλειτόςρατος] Sic cod. Paris. et int. Armen. Suidae codices Κλεόςρατος. Ἀκεσίλαος] Sic cod. Paris. Int. Armen. *Arkesilaos*. ἐκ Πιερίας] Sic int. Armen. Cod. Paris. haec verba omittit. Ὀνησίκριτος] Sic correctum in cod.

παγκρατιαςοῦ ἐπεγράφησαν (corrupta haec esse constat; pro ἐπεγράφησαν Cobetus coniecit ἀγῶνα ἔθεσαν et mox ἐννοήσαντες pro νοήσαντος), οὐκ οἶδ᾽ ἐξ ὅτου βραδέως αὐτὸν νοήσαντος εὐδοκιμοῦντα ἤδη παρ᾽ ἑτέροις· ὀψὲ γὰρ τῶν Ὀλυμπιάδων, Αἰγύπτου ἤδη ςεφανουμένης, ἤρξατο · κἀκείνη τε (l. γε) ἡ νίκη [καὶ] Αἰγυπτία ἐγένετο. Ναύκρατις οὖν ἀνερρήθη νικῶντος Αἰγυπτίου Φαιδίμου. Error aliquis in eo latere videtur quod

Aegyptium Phaedimum facit Philostratus: certe non ea est sophistae diligentia, ut Pausaniae et Africano, testibus longe locupletioribus, anteponatur.

¹ Pausanias VI. XIII. 7: Κυζικηνῷ δ᾽ Ἀγεμάχῳ τῶν ἐκ τῆς Ἀσιανῆς ἠπείρου γενέσθαι ἐν Ἄργει τὸ ἐπίγραμμα τὸ ἐπ᾽ αὐτῷ μηνύει. Locus lacunosus et misere corruptus.

² Suidas v. τραχηλίζων aut hunc ipsum locum descripsit, aut eundem quem Africanus.

| ol. CLII
a. C. 172 | ρνβ' |

Δαμόκριτος Μεγαρεὺς ςάδιον.

| ol. CLIII
a. C. 168 | ρνγ' |

Ἀρίςανδρος Λέσβιος ἐξ Ἀντίσσης ςάδιον.

| ol. CLIV
a. C. 164 | ρνδ' |

Λεωνίδας Ῥόδιος τριαςὴς ςάδιον, δίαυλον, ὁπλίτην [1].

| ol. CLV
a. C. 160 | ρνε' |

Ὁ αὐτὸς τὸ δεύτερον τὴν αὐτὴν τριττύν [2].

| ol. CLVI
a. C. 156 | ρνς' |

Ὁ αὐτὸς τὸ τρίτον τὴν αὐτὴν τριττύν [3].
Ἀριςομένης Ῥόδιος τρίτος ἀφ' Ἡρακλέους πάλην ὁμοῦ καὶ παγκράτιον [4].

| ol. CLVII
a. C. 152 | ρνζ' |

Λεωνίδας τὸ τέταρτον ςάδιον, δίαυλον, ὁπλίτην. Μόνος δὲ καὶ πρῶτος ἐπὶ τέσσαρας Ὀλυμπιάδας ςεφάνους Ὀλυμπιακοὺς ἔχει δώδεκα [5].

Paris. Prima manus *Ὀνησίκρατος*. Int. Armen. *Onesikratos*. *Δαμόκριτος*] Aut sic aut *Δαμοκράτης* legendum. Cod. Paris. *Δημόκριτος*. Int. Armen. *Dimokrates*. ἐξ *Ἀντίσσης*] Sic int. Armen. Cod. Paris. haec verba omittit. *Ἀριςομένης*] Sic Pausaniae codices. Int. Armen. *Aristosenes*. Cod. Paris. hanc

[1] Cf. Africanus Olymp. CLVII et testes ibi in nota laudati.
[2] Cf. Africanus Olymp. CLVII et testes ibi in nota laudati.
[3] Cf. Africanus Olymp. CLVII et testes ibi in nota laudati.
[4] Pausanias loco laudando ad Olymp. CLXXVIII p. 81 nota 2.
[5] Pausanias VI. XIII. 4: τὰ μέντοι ἐπιφανέςατα ἐς δρόμον Λεωνίδη Ῥοδίῳ ἐςὶν · ἐπὶ γὰρ τέσσαρας Ὀλυμπιάδας ἀκμάζων τε τῇ ὠκύτητι ἀντήρκεσε, καὶ γεγόνασιν αὐτῷ δρόμου νῖκαι δύο ἀριθμὸν καὶ δέκα.

Philostratus *de Gymnast*. p. 52 Darembergii, 32 Mynae: ὁπλίτου δὲ καὶ ςαδίου ἀγωνιςὴν καὶ διαύλου διακρίνει μὲν οὐδεὶς ἔτι ἐκ τῶν χρόνων οὓς Λεωνίδας ὁ Ῥόδιος ἐπ' Ὀλυμπιάδας τέταρας ἐνίκα τὴν τριττὺν ταύτην.

ρνή΄
"Ορθων Συρακόσιος ϛάδιον.   ol. CLVIII
                               a. C. 148

ρνθ΄
"Αλκιμος Κυζικηνὸς ϛάδιον.   ol. CLIX
                               a. C. 144

ρξ΄
Διόδωρος Κυζικηνὸς (Σικυώνιος ¹) ϛάδιον.   ol. CLX
                               a. C. 140

ρξα΄
Ἀντίπατρος Ἠπειρώτης ϛάδιον.   ol. CLXI
                               a. C. 136

ρξβ΄
Δάμων Δελφὸς ϛάδιον.   ol. CLXII
                               a. C. 132

---

vocem omittit.   *Διόδωρος*] Sic Pausaniae codices. Int. Armen. *Anodoros*. Cod.

¹ Pausanias VII. xvi. 10 de bello Romanorum cum foedere Achaico: ὁ δὲ πόλεμος ἔσχεν οὗτος τέλος Ἀντιθέου μὲν Ἀθήνησιν ἄρχοντος, Ὀλυμπιάδι δ᾽ ἑξηκοςῇ πρὸς ταῖς ἑκατόν, ἣν ἐνίκα Διόδωρος Σικυώνιος. At Corinthus capta est Olympiade CLVIII, 3, non CLX (Clinton, Fasti Hellenici, III p. 102 ed. 2ᵃᵉ), neque de stadionica convenit Pausaniae cum Africano. Fuit qui Pausaniae verba laudata de Mummii triumpho intelligenda putaret, sed Mummius triumphavit Olymp. CLVIII, 4 (Clinton, Fasti Hellenici, III p. 104 ed. 2ᵃᵉ); praeterea aliis verbis, si hoc voluisset, usus esset Pausanias. Si apud Pausaniam pro Olympiade CLX reposueris Olympiadis CLVIII annum tertium, vetabit Africanus qui ea Olympiade Ὄρθωνα Συρακόσιον victorem habet. Igitur alii Diodorum Sicyonium non stadio, sed alio quodam certamine, v. c. lucta, vicisse suspicati sunt; frustra, nam Pausanias in temporum definitione semper *stadio*nicam addit. Mihi Pausaniae humani quid accidisse videtur, quum Corinthi eversionem Olympiadi CLX adsignaret; stadionicarum diversitatem revera nullam esse puto. Nomen enim utrique idem est, postquam apud Africanum pro monstro Ἀνόδωκος reposuimus Διόδωρος, eo ducente interprete Armenio. Patria quoque erit eadem, si statueris apud Africanum male repetitum ex praecedenti Olympiade Κυζικηνὸς deturbasse veram lectionem Σικυώνιος. Non dissimilem hallucinationem vide Olympiade CXVIII, et plane similem Armenii interpretis Olympiade CLXXX.

ol. CLXIII
a. C. 128

ρξγ´

Τιμόθεος Τραλλιανός ςάδιον.

ol. CLXIV
a. C. 124

ρξδ´

Βοιωτὸς Σικυώνιος ςάδιον.

ol. CLXV
a. C. 120

ρξε´

Ἀκουσίλαος Κυρηναῖος ςάδιον.

ol. CLXVI
a. C. 116

ρξς´

Χρυσόγονος Νικαεὺς ςάδιον.

ol. CLXVII
a. C. 112

ρξζ´

Ὁ αὐτὸς τὸ δεύτερον.

ol. CLXVIII
a. C. 108

ρξη´

Νικόμαχος Φιλαδελφεὺς ςάδιον.

ol. CLXIX
a. C. 104

ρξθ´

Νικόδαμος Λακεδαιμόνιος ςάδιον.

ol. CLXX
a. C. 100

ρο´

Σιμμίας Σελευκεὺς ἀπὸ Τίγριος ςάδιον.

ol. CLXXI
a. C. 96

ροα´

Παρμενίσκος Κερκυραῖος ςάδιον.

ol. CLXXII
a. C. 92

ροβ´

Εὔδαμος Κῷος ςάδιον.

Πρωτοφάνης Μάγνης ἀπὸ Μαιάνδρου πάλην καὶ παγκράτιον τέταρτος ἀφ᾽ Ἡρακλέους [1].

Paris. *Ἀνάδωκος. Νικόδαμος*] Cod. Paris. et int. Armen. *Νικόδημος.* ἀπὸ *Μαιάνδρου*] Sic legit int. Armen., qui vertit *Magnesius ex Menandro.* Cod.

[1] Pausanias loco laudando ad Olymp. *Ληθαίῳ Πρωτοφάνης τῶν ἀςῶν* (?) *ἀνεί-* CLXXVIII p. 81 nota 2. *λετο ἐν Ὀλυμπίᾳ νίκας ἡμέρᾳ μιᾷ παγ-* Idem I. XXXV. 6: *Μάγνησι τοῖς ἐπὶ κρατίου παὶ πάλης.*

ρογ'
Παρμενίσκος Κερκυραίος τὸ δεύτερον ςάδιον.   ol. CLXXIII a. C. 88

ροδ'
Δαμόςρατος Λαρισαίος ςάδιον.   ol. CLXXIV a. C. 84

ροε''
Στάδιον παίδων Ἐπαίνετος Ἀργεῖος.   ol. CLXXV a. C. 80
Ἄνδρες γὰρ οὐκ ἠγωνίσαντο, Σύλλα πάντας εἰς Ῥώμην μεταπεμψαμένου¹.

ρος'
Δίων Κυπαρισσιεὺς ςάδιον.   ol. CLXXVI a. C. 76

ροζ'
Ἑκατόμνως Ἠλεῖος (Μιλήσιος) ςάδιον, δίαυλον, ὁπλίτην ².   ol. CLXXVII a. C. 72

Paris. haec verba omittit. *ροδ' Δαμόςρατος Λαρισαίος ςάδιον*] Sic int. Armen., nisi quod in suo exemplari legit *Δημόςρατος Λαρισσαῖος*. In Cod. Paris. Olympiadem CLXXIII sequitur Olympias CLXXV sine ullo lacunae indicio. *Ἑκατόμνως*] Sic cod. Paris. Idem Photio pro vulgato *Ἑκάτομνος* ex Marciano restituit Bekkerus. Apud alios quoque (Isocratem in Panegyr. p. 74 Stephani, Diodorum XIV. 98, Arrianum I. xxIII. 7) pro *Ἑκάτομνος* ex melioribus codicibus repositum est *Ἑκατόμνως*, quam genuinam nominis formam esse fidem facit Inscriptio Caria in Boeckhii Corp. Inscript. n. 2691 Tom. II p. 463.

¹ Appianus de *Bell. Civil.* I. 99: *Ὀλυμπιάδων οὐσῶν ἐν Ἕλλησιν ἑκατὸν ἑβδομήκοντα πέντε καὶ οὐδενὸς ἐν Ὀλυμπίᾳ τότε ἀγωνίσματος πλὴν ςαδίου δρόμου γινομένου· τοὺς γὰρ ἀθλητὰς καὶ τὰ ἄλλα θεάματα πάντα ὁ Σύλλας ἐς Ῥώμην μετεκέκλητο ἐπὶ δόξῃ τῶν Μιθριδατείων ἔργων ἢ τῶν Ἰταλικῶν.* Minus accurate Appianus *πλὴν ςαδίου δρόμου*; debebat *πλὴν παίδων ςαδίου*.

² Phlegon Trallianus apud Photium cod. XCVII p. 83 Bekkeri: *Ἀνεγνώσθη Φλέγοντος Τραλλιανοῦ, ἀπελευθέρου τοῦ αὐτοκράτορος Ἀδριανοῦ, Ὀλυμπιονικῶν καὶ χρονικῶν συναγωγή .... ἐμοὶ δ' ἀνεγνώσθη μέχρι τῆς ροζ' Ὀλυμπιάδος, ἐν ᾗ ἐνίκα Ἑκατόμνως Μιλήσιος ςάδιον καὶ δίαυλον καὶ ὁπλίτην, τρίς, Ὑψικλῆς Σικυώνιος δόλιχον, Γάϊος Ῥωμαῖος δόλιχον, Ἀριστωνυμίδας Κῶος πένταθλον, Ἰσίδωρος*

Ὑψικλῆς Σικυώνιος (Γάϊος Ῥωμαῖος) δόλιχον¹.
Ἰσίδωρος Ἀλεξανδρεὺς πάλην².
Ἀριςωνυμίδας Κῷος πένταθλον².
Ἀτυάνας Ἱπποκράτους Ἀδραμυττηνὸς πυγμήν³.
Σφοδρίας Σικυώνιος παγκράτιον⁴.
Σωσιγένης Ἀσιανὸς ςάδιον παίδων⁵.
Ἀπολλοφάνης Κυπαρισσιεὺς πάλην παίδων⁶.
Σωτήριχος Ἠλεῖος πυγμὴν παίδων⁶.
Κάλας Ἠλεῖος παγκράτιον παίδων⁶.
Ἀριςόλοχος Ἠλεῖος τέθριππον⁶.
Ἀγήμονος Ἠλείου κέλης⁶.
Ἑλλανίκου Ἠλείου συνωρίς⁶.
Τοῦ αὐτοῦ τέθριππον πωλικόν⁶.
Κλητία Ἠλείου πωλικὴ συνωρίς⁶.

Ἀλεξανδρεὺς πάλην ἄπτωτος περίοδον, Ἀτυάνας Ἱπποκράτους Ἀδραμυτίου παῖς πύξ, Σφοδρίας Σικυώνιος παγκράτιον, Σωσιγένης Ἀσιανὸς παίδων ςάδιον, Ἀπολλοφάνης Κυπαρισσιεὺς παίδων πάλην, Σωτήριχος Ἠλεῖος παίδων πύξ, Κάλας Ἠλεῖος παίδων παγκράτιον, Ἑκατόμνως Μιλήσιος ὁπλίτην (οὗτος ἐν τῇ αὐτῇ τὰ τρία ἐςεφανώθη, ςάδιον, δίαυλον, ὁπλίτην), Ἀριςόλοχος [ὁ] Ἠλεῖος τέθριππον, Ἀγήμονος Ἠλείου κέλης, Ἑλλανίκου Ἠλείου συνωρίς, τοῦ αὐτοῦ πωλικὸν τέθριππον, Κλητία Ἠλείου πωλικὴ συνωρίς, Καλλίππου Πηλίου πωλικὸς κέλης.

In his suspecta mihi sunt verba καὶ ὁπλίτην, τρίς. Pro περίοδον Boeckhius coniecit περιοδονίκης, sed nihil opus; pendent hi accusativi omnes a verbo ἐνίκα. Corrupta porro videntur verba Ἀδραμυτίου παῖς, in quibus et adiectum παῖς offendit, quod in talibus omitti solet, et nomen gentile patris nomini accommodatum.

1 Phlegon Trallianus loco laudato. Quod duo ibi commemorantur dolicho victores, id quomodo explicandum sit aut emendandum, non video. Coniectura utrumque coronatum esse, quod eodem temporis puncto metam attigerint, omni analogia caret. Alii de puerorum dolicho cogitarunt aut de δολίχῳ ἱππίῳ, verum neutrum certamen Olympiae in usu fuit.

2 Phlegon Trallianus loco laudato.

3 Phlegon Trallianus loco laudato.

Cicero pro Flacco XIII. 31: *Quid? si etiam occisus est a piratis Adramytenus homo nobilis, cuius est fere nobis omnibus nomen auditum, Atyanas pugil, Olympionices?*

4 Phlegon Trallianus loco laudato.

5 Phlegon Trallianus loco laudato.

Fuit qui pro Ἀσιανός requireret nomen gentile ex *urbis* nomine natum. Subvenit Stephanus Byzantinus: Ἀσία: πόλις Λυδίας παρὰ τῷ Τμώλῳ.

6 Phlegon Trallianus loco laudato.

Καλλίππου Πηλίου πωλικός κέλης [1].

Διοκλῆς Ὑπαιπηνός ςάδιον.

ροη'

Στράτων Κορράγου Ἀλεξανδρεὺς πάλην καὶ παγκράτιον πέμπτος ἀφ' Ἡρακλέους [2], ὅς Νεμέᾳ τῇ αὐτῇ

Πηλίου] Nomen corruptum. Meierus coniecit *Ἠλεῖον*, sed potius nomen minus solitum latere videtur, v. c. *Τηλίον*. Stephanus Byzantinus: *Τῆλος: νῆσος τῶν Κυκλάδων μία ..... τὸ ἐθνικὸν Τήλιος. Στράτων*] Sic Pausaniae et Aeliani codices et alio loco (p. 154 Crameri) codex Paris. Hoc loco cod. Paris. et int. Armen. *Στρατόνικος*. Suspiceris *Στρατόνικος* athletae nomen fuisse, a familiaribus in *Στράτων* decurtatum; sed *Στράτων* legebatur in ipsis Eleorum monumentis. *Κορράγου*] Sic Aeliani codices et alio loco (p. 154 Crameri) cod. Paris.

[1] Phlegon Trallianus loco laudato.

[2] Pausanias V. xxi. 9: τούτῳ τῷ λόγῳ (cf. sequens nota) διάφορα ὄντα εὕρισκον τὰ Ἠλείων ἐς τοὺς Ὀλυμπιονίκας γράμματα· ἔςι γὰρ δὴ ἐν τοῖς γράμμασι τούτοις Στράτωνα Ἀλεξανδρέα Ὀλυμπιάδι ὀγδόη μετὰ τὰς ἑβδομήκοντα καὶ ἑκατὸν ἐφ' ἡμέρας ἀνελέσθαι τῆς αὐτῆς παγκρατίου καὶ πάλης νίκην. Στράτωνος δὲ τούτου τρεῖς μὲν ἡλικίᾳ πρότερον, τοσοῦτοι δ' ἄλλοι μετ' αὐτόν εἰσι δῆλοι τὸν κότινον παγκρατίου τ' ἆθλα εἰληφότες καὶ πάλης· καὶ πρῶτος μὲν ἐξ αὐτῆς Ἤλιδος Κάπρος (Olymp. CXLII), Ἑλλήνων δὲ τῶν πέραν Αἰγαίου Ῥόδιός τ' Ἀριςομένης (Olymp. CLVI) καὶ Μαγνήτων τῶν ἐπὶ Ληθαίῳ Πρωτοφάνης (Olymp. CLXXII). Οἱ δ' ὕστερον τοῦ Στράτωνος Μαρίων τε πόλεως ἐκείνῳ τῆς αὐτῆς (Olymp. CLXXXII) καὶ Στρατονικεὺς Ἀριςέας (Olymp. CXCVIII)· τὰ δὲ παλαιότερα ἥ τε χώρα καὶ ἡ πόλις ἐκαλεῖτο Χρυσαορίς· ἕβδομος δὲ Νικόςρατος ἐκ τῶν ἐπὶ θαλάσσῃ Κιλίκων (Olymp. CCIV), οὐδὲν τοῖς Κίλιξιν αὐτοῦ μετὸν εἰ μὴ ὅσα τῷ λόγῳ.

τοῦτον τὸν Νικόςρατον νήπιον παῖδα ἔτι ἐκ Πρυμνησοῦ λῃςαὶ τῆς Φρυγῶν ἥρπασαν, οἰκίας ὄντα οὐκ ἀφανοῦς, κομισθέντα δ' αὐτὸν ἐς Αἰγίας ὠνήσατο ὅςις δή ..... Νικοςράτῳ μὲν δή, ὡς ηὐξήθη, καὶ ἄλλαι νῖκαι καὶ Ὀλυμπίασιν ἐγένοντο παγκρατίου καὶ πάλης.

Idem VII. xxiii. 5: ςοὰ δὲ τῆς πόλεως (Αἰγίου) πλησίον ἐποιήθη Στράτωνι ἀθλητῇ, Ὀλυμπίασιν ἐφ' ἡμέρας τῆς αὐτῆς παγκρατίου καὶ πάλης ἀνελομένῳ νίκας. Videtur igitur Strato Aegii habitasse.

Aelianus *Var. Hist.* IV. 15: καὶ Στράτων δ' ὁ Κορράγου εἰς δέον ἔοικε νοσῆσαι. εὖ γὰρ γένους ἥκων, εὖ δὲ καὶ πλούτου, οὐκ ἐγυμνάζετο· καμὼν δὲ τὴν σπλῆνα καὶ θεραπείας δεηθεὶς τῆς ἐκ τῶν γυμνασίων, τὰ μὲν πρῶτα ὅσον ἐς τὸ ὑμᾶναι ἐχρῆτο αὐτοῖς· χωρῶν δ' ἐς τὸ πρόσω τῆς τέχνης καὶ ἐν ἔργῳ τιθέμενος αὐτήν, Ὀλυμπίασι μὲν ἐνίκησεν ἡμέρᾳ μιᾷ πάλην καὶ παγκράτιον καὶ τῇ ἑξῆς Ὀλυμπιάδι καὶ ἐν Νεμέᾳ δὲ καὶ Πυθοῖ καὶ Ἰσθμοῖ.

Eclogarius Parisinus p. 154 Crameri in Anecd. Graec. Paris. vol. II:

τῇ αὐτῇ ἡμέρᾳ παίδων καὶ ἀγενείων τέσσαρας ςεφάνους
ἔσχεν * *
(Φιλόςρατος Ῥόδιος πάλην, χρήματι πείσας τὸν ἀντχγωνιςήν[1].)

ol. CLXXIX
a. C. 64

ροϑ´
Ἀνδρέας Λακεδαιμόνιος ςάδιον.

Hoc loco cod. Paris. Κοράγον, int. Armen. Oroagi. ςεφάνους ἔσχετ] Post haec verba int. Armen. quaedam addit; teste Auchero: *gymnicis peractis certaminibus sine equitatione; idque per gratias accidit, sive ad amicos, sive ad reges scribere; unde neque usum (vel equitationem) fieri arbitrati sunt;* teste Zohrabo: *et gymnica certamina sine equo peragens, gratia amicorum vel regum adsecutus est ut in album referretur: quare nec egisse (Olympiadem) putabatur.* Quid in his latere possit, frustra quaesivi. In cod. Paris. nullum est lacunae indicium.

Στράτων δ' ὁ Κορράγου Ὀλυμπίασιν ἐνίκησε πάλην ὁμοῦ καὶ παγκράτιον καὶ τῇ ἑξῆς Ὀλυμπιάδι ὁμοίως καὶ ἐν Νεμέᾳ δὲ καὶ Πυθοῖ καὶ Ἰσθμοῖ. Quae, ut vides, aut ex Aeliano descripta sunt, aut ex eodem scriptore unde sua habet Aelianus.

Suspectum mihi est quod hi duumviri asseverant de Stratonis victoria Olympiade sequenti reportata. Pausaniam enim, si quidquam de ea in fastis relatum vidisset, quos de Stratone consuluisse se affirmat loco laudato, additurum fuisse credo. Non liquet quo certamine alteram illam victoriam reportarit; certe non bis Herculeam palmam consecutus est.

Suspicantur nonnulli Stratonem nostrum non diversum esse a M. Aurelio Stratone paradoxo, quem commemorat *Inscriptio Attica* in Boeckhii Corp. Inscr. n. 632 Tom. I p. 500. At praeterquam quod Atheniensis ille, hic Alexandrinus erat, alia *Attica Inscriptio* ibid. n. 249 Tom. I p. 363 docet illum Menesthei filium fuisse, quum noster Corrhagi filius fuit.

[1] Pausanias V. XXI. 8: τῶν δὲ κατειλεγμένων τὰ ἐφεξῆς ἀγάλματα δύο

μέν ἐςιν ἀριθμόν, ἀνετέθη δ' ἐπιτεθείσης παλαιςαῖς ἀνδράσι ζημίας· οἵτινες δ' ἐκαλοῦντο, ἐμέ γ' ἢ τοὺς Ἠλείων λέληθεν ἐξηγητάς (verba οἵτινες — ἐξηγητάς et sequens γάρ Schubarto non sine causa suspecta sunt). ἐπιγράμματα μὲν γὰρ καὶ ἐπὶ τούτοις τοῖς ἀγάλμασιν ἔπεςι, λέγει δὲ τὸ μὲν πρῶτον αὐτῶν ὡς τῷ Ὀλυμπίῳ Διὶ Ῥόδιοι χρήματα ὑπὲρ ἀνδρὸς ἀδικίας ἐκτίσαιεν παλαιςοῦ, τὸ δ' ἕτερον ὡς ἀνδρῶν ἐπὶ δώροις παλαισάντων ἀπὸ τῶν ἐπιβληθέντων χρημάτων αὐτοῖς γένοιτο τὸ ἄγαλμα. τὰ δ' ἐπίλοιπα ἐς τοὺς ἀθλητὰς τούτους οἱ ἐξηγηταὶ λέγουσιν οἱ Ἠλείων ὀγδόην μὲν ἐπὶ ταῖς ἑβδομήκοντα καὶ ἑκατὸν Ὀλυμπιάδα εἶναι, λαβεῖν δ' Εὔδηλον παρὰ Φιλοςράτου χρήματα, τοῦτον δ' εἶναι τὸν Φιλόςρατον Ῥόδιον. Sequuntur verba laudata p. 81 nota 2 (τούτῳ τῷ λόγῳ cet.)

Fortasse in Olympiadis numero errarunt exegetae. Fieri quoque potest ut revera nulla pugna fuerit inter illorum traditionem et monumenta scripta, si nimirum Philostratus et Eudelus non de ipsa palma (ὑπὲρ αὐτῆς τῆς νίκης, Pausanias V. XXI. 15; ἐπὶ τῷ ςεφάνῳ, ibid. 16) decertarunt.

Στράτων Κορράγου Ἀλεξανδρεύς .... ¹.

ρπ' ol. CLXXX a. C. 60
Ἀνδρόμαχος Ἀμβρακιώτης ϛάδιον.

ρπα' ol. CLXXXI a. C. 56
Λάμαχος Ταυρομενίτης ϛάδιον.

ρπβ' ol. CLXXXII a. C. 52
Ἀνθεϛίων Ἀργεῖος ϛάδιον.

Μαρίων Μαρίωνος Ἀλεξανδρεὺς πάλην καὶ παγκράτιον ἕκτος ἀφ' Ἡρακλέους ².

ρπγ' ol. CLXXXIII a. C. 48
Θεόδωρος Μεσσήνιος ϛάδιον.
Ἰούλιος Καῖσαρ ἐμονάρχησε Ῥωμαίων.

ρπδ' ol. CLXXXIV a. C. 44
Ὁ αὐτὸς τὸ δεύτερον.
Αὔγουϛος Ῥωμαίων ἐβασίλευεν.

ρπε' ol. CLXXXV a. C. 40
Ἀρίϛων Θούριος ϛάδιον.

ρπϛ' ol. CLXXXVI a. C. 36
Σκάμανδρος Ἀλεξανδρεὺς τῆς Τρωάδος ϛάδιον.

ρπζ' ol. CLXXXVII a. C. 32
Ἀρίϛων Θούριος τὸ δεύτερον.

Ἀμβρακιώτης] Cod. Paris. Ἀμφρακιώτης. Int. Armen. Lacedaemonius, oculis ad superiorem Olympiadem aberrantibus. τῆς Τρωάδος] Sic int. Armen. Cod. Paris. haec verba omittit. τὸ δεύτερον] Sic int. Armen. Cod. Paris. Ἀρίϛων

¹ Aelianus et Eclogarius Parisinus ll. ll. ad Olymp. CLXXVIII p. 81 nota 2. ² Pausanias loco laudato ad Olymp. CLXXVIII p. 81 nota 2.

84

ol. CLXXXVIII
a. C. 28

ρπη'

Σώπατρος Ἀργεῖος ϛάδιον.

ol. CLXXXIX
a. C. 24

ρκθ'

Ἀσκληπιάδης Σιδώνιος ϛάδιον.

ol. CXC
a. C. 20

ρϟ'

Αὐφίδιος Πατρεὺς ϛάδιον.

ol. CXCI
a. C. 16

ρϟα'

Διόδοτος Τυανεὺς ϛάδιον.

ol. CXCII
a. C. 12

ρϟβ'

Διοφάνης Αἰολεὺς ϛάδιον.

Πολύκτωρ Δαμονίκου Ἠλεῖος πάλην παίδων, χρήμασι πείσαντος τοῦ Δαμονίκου τὸν ἀνταγωνιϛήν [1].

ol. CXCIII
a. C. 8

ρϟγ'

Ἀρτεμίδωρος Θυατείριος ϛάδιον.

ol. CXCIV
a. C. 4

ρϟδ'

Δημάρητος Ἐφέσιος ϛάδιον.

Θούριος ϛάδιον, quasi haec prima eius victoria fuerit. Σιδώνιος] Sic cod. Paris. Int. Armen. Sikonios (forte in suo codice Σικυώνιος legit). Δημάρητος] Cod.

[1] Pausanias V. XXI. 16: θαῦμα μὲν δὴ καὶ ἄλλους ἐν οὐδενὸς λόγῳ τὸν θεὸν θέσθαι τὸν ἐν Ὀλυμπίᾳ καὶ δέξασθαί τινα ἢ δοῦναι δῶρα ἐπὶ τῷ ἀγῶνι· μείζονος δ' ἔτι θαύματος, εἴ γε καὶ αὐτῶν ἐτόλμησεν ἤδη τις Ἡλείων. λέγεται δ' ὡς Δαμόνικος τολμήσειεν Ἠλεῖος δευτέρᾳ πρὸς ταῖς ἑκατὸν καὶ ἐνενήκοντα Ὀλυμπιάδι· συνεϛηκέναι μὲν γὰρ παλαίοντας ἐπὶ τῷ ϛεφάνῳ τόν τε τοῦ Δαμονίκου παῖδα Πολύκτορα καὶ Σώσανδρον, γένος Σμυρναῖον, ὁμώνυμον τῷ πατρί· Δαμόνικον δ', ἅτε περισσῶς ἐπιθυμοῦντα γενέσθαι τῷ παιδὶ τὴν νίκην, δοῦναι τοῦ Σωσάνδρου τῷ παιδὶ (l. πατρί?) χρήματα. ὡς δ' ἐγεγόνει τὰ πραχθέντα ἔκπυϛα, ἐπιβάλλουσιν οἱ Ἑλλανοδίκαι ζημίαν· ἐπιβάλλουσι δ' οὐ τοῖς παισίν, ἀλλ' ἐς τοὺς πατέρας ἔτρεψαν τὴν ὀργήν· οὗτοι γὰρ δὴ καὶ ἠδίκουν.

Ὁ αὐτὸς τὸ δεύτερον.   ρϟε'   ol. CXCV
p. C. 1

Παμμένης Μάγνης ἀπὸ Μαιάνδρου ϛάδιον.   ρϟϛ'   ol. CXCVI
p. C. 5

Ἀσιατικὸς Ἁλικαρνασεὺς ϛάδιον.   ρϟζ'   ol. CCXVII
p. C. 9

Διοφάνης Προυσαεὺς ἀπ' Ὀλύμπου [1] ϛάδιον.   ρϟη'   ol. CXCVIII
p. C. 13
Ἀριϛέας Στρατονικεὺς ἢ Μαιάνδριος πάλην καὶ παγκράτιον ἕβδομος ἀφ' Ἡρακλέους [2].
Τιβέριος Ῥωμαίων ἐβασίλευεν.

Αἰσχίνης Μιλήσιος ὁ Γλαυκίας ϛάδιον.   ρϟϑ'   ol. CXCIX
p. C. 17

Paris. *Δημάρατος*. Int. Armen. *Dimatros*. ἀπ' Ὀλύμπου] Sic int. Armen. Cod. Paris. haec verba omittit. Μαιάνδριος] Sic Scaliger. Cod. Paris. *Μίανδρος*. Int. Armen. *Maeandros*. Στρατονικεὺς ἢ Μαιάνδριος dictum videtur ut Olymp. CXVIII Ἀθηναῖος ἢ Μιλήσιος. Stephanus Byzantinus: Μαιάνδρου πόλις: Μαγνησίας πόλις, ὡς Φλέγων ἐν Ὀλυμπιάσι. τὸ ἐθνικὸν Μαιανδροπολίτης· εἰ δ' ἐςὶ Μαίανδρος ἡ πόλις, τὸ ἐθνικὸν Μαιάνδριος. Γλαυκίας] Scheibel coniecit Γλαυκιᾶς, quo titulo honoratum putat Aeschinem, tamquam qui

[1] Duae erant in occidente Bithyniae urbes, quarum alteri Προυσιάς nomen (τὸ ἐθνικὸν Προυσιεύς), alteri Προῦσα (τὸ ἐθνικὸν Προυσαεύς). ὑπέρκειται δὲ τῆς Προυσιάδος ὄρος, ὃ καλοῦσιν Ἀργανθώνιον, ... Προῦσα δ' ἐπὶ τῷ Ὀλύμπῳ ἵδρυται τῷ Μυσίῳ. Strabo XII. IV. 3 p. 564 Casauboni. Stephanus Byzantinus in voce. Praeterea tertium erat in Bithynia oppidulum, cui nomen Προῦσα ἐφ' Ὑπίῳ (τὸ ἐθνικὸν Προυσαεὺς ἀφ' Ὑπίου). Turbata haec sunt apud Papium, Wörterbuch der Griech. Eigennamen (1850).

[2] Pausanias laudatus ad Olymp. CLXXVIII p. 81 nota 2.

Ἀνενεώθη τῶν ἵππων ὁ δρόμος πάλαι κωλυθεὶς[1] καὶ ἐνίκα Τιβερίου Καίσαρος τέθριππον.

ol. CC
p. C. 21

σ'

Πολέμων Πετραῖος ςάδιον.

ol. CCI
p. C. 25

σα'

Δαμασίας Κυδωνιάτης ςάδιον.

ol. CCII
p. C. 29

σβ'

Ἑρμογένης Περγαμηνὸς ςάδιον.

ol. CCIII
p. C. 33

σγ'

Ἀπολλώνιος Ἐπιδαύριος ςάδιον.

ol. CCIV
p. C. 37

σδ'

Σαραπίων Ἀλεξανδρεὺς ςάδιον.

Νικόςρατος Ἰσιδότου Αἰγεάτης πάλην καὶ παγκράτιον ὄγδοος ἀφ' Ἡρακλέους[2], μεθ' ὃν μέχρι ἡμῶν οὐδεὶς

---

ardentibus oculis inter currendum circumspexerit. *Ἀνενεώθη*] Sic legendum videtur. Cod. Paris. *ἀπεδόθη*. Int. Armen. teste Auchero *instauratur*, teste Zohrabo *instauratus est*. *Δαμασίας*] Sic cod. Paris. Int. Armen. *Damas*. *Νικόςρατος*] Sic Pausanias, Lucianus, Quintilianus et dialogus de oratoribus. Cod. Paris. ςρατος (sine accentu) praemisso spatio vacuo quatuor litterarum. Int. Armen. *Nicostratis*. *Αἰγεάτης*] Sic Pausanias. Cod. Paris. et int. Armen. *Ἀργεάτης*. μεθ' ὃν — *Ἡρακλέους*] Sic legisse videtur int. Armen., qui teste Auchero: *post quem nemo ulterius extitit ab Hercule usque ad nos*, teste Zohrabo: *exin nemo eiusmodi ab Hercule ad nostra usque tempora extitit.* Cod.

[1] Non traditur quando equorum cursus fuerit abolitus; certe post Olymp. CLXXVII. Suspicio mihi venit in mentem huius rei mentionem factam esse Olymp. CLXXVIII; sed quid ibi scripserit Africanus, is demum docebit, qui et Graece et Armeniace doctus Armeniaca primum emendabit, deinde interpretabitur, nam quod Aucher et Zohrab fecerunt, id non est interpretari.
Postea iterum cursus equorum intermissus fuit; cf. Olymp. CCXXII.

[2] Pausanias loco laudato ad Olymp. CLXXVIII p. 81 nota 2.

ἐγένετο ἀφ' Ἡρακλέους ἔτι, παραβραβευόντων τῶν
Ἠλείων τοὺς δυναμένους¹.

Γάϊος Ῥωμαίων ἐβασίλευεν.

σε´
Εὐβουλίδας Λαοδικεὺς ϛάδιον.   ol. CCV p. C. 41
Κλαύδιος Ῥωμαίων ἐβασίλευεν.

σϛ´
Οὐαλέριος Μυτιληναῖος ϛάδιον.   ol. CCVI p. C. 45

σζ´
Ἀθηνόδωρος Αἰγιεὺς ϛάδιον.   ol. CCVII p. C. 49

ση´
Ὁ αὐτὸς τὸ δεύτερον.   ol. CCVIII p. C. 53
Νέρων Ῥωμαίων ἐβασίλευεν.

σθ´
Καλλικλῆς Σιδώνιος ϛάδιον.   ol. CCIX p. C. 57

Paris. haec verba omittit; videntur scribae oculi a priori ἀφ' Ἡρακλέους aberrasse ad posterius ἀφ' Ἡρακλέους. τῶν Ἠλείων] Cod. Paris. articulum omittit. Γάϊος Ῥωμαίων ἐβασίλευεν] Sic int. Armen. Cod. Paris. haec verba omittit.

Lucianus *quomodo sit hist. conscrib.* 9: οὐδὲν κωλύσει ἀφ' Ἡρακλέους γενέσθαι Νικόϛρατον τὸν Ἰσιδότου, γενναδαν ὄντα καὶ τῶν ἀνταγωνιϛῶν ἑκατέρων ἀλκιμώτερον, εἰ αὐτὸς μὲν ἀῢσχιϛος ὀφθῆναι εἴη τὴν ὄψιν, Ἀλκαῖος δ' ὁ καλὸς ὁ Μιλήσιος ἀνταγωνίζοιτο αὐτῷ, καὶ ἐρώμενος, ὥς φασι, τοῦ Νικοϛράτου ὤν. In his ὀφθῆναι lectoris interpretamentum videtur.

Dialogus de Oratoribus X: *si in Graecia natus esses ..... ac tibi Nicostrati robur ac vires di dedissent, non paterer immanes illos et ad pugnam natos lacertos levitate iaculi aut iactu disci vanescere.*

Quintilianus *Instit. Orator.* II. VIII. 14: *At si fuerit qui docebitur, ille, quem adolescentes senem vidimus, Nicostratus, omnibus in eo docendi partibus similiter utetur: efficietque illum, qualis hic fuit, luctando pugnandoque (quorum utroque certamine iisdem diebus coronabatur) invictum.*

¹ Cf. Olymp. CCXXXII et CCL.

ol. CCX
p. C. 61

σι'

Ἀθηνόδωρος Αἰγιεὺς ϛάδιον.

ol. CCXI
p. C. 65

σια'

Οὐκ ἤχθη, Νέρωνος ἀναβαλλομένου εἰς τὴν αὐτοῦ ἐπιδημίαν¹.

ol. CCXI, 3
p. C. 67

Μετὰ δ' ἔτη δύο ἀχθείσης αὐτῆς ϛάδιον μὲν Τρύφων Φιλαδελφεὺς ἐνίκα, Νέρων δὲ κηρύκων ἀγῶνα ἐϛεφανοῦτο, τραγῳδούς, κιθαρῳδούς, ἅρμα πωλικόν, καὶ τὸ τέλειον καὶ δεκάπωλον².

Αἰγιεὺς ϛάδιον] Sic int. Armen. Cod. Paris. *Αἰγιεὺς τὸ δεύτερον ϛάδιον*. Verba τὸ δεύτερον addita videntur a lectore qui non vidit Athenodorum Olympiade quoque CCVIII vicisse. *ἐϛεφανοῦτο*] Sic legit int. Armen. Cod. Paris. *ἐϛεφανοῦ* (sic). *καὶ τὸ τέλειον*] Haec verba omittit int. Armen.

1 Eusebius *Chron.* interpr. Armen. P. II. p. 273 Aucheri: *Olympias ista (211) non est acta, Nerone suam praesentiam differente, atque adeo (anno) insequenti facta.* Eadem Armeniaca in Maii editione (1ª, nam in ed. 2ª Maius Hieronymi versionem exhibet, qui haec verba omisit) p. 375 sic vertit Zohrab: *Olympias haec non est acta propterea quod Nero distulit (illuc) se conferre. Eadem tamen. deinde acta est.*

Pausanias X. xxxvi. 9: αὕτη (Olymp. CCXI) ἐν τοῖς Ἡλείων γράμμασι παρεῖται μόνη πασῶν ἡ Ὀλυμπιάς.

Philostratus *vit. Apoll. Tyan.* V. 7: ἐγὼ δὲ νικήσειν μὲν Νέρωνα ἐν Ὀλυμπίᾳ φημί· τίς γὰρ οὕτω θρασύς, ὡς ἐναντίαν θέσθαι; Ὀλύμπια δ' οὐ νικήσειν, ἅτε μηδ' ἐν ὥρᾳ ἄγουσι. πατρίου μὲν γὰρ τοῖς Ὀλυμπίοις τοῦ πέρυσιν ἐνιαυτοῦ ὄντος, ἐκέλευσε τοὺς Ἡλείους Νέρων ἀναβαλέσθαι αὐτὰ ἐς τὴν αὐτοῦ ἐπιδημίαν, ὡς ἐκείνῳ μᾶλλον ἢ τῷ Διὶ θύσοντας· τραγῳδίαν δ' ἐπαγγεῖλαι καὶ κιθαρῳδίαν ἀνδράσιν, οἷς μήτε θέατρόν ἐϛι μήτε σκηνὴ πρὸς τὰ τοιαῦτα, cet.

Suetonius *Nero* XXIII: *Certamina deinceps obiit omnia. Nam et quae diversissimorum temporum sunt, cogi in unum annum, quibusdam etiam iteratis, iussit. Olympiae quoque praeter consuetudinem musicum agona commisit.*

2 Eusebius *Chron.* interpr. Armen. P. II p. 273 Aucheri: *Nero in Olympiade coronatus fuit. Siquidem Cerycas, Tragoedos, Citharistasque, necnon Aurigas pullicos, Teleiosque, et Decempullicos superavit.* Eadem Armeniaca in Maii editione (1ª; in ed. 2ª Maius Hieronymi versionem exhibet) p. 375 sic vertit Zohrab: *Nero Olympiis coronatus est, quum praeconum, cantorum, citharistarum, currus pullini et perfectae*

Ξενόδαμος Άντικυρεὺς παγκράτιον[1].

σιβ'

Πολίτης Κεραμίτης ςα͡διον, δίαυλον, δόλιχον[2].

ol. CCXII
p. C. 69

(aetatis equorum) et decem equuleorum certamen vicisset. Hieronymus p. 161 Scaligeri hunc Eusebii locum sic expressit: *Nero in Olympiade coronatur cerycas, citharistas, tragoedos, aurigas vario certamine superans.*

Syncellus p. 340 A: *Νέρων..... κιθαρῳδίαις καὶ τραγῳδίαις κατά τε 'Ρώμην καὶ τὴν Ἑλλάδα πομπεύων, Ἰσθμίοις καὶ Πυθίοις καὶ Ἠλείοις καὶ Ἀκτίοις ἐςεφανοῦτο κήρυξιν ἅρματι πωλικῷ καὶ τῷ τελείῳ καὶ δεκαπώλῳ, μεταθέμενος καὶ τὴν Ὀλυμπιάδα κατὰ σκηνῆς αἰσχρῶς ἑαυτὸν ὑπεδείκνυ.*

Zonaras XI. 12 p. 569 C: *ἐπεραιώθη δὲ καὶ πρὸς τὴν Ἑλλάδα, οὗτοι γ' ὡς οἱ πρόγονοι αὐτοῦ, ἀλλ' ἐπ' ὀρχήσει καὶ ἐπὶ κιθαρῳδήσει, κηρύξει τε καὶ τραγῳδίας ὑποκρίσει. οὐ γὰρ ἧρκει αὐτῷ ἡ 'Ρώμη, ἀλλ' ἐδεήθη καὶ ἐκςρατείας, ἵνα καὶ περιοδονίκης, ὡς ἔλεγε, γένηται.*

Philostratus *vit. Apoll. Tyan.* IV. 24: *(Νέρων) τὰ βασίλεια ἐκλιπὼν ἐς τὴν Ἑλλάδα ἀφίκετο κηρύγμασιν ὑποθήσων αὑτὸν Ὀλυμπικοῖς τε καὶ Πυθικοῖς, ἐνίκα δὲ καὶ Ἰσθμοῖ. αἱ δὲ νῖκαι ἧσαν κιθαρῳδίαι καὶ κήρυκες, ἐνίκα δὲ καὶ τραγῳδοὺς ἐν Ὀλυμπίᾳ.*

Cassius Dio LXIII. 14: *ἐν δὲ τοῖς Ὀλυμπίοις ἅρμα ἐλάσας (ὁ Νέρων) καὶ πεσὼν ἐξ αὐτοῦ καὶ ὀλίγου δεῖν συντριβεὶς ὅμως ἐςεφανώθη, καὶ διὰ τοῦτο καὶ τοῖς ἑλλανοδίκαις τὰς πέντε καὶ εἴκοσι μυριάδας, ἅς ὕςερον Γάλβας παρ' αὐτῶν ἀπῄτησεν, ἔδωκεν.* Post pauca: *ἠγωνίσατο δ' ἐν πάσῃ ὁμοίως πόλει ἀ-*

γῶνα ἐχούσῃ..... πλὴν Ἀθηνῶν καὶ Λακεδαίμονος..... τὸ δὲ δὴ κήρυγμα ἦν· Νέρων Καῖσαρ νικᾷ τόνδε τὸν ἀγῶνα, καὶ ςεφανοῖ τόν τε τῶν 'Ρωμαίων δῆμον καὶ τὴν ἰδίαν οἰκουμένην. ἔχων γάρ, ὡς ἔλεγεν, οἰκουμένην ἐκιθαρῴδει τε καὶ ἐκήρυττε καὶ ἐτραγῴδει. Et cap. 20 describit pompam qua Nero e Graecia redux urbem intraverit *κότινον ἐςεφανωμένος.*

Suetonius *Ner.* XXIII et XXIV universe de Neronis in ludis Graeciae victoriis agit. *Aurigavit quoque,* ita cap. XXIV, *plurifariam, Olympiis vero etiam decemiugem ...... sed excussus curru, ac rursus repositus, cum perdurare non posset, destitit ante decursum; nec eo secius coronatus est.*

[1] Pausanias X. xxxvi. 9: *τούτου πέραν ἄλλο γυμνάσιόν ἐςιν ἀρχαῖον· ἀνδριὰς δ' ἕςηκεν ἐν αὐτῷ χαλκοῦς· φησὶ δ' ἐπ' αὐτῷ τὸ ἐπίγραμμα Ξενόδαμον παγκρατιαςὴν Ἀντικυρέα ἐν ἀνδράσιν Ὀλυμπικὴν ἀνῃρῆσθαι νίκην. εἰ δ' ἀληθεύει τὸ ἐπίγραμμα Ὀλυμπιάδι τῇ πρώτῃ μετὰ δέκα καὶ διακοσίας φαίνοιτο ἂν τὸν κότινον ὁ Ξενόδαμος εἰληφώς· αὕτη δ' ἐν τοῖς Ἠλείων γράμμασι παρεῖται μόνη πασῶν ἡ Ὀλυμπιάς.*

[2] Pausanias VI. XIII. 3: *ποιήσαιο ἂν καὶ Πολίτην ἐν μεγάλῳ θαύματι. ὁ Πολίτης ἦν οὗτος ἐκ Κεράμου τῆς ἐν τῇ [Θρᾳκίᾳ] Καρίᾳ, ἀνέφηνε δ' ἀρετὴν ποδῶν ἐν Ὀλυμπίᾳ πᾶσαν· ἀπὸ γὰρ τοῦ μηκίςου καὶ διαρκεςάτου δι' ὀλιγίςου δὴ καιροῦ μεθηρμόσατο ἐπὶ τὸ*

Ἀρτεμίδωρος Τραλλιανὸς παγκράτιον [1].

Οὐεσπασιανὸς Ῥωμαίων ἐβασίλευεν.

σιγ'

Ῥόδων Κυμαῖος ἢ Θεόδοτος ϛάδιον.

σιδ'

Στράτων Ἀλεξανδρεὺς ϛάδιον.

Τίτος Ῥωμαίων ἐβασίλευεν.

σιε'

Ἑρμογένης Ξάνθιος ϛάδιον, δίαυλον, ὁπλίτην [2].

Δομιτιανὸς Ῥωμαίων ἐβασίλευεν.

σιϛ'

Ἀπολλοφάνης, ὁ καὶ Πάπης, Ταρσεὺς ϛάδιον.
Ἑρμογένης Ξάνθιος δίαυλον καὶ ὁπλίτην [3].

Θεόδοτος] Sic cod. Paris. Int. Armen. *Theodoros.*
βραχύτατον ὁμοῦ καὶ ὤκιϛον, καὶ δολίχου τ' ἐν ἡμέρᾳ τῇ αὐτῇ καὶ παραύτικα ϛαδίου λαβὼν νίκην προσέθηκε διαύλου σφίσι τὴν τρίτην.
Suidas v. Ἱππόμαχος Pausaniam descripsit.
[1] Pausanias VI. xiv. 2: τὸ δ' ἐν Ὀλυμπίᾳ τοῦ Ῥοδίου παλαιϛοῦ τόλμημα Ἀρτεμίδωρος γένος Τραλλιανὸς ὑπερεβάλετο κατ' ἐμὴν δόξαν. Ἀρτεμιδώρῳ γὰρ ἁμαρτεῖν μὲν Ὀλυμπίων συνέβη παγκρατιάζοντι ἐν παισίν· αἰτία δ' οἱ ἐγένετο τῆς διαμαρτίας τὸ ἄγαν νέον. Post pauca § 3: ἀνείλετο δ' ἐν ἀνδράσιν ὁ Ἀρτεμίδωρος Ὀλυμπικὴν νίκην δευτέρᾳ καὶ δεκάτῃ πρὸς διακοσίαις Ὀλυμπιάδι.
[2] Pausanias VI. xiii. 3: ἐοικότα δὲ Χιονίδι τὰ ἐς δόξαν καὶ ἀνὴρ Λύκιος

Πάπης] Sic cod. Paris. παρέσχετο Ἑρμογένης Ξάνθιος, ὅς τὸν κότινον ἐν τρίσιν Ὀλυμπιάσιν ἀνείλετο ὀκτάκις, ἐπίκλησιν τ' ἔσχεν Ἵππος ὑφ' Ἑλλήνων.

E coniuncto Pausaniae cum Africani testimonio patet Hermogenem Olympiadibus CCXV et CCXVII τριαϛήν fuisse, i. e. cum stadii et diauli palma tertiam coniunxisse aut dolicho partam aut cursu armato; Olymp. CCXVI duas victorias reportasse, diauli alteram, alteram dolichi aut cursus armati (nam nemo unquam dolichi et cursus armati palmas coniunxit). Atqui Olymp. CCXVII alius dolicho vicit; ergo admodum probabile est omnes Hermogenis victorias tadio, diaulo et armato cursu reportatas esse.
[3] Cf. ad Olymp. CCXV.

σιζ'

Ἑρμογένης Ξάνθιος τὸ δεύτερον ϛάδιον, δίαυλον, ὁπλίτην [1].
Τίτος Φλάβιος Δημητρίου Κουιρίνᾳ Μητρόβιος Ἰασεὺς δόλιχον [2].
Σαραπίων Ἀλεξανδρεὺς πυγμὴν παίδων [3].

σιη'

Ἀπολλώνιος Ἀλεξανδρεὺς ἢ Ἡλιόδωρος ϛάδιον.
Ἡρακλείδης Ἀλεξανδρεὺς πυγμὴν ἀκονιτί [4].

Int. Armen. Pati. 'Ἀπολλώνιος] Sic cod. Paris. Int. Armen. Apollinos.

[1] Cf. ad Olymp. CCXV p. 90 nota 2.
[2] *Inscriptio Caria* in Boeckhii Corp. Inscr. n. 2682 Tom. II p. 466: Ὀλυμπιάδ(ι οι)ζ'. *Τίτος Φλάβιος Δημητρίου (Κο)υ(ι)ρίνᾳ Μητρόβιος, νικήσας τὴν περίοδον ἀνδρῶν δόλιχον Ἰασέων πρῶτος, καὶ τὰ ἐν Ῥώμῃ Καπετώλεια πρῶτος ἀνθρώπων, Διὶ Ὀλυμπίῳ.* «Numerum Olympiadis divinare ex eo licuit, quod Metrobius Capitolinis in ludis vicit πρῶτος ἀνθρώπων, hoc est *omnium hominum primus*..... Nempe Metrobius dolicho virorum vicit in primis ludis Capitolinis a Domitiano institutis, qui a. Chr. 86. Olymp. 216, 2. acti sunt; itaque eos vicit πρῶτος ἀνθρώπων: insequitur iam Olymp. 217. unde superest ζ.» Boeckhius.
[3] Pausanias VI. XXIII. 6: τῆς ἰσόδου δ' ἑκατέρωθεν τῆς ἐς τὴν Μαλθὼ παιδὸς ἕϛηκεν εἰκὼν πύκτου· καὶ αὐτὸν ἔφασκεν ὁ Νομοφύλαξ Ἡλείων γένος μὲν Ἀλεξανδρέα εἶναι τῆς ὑπὲρ Φάρου τῆς νήσου, Σαραπίωνα δ' ὄνομα, ἀφικόμενον δ' ἐς Ἦλιν σπανίζουσι σίτου σφίσι τροφὰς δοῦναι. τούτῳ μὲν ἀντὶ τούτου γεγόνασιν αἱ τιμαί· χρόνος δὲ ϛεφάνου τε τοῦ ἐν Ὀλυμπίᾳ καὶ εὐεργεϛίας αὐτῷ τῆς ἐς Ἡλείους Ὀλυμπιὰς ἑβδόμη πρὸς ταῖς δέκα τε καὶ διακοσίαις.

Iure dubitatum est de Sarapionis victoria Olympica. Nam e Pausaniae verbis non liquet utrum Sarapio reportata palma Olympica largitiones fecerit et ob eam causam statuis Olympicis fuerit donatus (mos enim ponendi Olympionicis statuas dudum in desuetudinem abierat), an vero spectandi causa ad ludos venerit et ob largitiones corona Olympica et statua pugilis habitu ficta donatus sit.

[4] Pausanias V. XXI. 12: χρήμασιν ὑπ' Ἠλείων ἕτεροί θ' ὕϛερον καὶ Ἀλεξανδρεὺς ἐζημιώθη πύκτης Ὀλυμπιάδι ἐπὶ ταῖς διακοσίαις ὀγδόῃ τε καὶ δεκάτῃ. ὄνομα μὲν τῷ ζημιωθέντι Ἀπολλώνιος, ἐπίκλησις δ' ἦν Ῥάντις...... οὗτος ὁ ἀνὴρ ἀδικεῖν ὑπ' Ἠλείων κατεγνώσθη πρῶτος Αἰγυπτίων· κατεγνώσθη δ' οὐ δοῦναι χρήματα ἢ λαβεῖν αὐτός, ἀλλὰ τοιόνδ' ἄλλο ἐς τὸν ἀγῶνα ἐξυβρίσαι· ἀφίκετο οὐκ ἐς τὸν εἰρημένον καιρόν, καὶ αὐτὸν ὑπ' Ἠλείων πειθομένων τῷ νόμῳ ἐλείπετο τοῦ ἀγῶνος εὐργεσθαι· τὴν γὰρ οἱ πρόφασιν, ὡς ἐν ταῖς Κυκλάσι νήσοις ὑπ' ἀνέμων κατείχετο ἐναντίων, Ἡρακλείδης γένος καὶ αὐτὸς Ἀλεξανδρεὺς ἤλεγχεν ἀπάτην οὖσαν· ὑϛερῆσαι γὰρ χρήματα ἐκ τῶν ἀγώνων αὐτὸν ἐκλέγοντα τῶν ἐν Ἰωνίᾳ. οὕτω δὴ τόν τ' Ἀπολλώνιον

ol. CCXIX
p. C. 97

σιθ'

Στέφανος Καππάδοξ ϛάδιον.

Νερούας 'Ρωμαίων έβασίλευε · μεθ' δν Τραιανός

ol. CCXX
p. C. 101

σκ'

'Αχιλλεύς 'Αλεξανδρεύς ϛάδιον.

Τίτος Φλαούιος Κυρείνᾳ 'Αρχίβιος 'Αλεξανδρεύς παγκράτιον [1].

ol. CCXXI
p. C. 105

σκα'

Θεωνᾶς, ὁ καὶ Σμάραγδος, 'Αλεξανδρεύς ϛάδιον.

Τίτος Φλαούιος Κυρείνᾳ 'Αρχίβιος 'Αλεξανδρεύς παγκράτιον [2].

ol. CCXXII
p. C. 109

σκβ'

Κάλλιϛος Σιδήτης ϛάδιον.

'Ανενεώθη τῶν ἵππων ὁ δρόμος [3].

ol. CCXXIII
p. C. 113

σκγ'

Εὔϛολος Σιδήτης ϛάδιον.

Τραιανός] Sic int. Armen. Cod. Paris. hanc vocem omittit. *'Ανενεώθη — δρόμος*] Sic legisse videtur int. Armen., qui teste Auchero: *Rursus equi currunt*, teste Zobrabo: *Denuo cursus equorum*. Cod. Paris. haec verba omittit.

καὶ εἰ δή τις ἄλλος ἦκεν οὐ κατὰ προ-
θεσμίαν τῶν πυκτῶν, τούτους μὲν οἱ
'Ηλεῖοι τοῦ ἀγῶνος ἀπελαύνουσι, τῷ
'Ηρακλείδῃ δὲ τὸν ϛέφανον παριᾶσιν
ἀκονιτί.
[1] Inscriptio Neapolitana in Boeckhii Corp. Inscr. n. 5804 Tom. III p. 728: *'Αγαθῇ τύχῃ. ἡ φιλοσέβαϛος καὶ φιλο-
ρώμα(ιος 'Αλε)ξανδρέων περιπολιϛικὴ
εὐσεβ(ὴς σύνοδος) ἐτίμησεν Τ. Φλαούιον
Κυρ. 'Αρχίβιον τὸν (καὶ Ζώσιμον) 'Α-
λεξανδρέα, ἀρχιερέα διὰ βίου τοῦ σύμ-*
π(αντος ξυϛοῦ), παραδοξονίκην, νικήσαντα τὴν σκ' 'Ολ(υμπιάδα καὶ) τὴν σκα'
'Ολυμπιάδα ἀνδρῶν παγκράτ(ιον) cet.
Lacunas supplevit Ignarra. Supplementa satis certa sunt, praeter illud καὶ *Ζώσιμον*, quod nullo fundamento niti monuit Boeckhius.
[2] Cf. ad Olymp. CCXX.
[3] Igitur iterum (cf. Olymp. CXCIX) cursus equorum intermissus fuit. Quando fuerit abrogatus non traditur; Olympiade CCXI equis certatum erat.

σκδ' ol. CCXXIV
p. C. 117

Ἰσαρίων Ἀλεξανδρεὺς ϛάδιον.

Ἀδριανὸς Ῥωμαίων ἐβασίλευεν.

σκε' ol. CCXXV
p. C. 121

Ἀριϛέας Μιλήσιος ϛάδιον.

σκϛ' ol. CCXXVI
p. C. 125

Διονύσιος ὁ Σαμευμὺς Ἀλεξανδρεὺς ϛάδιον.

Σαραπάμμων Ἀρσινοΐτης πυγμήν, χρήμασι πείσας τὸν ἀνταγωνιϛήν¹.

σκζ' ol. CCXXVII
p. C. 129

Ὁ αὐτὸς τὸ δεύτερον.

σκη' ol. CCXXVIII
p. C. 133

Λουκᾶς Ἀλεξανδρεὺς ϛάδιον.

σκθ' ol. CCXXIX
p. C. 137

Ἐπίδαυρος, ὁ καὶ Ἀμμώνιος, Ἀλεξανδρεὺς ϛάδιον.
Ἀντωνῖνος Εὐσεβὴς Ῥωμαίων ἐβασίλευεν.

σλ' ol. CCXXX
p. C. 141

Δίδυμος Κλιδεὺς Ἀλεξανδρεὺς ϛάδιον.

ὁ Σαμευμύς] Sic cod. Paris. Int. Armen. *Sameann.* Videtur esse vox Aegyptiaca. Σαραπάμμων] Sic pro Γαραπάμμων emendavit Clavier. Κλιδεύς] Sic int. Armen. Cod. Paris. hanc vocem omittit. Vox, ut videtur, Aegyp-

1 Pausanias V. xxi. 15: ἕκτῃ ἐπὶ ταῖς εἴκοσι καὶ διακοσίαις Ὀλυμπιάδι πύκτας ἄνδρας ὑπὲρ αὐτῆς μαχομένους τῆς νίκης ἐφώρασαν συνθεμένους ὑπὲρ λήμματος .... τοῖς δὲ πύκταις τοῦ- τοις Δίδας τ' ὄνομα ἦν καὶ τῷ τὰ χρήματα δόντι αὐτῶν Σαραπάμμων· νομοῦ δ' ἦσαν τοῦ αὐτοῦ, νεωτάτου τῶν ἐν Αἰγύπτῳ, καλουμένου δ' Ἀρσινοΐτου.

ol. CCXXXI
p. C. 145

σλα'

Γρανιανὸς Σικυώνιος ςάδιον καὶ . . . . [1].

ol. CCXXXII
p. C. 149

σλβ'

Ἀττικὸς Σαρδιανὸς ςάδιον.

Σωκράτης πάλην καὶ παγκράτιον ἀπογραψάμενος, ὑπ' Ἠλείων παρεβραβεύθη ὑπὸ Διονυσίου Σελευκέως [2].

---

tiaca. *Γρανιανός*] Sic Pausaniae codices. Cod. Paris. et int. Armen. *Κραναός*. *Σωκράτης πάλην καὶ*] Sic cod. Paris. Int. Armen. haec verba omittit. *ὑπὸ Διονυσίου*] Fortasse legendum est *ὑπερ Διονυσίου*. Cf. nota ad h. l.

[1] Pausanias II. XI. 8: κεῖται δὲ χαλκοῦς ἀνὴρ ἐντὸς τοῦ περιβόλου Γρανιανὸς Σικυώνιος, ὃς νίκας ἀνείλετο Ὀλυμπίασι δύο μὲν πεντάθλου καὶ ςαδίου τὴν τρίτην, διαύλου δ' ἀμφότερα, καὶ γυμνὸς καὶ μετὰ τῆς ἀσπίδος. Itaque sine dubio Granianus hac Olympiade praeter stadii palmam alias quoque tulit. Praeterea alia quoque Olympiade aliisve Olympiadibus unam aut plures ex illis victoriis reportavit. Sunt qui τὸν μετὰ τῆς ἀσπίδος δίαυλον sive τὸν σὺν τῇ ἀσπίδι δίαυλον (Pausanias loco laudando ad Olymp. CCXXXV) diversum putent a cursu armato Olymp. LXV adscito, statuantque seriori tempore duo cursus armati fuisse genera, cursum armatum simplicem (ὅπλον, ὁπλίτης) et duplicem (ὁ σὺν τῇ ἀσπίδι δίαυλος). Profecto mirum est nec Pausaniam, nec Africanum, nec Philostratum memoriae prodidisse quando alterum illud cursus armati genus institutum quisve eo primus victor fuerit. Et omnino nusquam novum illud certamen commemoratur, praeterquam duobus illis locis Pausaniae. Mihi unum tantum cursus armati genus Olympiae in usu fuisse videtur, quod

ὅπλον appellatum fuisse, sive ὁπλίτην δρόμον, sive τὸν σὺν τῇ ἀσπίδι (μετὰ τῆς ἀσπίδος) δίαυλον. E postremo hoc nomine patet hoplitodromis stadium non semel, sed bis fuisse percurrendum.

[2] In Scaligeri et Crameri editione sic distinguitur: Σωκράτης πάλην καὶ παγκράτιον ἀπογραψάμενος ὑπὸ Ἠλείων, παρεβραβεύθη ὑπὸ Διονυσίου Σελευκέως. Quae verba mirum quantum interpretes exercuerunt. Verba πάλην καὶ παγκράτιον ἀπογραψάμενος ὑπὸ Ἠλείων ita accipiunt, quasi ἀπογραψάμενος sit forma *passiva* et significet *victor in fastos relatus*. Nemo non videt distinguendum esse post ἀπογραψάμενος, et revera in codice non post Ἠλείων sed post ἀπογραψάμενος distinguitur. Quid sit ἀπογραψάμενος docet *Inscriptio Romana* (in Boeckhii Corp. Inscr. n. 5913 Tom. III p. 783 sqq.) in qua de M. Aurelio Asclepiade: παγκρατιαςής, περιοδονείκης, ἄλειπτος, ἀσυνέξωςος, ἀνέκκλητος, ὅσους ποτὲ ἀγῶνας ἀπεγραψάμην πάντας νεικήσας. Socrates igitur, quum se ἐν τῷ λευκώματι inscribi curasset παλαίοντα καὶ παγκρατιάσοντα, παρὰ τὸ δίκαιον ἀφῃρέθη τὸ βραβεῖον ὑπ' Ἠλείων. Quod additur ὑπὸ Διονυσίου Σε-

Δημήτριος Χῖος ςάδιον. σλγ´ ol. CCXXXIII
p. C. 153

Ἡρᾶς Χῖος ςάδιον. σλδ´ ol. CCXXXIV
p. C. 157

σλε´ ol. CCXXXV
p. C. 161
Μνασίβουλος Ἐλατεὺς ςάδιον καὶ ὁπλίτην[1].
Ἀντωνῖνος καὶ Βῆρος Ῥωμαίων ἐβασίλευον.

σλς´ ol. CCXXXVI
p. C. 165
Ἀειθαλὴς Ἀλεξανδρεὺς ςάδιον.

σλζ´ ol. CCXXXVII
p. C. 169
Εὐδαίμων Ἀλεξανδρεὺς ςάδιον.

σλη´ ol. CCXXXVIII
p. C. 173
Ἀγαθόπους Αἰγινήτης ςάδιον.

σλθ´ ol. CCXXXIX
p. C. 177
Ὁ αὐτὸς τὸ δεύτερον.

Κόμμοδος Ῥωμαίων ἐβασίλευεν.

Ἡρᾶς] Sic int. Armen. Cod. Paris. *Ἡρᾶς*. Ut *Μητρόδωρος*, *Μηνόδωρος*, cet. decurtantur in *Μητρᾶς*, *Μηνᾶς*, cet., sic ex *Ἡρόδωρος* *Ἡρᾶς*. *Ἀντωνῖνος καὶ Βῆρος*] Cod. Paris. *Ἀντωνῖος* (sic) *Μάρκος Πίος καὶ Λούκιος Βῆρος*, in quibus Marcus Antonino postpositum et praesertim parachronismus in cognomine *Πίος* interpolatorem arguunt. Int. Armen. Verus et Antoninus. *Αἰγινήτης*] Sic int. Armen. Cod. Paris. *Ἀπινήτης* (secunda syllaba est in litura), ubi *ΠΙ* ex *ΠΓΙ* ortum esse, vidit Scaliger.

λευκέως corruptelae aut lacunae suspicionem movet. Fortasse legendum ὑπὲρ Διονυσίου Σελευκέως, quod tamen non ita accipiendam ut Dionysius utramque palmam tulisse statuatur (cf. Olymp. CCIV et CCL).

[1] Pausanias X. xxxiv. 5, ubi versatur in rebus Elatensium: οὗτος ὁ Μνα-

σίβουλος δρόμου νίκας καὶ ἄλλας ἀνείλετο, καὶ Ὀλυμπιάδι πέμπτῃ πρὸς ταῖς τριάκοντά τε καὶ διακοσίαις ςάδιον καὶ τοῦ σὺν τῇ ἀσπίδι διαύλου· ἐν Ἐλατείᾳ δὲ κατὰ τὴν ὁδὸν τοῦ δρομίως Μνασιβούλου χαλκοῦς ἕςηκεν ἀνδριάς.

De τῷ σὺν τῇ ἀσπίδι διαύλῳ cf. ad Olymp. CCXXXI p. 94 nota 1.

ol. CCXL
p. C. 181

σμ'

Ἀνουβίων, ὁ καὶ Φειδοῦς, Ἀλεξανδρεὺς ϛάδιον.

Μάρκος Αὐρήλιος Δημητρίου Ἀσκληπιάδης, ὁ καὶ Ἑρμόδωρος, Ἀλεξανδρεὺς παγκράτιον [1].

ol. CCXLI
p. C. 185

σμα'

Ἥρων Ἀλεξανδρεὺς ϛάδιον.

ol. CCXLII
p. C. 189

σμβ'

Μάγνος Κυρηναῖος ϛάδιον.

ol. CCXLIII
p. C. 193

σμγ'

Ἰσίδωρος, ὁ καὶ Ἀρτεμίδωρος, Ἀλεξανδρεὺς ϛάδιον. Περτίναξ, εἶτα Σεβῆρος, Ῥωμαίων ἐβασίλευσαν.

ol. CCXLIV
p. C. 197

σμδ'

Ὁ αὐτὸς τὸ δεύτερον.

ol. CCXLV
p. C. 201

σμε'

Ἀλέξανδρος Ἀλεξανδρεὺς ϛάδιον.

ol. CCXLVI
p. C. 205

σμϛ'

Ἐπινίκιος Κυζικηνὸς, ὁ καὶ Κυνᾶς, ϛάδιον.

Ἀνουβίων] Sie int. Armen. Cod. Paris. *Ἀνουβί.*   *Μάγνος Κυρηναῖος*] Sic cod. Paris. Int. Armen. *Μάγνος Λίβυς Κυρηναῖος.*   ὁ καὶ *Ἀρτεμίδωρος*]

[1] *Inscriptio Romana* in Boeckhii Corp. Inscr. n. 5913 Tom. III p. 783 sqq.: M. Αὐρηλίου Δημητρίου ..... Ἀλεξανδρέως, Ἑρμοπολείτου ..... υἱός Μάρκος Αὐρήλιος Ἀσκληπιάδης, ὁ καὶ Ἑρμόδωρος, ... Ἀλεξανδρεύς, Ἑρμοπολείτης, Πετιολανός, Νεαπολείτης καὶ Ἠλεῖος καὶ Ἀθηναῖος βουλευτής καὶ ἄλλων πόλεων πολλῶν πολείτης καὶ βουλευτής, παγκρατιαϛής περιοδονεί-κης, ... νεικήσας ἀγῶνας τοὺς ὑπογεγραμμένους πάντας, πανκρατίου· Ὀλύμπια τὰ ἐν Πείσῃ σμ' Ὀλυμπιάδι, Πύθια ἐν Δελφοῖς, cet.

Quam civitatem Olympiae professus sit Asclepiades, nemo facile dixerit. Ceteras civitates omnes honoris causa adeptus est, oriundus erat Alexandria (vel potius Hermopoli parva, oppido in Alexandrinorum regione sito). Cf. Boeckhius.

Σατορνῖνος Κρὴς Γορτύνιος ϛάδιον.

σμζ'
ol. CCXLVII
p. C. 209

Ἀντωνῖνος, ὁ καὶ Καράκαλλος, Ῥωμαίων ἐβασίλευεν.

σμη'
ol. CCXLVIII
p. C. 213

Ἡλιόδωρος, ὁ καὶ Τρωσιδάμας, Ἀλεξανδρεὺς ϛάδιον.

σμθ'
ol. CCXLIX
p. C. 217

Ὁ αὐτὸς τὸ δεύτερον.

Αὐρήλιος Ἕλιξ Φοίνιξ πάλην [1].

Μέχρι τούτου τὴν τῶν Ὀλυμπιάδων ἀναγραφὴν εὕρομεν.

σν'
ol. CCL
p. C. 221

Αὐρήλιος Ἕλιξ Φοίνιξ παγκράτιον· οἱ δ' Ἡλεῖοι φθονήσαντες αὐτῷ μὴ ἀφ' Ἡρακλέους γένηται, οὐκ ἐκάλεσαν ἐς τὸ ϛάδιον παλαιϛὴν οὐδένα [2].

Sic int. Armen. Cod. Paris. haec verba omittit.   Σατορνῖνος] Sic int. Armen. Cod. Paris. Σατόρνιλος.   Ἡλιόδωρος] Sic int. Armen. Cod. Paris. Ἰλιόδωρος. Ἕλιξ] Sic Philostratus et Eclogarius Parisinus.   Apud Dionem legitur Αἶλιξ.

[1] Philostratus laudandus ad Olymp. CCL.

[2] Cassius Dio LXXIX. 10: ὁ δὲ Σαρδανάπαλλος (i. e. Elagabalus; cf. eiusdem libri cap. 1) καὶ ἀγῶνας ἐποίει καὶ θέας συχνάς, ἐν αἷς Αὐρήλιος Ἕλιξ ὁ ἀθλητὴς εὐδοκίμησεν, ὃς τοσοῦτον τοὺς ἀνταγωνιϛὰς ὑπερῆρεν ὧϛε πάλην θ' ἅμα καὶ παγκράτιον ἐν τῇ Ὀλυμπίᾳ ἀγωνίσασθαι ἐθελῆσαι, κἂν τοῖς Καπιτωλίνοις καὶ ἄμφω νικῆσαι. οἱ μὲν γὰρ Ἡλεῖοι φθονήσαντες αὐτῷ, μὴ τὸ λεγόμενον δὴ τοῦτο ἀφ' Ἡρακλέους ὄγδοος γένηται, οὐδ' ἐκάλεσαν ἐς τὸ ϛάδιον παλαιϛὴν οὐδένα, καίπερ ἐν τῷ λευκώματι καὶ τοῦτο τὸ ἄθλημα προγράψαντες.

Eclogarius Parisinus p. 155 Crameri in Anecd. Graec. Paris. vol II: Αὐρήλιος Ἕλιξ ὁ ἀθλητὴς ἐπὶ Σεβήρου τοῦ αὐτοκράτορος γεγονὼς τοσοῦτον τοὺς ἀνταγωνιϛὰς ὑπερῆρεν ὧϛε cet. Sequuntur eadem fere quae apud Dionem loco laudato.

Philostratus Heroic. II. 6: Ἕλιξ δ' ὁ ἀθλητής .... προϋπαρχούσης αὐτῷ νίκης μιᾶς, ὅτι ἀνὴρ ἐκ παίδων ἐνίκα πάλην, ἀπεδύσατο τὴν ἐπ' ἐκείνῃ Ὀλυμπιάδα πάλην τε καὶ παγκράτιον ἐφ' ᾧ δυσχεράναντες οἱ Ἡλεῖοι διενο-

ol. CCLV
p. C. 241

σνε'
? Μαιανδρεὺς ('Εφέσιος?) ϛάδιον [1].

. . . .

ol. CCLXII
p. C. 269

σξβ'
Διονύσιος 'Αλεξανδρεὺς ϛάδιον [2].

. . . .

ol. CCLXXXVIII
p. C. 373

σπη'
? Φιλουμενὸς Φιλαδελφεὺς . . . . [3].

. . . .
. . . .

οὕτω μὲν ἀμφοῖν εἴργειν αὐτόν . . . .
μόγις δ' οὖν ἀνέθησαν τὸ παγκράτιον.
'Ο Φοίνιξ *Ελιξ ut nobilis athleta commemoratur a Philostrato de Gymnast. p. 80 Darembergii, 49 Mynae.

Cassius Dio innuere videtur Aurelium Herculeam victoriam molitum esse imperante Elagabalo, itaque Olymp. CCL, nam imperavit Elagabalus Olymp. CCXLIX, 2 — CCL, 2 (Clinton, Fasti Romani, I p. 228 sq. et 234). Igitur lucta vicerit Olymp. CCXLIX. Confirmat hos calculos quod lucta vicisse traditur ἀνὴρ ἐκ παίδων, floruisse sub Elagabalo eiusque successore Alexandro Severo.

[1] *Inscriptio Ephesina* in Boeckhii Corp. Inscr. n. 2999 Tom. II p. 617: Μεανδρεὺς νεική(σας) τὰ μεγάλα 'Ολύμπια ἀνδρῶν ϛά(δ)ιον υνε' 'Ολυμπιάδος.

«*Olympia*, ut arbitror, *Ephesia Oecumenica* sunt ex nummis nota, sed numerata ut videtur ab epocha Pisaea . . . . . ΥΝΕ non potest verum esse; pro Υ videtur Σ restituendum, ut sit Olymp. 255." Ita loco laudato Boeckhius, cuius emendatio in numero satis certa mihi videtur, sed dubito an recte de Olympiis Ephesiis cogitaverit; vereor enim ne ratio ista numerandi Olympiades Ephesias ab epocha Pisaea omni analogia careat.

[2] Dexippus apud Eclogarium Parisinum, qui, postquam ex Eusebii Chronico Africani anagraphen descripsit, sic pergit (p. 153 Crameri in Anecd. Graec. Paris. vol. II): καὶ ὁ μὲν Εὐσέβιος ταῦτα· ἄλλοι δὲ χρονογράφοι καὶ Δέξιππος ὁ 'Αθηναῖος καὶ τῶν ἐφεξῆς 'Ολυμπιάδων τῶν τ' ἐν αὐταῖς νικησάντων μέμνηνται. ἀμέλει τὴν χρονικὴν ἱςορίαν ὁ Δέξιππος μέχρι τῆς διακοσῆς ἐξηκοςῆς δευτέρας 'Ολυμπιάδος συγγράψας, Διονύσιον 'Αλεξανδρέα φησὶν ἐπὶ ταύτης νικῆσαι.

[3] *Inscriptio Romana* in Reinesii Syntagm. Inscript. Antiq. V. 44 p. 381, in Sponii Miscell. Erud. Antiq. X. 108 p. 362: *DDD. et principes n. Valentinian. Valens et Gratianus semp. augg. Filumenum in omni athletico certamine ab oriente ad occidentem usq. victorem pammacho lucta paneratio cestibusq. id est pygme locatione statuae in athletarum curia aeternitatis gloria dignum esse iudicarunt*, cet.

Eclogarius Parisinus p. 155 Cra.

σφα'

? Ουαραζδάτης ('Αρταξατηνός?) πυγμήν[1].

meri in Anecd. Graec. Paris. vol II: *ἐγένετο δὲ καὶ ἐπὶ τῶν Θεοδοσίου τοῦ μεγάλου καιρῶν ὁ ἐκ Φιλαδελφίας τῆς Λυδῶν παλαιςῆς, Φιλούμενός ὄνομα . οὗτος χαλκοῦν ἀνδριάντα λέγεται πατάξας εἰς βάθος ἐνιζῆσαι βιάσασθαι τὸν χαλκόν, ἐφ' ᾧ ἀνδριάντος τετυχηκέναι καὶ ἐπ' αὐτῷ ἐπιγράμματος, οὗ τὸ ἀκροτελεύτιον*

χαλκὸς ἐμῆς χειρὸς πολλὸν ἀφαυρότερος.

Gratianus Augustus nuncupatus est Olymp. CCLXXXVI, 2; Valentinianus diem obiit Olymp. CCLXXXVIII, 3 (Clinton, Fasti Romani, I p. 468 et 484). Theodosius autem, quo imperante Philumenus adhuc floruisse traditur, imperator factus est Olymp. CCLXXXIX, 3 (Clinton, Fasti Romani, I p. 492). Videtur igitur Philumenus Olympiae vicisse aut Olymp. CCLXXXVIII, aut certe non multo prius.

[1] Moses Chorenensis *Hist. Armen.* III. 40: *Augustus autem Theodosius, benignus aeque, ac magnus, anno regni sui vigesimo Varazdatem quendam, ex eodem Arsacidarum genere, in Papi locum regem constituit. Hic Varazdates erat adolescens, animosus, forma pulchra ac viribus maximis, ad omnia fortitudinis opera paratus, sed iaculandi maxime peritus; qui olim, a Sapore profugus, se ad aulam Caesaris contulerat; ac primum Pisae pugilatione vicit; deinde cet.* Sic Mosis Armeniaca verterunt Whistoni fratres. Quod nunc scripsisse videtur Moses, Varazdatem regnum obtinuisse *vigesimo* Theodosii anno, id manifesto falsum est; imperavit enim Theodosius annos sedecim biduo minus (Clinton, Fasti Romani, I p. 532). Sed videndum num revera Moses sic scripserit. Nam capite 39 tradit Varazdatis praedecessorem a Theodosio capite multatum esse quod particeps fuerit seditionis Thessalonicensis; haec autem locum habuit anno Theodosii duodecimo ineunte (Clinton, Fasti Romani, I p. 520). Et capite 40 sq. narrat Varazdatem imperasse annis quatuor, Theodosium autem, quum loco Varazdatis Arsacem et Valarsacem reges Armeniis imposuisset, anno Arsacis secundo diem obiisse. Haec omnia recte procedunt, modo statuas Varazdatem quartum regni annum non complevisse.

Si igitur Varazdates *duodecimo* Theodosii anno regnum est adeptus, Olympica victoria aut Olympiadi CCXCI, aut proxime praecedenti sequentive adsignanda est; Theodosius enim imperator creatus est Olymp. CCLXXXIX, 3 (Clinton, Fasti Romani, I p. 492).

In regum Armeniorum serie, quam concinnavit Saint-Martin, Varazdates dicitur regnum adeptus anno p. C. 377 (Saint-Martin, Mémoires sur l'Arménie, I p. 413), i. e. anno secundo ante Theodosium imperatorem. At idem vir doctus in eodem volumine (p. 315) in adumbranda historia Armeniae versatus: *l'empereur Théodose se décida enfin à donner la couronne d'Arménie à un parent du malheureux Bab, nommé Varaztad.*

Varazdates ultimus est Olympionicarum quorum nomina aetatem tulerunt. Nec mirum; nam paullo post ludi Olympici abrogati sunt. Cedrenus *Histor. Comp.*

p. 326 D, ubi Theodosii Magni res enarrat anno imperii XVI (Olymp. CCXCIII, 2, p. C. 394) gestas: ἐν τούτοις ἥ τε τῶν Ὀλυμπιάδων ἀπέσβη πανήγυρις. Mirum non est Theodosium, paganismo infestissimum, hos ludos abrogasse; Cedrenus p. 327 B: οὗτος ὁ Θεοδόσιος τοὺς εἰδωλικοὺς ναούς, οὓς ὁ μέγας Κωνσταντῖνος κλεισθῆναι μόνον προσέταξε, πάντας ἕως ἐδάφους κατέλυσεν. Itaque errare videtur Scholiasta Luciani qui ad *Rhetor. Praecept.* 9 de agone Olympico: καὶ διήρκεσεν ἀρξάμενος ἀπὸ τῶν Ἑβραϊκῶν κριτῶν μέχρι τοῦ μικροῦ Θεοδοσίου· ἐμπρησθέντος γὰρ τοῦ ἐν Ὀλυμπίᾳ ναοῦ ἐξέλιπε καὶ ἡ τῶν Ἠλείων πανήγυρις. Debebat τοῦ μεγάλου Θεοδοσίου.

APPENDIX,

QUA RECENSENTUR

CETERI OLYMPIONICAE

QUORUM EXSTAT MEMORIA.

Ceteros Olympionicas, quorum exstat memoria, maximam partem servavit Pausanias libro VI *Descriptionis Graeciae*, II *Eliacorum*. Ἔπεται δέ μοι τῷ λόγῳ τῷ ἐς τὰ ἀναθήματα (sic hunc librum orditur) τὸ μετὰ τοῦτο ἤδη ποιήσασθαι καὶ ἵππων ἀγωνιςῶν μνήμην καὶ ἀνδρῶν ἀθλητῶν τε καὶ ἰδιωτῶν ὁμοίως· τῶν δὲ νικησάντων Ὀλυμπίασιν οὐχ ἁπάντων εἰσὶν ἑςηκότες ἀνδριάντες, ἀλλὰ καὶ ἀποδειξάμενοι λαμπρὰ ἐς τὸν ἀγῶνα, οἱ δὲ καὶ ἐπ' ἄλλοις ἔργοις, ὅμως οὐ τετυχήκασιν εἰκόνων. τούτους ἐκέλευσεν ἀφεῖναί μ' ὁ λόγος, ὅτι οὐ κατάλογός ἐςιν ἀθλητῶν ὁπόσοις γεγόνασιν Ὀλυμπικαὶ νῖκαι, ἀναθημάτων δ' ἄλλων τε καὶ εἰκόνων συγγραφή. οὐδ' ὁπόσων ἑςήκασιν ἀνδριάντες, οὐδὲ τούτοις πᾶσιν ἐπέξειμι, ἐπιςάμενος ὅσοι τῷ παραλόγῳ τοῦ κλήρου καὶ οὐχ ὑπ' ἰσχύος ἀνείλοντο ἤδη τὸν κότινον. ὁπόσοις δ' ἢ αὐτοῖς εἶχεν ἐς δόξαν ἢ καὶ τοῖς ἀνδριᾶσιν ὑπῆρχεν ἄμεινον ἑτέρων πεποιῆσθαι, τοσαῦτα καὶ αὐτὸς μνησθήσομαι. Priusquam horum Olympionicarum recensionem aggrediar, duo mihi praemonenda sunt, quae faciunt ad eorum aetatem quodammodo definiendam.

I. Si Pausanias nomen servavit statuarii, qui Olympionicae statuam finxit, notaque est statuarii aetas, conclusio inde fiat de aetate Olympionicae; aut enim aequales fuisse, aut certe una tantum generatione alterum altero fuisse maiorem, et a priori satis probabile est, et confirmatur exemplis. Nam ex quo Olympionicis statuae poni coeptae sunt, duae[1] tantum commemorantur, quarum artifex plus una generatione distet ab Olympionica.

---

[1] Diagoram Rhodium (Olymp. LXXIX) finxit Callicles Megarensis, qui dimidio saeculo post floruit. Polydamantis Scotusaei (Olymp. XCIII) statua Lysippi opus erat, Alexandri Magni aequalis.
Indicavit mihi haec exempla Brunn, Geschichte der Griech. Künstler, I p. 70, quo loco eorum refutavit errorem, qui putarunt Olympionicarum statuas, quae in Iovis Olympii templo conspiciebantur, *omnes statim* post victoriam sculptas fuisse.

II. Sicubi statuarius aut quis fuerit aut quando vixerit ignoratur, Olympiades LX et CLX fines constituunt, intra quos et statuarii aetas ponatur et Olympionicae. His enim finibus ponendarum Olympionicis statuarum mos circumscriptus fuit. Pausanias VI. xviii. 7: πρῶτοι δ' ἀθλητῶν ἀνέθεσαν ἐς 'Ολυμπίαν εἰκόνας Πραξιδάμαντός τ' Αἰγινήτου νικήσαντος πυγμῇ τὴν ἐνάτην 'Ολυμπιάδα ἐπὶ ταῖς πεντήκοντα, καὶ 'Οπουντίου 'Ρηξιβίου παγκρατιαςὰς καταγωνισαμένου μιᾷ πρὸς ταῖς ἑξήκοντα 'Ολυμπιάδι. αὗται κεῖνται μὲν αἱ εἰκόνες οὐ πρόσω τῆς Οἰνομάου κίονος, ξύλου δ' εἰσὶν εἰργασμέναι cet. Quamquam haec verba mendosa aut lacunosa sunt [1], et incertum est *quomodo* Pausanias dixerit, perspicuum tamen est *quid* dixerit: nullas se vidisse Olympiae statuas his antiquiores [2]. Tempore Alexandri Magni mos ponendi Olympionicis statuas in desuetudinem abire coepit; ex Olympionicis, quorum et statuas commemorat Pausanias et aetas nota est, pauci post Alexandrum vixerunt, post Corinthi eversionem nullus. Itaque satis probabile est omnium, quorum statuas vidit Pausanias, Olympionicarum victorias illis centum Olympiadibus esse adsignandas [3].

---

[1] Pro πρῶτοι ..... ἀνέθεσαν ..... εἰκόνας Schubart et Walz coniecerunt πρῶται ..... ἀνετέθησαν ..... εἰκόνες. Quamvis primo obtutu arrideat haec coniectura, verisimilius tamen videtur librum, unde nostri Pausaniae codices omnes e communi fonte fluxerunt, hoc loco aut lacunosum fuisse aut ita detritum ut non omnia legi potuerint; quam multis locis fuisse illius libri archetypi conditionem, res est notissima. In altero Vindobonensi codice deest αὗται. Fortasse αὗται a correctore insertum et lacuna statuenda inter εἰκόνας et Πραξιδάμαντος.

[2] Duo sunt superiorum temporum Olympionicae, quorum statuas vidit Pausanias. Hae igitur post Olymp. LX fictae sunt. Et de Oebota quidem (Olymp. VI) ipse Pausanias tradit Achaeos statuam eius posuisse Olymp. LXXX. Alter est Eutelidas Lacedaemonius, de cuius statua Pausanias VI. xv. 8: ἔςι δ' ἥ τ' εἰκὼν ἀρχαία τοῦ Εὐτελίδα καὶ τὰ ἐπὶ τῷ βάθρῳ γράμματα ἀμυδρὰ ὑπὸ τοῦ χρόνου. Haec igitur non multo recentior videtur quam Praxidamantis et Rhexibii statuae.

[3] Brunn, Geschichte der Griech. Künstler, I p. 520 sq.

ΣΤΑΔΙΟΝ.

Νεολαΐδας Ηλείος.

Pausanias VI. xvi. 8: Θεόδωρον δὲ ..... καὶ Πύτταλον .....
καὶ Νεολαΐδαν[1] ςαδίου τ' ἀνελόμενον καὶ ὅπλου ςέφανον, Ἠλείους σφᾶς
ὄντας ἴςω τις. At stadionicas, quorum Pausanias videre potuit
statuas, omnes exhibet Africanus, nec tamen in eius ἀναγραφῇ
comparet Neolaidas. Itaque aut in ἀναγραφῇ error latet, aut Pausanias falsus est. Fortasse puerilem victoriam pro virili habuit.

ΔΙΑΥΛΟΣ.

Γόργος Ἠλείος.

Pausanias VI. xv. 9: καὶ Ἠλεῖος παρ' αὐτὸν ἀνάκειται Γόργος·
μόνῳ δ' ἀνθρώπων ἄχρι ἐμοῦ τῷ Γόργῳ τέσσαρες μὲν ἐν Ὀλυμπίᾳ γεγόνασιν ἐπὶ πεντάθλῳ, διαύλου δὲ καὶ ὅπλου μία ἐφ' ἑκατέρου νίκη.

Νίκανδρος Ἠλεῖος δίς.

Pausanias VI. xvi. 5: Ἀσάμωνός τ' εἰκὼν ἐν ἀνδράσι πυγμῇ
νενικηκότος, ἡ δὲ Νικάνδρου, διαύλου μὲν δύο ἐν Ὀλυμπίᾳ, Νεμείων
δ' ἀναμὶξ ἐπὶ δρόμῳ νίκας ἓξ ἀνῃρημένου. ὁ δ' Ἀσάμων καὶ ὁ Νίκανδρος Ἠλεῖοι μὲν ἦσαν, πεποίηκε δὲ τῷ μὲν Δάϊππος τὴν εἰκόνα, Ἀσάμωνι δὲ Πυριλάμπης Μεσσήνιος.
Daippus filius et discipulus fuit Lysippi, Alexandri Magni aequalis[2].

Νικοκλῆς Ἀκριάτης (δίς?).

Pausanias III. xxii. 5: Ἀκριᾶται δὲ καὶ ἄνδρα ποτὲ Ὀλυμπιονίκην παρέσχοντο Νικοκλέα, Ὀλυμπιάσι δύο ἀνελόμενον δρόμου νίκας πέντε.

---

[1] Codices *Νελαΐδαν*.
[2] Brunn, Geschichte der Griech. Künstler, I. p. 358 sq., 107.

Quum Nicoclis nomen inter stadionicas frustra quaeratur, sequitur has victorias diaulo, dolicho et armato cursu reportatas esse.

Παραβάλλων Ἠλεῖος.
Pausanias VI. vι. 3: ἔςηκε δὲ καὶ Λαςρατίδα παιδὸς εἰκὼν Ἠλείου
..... Παραβάλλοντι [1] δὲ τῷ Λαςρατίδα πατρὶ ὑπῆρξε διαύλου παρελθεῖν δρόμῳ.

Χαρῖνος Ἠλεῖος.
Pausanias VI. xv. 2: Χαρῖνος Ἠλεῖος ἐπὶ διαύλου τ' ἀνάκειται καὶ ὅπλου νίκῃ [2].

ΔΟΛΙΧΟΣ.

Ἀριςεὺς Χείμωνος Ἀργεῖος.
Pausanias VI. ιx. 3: Ἀριςεὺς δ' Ἀργεῖος δολιχοῦ μὲν νίκην ἔσχεν αὐτός, πάλης δ' ὁ πατὴρ τοῦ Ἀριςέως Χείμων. ἐςήκασι μὲν δὴ ἐγγὺς ἀλλήλων, ἐποίησε δὲ τὸν μὲν Παντίας Χῖος, παρὰ τῷ πατρὶ δεδιδαγμένος Σωςράτῳ· αἱ δ' εἰκόνες τοῦ Χείμωνος ἔργον ἐςίν, ἐμοὶ δοκεῖν, τῶν δοκιμωτάτων Ναυκύδους, ἥ τ' ἐν Ὀλυμπίᾳ καὶ ἡ ἐς τὸ ἱερὸν τῆς Εἰρήνης τὸ ἐν Ῥώμῃ κομισθεῖσα ἐξ Ἄργους.
Pantias floruit c. Olymp. C sqq. [3].

Δαμάτριος Ἀριςίππου (Τεγεάτης?).
Inscriptio Tegeatica in Boeckhii Corp. Inscript. n. 1515 Tom. I p. 702:
Δαμάτριος Ἀριςίππου
Ὀλύμπια παῖδας ςάδιον
Νέμεα παῖδας δολιχόν

cet. Sequuntur complures in aliis ludis victoriae et una Olympica:
Ὀλύμπια ἄνδρας δολιχόν.

---

[1] Kuhnius coniecit Παραβόλαντι.
[2] Cave ne Charinum confundas cum Epicharino (Atheniensi?) dolichodromo cuius statuam Athenis vidit Pausanias I. xxiii. 9, ubi recte a recentioribus editoribus receptum esse Ἐπιχαρίνου pro ἐπὶ Χαρίνου demonstrat superstes ipsa statuae basis, cui inscriptum est: Ἐπι(χ)αρῖνο(ς ἀνέ)θ(ηκ)εν ὁ(πλιτ)ο(δρό)μ(ος). Κριτίος (κ)αὶ Νησιώτης ἐπο(ιησ)άτην. Ediderunt hanc inscriptionem Stephani in Rhein. Mus. N. F. IV p. 6, Rangabé, Ant. Hell. I p. 22, et Ross, Kritios Nesiotès Cresilas.
[3] Brunn, Geschichte der Griech. Künstler, I p. 81.

Λάδας Λάκων.
Pausanias II. xix. 7 (versatur in describendo templo Apollinis Lycii apud Argivos): *τοῦ ναοῦ δ' ἐςὶν ἐντὸς Λάδας ποδῶν ὠκύτητι ὑπερβαλόμενος τοὺς ἐφ' αὐτοῦ.*
Idem III. xxi. 1: *προελθόντι δ' αὐτόθεν ςαδίους εἴκοσι τοῦ Εὐρώτα τὸ ῥεῦμα ἐγγυτάτω τῆς ὁδοῦ γίνεται, καὶ Λάδα μνῆμά ἐςιν ὠκύτητι ὑπερβαλομένου ποδῶν τοὺς ἐφ' αὐτοῦ καὶ δὴ καὶ 'Ολυμπίασιν ἐςεφανοῦτο δολιχῷ κρατῶν, δοκεῖν δέ μοι κάμνων αὐτίκα μετὰ τὴν νίκην ἐκομίζετο, καὶ συμβάσης ἐνταῦθά οἱ τελευτῆς ὁ τάφος ἐςὶν ὑπὲρ τὴν λεωφόρον*[1].

Epigrammata duo, quibus Ladae velocitas celebratur, leguntur in Anthol. Graec. Planud. IV. 53 et 54. In altero Epigrammate statuam Ladae Olympicam fecisse dicitur Myro (vs. 3 sq.):

*τοῖον ἐχάλκευσέν σε Μύρων, ἐπὶ παντὶ χαράξας
σώματι Πισαίου προσδοκίην ςεφάνου.*

Myro floruit c. Olymp. LXXX sqq. [2].

Forte eiusdem Ladae fuit stadium quod Mantineam inter et Orchomenum vidit Pausanias VIII. xii. 5: *ἐπὶ δ' ὁδοῖς ταῖς κατειλεγμέναις δύο ἐς 'Ορχομενόν εἰσιν ἄλλαι, καὶ τῇ μέν ἐςι καλούμενον Λάδα ςάδιον, ἐς ὃ ἐποιεῖτο Λάδας μελέτην δρόμου*, cet.

Νικοκλῆς 'Ακριάτης (δίς?).
Pausanias loco laudato p. 105.

---

[1] Curtius, Peloponnesos, II p. 253 sq.: *Der Weg* (Lacedaemone Belminam) *geht quer über die vortretenden Höhen und lässt den Fluss in tiefer Schlucht zur Rechten. Wo er das Bett desselben wieder erreicht und sich unter steilen Felswänden hart am Flusse hinzieht, erkennt man im Felsboden die deutlichen Gleise der alten Uferstrasse und oberhalb derselben eine Höhle mit doppelter Mündung, darunter eine bogenförmig ausgehauene Grabnische.*

Dieser durch die Spuren des Alterthums und die scharfe Ecke des Flussthals leicht kenntliche Ort entspricht genau einer von Pausanias angeführten Station auf dem Wege nach Belmina. Es ist die Grabstätte des Ladas, des schnellsten Läufers seiner Zeit, der auf der Heimreise von Olympia, ehe er als Sieger die nahe Stadt erreichen konnte, starb und hier oberhalb der Heerstrasse, «wo sie sich unmittelbar dem Flusse nähert», *bestattet wurde. fünfzig Stadien von Sparta; eine Zahl die bei den Windungen des alten Weges leicht herauskommen konnte.*

[2] Brunn, Geschichte der Griech. Künstler, I p. 142.

Πυριλάμπης Έφέσιος.
Pausanias VI. iii. 14 (15): ἀνάκειται δὲ Πυριλάμπης Ἐφέσιος λαβὼν δολιχοῦ νίκην ..... Πυριλάμπει δ' ὁμώνυμος καὶ ὁ πλάςης, γένος δ' ἐκ Μεσσήνης τῆς ὑπὸ τῇ Ἰθώμῃ.
Pyrilampes statuarius quando vixerit non traditur; debet autem post Olymp. CII floruisse, quippe qua Messenios restituerit et Messenen τὴν ὑπὸ τῇ Ἰθώμῃ condiderit Epaminondas [1].

Φάνας Μεσσήνιος.
Pausanias IV. xvii. 9 (quo loco traditiones profert de proelio ἐπὶ τῇ καλουμένῃ Μεγάλῃ Τάφρῳ in bello Messenico secundo): ἀπέθανον δὲ καὶ τῶν πρωτευόντων ἄλλοι τε ..... καὶ λόγου μάλιςα ἀξίως ἀγωνισάμενος Φάνας, ὃς πρότερον τούτων ἔτι (l. ἐπί?) δολιχοῦ νίκην Ὀλυμπίασιν ἦν ἀνῃρημένος.
Pausanias pugnatum dicit ἐπὶ τῇ Μεγάλῃ Τάφρῳ anno belli tertio (IV. xvii. 2), i. e. Olymp. XXIV (IV. xv. 1); cui tamen fides haberi non debet, quum et in bellis Messenicis describendis ea proferat quae vix traditionum nomine digna sint, et in belli secundi chronologia ne sibi quidem constet [2].

ΠΑΛΗ.

Ἀναυχίδας Φίλυος Ἠλεῖος.
Pausanias VI. xiv. 11: Ἀναυχίδας δ' ὁ Φίλυος Ἠλεῖος πάλης ἔσχεν ἐν παισὶ ςέφανον καὶ ἐν ἀνδράσιν ὕςερον· τούτῳ μὲν δὴ τὴν εἰκόνα ὅςις ὁ εἰργασμένος ἐςὶν οὐκ ἴσμεν.

Βαῦκις Τροιζήνιος.
Pausanias VI. viii. 4: Τροιζηνίῳ Βαύκιδι παλαιςὰς καταβαλόντι ἄνδρας . .... Ναυκύδους ἐςὶν ὁ ἀνδριὰς ἔργον.
Floruit Naucydes c. Olymp. XC—XCV [3].

Γερηνὸς Ναυκρατίτης.
Philostratus de Gymnast. p. 90 Darembergii, 54 Mynae: ..

---

[1] Clinton, Fasti Hellenici, II p. 112 sq. ed. 2ae.
[2] Grote, History of Greece, II p. 421 sqq. ed. Americ. Clinton, Fasti Hellenici, I p. 255.
[3] Brunn, Geschichte der Griech. Künstler, I p. 279.

... Γερηνῷ τῷ παλαιςῇ, οὗ τὸ σῆμα Ἀθήνησιν ἐν δεξιᾷ τῆς Ἐλευσῖνάδε ὁδοῦ. Ναυκρατίτης μὲν γὰρ ἦν οὗτος, καὶ τῶν ἄριςα παλαισάντων, ὡς τὸ ἐπ᾽ αὐτῷ ἐπίγραμμα δηλοῖ[1]· ἄριςα ἀγωνισάμενος· ἐτύγχανε μὲν ἐν Ὀλυμπίᾳ νενικηκώς, cet.

Δημοκράτης Τενέδιος.
Pausanias VI. xvii. 1: Δημοκράτης Τενέδιος καὶ Ἠλεῖος Κριάννιος, οὗτος μὲν ὅπλου λαβὼν νίκην, Δημοκράτης δ᾽ ἀνδρῶν πάλης. ἀνδριάντας δὲ τοῦ μὲν Μιλήσιος Διονυσικλῆς, τοῦ δὲ Κριαννίου Μακεδὼν Λῦσός ἐςιν ὁ ἐργασάμενος.
Uterque statuarius quando vixerit ignoratur.
Δημοκράτης ὁ παλαιςής commemoratur ab Aeliano Var. Hist. IV. 15.

Ἐτοιμοκλῆς Λάκων πεντάκις.
Pausanias III. xiii. 9: τοῦ λόφου δὲ κατὰ τὴν ἐς δεξιὰν ὁδὸν Ἐτοιμοκλέους ἐςὶν εἰκών. τῷ δ᾽ Ἐτοιμοκλεῖ καὶ αὐτῷ καὶ[2] Ἱπποσθένει τῷ πατρὶ πάλης εἰσὶν Ὀλυμπικαὶ νἶκαι, συναμφοτέροις μὲν μία τε καὶ δέκα, τῷ δ᾽ Ἱπποσθένει μιᾷ νίκῃ τὸν υἱὸν παρελθεῖν ὑπῆρξεν.
Hiposthenes vicit Olymp. XXXVII et XXXIX—XLIII. Fieri potest ut ex Hetoemoclis victoriis una inter pueros reportata sit.

Εὐθυμένης Ἀρκὰς ἐκ Μαινάλου.
Pausanias VI. viii. 5: μετὰ δὲ τὸν Βαυκιδά εἰσιν ἀθλητῶν Ἀρκάδων εἰκόνες, Εὐθυμένης τ᾽ ἐξ αὐτῆς Μαινάλου, νίκας τὴν μὲν ἀνδρῶν πάλης τὴν δ᾽ ἔτι πρότερον ἐν παισὶν εἰληφώς, καὶ Ἀζᾶν ἐκ Πκλλάνας[3] Φίλιππος κρατήσας πυγμῇ παῖδας, καὶ Κριτόδαμος ἐκ Κλείτορος, ἐπὶ πυγμῇ καὶ οὗτος ἀναγορευθεὶς παίδων. τὰς δέ σφισιν εἰκόνας, τὴν μὲν ἐν παισὶ τοῦ Εὐθυμένους Ἄλυπος, τὴν δὲ τοῦ Δαμοκρίτου[4] Κλέων, Φιλίππου δὲ τοῦ Ἀζᾶνος Μύρων τὴν εἰκόνα ἐποίησεν.
Alypus floruit c. Olymp. XCV[5].

---

[1] Sic pro ὡς τὰ ὑπ᾽ αὐτῷ γε δηλοῦσιν emendavit Colbet, de Philostrati libello περὶ γυμνας., p. 26.

[2] Codices hic particulam καὶ omittunt, mox inserunt post νῖκαι.

[3] Codices Πελλάνας. Apud Plinium Hist. Nat. IV. vi. 10 § 20 inter Arcadiae oppida recensetur Pallene. Scholion. Paris. ad Apoll. I. 177 (teste Siebelisio ad h. l.): ἡ τῆς Ἀρκαδίας Παλλήνη τῷ ᾱ γράφεται.

[4] Aut hic Κριτοδάμου legendum est, aut supra Δαμόκριτος: potest esse lapsus calami ipsius Pausaniae. Amasaeus utrobique Κριτόδαμος, sed potest sic e coniectura scripsisse.

[5] Brunn, Geschichte der Griech. Künstler, I. p. 280.

Θεόπομπος Θεοπόμπου Ἡραιεὺς δίς.
Pausanias VI. x. 4: Δαμαρέτῳ δ' Ἡραιεῖ υἱῷ τε τοῦ Δαμαρέτου καὶ υἰωνῷ δύο ἐν Ὀλυμπίᾳ γεγόνασιν ἑκάςῳ νῖκαι, Δαμαρέτῳ μέν cet. Deinde: Θεοπόμπῳ δὲ τῷ Δαμαρέτου καὶ αὖθις ἐκείνου παιδὶ ὁμωνύμῳ, τῷ μὲν [1] ἐπὶ πεντάθλῳ, Θεοπόμπῳ δὲ τῷ δευτέρῳ πάλης ἐγένοντο αἱ νῖκαι.
Damaretus vicit Olymp. LXV et LXVI.

Καλλιτέλης Λάκων.
Pausanias VI. xvi. 6: ἐνταῦθα καὶ ἅρμα οὐ μέγα ἀνάκειται Πολυπείθους Λάκωνος, καὶ ἐπὶ ϛήλης τῆς αὐτῆς Καλλιτέλης ὁ τοῦ Πολυπείθους πατήρ, παλαιςὴς ἀνήρ· νῖκαι δέ σφισι, τῷ μὲν ἵπποις, Καλλιτέλει δὲ παλαίσαντί εἰσιν.

Λεοντίσκος Μεσσήνιος ἐκ Σικελίας δίς.
Pausanias VI. iv. 3: παρὰ δὲ τὸν Σώςρατον παλαιςὴς ἀνὴρ πεποίηται Λεοντίσκος ἐκ Σικελίας τ' ἂν γένος καὶ ἀπὸ τῆς ἐν τῷ πορθμῷ Μεσσήνης· ϛεφανωθῆναι δ' ὑπό τ' Ἀμφικτυόνων καὶ δὶς [2] ὑπ' Ἠλείων, εἶναι δ' αὐτῷ λέγεται τὴν πάλην καθὰ δὴ καὶ τὸ παγκράτιον τῷ Σικυωνίῳ Σωςράτῳ· καὶ γὰρ τὸν Λεοντίσκον καταβαλεῖν μὲν οὐκ ἐπίςασθαι τοὺς παλαίοντας, νικᾶν δ' αὐτὸν κλῶντα τοὺς δακτύλους. τὸν δ' ἀνδριάντα Πυθαγόρας ἐποίησεν ὁ Ῥηγῖνος.
Suidas v. ἀκροχειρίζεσθαι et v. Σώςρατος sua descripsit e Pausania.
Floruit Pythagoras c. Olymp. LXXV sqq. [3]
Pausanias VI. ii. 10: θαῦμα δ' εἴπερ ἄλλο τι καὶ τόδ' ἐποιησάμην· Μεσσηνίους γὰρ ἐκ Πελοποννήσου φεύγοντας ἐπέλιπεν ἡ περὶ τὸν ἀγῶνα τύχη τὸν Ὀλυμπικόν. ὅτι γὰρ μὴ Λεοντίσκος καὶ Σύμμαχος τῶν ἐπὶ τῷ πορθμῷ Μεσσηνίων, ἄλλος γ' οὐδεὶς Μεσσήνιος, οὔτε Σικελιώτης, οὔτ' ἐκ Ναυπάκτου, δῆλός ἐςιν Ὀλυμπίασιν ἀνῃρημένος νίκην· εἶναι δ' οἱ Σικελιῶται καὶ τούτους τῶν ἀρχαίων Ζαγκλαίων καὶ οὐ Μεσσηνίους φασίν.
Plinius XXXIV. viii. 19 § 59: *Vicit eum* (Myronem) *Pythagoras Rheginus ex Italia pancratiaste Delphis posito; eodem vicit et Leontiscum; fecit et stadiodromon Astylon* cet. Hunc locum ita viri

---

[1] Voculae τῷ μέν desunt in codicibus.
[2] Pro ΔΙΣ codices ΑΙΣ. Emendavit Buttmannus.
[3] Brunn, Geschichte der Griech. Künstler, I p. 132 sq.

docti interpretantur ut Pythagorae pancratiastes praestantia superasse dicatur Myronem et ipsius Pythagorae Leontiscum. Forte coniungenda sunt *Leontiscum fecit*, ut ante *Leontiscum* nomen statuarii cuiusdam (in accusativo) perierit.

Ναρυκίδας Δαμαρέτου Φιγαλεύς.
Pausanias VI. vi. 1: Ναρυκίδαν τον Δαμαρέτου παλαιςὴν ἄνδρα εκ Φιγαλείας Σικυώνιος Δαίδαλος εποίησεν.
Daedalus floruit c. Olymp. XCV sqq.[1].

Νικασύλος 'Ρόδιος.
Pausanias VI. xiv. 1: διάφορον καὶ ουδαμῶς εοικυῖαν ἔσχεν εν 'Ολυμπίᾳ τύχην Νικασύλος[2] 'Ρόδιος. ὄγδοον γὰρ επὶ τοῖς δέκα ἔτεσι γεγονὼς μὴ παλαῖσαι μὲν εν παισὶν υπ' Ἠλείων απηλάθη, ανηγορεύθη δ' εν ανδράσιν, ὥσπερ γε καὶ ενίκησεν.

Σελεάδας Λακεδαιμόνιος.
Pausanias VI. xvi. 6: Ευαλκίδᾳ δ' Ἠλείῳ καὶ Σελεάδᾳ Λακεδαιμονίῳ, τῷ μὲν εν παισὶν εγένοντο πυγμῆς νίκαι, Σελεάδᾳ δ' ανδρῶν πάλης.

Σύμμαχος Αισχύλου Ἠλεῖος.
Pausanias VI. ι. 3: ἔςι δ' εν δεξιᾷ τοῦ ναοῦ τῆς Ἥρας ανδρὸς εικὼν παλαιςοῦ, γένος δ' ἦν Ἠλεῖος, Σύμμαχος Αισχύλου ..... τούτων τῶν κατειλεγμένων ειργάσατο Ἄλυπος τὰς εικόνας Σικυώνιος, Ναυκύδους τοῦ Ἀργείου μαθητής.
Alypus floruit c. Olymp. XCV[3].

Ταυροσθένης Αιγινήτης.
Pausanias VI. ιx. 3: λέγεται δ' ὡς Ταυροσθένην καταπαλαίσειεν ὁ Χείμων τὸν Αιγινήτην, καὶ ὡς Ταυροσθένης τῇ Ὀλυμπιάδι τῇ εφεξῆς καταβάλοι τοὺς εσελθόντας ες τὴν πάλην, καὶ ὡς εοικὸς Ταυροσθένει φάσμα επ' εκείνης τῆς ημέρας εν Αιγίνῃ φανὲν απαγγείλειε τὴν νίκην.
De hac fama cf. Aelianus *Var. Hist.* IX. 2.
Quando vixerit Taurosthenes, quodammodo exputari potest, quum aequalis fuerit Chimonis, q. v.

---

[1] Brunn, Geschichte der Griech. Küustler, I p. 278.
[2] Codices νίκας ύλος, νίκας ύλλος, νίκης ύλος, unus Mosquensis νικασύλας.
[3] Brunn, Geschichte der Griech. Künstler, I p. 279 sq.

Χείμων Αργείος.
Pausanias laudatus p. 106, 111.
Naucydes, quem Chimonis statuam fecisse Pausanias tradit, floruit c. Olymp. XC—XCV [1].

. . . . Μιλήσιος.
Photius, Suidas et *Etymologicum Magnum* v. Ἐφέσια γράμματα: ἐν Ὀλυμπίᾳ Μιλησίου καὶ Ἐφεσίου παλαιόντων, τὸν Μιλήσιον μὴ δύνασθαι παλαίειν, διὰ τὸ τὸν ἕτερον περὶ τῷ ἀστραγάλῳ (E. M. τὸν ἀστράγαλον) ἔχειν τὰ Ἐφέσια γράμματα. Φανεροῦ δὲ τούτου γενομένου καὶ λυθέντων αὐτῶν (Suid. αὐτῷ), τριάκοντα τὸ ἑξῆς πεσεῖν τὸν Ἐφέσιον. Eadem habent Eustathius ad Hom. Od. XIX. 247 p. 1864 ed. Romanae et Apostolius *Proverb.* Cent. XI. 29, in Leutschii et Schneidewini Paroemiogr. Graec. II p. 523. Manifesta hallucinatio est in voce τριάκοντα sive, quod Eustathius habet, τριακοντάκις: in lucta enim τρὶς πεσεῖν = ἡττηθῆναι.

ΠΕΝΤΑΘΛΟΝ.

Αἴνητος Λάκων.
Pausanias III. xviii. 7: τὰ δ' ἐν Ἀμύκλαις θέας ἄξια ἀνὴρ πένταθλός ἐστιν ἐπὶ στήλης ὄνομα Αἴνητος· τούτῳ νικήσαντι Ὀλυμπίασι καὶ ἔτι στεφανουμένῳ γενέσθαι τοῦ βίου τὴν τελευτὴν λέγουσιν.

Αἰσχίνης Ἠλεῖος δίς.
Pausanias VI. xiv. 13: Αἰσχίνῃ δ' Ἠλείῳ νῖκαί τε δύο ἐγένοντο πεντάθλου καὶ ἴσαι ταῖς νίκαις αἱ εἰκόνες.

Ἀλεξίβιος Ἡραιεύς.
Pausanias VI. xvii. 4: Ἐμαυτίωνι δὲ καὶ Ἀλεξιβίῳ τῷ μὲν ἐν παισὶ σταδίου, Ἀλεξιβίῳ δὲ πεντάθλου γέγονε νίκη, καὶ Ἡραία τ' Ἀρκάδων ἐστὶν αὐτῷ πατρὶς καὶ Ἀκέστωρ ὁ τὴν εἰκόνα εἰργασμένος· Ἐμαυτίωνα δ' ἧς τινος ἦν οὐ δηλοῖ τὸ ἐπίγραμμα· ὅτι δὲ τοῦ Ἀρκάδων ἦν ἔθνους δηλοῖ.
Brunnio assentior hunc Acestorem non diversum esse ab Acestore Amphionis patre, quem commemorat Pausanias X. xv. 6: Ἀμφίων Ἀκέστορος Κνώσιος, nam non solet Pausanias ubi statuarios

---
[1] Brunn, Geschichte der Griech. Künstler, I p. 279.

nominat patris nomen addere, nisi et ipse pater hanc artem exercuerit. Amphion autem floruit c. Olymp. LXXXVIII. [1].

Γόργος Ἠλεῖος τετράκις.
Pausanias loco laudato p. 105.

Γόργος Εὐκλήτου Μεσσήνιος.
Pausanias VI. xiv. 11: Γόργον δὲ τὸν Εὐκλήτου Μεσσήνιον ἀνελόμενον πεντάθλου νίκην..... Βοιώτιος Θήρων [2] ἐποίησεν.
Polybius VII. x. 2 sqq.: Γόργος ὁ Μεσσήνιος οὐδενὸς ἦν δεύτερος Μεσσηνίων πλούτῳ καὶ γένει· διὰ δὲ τὴν ἄθλησιν κατὰ τὴν ἀκμὴν πάντων ἐνδοξότατος ἐγεγόνει τῶν περὶ τοὺς γυμνικοὺς ἀγῶνας φιλοςεφανούντων. καὶ γὰρ κατὰ τὴν ἐπιφάνειαν καὶ κατὰ τὴν τοῦ λοιποῦ βίου προςασίαν, ἔτι δὲ καὶ κατὰ τὸ πλῆθος τῶν ςεφάνων, οὐδενὸς ἐλείπετο τῶν καθ' αὑτόν. καὶ μήν, ὅτε καταλύσας τὴν ἄθλησιν ἐπὶ τὸ πολιτεύεσθαι καὶ τὸ πράττειν τὰ τῆς πατρίδος ὥρμησε, καὶ περὶ τοῦτο τὸ μέρος οὐκ ἐλάττω δόξαν ἐξεφέρετο τῆς πρότερον ὑπαρχούσης αὐτῷ· πλεῖςον μὲν ἀπέχειν δοκῶν τῆς τοῖς ἀθληταῖς παρεπομένης ἀναγωγίας, πρακτικώτατος δὲ καὶ νουνεχέςατος εἶναι νομιζόμενος περὶ τὴν πολιτείαν.
Suidas v. Γόργος Polybium descripsit.
Teste Polybio V. v. 4 Gorgus a Messeniis legatus missus est ad Philippum Olympiade CXL.

Θεόδωρος Ἠλεῖος.
Pausanias VI. xvi. 8: Θεόδωρον δὲ λαβόντα ἐπὶ πεντάθλῳ νίκην, καὶ Πύτταλον ..... Ἠλείους σφᾶς ὄντας ἴςω τις.

Θεόπομπος Δαμαρέτου Ἡραιεὺς δίς.
Pausanias laudatus p. 110.
Pater eius, Damaretus, vicit Olymp. LXV et LXVI.

Ἴκκος Νικολαΐδα Ταραντῖνος.
Pausanias VI. x. 5: Ἴκκος δ' ὁ Νικολαΐδα Ταραντῖνος τόν τ'

---

[1] Brunn, Geschichte der Griech. Künstler, I p. 105.
[2] Theronis aetatem *incertam* esse affirmat Sillig, Catal. Artif., in voce. Brunn, Geschichte der Griech. Künstler, I p. 296 recte monuit eum vixisse debere post Olymp. CIII, quum Messenii Olympionicae statuam fecerit. Sed potest multo accuratius Theronis aetas definiri, quoniam de Gorgi Olympionicae aetate constat. Floruit Thero c. Olymp. CXL.

'Ολυμπικὸν ϛέφανον ἔσχεν ἐπὶ πεντάθλῳ, καὶ ὕϛερον γυμναϛὴς ἄριϛος λέγεται τῶν ἐφ' αὑτοῦ γενέσθαι.

Plato Protag. p. 316 D: ἐγὼ δὲ τὴν σοφιϛικὴν τέχνην φημὶ μὲν εἶναι παλαιάν, τοὺς δὲ μεταχειριζομένους αὐτὴν τῶν παλαιῶν ἀνδρῶν, φοβουμένους τὸ ἐπαχθὲς αὐτῆς, πρόσχημα ποιεῖσθαι τοὺς μὲν ποίησιν ..... ἐνίους δέ τινας ᾔσθημαι καὶ γυμναϛικήν, οἷον Ἴκκος ὁ Ταραντῖνος.

Cf. Plato eiusque Scholiasta loco laudato ad Olymp. LXXIII p. 32 nota 1. Perperam a Platonis Scholiasta ϛαδιοδρόμος vocatur; vix melius Aelianus *Var. Hist.* XI. 3 Iccum παλαιϛήν fuisse narrat. Laudatur ut eximius gymnastes a Luciano *quom. sit hist. conscrib.* 35.

Κλεάρετος Ἠλεῖος.
Pausanias VI. xvi. 9: Κλεάρετός τ' ἐϛὶν Ἠλεῖος πεντάθλου λαβὼν ϛέφανον.

Κλεινόμαχος Ἠλεῖος.
Pausanias VI. xv. 1: Κλεινόμαχον Ἠλεῖον ὅϛις ὁ ποιήσας ἐϛὶν οὐκ ἴσμεν· ἀνηγορεύθη δ' ὁ Κλεινόμαχος ἐπὶ νίκῃ πεντάθλου.

Λύκος Μεσσήνιος.
Pausanias II. vii. 2: ἐκ δὲ τῆς Κορινθίας ἐλθοῦσιν ἐς τὴν Σικυωνίαν Λύκου Μεσσηνίου μνῆμά ἐϛιν, ὅϛις δὴ οὗτος ὁ Λύκος· οὐ γάρ τινα Λύκον εὑρίσκω Μεσσήνιον ἀσκήσαντα πένταθλον οὐ δ' Ὀλυμπικὴν ἀνῃρημένον νίκην. Videtur igitur traditio ibi exstitisse Lycum Olympiae victoriam reportasse pentathlo.

Μενάλκης Ἠλεῖος.
Pausanias VI. xvi. 5: τοῦ δ' Ἀριϛείδου ἐγγύτατα Μενάλκης ἕϛηκεν Ἠλεῖος ἀναγορευθεὶς Ὀλυμπίασιν ἐπὶ πεντάθλῳ.

Πυθοκλῆς Ἠλεῖος.
Pausanias VI. vii. 10: τὴν δ' ἐφεξῆς ταύτῃ (εἰκόνα), πένταθλον Ἠλεῖον Πυθοκλέα, Πολύκλειτός ἐϛιν εἰργασμένος.
Non traditur uter Polycletus Pythoclis statuam fecerit: maior, qui c. Olymp. LXXXV, an minor, qui c. Olymp. XCV floruit [1].

---
[1] Brunn, Geschichte der Griech. Künstler, I p. 241, 214, 280 sq.

Στόμιος Ἠλεῖος.
Pausanias VI. iii. 2 sq.: μετὰ δὲ τὸν Χαιρέαν ..... ἀνὴρ Ἠλεῖος ἀνάκειται Στόμιος ..... Στομίῳ δὲ πενταθλοῦντι [1] ἐν Ὀλυμπίᾳ καὶ Νεμείων τρεῖς ὑπῆρξεν ἀνελέσθαι νίκας. τὸ δ᾽ ἐπίγραμμα τὸ ἐπ᾽ αὐτῷ καὶ τάδ᾽ ἐπιλέγει, τῆς ἵππου τ᾽ Ἠλείοις αὐτὸν ἡγούμενον ἀναςῆσαι τρόπαια καὶ ἄνδρα τοῖς πολεμίοις ςρατηγοῦντα ἀποθανεῖν ὑπὸ τοῦ Στομίου μονομαχήσαντά οἱ κατὰ πρόκλησιν. εἶναι δ᾽ αὐτὸν ἐκ Σικυῶνος οἱ Ἠλεῖοί φασι καὶ ἄρχειν Σικυωνίων, ςρατεῦσαι δ᾽ ἐπὶ Σικυῶνα αὐτοὶ φιλίᾳ Θηβαίων ὁμοῦ τῇ ἐκ Βοιωτίας δυνάμει. φαίνοιτο ἂν οὖν ἡ ἐπὶ Σικυῶνα Ἠλείων καὶ Θηβαίων ςρατεία γεγενῆσθαι μετὰ τὸ ἀτύχημα Λακεδαιμονίοις τὸ ἐν Λεύκτροις.
Leuctrica calamitas accidit Olymp. CII, 2 [2]. Teste Diodoro Siculo XV. 69 Thebani Olymp. CII, 4, adiunctis sibi Eleis aliisque Peloponnesiis (cap. 68), et alias urbes ceperunt et Sicyonem.

Τίμων Ἠλεῖος.
Pausanias V. ii. 5 (quo loco de causa disputat ob quam Eleis interdictum fuerit ludis Isthmicis): Τίμωνι ἀνδρὶ Ἠλείῳ γεγόνασι πεντάθλου νῖκαι τῶν ἐν Ἕλλησιν ἀγώνων, καί οἱ καὶ εἰκών ἐςιν ἐν Ὀλυμπίᾳ, καὶ ἐλεγεῖον, ςεφάνους θ᾽ ὁπόσους ἀνείλετο ὁ Τίμων λέγον, καὶ δὴ καὶ αἰτίαν δι᾽ ἥντινα Ἰσθμικῆς οὐ μέτεςιν αὐτῷ νίκης.
Idem VI. xvi. 2: Τίμωνι δ᾽ ἀγώνων τε νῖκαι τῶν ἐν Ἕλλησιν ὑπάρχουσιν ἐπὶ πεντάθλῳ πλὴν τοῦ Ἰσθμικοῦ. τούτου δὲ τὸ μὴ ἀγωνιςὴς γενέσθαι κατὰ τὰ αὐτὰ Ἠλείοις τοῖς ἄλλοις εἴργετο. καὶ τάδ᾽ ἄλλα φησὶ τὸ ἐς αὐτὸν ἐπίγραμμα, Αἰτωλοῖς αὐτὸν ἐπιςρατείας μετασχεῖν ἐπὶ Θεσσαλοὺς καὶ φρουρᾶς ἡγεμόνα ἐν Ναυπάκτῳ φιλίᾳ γενέσθαι τῇ ἐς Αἰτωλούς.
Forte eandem Aetolorum in Thessaliam expeditionem voluit Pausanias, quam memorat Diodorus Siculus XVIII. 38. Haec autem suscepta est Olymp. CXIV.

Ὕσμων Ἠλεῖος.
Pausanias VI. iii. 9 sq.: Ὕσμωνι τῷ Ἠλείῳ ἀθλήσαντι πένταθλον ἥ τ᾽ Ὀλυμπικὴ νίκη καὶ Νεμείων γέγονεν ἡ ἑτέρα, Ἰσθμίων δὲ δῆλα ὡς καὶ οὗτος κατὰ ταῦτα Ἠλείοις τοῖς ἄλλοις εἴργετο. λέγεται δὲ παιδὶ ἔτι ὄντι τῷ Ὕσμωνι κατασκῆψαι ῥεῦμα ἐς τὰ νεῦρα καὶ αὐτὸν

---
[1] Sic Bekkerus; codices πένταθλόν τε.
[2] Clinton, Fasti Hellenici, II p. 112 ed. 2ᵃᵉ.

ἐπὶ τούτῳ μελετῆσαι πένταθλον, ἵνα δὴ ἐκ τῶν πόνων ὑγιής τε καὶ ἄνοσος ἀνὴρ εἴη. τῷ δ' ἄρα τὸ μάθημα καὶ νίκας ἔμελλεν ἐπιφανεῖς οὕτω παρασκευάσειν. ὁ δ' ἀνδριὰς αὐτῷ Κλέωνος μέν ἐςιν ἔργον, ἔχει δ' ἁλτῆρας ἀρχαίους.
Cleon floruit c. Olymp. XCVIII sqq. [1].

.... Λάκων.
Pausanias VI. ι. 7: τὸ δ' ἐπίγραμμά φησι τὸ ἐπ' αὐτῷ ('Αναξάνδρῳ Λακεδαιμονίῳ) τοῦ πατρὸς τοῦ 'Αναξάνδρου πρότερον ἔτι ςεφανωθῆναι τὸν πατέρα πεντάθλῳ.

ΠΤΓΜΗ.

'Αγήσαρχος Αἱμοςράτου Τριτα ιεύς.
Pausanias VI. xii. 8: 'Αγήσαρχον δὲ τὸν Αἱμοςράτου Τριταιέα κρατῆσαι μὲν πύκτας ἄνδρας ἐν 'Ολυμπία καὶ Νεμέᾳ τε καὶ Πυθοῖ καὶ ἐν Ἰσθμῷ μαρτυρεῖ τὸ ἐλεγεῖον, 'Αρκάδας δὲ τοὺς Τριταιεῖς εἶναι τοῦ ἐλεγείου λέγοντος ἀληθεῦον οὐχ [2] εὕρισκον. πόλεων γὰρ τῶν ἐν 'Αρκαδίᾳ ταῖς μὲν ἐπειλημμέναις δόξης οὐδὲ τὰ ἐς τοὺς οἰκιςάς ἐςιν ἄγνωςα· τὰς δ' ἐξ ἀρχῆς θ' ὑπ' ἀσθενείας ἀφανεςέρας καὶ δι' αὐτὸ ἀνοικισθείσας ἐς Μεγάλην πόλιν, περιέχει σφᾶς γενόμενον τόθ' ὑπὸ τοῦ 'Αρκάδων κοινοῦ δόγμα· οὐδέ τινα ἔςιν ἐν Ἕλλησι Τριταίαν πόλιν ἄλλην γ' ἢ τὴν 'Αχαιῶν εὑρεῖν. τηνικαῦτα γοῦν ἐς 'Αρκάδας ἡγοῖτο ἄν τις συντελέσαι τοὺς Τριταιεῖς [3] καθὰ καὶ νῦν ἔτι 'Αρκάδων αὐτῶν εἰσιν οἱ ἐς τὸ 'Αργολικὸν ςελοῦντες. τοῦ 'Αγησάρχου δ' ἐςὶν ἡ εἰκὼν τέχνη τῶν Πολυκλέους παίδων.

---

[1] Brunn, Geschichte der Griech. Künstler, I p. 285.
[2] Codices hoc loco negationem omittunt, paullo post eandem inserunt ante vocem περιέχει.
[3] «Mit der Zerstörung Korinths durch Mummius (Olympiade 158, 3) wurden die alten Staatenbünde Griechenlands aufgelöst: Paus. VII, 16, 6. Damals musste es ganz im Sinne der Eroberer liegen namentlich das Gewicht des achaeischen Namens zu verringern; und so mochte damals Tritaea, welches nicht an der Küste, sondern gerade an der Grenze Arkadiens lag, diesem Lande von den Römern zugetheilt worden sein, bis es später Augustus aus politischen Gründen anderer Art unter die Herrschaft von Patrae stellte: Paus. VII, 22, 4; vgl. 18, 6." Brunn, Geschichte der Griech. Künstler, I p 538.

Polycles is, cuius filii Timocles et Timarchides Agesarchi statuam finxere, floruit c. Olymp. CLVI [1].
Eundem forte Agesarchum voluit Diogenianus apud Eusebium Praepar. Euang. VI. viii. 28: ώσπερ γὰρ εἰ λέγοντός τινος Ἡγήσαρχον τὸν πύκτην ἐξελεύσεσθαι τοῦ ἀγῶνος πάντως ἄπληκτον ἀτόπως ἄν τις ἠξίου καθιέντα τὰς χεῖρας τὸν Ἡγήσαρχον μάχεσθαι ..... οὕτω καὶ ἐπὶ τῶν ἄλλων ἔχει.

Ἀλκαίνετος Θεάντου Ἡλεῖος ἐκ Λεπρέου.
Pausanias VI. vii. 8: ἐγένοντο δὲ καὶ Ἀλκαινέτῳ τῷ Θεάντου Λεπρεάτῃ καὶ αὐτῷ καὶ τοῖς παισὶν Ὀλυμπικαὶ νῖκαι. αὐτὸς μέν γε πυκτεύων ὁ Ἀλκαίνετος ἔν τ᾽ ἀνδράσι καὶ πρότερον ἔτι ἐπεκράτησεν ἐν παισίν.
De Alcaeneti aetate quodammodo constat, quum Olymp. LXXXIX et XC filii eius inter pueros palmas tulerunt.
Cur scripserim Ἡλεῖος ἐκ Λεπρέου vid. ad Olymp. LXXXIX p. 51 nota 6.

Ἀριςίων Θεοφίλου Ἐπιδαύριος.
Pausanias VI. xiii. 6: Θερσίλοχον δὲ Κερκυραῖον καὶ Ἀριςίωνα Θεοφίλου Ἐπιδαύριον, τὸν μὲν ἀνδρῶν πυγμῆς, Θερσίλοχον δὲ λαβόντα ἐν παισὶ ςέφανον, Πολύκλειτος ἐποίησε σφᾶς ὁ Ἀργεῖος.
Duo fuere statuarii quibus nomen Polycletus; alter c. Olymp. LXXXV floruit, alter c. Olymp. XCV [2].

Ἄρχιππος Μυτιληναῖος.
Pausanias VI. xv. 1: Ἀρχίππῳ δὲ Μυτιληναίῳ τοὺς ἐς τὴν πυγμὴν ἐσελθόντας κρατήσαντι ἄνδρας ἄλλο τοιόνδε προσποιοῦσιν οἱ Μυτιληναῖοι ἐς δόξαν, ὡς καὶ τὸν ἐν Ὀλυμπίᾳ καὶ Πυθοῖ καὶ Νεμέᾳ καὶ Ἰσθμοῖ λάβοι ςέφανον ἡλικίαν οὐ πρόσω γεγονὼς ἐτῶν εἴκοσιν.

Ἀσάμων Ἡλεῖος.
Pausanios loco laudato p. 105.
Pyrilampes Messenius, quem Asamonis statuam Pausanias fecisse tradit, quando vixerit non traditur. Vixisse tamen debet post Messenios ab Epaminonda Olymp. CII restitutos.

---

[1] Brunn, Geschichte der Griech. Künstler, I. p. 537.
[2] Brunn, Geschichte der Griech. Künstler, I p. 211, 214, 280 sq.

Βριμίας Ήλεΐος.
Pausanias VI. XVI. 5: μετὰ δὲ τοῦτον Βριμίας ἐςὶν Ἠλεῖος κρατήσας ἄνδρας πυγμῇ.

Δάμαρχος [1] Δινύττα Παρράσιος.
Pausanias VI. VIII. 2: ἐς δὲ πύκτην ἄνδρα γένος μὲν Ἀρκάδα ἐκ Παρρασίων, Δάμαρχον δ' ὄνομα, οὔ μοι πιςὰ ἦν, πέρα γε τῆς ἐν Ὀλυμπίᾳ νίκης, ὁπόσα ἄλλα ἀνδρῶν ἀλαζόνων ἐςὶν εἰρημένα, ὡς ἐξ ἀνθρώπου μεταβάλοι τὸ εἶδος ἐς λύκον ἐπὶ τῇ θυσίᾳ τοῦ Λυκαίου Διός, καὶ ὡς ὕςερον τούτων ἔτει δεκάτῳ γένοιτο αὖθις ἄνθρωπος [2]. οὐ μὴν οὐδ' ὑπὸ τῶν Ἀρκάδων λέγεσθαί μοι τοῦτ' ἐφαίνετο ἐς αὐτόν· ἐλέγετο γὰρ ἂν καὶ ὑπὸ τοῦ ἐπιγράμματος τοῦ ἐν Ὀλυμπίᾳ. ἔχει γὰρ δὴ οὕτως (Anthol. Graec. append. 374):

Τίὸς Δινύττα Δάμαρχος τήνδ' ἀνέθηκεν
Εἰκόν' ἀπ' Ἀρκαδίας Παρράσιος γενεάν.

Agriopas apud Plinium Hist. Natur. VIII. XXII. 34. § 82: Mirum est, quo procedat Graeca credulitas. Nullum tam impudens mendacium est ut teste careat. Itaque Agriopas qui Olympionicas scripsit narrat Demaenetum Parrhasium in sacrificio, quod Arcades Jovi Lycaeo humana etiamtum hostia faciebant, immolati pueri exta degustasse et in lupum se convertisse, eundem decumo anno restitutum athleticae certasse in pugilatu victoremque Olympia reversum.

Varro apud Augustinum de Civit. Dei XVIII. 17: Hoc Varro ut adstruat, commemorat alia non minus incredibilia ..... denique etiam nominatim expressit quendam Demaenetum, cum gustasset de sacrificio quod Arcades immolato puero Deo suo Lycaeo facere solerent, in lupum fuisse mutatum, et anno decimo in figuram propriam restitutum pugilatu sese exercuisse et Olympico vicisse certamine. Sine dubio Varro aut Agriopam descripsit aut eundem quem Agriopas.

---

[1] Apud Plinium et Augustinum Δημαίνετος audit. Sed cogunt numeri in epigrammate laudato.
[2] Pausanias VIII. II. 6: λέγουσι γὰρ δὴ ὡς Λυκάονος ὕςερον ἀεί τις ἐξ ἀνθρώπου λύκος γίνοιτο ἐπὶ τῇ θυσίᾳ τοῦ Λυκαίου Διός, γίνοιτο δ' οὐκ ἐς ἅπαντα τὸν βίον· ὁπότε δ' εἴη λύκος, εἰ μὲν κρεῶν ἀπόσχοιτο ἀνθρωπίνων, ὕςερον ἔτει δεκάτῳ φασὶν αὐτὸν αὖθις ἄνθρωπον ἐκ λύκου γίνεσθαι, γευσάμενον δ' ἐς ἀεὶ μένειν θηρίον.

Δαμοξενίδας Μαινάλιος.

Pausanias VI. vi. 3: Νικόδαμος δ' ὁ πλάσης ὁ ἐκ Μαινάλου Δαμοξενίδαν ἄνδρα πύκτην ἐποίησεν ἐκ Μαινάλου.

Floruit Nicodamus c. Olymp. XCI [1].

[Διόγνητος Κρής.
Ptolemaeus Hephaestio apud Photium cod. CXC, p. 151a Bekkeri: ὡς Διόγνητος ὁ Κρής, ὁ πύκτης, νικήσας οὐ λάβοι τὸν ςέφανον ἀλλὰ καὶ ἐλαθείη ὑπ' Ἡλείων, διότι ὁ νικηθεὶς καὶ ἀναιρεθεὶς ὑπ' αὐτοῦ Ἡρακλῆς ἐκαλεῖτο ὁμωνυμῶν τῷ ἥρωϊ · τοῦτον τὸν Διόγνητον ὡς ἥρωα Κρῆτες τιμῶσιν.]

Ἐπιθέρσης Μητροδώρου Ἐρυθραῖος δίς.
Pausanias VI. xv. 6: Ἐρυθραῖοι δ' οἱ Ἴωνες Ἐπιθέρσην τὸν Μητροδώρου, δύο μὲν ἐν Ὀλυμπίᾳ πυγμῆς, δὶς δὲ Πυθοῖ νίκας καὶ ἐν Νεμέᾳ τε καὶ ἐν Ἰσθμῷ λαβόντα ..... ἀνέθεσαν.

Εὐάνθης Κυζικηνός.
Pausanias VI. iv. 10: Εὐάνθει δὲ Κυζικηνῷ γεγόνασι πυγμῆς νῖκαι, μία μὲν ἐν ἀνδράσιν Ὀλυμπική, Νεμείων δ' ἐν παισὶ καὶ Ἰσθμίων.

Εὐκλῆς Καλλιάνακτος Ῥόδιος.
Cf. ad Olymp. LXXXIX p. 45 nota 2.
Pausanias loco ibi laudato sic pergit: Διαγόρου δὲ καὶ οἱ τῶν θυγατέρων παῖδες πύξ τ' ἤσκησαν καὶ ἔσχον Ὀλυμπικὰς νίκας, ἐν μὲν ἀνδράσιν Εὐκλῆς Καλλιάνακτός τ' ὦν καὶ Καλλιπατείρας τῆς Διαγόρου, Πεισίρροδος δ' ἐν παισίν, ὃν ἡ μήτηρ ἀνδρὸς ἐπιθεμένη γυμναςοῦ σχῆμα ἐπὶ τῶν Ὀλυμπίων αὐτὴ τὸν ἀγῶνα ἤσκησεν. οὗτος δ' ὁ Πεισίρροδος καὶ ἐν τῇ Ἄλτει παρὰ τῆς μητρὸς τὸν πατέρα ἔςηκεν.
Idem VI. vi. 2: ἐπὶ δὲ τούτοις Εὐκλῆς ἀνάκειται Καλλιάνακτος, γένος μὲν Ῥόδιος, οἴκου δὲ τοῦ Διαγοριδῶν · θυγατρὸς γὰρ Διαγόρου παῖς ἦν, ἐν δ' ἀνδράσι πυγμῆς ἔσχεν Ὀλυμπικὴν νίκην. τούτου μὲν δὴ ἡ εἰκὼν Ναυκύδους ἐςὶν ἔργον.

Tria igitur sunt e quibus Euclis aetas quodammodo cognoscitur:
1º avus eius, Diagoras, pugilatus palmam tulit Olymp. LXXIX; 2º eius avunculus, Dorieus, pancratio vicit Olymp. LXXXVII—LXXXIX

---

[1] Brunn, Geschichte der Griech. Künstler, 1 p. 287.

3° qui statuam eius fecit, Naucydes, floruit c. Olymp. XC—XCV [1].

Κλεόμαχος Μάγνης από Μαιάνδρου.
Tertullianus de pallio IV p. 20 Salmasii: *sed et qui ante Tyrinthium accesserat, pugil Cleomachus, post Olympiae cum incredibili mutatu de masculo fluxisset, intra cutem caesus et ultra, inter Fullones iam Novianos coronandus, meritoque mimographo Lentulo in Catinensibus commemoratus*, cet.
Strabo XIV. ι. 41 p. 648 Casauboni: ἄνδρες δ' ἐγένοντο γνώριμοι Μάγνητες Ἡγησίας θ' ὁ ῥήτωρ, ... καὶ Κλεόμαχος ὁ πύκτης, ὃς εἰς ἔρωτα ἐμπεσὼν Κιναίδου τινὸς καὶ παιδίσκης ὑπὸ κιναίδῳ τρεφομένης ἀπεμιμήσατο τὴν ἀγωγὴν τῶν παρὰ τοῖς κιναίδοις διαλέκτων καὶ τῆς ἠθοποιίας.
Lentulus mimographus aequalis fere fuit Iuvenalis [2].

Λάβαξ Εὔφρονος Ἠλεῖος ἐκ Λεπρέου.
Pausanias VI. ιιι. 4: ἐφεξῆς δ' ἀνάκειται πύκτης ἐκ Λεπρέου τοῦ Ἠλείων Λάβαξ Εὔφρονος.
De ethnico cf. ad Olymp. LXXXIX p. 51 nota 6.

Νικοφῶν Μιλήσιος.
Antipater Sidonius in Anthol. Graec. VI. 256:
Ταύρου βαθὺν τένοντα, καὶ σιδαρέους
Ἄτλαντος ὤμους, καὶ κόμαν Ἡρακλέους
σεμνάν θ' ὑπήναν, καὶ λέοντος ὄμματα
Μιλησίου γίγαντος οὐδ' Ὀλύμπιος
Ζεὺς ἀτρόμητος εἶδεν, ἄνδρας ἡνίκα
πυγμὰν ἐνίκα Νικοφῶν Ὀλύμπια.
Descripsit hoc epigramma Eclogarius Parisinus p. 155 Crameri in Anecd. Graec. Paris. vol. II.
Antipater Sidonius vixit c. Olymp. CLXIV [3].

Πλούταρχος.
Philostratus Heroic. II. 6: Πλούταρχος ..... ὁ πύκτης .....
ἀνιὼν τὴν δευτέραν Ὀλυμπιάδα ἐπὶ τοὺς ἄνδρας ..... ἠγωνίζετο μὲν

---

[1] Brunn, Geschichte der Griech. Künstler, I p. 279.
[2] Bähr, Geschichte der Röm. Literatur, I p. 203 ed. 3ae.
[3] Clinton, Fasti Hellenici, III p. 527 sq. ed. 2ae.

ἐν Ὀλυμπίᾳ πρὸς Ἑρμείαν τὸν Αἰγύπτιον τὴν τοῦ ϛεφάνου νίκην,
ἀπειρηκότες δ' ὁ μὲν ὑπὸ τραυμάτων, ὁ δ' ὑπὸ δίψης, καὶ γὰρ ἀκμάζουσα μεσημβρία περὶ τὴν πυγμὴν εἰϛήκει, νεφέλη ἐς τὸ ϛάδιον καταρρήγνυται καὶ διψῶν ὁ Πλούταρχος ἔσπασε τοῦ ὕδατος, ὃ ἀνειλήφει
τὰ περὶ τοῖς πήχεσι κώδια..... καὶ ἔτυχε τῆς νίκης.
Plutarchus aequalis erat Aurelii Helicis (Olymp. CCXLIX et CCL).

Σάτυρος Λυσιάνακτος Ἠλεῖος δίς.
Pausanias VI. IV. 5: Σάτυρος δ' Ἠλεῖος Λυσιάνακτος πατρός,
γένους δὲ τοῦ Ἰαμιδῶν, ἐν Νεμέᾳ πεντάκις ἐνίκησε πυκτεύων καὶ
Πυθοῖ τε δὶς καὶ δὶς ἐν Ὀλυμπίᾳ. τέχνη δ' Ἀθηναίου Σιλανίωνος ὁ
ἀνδριάς ἐϛιν.
Silanio floruit c. Olymp. CX [1].

Μάρκος Τύλλιος δίς.
Inscriptio Attica, in Boeckhii Corp. Inscript. n. 247. Tom. I
p. 361 sq.: Μάρκος Τύλλιος ..... Ἀπαμεὺς τῆς Βιθυνίας, Ἀθηναῖος,
Κορίνθιος, Ζμυρναῖος, μόνος καὶ πρῶτος τῶν ἀπ' αἰῶνος πυκτῶν νεικήσας
κατὰ τὸ ἑξῆς Πανελλήνια, Ὀλύμπια, Ἴσθμια, Ἀδριάνεια Ῥώμῃ. Clypeis inscripta leguntur et aliae Tullii victoriae et hae: Ὀλύμπια
δὶς ἐν Πείσῃ.

.... Χείλωνος Λάκων.
Hermippus apud Diogenem Laertium I. III. 5 (72) de Chilone
Lacedaemonio: ἐτελεύτησε δ', ὥς φησιν Ἕρμιππος, ἐν Πίσῃ, τὸν υἱὸν
Ὀλυμπιονίκην ἀσπασάμενος πυγμῆς.
Diogenes Laertius I. III. 5 (73), in Anthol. Graec. VII. 88:
Φωσφόρε, σοί, Πολύδευκες ἔχω χάριν, οὕνεκεν υἱός
Χείλωνος πυγμῇ χλωρὸν ἕλεν κότινον·
εἰ δ' ὁ πατήρ ϛεφανοῦχον ἰδὼν τέκνον ἤμυσεν ἡσθείς,
οὐ νεμεσητόν· ἐμοὶ τοῖος ἴτω θάνατος.
Eandem famam servat Plinius Hist. Natur. VII. xxxii. 32
§ 119, ubi de Chilone Lacedaemonio haec dicit: *quin et fumus eius,
cum victore filio Olympiae exspirasset gaudio, tota Graecia prosecuta
est.* Et Tertullianus de anima LII: *etsi prae gaudio quis spiritum exhalet, ut Chilon Spartanus, dum victorem Olympiae filium
amplectitur.*

---

[1] Brunn, Geschichte der Griech. Künstler, I p. 394.

Iure viris doctis suspicionem movit hominis *Spartani* victoria
pugilatu reportata. Si vera fama est, videbitur victoria non multo
post Olymp. LVI esse reportata; ea enim Olympiade aut praecedenti
Chilo ephorus fuisse traditur [1].

.... Σάμιος.

Pausanias VI. ιι. 9: ἐπίγραμμα δὲ τὸ ἐπὶ τῷ Σαμίῳ πύκτῃ
τὸν ἀναθέντα μὲν ὅτι ὁ παιδοτρίβης εἴη Μύκων καὶ ὅτι Σάμιοι τὰ
ἐς ἀθλητὰς καὶ ἐπὶ ναυμαχίαις εἰσὶν Ἰώνων ἄριστοι, τάδε μὲν λέγει τὸ
ἐπίγραμμα, ἐς δ' αὐτὸν τὸν πύκτην ἐσήμαινεν οὐδέν.

ΠΑΓΚΡΑΤΙΟΝ.

Ἀριστοφῶν Λυσίνου Ἀθηναῖος.

Pausanias VI. xiii. 11: ἀνέθηκε δὲ καὶ ὁ Ἀθηναίων δῆμος Ἀρι-
στοφῶντα Λυσίνου παγκρατιάσαντα ἐν τῷ ἀγῶνι τῷ ἐν Ὀλυμπίᾳ κρατή-
σαντα ἄνδρας.

Eidem VI. xiv. 1 Ἀθηναῖος dicitur.

Ἀστυδάμας Μιλήσιος τρὶς ἑξῆς.

Athenaeus X. 4 p. 413 Casauboni: Ἀστυδάμας δ' ὁ Μιλήσιος,
τρὶς Ὀλύμπια νικήσας κατὰ τὸ ἑξῆς παγκράτιον, κληθείς ποτ' ἐπὶ
δεῖπνον ὑπ' Ἀριοβαρζάνου τοῦ Πέρσου, καὶ ἀφικόμενος, ὑπέσχετο φα-
γεῖν πάντα τὰ πᾶσι παρασκευασθέντα, καὶ κατέφαγεν.

Nomen Ariobarzanis satis frequens. Notissimus est Phrygiae
satrapes qui Olymp. CIII, 1 pacem in Graeciam restituere conatus
est, Olymp. CIII, 3 a rege Persarum defecit.

Μάρκος Αὐρήλιος Δημήτριος Ἀλεξανδρεύς.

Inscriptio Romana in Boeckhii Corp. Inscr. n. 5912 T. III p. 785:
(Δημ)ήτριον Ἑρμοπολείτην Ἀλεξανδρέα, παγκρατιαςὴν περιοδονείκην,
παλαιςὴν παράδοξον, ἄλειπτον ..... τὸν πατέρα Μ. Αὐρ. Ἀσκλη-
πιάδης, ὁ καὶ Ἑρμόδωρος ..... ὁ υἱός.

Inscriptio Romana in Boeckhii Corp. Inscr. n. 5913 Tom III p.
785 sqq.: Μ. Αὐρηλίου Δημητρίου ..... Ἀλεξανδρέως, Ἑρμοπολεί-
του, παγκρατιαςοῦ περιοδονείκ(ου), παλαιςοῦ παραδόξου υἱὸς Μάρκος
Αὐρήλιος Ἀσκληπιάδης, ὁ καὶ Ἑρμόδωρος, cet.

---

[1] Diogenes Laertius I. iii. 1 (68).

Fuit igitur pater M. Aurelii Asclepiadis. qui Olymp. CCXL pancratii palmam tulit.

Μάρκος Αὐρήλιος Δημόστρατος Δαμᾶ δίς.
Inscriptio Romana in Boeckhii Corp. Inscr. n. 5909 T. III p. 781 sq.: ἡ ἱερὰ ξυστικὴ σύνοδος τῶν περὶ τὸν Ἡρακλέα ἀπὸ καταλύσεως ἐν τῇ βασιλίδι κατοικούντων Μ. Αὐρήλιον Δημόστρατον Δαμᾶ, Σαρδιανόν, Ἀλεξανδρέα, Ἀντινοέα, Ἀθηναῖον, Ἐφέσιον, Σμυρναῖον, Περγαμηνόν, Νεικομηδέα, Μιλήσιον, Λακεδαιμόνιον ..... παγκρατιαστὴν περιοδονείκην δίς, πύκτην ἄλειπτον παράδοξον.

Synodus athletarum, ad quam haec inscriptio pertinet, Romae degebat tempore Hadriani et Antonini Pii [1].

Ἡρᾶς Λαοδικεύς.
Philippus Thessalonicensis in Anthol. Graec. Planud. IV. 52:

ἴσως με λεύσσων, ξεῖνε, ταυρογάστορα,
καὶ στερρόγυιον, ὡς Ἄτλαντα δεύτερον,
θαμβεῖς, ἀπιστῶν εἰ βρότειος ἡ φύσις.
ἀλλ' ἴσθι μ' Ἡρᾶν Λαδικῆα πάμμαχον,
ὃν Σμύρνα καὶ δρῦς Περγάμου κατέστεφεν,
Δελφοί, Κόρινθος, Ἦλις, Ἄργος, Ἄκτιον.
λοιπῶν δ' ἀέθλων ἢν ἐρευνήσῃς κράτος,
καὶ τὴν Λίβυσσαν ἐξαριθμήσεις κόνιν.

Victoriae in ludis Actiacis reportatae mentio innuit athletam floruisse post auctam ab Augusto horum ludorem celebritatem. Et Philippus vixit ineunte saeculo p. C. primo.

Pancratiasten fuisse arguit epitheton παμμάχου, quod pancratiastarum est.

Λεοντίσκος.
Machon apud Athenaeum XIII. 42 p. 578 Casauboni:

τῆς Μανίας ἤρα Λεοντίσκος ποτέ
ὁ παγκρατιαστής, καὶ συνεῖχ' αὐτὴν μόνος
γαμετῆς τρόπον γυναικός. ὑπὸ δ' Ἀντήνορος
μοιχευομένην αἰσθόμενος αὐτὴν ὕστερον,
σφόδρ' ἠγανάκτησ'. ἡ δέ, μηδέν, φησί, σοί,

---
[1] Boeckhius ad Corp. Inscr. n. 5906 T. III p. 779 sq.

ψυχή, μελέτω· μαθεῖν γὰρ αἰσθέσθαι θ' ἅμα
Ὀλυμπιονικῶν νυκτὸς ἀθλητῶν δυοῖν
πληγὴν (παρὰ πληγὴν¹) τί δύναταί ποτ', ἤθελον.
Antenor vicit Olymp. CXVIII.

Ξενοφῶν Μενεφύλου Αἰγιεύς.
Pausanias VI. III. 14 (13): ἐπὶ δὲ τῷ Δίκωνι ἀνάκειται Ξενοφῶν Μενεφύλου παγκρατιαςῆς ἀνὴρ ἐξ Αἰγίου τῆς Ἀχαιῶν.
Addit Pausanias Xenophontis statuam opus fuisse Olympi Sicyonii; is autem quando vixerit, ignoratur.

Μάρκος Οὔλπιος Δομεςικός.
Inscriptio Spartana in Boeckhii Corp. Inscr. n. 1428 T. I p. 679: M. Οὔλπιος Δομεςικὸς Ἐφέσιος, Ἀντινοεὺς καὶ Ἀθηναῖος, παγκρατιαςῆς παράδοξος περιοδονείκης, ξυςάρχης cet.
Inscriptio Romana in Boeckhii Corp. Iuscr. n. 5911 T. III p. 785: Μαρ. Οὔλπ. Φίρμον Δομεςικόν .... υἱὸν Μαρ. Οὐλ. Δομεςικοῦ Ἐφεσίου, παγκρατιαςοῦ περιοδονείκου παραδόξου, cet.
In alia *inscriptione Romana*, in Boeckhii Corp. Inscr. n. 5908 T. III. p. 781, περιοδονείκης παράδοξος dicitur.
Synodi τῶν περὶ τὸν Ἡρακλέα fuit ξυςάρχης et ἀρχιερεύς tempore Hadriani et Antonini Pii ².

Τιμάνθης Κλεωναῖος.
Pausanias VI. VIII. 4: Κλεωναίῳ δὲ Τιμάνθει παγκρατίου λαβόντι ἐν ἀνδράσι ςέφανον ..... τοῦ Ἀθηναίου Μύρωνος ἐςὶν ὁ ἀνδριὰς ἔργον. Deinde narrat qua de causa et quomodo Timanthes vitae finem ipse imposuerit.
Myro floruit c. Olymp. LXXX sqq. ³.

.... Στράτιος.
Pausanias VI. II. 1: παγκρατιαςοῦ δ' ἀνδρὸς τὸν μὲν ἀνδριάντα εἰργάσατο Λύσιππος· ὁ δ' ἀνὴρ οὗτος ἀνείλετο ἐπὶ παγκρατίῳ νίκην τῶν ἄλλων τ' Ἀκαρνάνων καὶ τῶν ἐξ αὐτῆς Στράτου πρῶτος ** Ξενάρ-

---

¹ Sic lacunam supplevit Cobet.
² *Inscriptiones Romanae* in Boeckhii Corp. Inscr. n. 5906 et 5907 T. III p. 779 sqq.
³ Brunn, Geschichte der Griech. Künstler, I p. 142.

χης τ' έκαλεΐτο Φιλανδρίδου. Λακεδαιμόνιοι [1] δ' άρα μετά την επι-
ςρατείαν του Μήδου διετέθησαν πάντων φιλοτιμότατα Ελλήνων προς
ίππων τροφάς. χωρίς γάρ ή όσους αυτών κατέλεξα ήδη, τοσοίδ' άλλοι
των έκ Σπάρτης ιπποτρόφων μετά την εικόνα ανάκεινται του 'Ακαρ-
νάνος αθλητού, Ξενάρχης και Λυκίνος cet. Totum locum descripsi
ut appareat Schubartum et Walzium recte lacunae notam posuisse
inter πρώτος et Ξενάρχης, et falsam esse vulgatam opinionem, pan-
cratiastae isti fuisse Xenarches nomen.
Ceterum anonymus iste pancratiasta quando vixerit, quodam-
modo apparet ex Lysippi aetate, qui statuam eius Olympicam fabri-
catus est. Is floruit tempore Alexandri magni [2].

ΟΠΛΙΤΗΣ.

Αριςείδης 'Ηλείος.
Pausanias VI. xvi. 4: 'Αριςείδη δ' 'Ηλείω γενέσθαι όπλου νίκην
εν 'Ολυμπία ..... το επίγραμμα το επ' αυτώ δηλοΐ.

Γόργος 'Ηλείος.
Pausanias loco laudato p. 105.

Επέρας ος Θεογόνου 'Ηλείος.
Pausanias VI. xvii. 5: δύο δ' αύθις εξ Ήλιδος, 'Αρχίδαμος τε-
θρίππω νενικηκώς και 'Επέρασός έςιν ο Θεογόνου όπλου νίκην ανηρημένος.

Καλλικράτης Μάγνης από Μαιάνδρου δίς.
Pausanias VI. xvii. 3: ανάκειται δε και Καλλικράτης από της
επί Ληθαίω Μαγνησίας επί τω οπλίτη δρόμω ςεφάνους δύο ανηρημέ-
νος. Λυσίππου δ' έργον ή του Καλλικράτους έςίν εικών.
Lysippus fuit Alexandri Magni aequalis [2].

Κριάννιος 'Ηλείος.
Pausanias loco laudato p. 109.

Νεολαΐδας 'Ηλείος.
Pausanias loco laudato p. 105.

---
[1] Codices Λακεδαιμονίων οι. Emendarunt Schubart et Walz.
[2] Brunn, Geschichte der Griech. Künstler, I p. 358 sq.

Νικοκλῆς Ἀκριάτης (δίς?).
Pausanias loco laudato p. 105.

Χαρῖνος Ἠλεῖος.
Pausanias loco laudato p. 106.

ΣΤΑΔΙΟΝ ΠΑΙΔΩΝ.

Δαμάτριος Ἀριςίππου (Τεγεάτης?).
Inscriptio Tegeatica laudata p. 106.

Δεινόλοχος Πύρρου Ἠλεῖος.
Pausanias VI. ι. 4: πλησίον δὲ τοῦ Κλεογένους Δεινόλοχός τε κεῖται Πύρρου καὶ Τρωΐλος Ἀλκίνου. τούτοις γένος μὲν καὶ αὐτοῖς ἐςιν ἐξ Ἤλιδος ..... ἡ δὲ τοῦ Δεινολόχου μήτηρ εἶδεν ὄψιν ὀνείρατος ὡς ἔχοιτο τοῦ παιδὸς ἐν τοῖς κόλποις ἐςεφανωμένου, καὶ τοῦδ᾽ εἵνεκα ἐς τὸν ἀγῶνα ὁ Δεινόλοχος ἠσκήθη, καὶ τοὺς παῖδας παρέθει τρέχων. Σικυωνίου δὲ Κλέωνός ἐςιν ἡ εἰκών.
Cleon floruit c. Olymp. XCVIII sqq. [1]

Ἐμαυτίων Ἀρκάς.
Pausanias loco laudato p. 112.

Ἐπιχάρης Ἀθηναῖος.
Pseudo-Demosthenes in *Theocrin.* 66 sq. Epicharen sic loquentem facit: ἀναμνησθέντες οὖν, ὦ ἄνδρες δικαςαί, καὶ τῆς τούτων πονηρίας καὶ τῶν προγόνων τῶν ἡμετέρων, ὧν Ἐπιχάρης μὲν ὁ πάππος ὁ ἐμὸς Ὀλυμπίασι νικήσας παῖδας ςάδιον ἐςεφάνωσε τὴν πόλιν, καὶ παρὰ τοῖς ὑμετέροις προγόνοις ἐπιεικῆ δόξαν ἔχων ἐτελεύτησεν· ἡμεῖς δὲ διὰ τοῦτον τὸν θεοῖς ἐχθρὸν ἀπεςερήμεθα ταύτης τῆς πόλεως, ὑπὲρ ἧς Ἀριςοκράτης ὁ Σκελλίου, θεῖος ὢν Ἐπιχάρους τοῦ πάππου τοῦ ἐμοῦ, οὗ ἔχει ἀδελφὸς οὑτοςὶ τοὔνομα, πόλλα καὶ καλὰ διαπραξάμενος ἔργα πολεμούσης τῆς πόλεως Λακεδαιμονίοις, cet.
Est igitur hic idem Aristocrates qui in Thucydidis libro VIII saepius commemoratur. Qui quum Epicharis Olympionicae θεῖος fuerit, de huius aetate non potest esse magna dubitatio.

---

[1] Brunn, Geschichte der Griech. Künstler, I p. 285.

Ἡρόδοτος Κλαζομένιος.
Pausanias VI. xvii. 2: Κλαζομενίου δ' Ἡροδότου καὶ Φιλίνου
..... ἀνέθεσαν τὰς εἰκόνας αἱ πόλεις, Κλαζομένιοι μὲν ὅτι ἐν Ὀλυμπίᾳ Κλαζομενίων πρῶτος ἀνηγορεύθη νικῶν Ἡρόδοτος· ἡ δ' οἱ νίκη ςαδίου γέγονεν ἐν παισίν.

Λυκῖνος Ἡραιεύς.
Pausanias VI. x. 8 sq.: Λυκῖνον δ' Ἡραιέα καὶ Ἐπικράδιον Μαντινέα καὶ Τέλλωνα Ὀρεσθάσιον [1] καὶ Ἠλεῖον Ἀγιάδαν ἐν παισὶν ἀνελομένους νίκας, Λυκῖνον μὲν δρόμου, τοὺς δ' ἐπ' αὐτῷ κατειλεγμένους πυγμῆς, Ἐπικράδιον μὲν καὶ Ἀγιάδαν, τὸν μὲν αὐτῶν Πτόλιχος Αἰγινήτης ἐποίησε, τὸν δ' Ἀγιάδαν Σήραμβος, γένος καὶ οὗτος Αἰγινήτης· Λυκίνου δ' ἐςιν ὁ ἀνδριὰς Κλέωνος τέχνη· τὸν δὲ Τέλλωνα ὅςις εἰργάσατο οὐ μνημονεύουσιν.
Cleon floruit c. Olymp. XCVIII sqq. [2].

Μενεπτόλεμος Ἀπολλωνιάτης.
Pausanias VI. xiv. 13: κεῖνται δὲ καὶ ἐν παισὶν εἰληφότες δρόμου νίκας Μενεπτόλεμος ἐξ Ἀπολλωνίας τῆς ἐν τῷ Ἰονίῳ καὶ Κορκυραῖος Φίλων.

Νεολαΐδας Ἠλεῖος.
Cf. p. 105.

Ξένων Καλλιτέλους Ἠλεῖος ἐκ Λεπρέου.
Pausanias VI. xv. 1: τὸν δὲ παῖδα ςαδιοδρόμον Ξένωνα Καλλιτέλους ἐκ Λεπρέου τοῦ ἐν τῇ Τριφυλίᾳ Πυριλάμπης Μεσσήνιος (ἐποίησεν).
De ethnico cf. ad Olymp. LXXXIX p. 51 nota 6.
· Pyrilampes vixisse debet post Olymp. CII, qua Messenios restituit Epaminondas.

Πύθαρχος Μαντινεύς.
Pausanias VI. vii. 1: μετὰ δὲ τὸν ἀνδριάντα τοῦ Εὐθύμου Πύθαρχός θ' ἕςηκε Μαντινεὺς ςαδιοδρόμος καὶ πύκτης Ἠλεῖος Χαρμίδης, λαβόντες νίκας ἐπὶ παισίν.

---

[1] Sic emendavit Bekkerus. Codices plerique τέλλωνα ὂν ἐς θάσιον, Lugdunensis alter τέλλωνα καὶ ὄντα θάσιον, alter Vindobonensis τέλλωνα θάσιον.
[2] Brunn, Geschichte der Griech. Künstler, I. p. 285.

Σόφιος Μεσσήνιος.
Pausanias VI. III. 2: μετὰ δὲ τὸν Χαιρέαν Μεσσήνιός τε παῖς Σόφιος καὶ ἀνὴρ Ἠλεῖος ἀνάκειται Στόμιος. καὶ τῷ μὲν τοὺς συνθέοντας τῶν παίδων παρελθεῖν, Στομίῳ δέ cet.
Victoria debet esse reportata post Olymp. CIII [1].

Σωδάμας Αἰολεὺς ἐξ Ἀσσοῦ.
Pausanias VI. IV. 9: Σωδάμας δ' ἐξ Ἀσσοῦ τῆς ἐν τῇ Τρῳάδι, κειμένης δ' ὑπὸ τῇ Ἴδῃ, πρῶτος Αἰολέων τῶν ταύτῃ ῥᾴδιον Ὀλυμπίασιν ἐνίκησεν ἐν παισίν.

Σωκράτης Πελληνεύς.
Cf. ad Olymp. LXXX p. 45 nota 2.

Τιμοσθένης Ἠλεῖος.
Pausanias VI. II. 6: παρὰ δὲ τοῦ Θρασυβούλου τὴν εἰκόνα Τιμοσθένης Ἠλεῖος ἕστηκε ῥᾳδίου νίκην ἐν παισὶν εἰληφώς. Et § 7: τὸν Τιμοσθένην (εἰργάσατο) Εὐτυχίδης Σικυώνιος.
Eutychides floruit c. Olymp. CXXI [2].

Φίλων Κερκυραῖος.
Pausanias loco laudato p. 127.

ΠΑΛΗ ΠΑΙΔΩΝ.

Ἀγήνωρ Θεοπόμπου Θηβαῖος.
Pausanias VI. VI. 2: Πολύκλειτος δ' Ἀργεῖος, οὐχ ὁ τῆς Ἥρας τὸ ἄγαλμα ποιήσας, μαθητὴς δὲ Ναυκύδους, παλαιςὴν παῖδα εἰργάσατο, Θηβαῖον Ἀγήνορα, ἀνετέθη δ' ἡ εἰκὼν ὑπὸ τοῦ Φωκέων κοινοῦ· Θεόπομπος γὰρ ὁ πατὴρ τοῦ Ἀγήνορος πρόξενος τοῦ ἔθνους ἦν αὐτῶν.
Polycletus Naucydis discipulus floruit c. Olymp. XCV [3].

Ἀγησίςρατος Πολυκρέοντος Λίνδιος.
Inscriptio Rhodia in Boeckhii Corp. Inscript. n. 2527 Tom. II

---

[1] Cf. Pausanias VI. II. 10.
[2] Brunn, Geschichte der Griech. Künstler, I p. 411.
[3] Brunn, Geschichte der Griech. Künstler, I p. 230 sq.

p. 593: Λίνδιοι Άγησίςρατον Πολυκρέοντος νικῶντα Ὀλύμπια παῖδας πάλαν πρᾶτον Λινδίων.

Ἀλεξίνικος Ἠλεῖος.
Pausanias VI. xvii. 7: Ἀλεξίνικον Ἠλεῖον, τέχνην τοῦ Σικυωνίου Κανθάρου, πάλης ἐν παισὶν ἀνῃρημένον νίκην.
Cantharus discipulus fuit Eutychidis qui c. Olymp. CXXI floruit [1].

Ἀμέρτας Ἠλεῖος.
Pausanias VI. viii. 1: Ἠλείου Ἀμέρτου καταπαλαίσαντος ἐν Ὀλυμπίᾳ παῖδας..... τὴν εἰκόνα Φράδμων ἐποίησεν Ἀργεῖος.
Phradmo floruit c. Olymp. XC [2].

Ἀναυχίδας Φίλυος Ἠλεῖος.
Pausanias loco laudato p. 108.
Idem VI. xvi. 1: εἰσὶ δ' εἰκόνες ἐν Ὀλυμπίᾳ καὶ Ἀναυχίδᾳ καὶ Φερενίκῳ, γένος μὲν Ἠλείοις, πάλης δ' ἐν παισὶν ἀνελομένοις ςεφάνους.

Ἀρχέδαμος Ξενίου Ἠλεῖος.
Pausanias VI. ι. 3: ἐφεξῆς δ' Ἀρχέδαμος Ξενίου, καταβαλὼν καὶ οὗτος παλαιςὰς παῖδας, γένος καὶ αὐτὸς Ἠλεῖος. τούτων τῶν κατειλεγμένων εἰργάσατο Ἄλυπος τὰς εἰκόνας Σικυώνιος, Ναυκύδους τοῦ Ἀργείου μαθητής.
Floruit Naucydes c. Olymp. XC—XCV [3].

Εἰκάσιος Λυκίνου Κολοφώνιος.
Pausanias VI. xvii. 4: Κολοφώνιοι δ' Ἑρμησιάναξ Ἀγονέου καὶ Εἰκάσιος Λυκίνου τ' ὦν καὶ τῆς Ἑρμησιάνακτος θυγατρὸς κατεπάλαισαν μὲν παῖδας ἀμφότεροι, Ἑρμησιάνακτι δὲ καὶ ἀπὸ τοῦ κοινοῦ τοῦ Κολοφωνίων ὑπῆρξεν ἀνατεθῆναι τὴν εἰκόνα.

Ἑρμησιάναξ Ἀγονέου Κολοφώνιος.
Pausanias loco modo laudato.

---

[1] Brunn, Geschichte der Griech. Künstler, I p. 411, 415.
[2] Brunn, Geschichte der Griech. Künstler, I. p. 286.
[3] Brunn, Geschichte der Griech. Künstler, I p. 270.

Ἐτοιμοκλῆς Λάκων.
Cf. supra p. 109.

Εὐανορίδας Ἠλεῖος.
Pausanias VI. VIII. 1: Εὐανορίδᾳ δ' Ἠλείῳ πάλης ἐν παισὶν ὑπῆρξεν ἔν τ' Ὀλυμπίᾳ καὶ Νεμείων νίκη.

Εὐθυμένης Μαινάλιος.
Cf. supra p. 109.

Κρατῖνος Αἰγειράτης.
Pausanias VI. III. 6: Κρατῖνος δ' ἐξ Αἰγείρας τῆς Ἀχαιῶν ..... σὺν τέχνῃ μάλις' ἐπάλαισε · καταπαλαίσαντι δ' αὐτῷ τοὺς παῖδας προσανας͂ῆσαι καὶ τὸν παιδοτρίβην ὑπ' Ἠλείων ἐδόθη. τὸν δ' ἀνδριάντα ἐποίησε Σικυώνιος Κάνθαρος, Ἀλέξιδος μὲν πατρός, διδασκάλου δ' ὢν Εὐτυχίδου.
Eutychides floruit c. Olymp. CXXI [1].

Λας͂ρατίδας Παραβάλλοντος Ἠλεῖος.
Pausanias VI. VI. 3: ἔς͂ηκε δὲ καὶ Λας͂ρατίδα παιδὸς εἰκὼν Ἠλείου, πάλης ἀνελομένου ς͂έφανον · ἐγένετο δ' αὐτῷ καὶ Νεμείων ἔν τε παισὶ καὶ ἀγενείων ἑτέρα νίκη. Παραβάλλοντι δὲ τῷ Λας͂ρατίδα πατρί cet.

Λύσιππος Ἠλεῖος.
Pausanias VI. XVI. 7: μέσος δ' ἔς͂ηκεν αὐτῶν Λύσιππος Ἠλεῖος καταπαλαίσας τοὺς ἐσελθόντας τῶν παίδων · Ἀνδρέας δ' Ἀργεῖος ἐποίησε τοῦ Λυσίππου τὴν εἰκόνα.
Andreas quando vixerit, non traditur.

Νικός͂ρατος Ξενοκλείδου Ἡραιεύς.
Pausanias VI. III. 11: μετὰ δ' Ἴσμωνα παλαις͂ὴς παῖς ἐξ Ἡραίας ἀνάκειται τῆς Ἀρκάδων Νικός͂ρατος Ξενοκλείδου · Παντίας δ' αὐτῷ τὴν εἰκόνα ἐποίησεν.
Floruit Pantias c. Olymp. C sqq. [2].

---

[1] Brunn, Geschichte der Griech. Künstler, I p. 411.
[2] Brunn, Geschichte der Griech. Künstler, I p. 81.

Ξενοκλής Μαινάλιος.
Pausanias VI. ιx. 2: μετά τούτου την εικόνα Ξενοκλής τε
Μαινάλιος έστηκε παλαιστάς καταβαλών παίδας και "Αλκετος 'Αλκίνου
κρατήσας πυγμή παίδας 'Αρκάς και ούτος εκ Κλείτορος. και του μεν
Κλέων, Ξενοκλέους δε τον ανδριάντα Πολύκλειτός εστιν ειργασμένος.
Non traditur uter Polycletus Xenoclis statuam fecerit; alter
floruit c. Olymp. LXXXV, alter c. Olymp. XCV [1].

Προκλής Λυκαςίδα Άνδριος.
Pausanias VI. xιv. 13: ούτός τε δή ο Ιερώνυμος ανάκειται και
παρ' αυτόν παλαιστής παις, Άνδριος και ούτος, Προκλής ο Λυκα-
ςίδα. τοις πλάσαις δ', οι τους ανδριάντας εποίησαν, τω μεν Στόμιός
εστιν όνομα, τω δε τον Προκλέα ειργασμένω Σώμις.
Somis quando vixerit, ignoratur.

Φερένικος Ηλείος.
Pausanias loco laudato p. 129.

Φίλλης Ηλείος.
Pausanias VI. ιx. 4: Φίλλην [2] δ' Ηλείον κρατήσαντα παίδας
πάλη Σπαρτιάτης Κρατίνος εποίησεν.
Cratinus quando vixerit, ignoratur.

ΠΥΓΜΗ ΠΑΙΔΩΝ.

Αγαμήτωρ Μαντινεύς.
Pausanias VI. ιx. 9: ανάκειται και Μαντινεύς 'Αγαμήτωρ
κρατήσας πυγμή παίδας.

Αγέλης Χίος.
Pausanias VI. xv. 2: παρά δ' αυτόν (ανάκειται) 'Αγέλης Χίος
κρατήσας πυγμή παίδας, Θεομνήστου Σαρδιανού τέχνη.
Theomnesti aetas incerta est, nisi forte idem est qui inter pic-
tores, Apellis aequales, a Plinio XXXV. x. 36. § 107 comme-
moratur [3].

---

[1] Brunn, Geschichte der Griech. Künstler, I p. 211, 214, 280 sq.
[2] Facius coniecit *Φίλυν* collato Pausaniae loco laudato p. 108.
[3] Brunn, Geschichte der Griech. Künstler, I p. 522, II p. 256.

Ἀγιάδας Ἠλεῖος.
Pausanias loco laudato p. 127.
Quando vixerit Serambus, quem Agiadae statuam fecisse tradit Pausanias, ignoratur.

Ἀθήναιος Ἐφέσιος.
Pausanias VI. iv. 1: ἔχεται δὲ τοῦ Λυσάνδρου τῆς εἰκόνος Ἐφέσιος πύκτης τοὺς ἐλθόντας (1. ἐσελθόντας) κρατήσας τῶν παίδων, ὄνομα δ' οἷ ἦν Ἀθήναιος.

Ἀλκαίνετος Θεάντου Ἠλεῖος ἐκ Λεπρέου.
Vid. supra p. 117.

Ἄλκετος (Ἀλκέτας?) Ἀλκίνου Κλειτόριος.
Pausanias loco laudato p. 131.
Cleon, quem Pausanias statuam eius finxisse tradit, floruit c. Olymp. XCVIII sqq. [1].

Βούτας Πολυνείκους Μιλήσιος (Μυκαλήσιος?).
Pausanias VI. xvii. 5: ἀνάκειται δὲ καὶ πύκτης κρατήσας ἐν παισί, Βούτας Πολυνείκους Μιλήσιος.
Pro Μιλήσιος legendum esse Μυκαλήσιος acute suspicati sunt Schubart et Walz, propter alterius Lugdunensis libri lectionem: μιλήσιος καὶ καλήσιος. Accedit quod nomen Βούτας Boeotio homini melius convenit quam Milesio.

Βύκελος Σικυώνιος.
Pausanias VI. xiii. 7: Βύκελος δ', ὃς Σικυωνίων πρῶτος πὺξ ἐκράτησεν ἐν παισίν, ἔςιν ἔργον Σικυωνίου Κανάχου.
Canachus floruit c. Olymp. XCV [2].

Γνάθων Διπαιεύς.
Pausanias VI. vii. 9: ἐπὶ δὲ τοῦ Ἀλκαινέτου τοῖς υἱοῖς Γνάθων τε Διπαιεὺς τῆς Μαιναλέων χώρας καὶ Λυκῖνος ἔςηκεν Ἠλεῖος · κρατῆσαι δ' Ὀλυμπίασι πυγμῇ παῖδας ὑπῆρξε καὶ τούτοις. Γνάθωνα δὲ

---
[1] Brunn, Geschichte der Griech. Künstler, I p. 285.
[2] Brunn, Geschichte der Griech. Künstler, I p. 277.

καὶ ἐς τὰ μάλιϛα, ὅτ' ἐνίκησεν, εἶναι νέον τὸ ἐπίγραμμα τὸ ἐπ' αὐτῷ φησιν. Καλλικλέους δὲ τοῦ Μεγαρέως ποίημα ὁ ἀνδριάς ἐϛιν.
Callicles floruit c. Olymp. XC sqq. [1].

Δαμάρετος Μεσσήνιος.
Pausanias VI. xiv. 11: Δαμάρετον Μεσσήνιον κρατήσαντα πυγμῇ παῖδας ..... 'Αθηναῖος Σιλανίων ἐποίησεν.
Silanio floruit c. Olymp. CX [2].

Δαμόκριτος (Κριτόδαμος) Κλειτόριος.
Pausanias loco laudato p. 109.
Statuam eius fecisse tradit Pausanias Cleonem, qui floruit c. Olymp. XCVIII sqq. [3].

Ἐπικράδιος Μαντινεύς.
Pausanias loco laudato p. 127.
Ptolichus Aegineta, qui teste Pausania Epicradii statuam fecit, floruit c. Olymp. LXXX [4].

Εὐαλκίδης Ἠλεῖος.
Pausanias loco laudato p, 111.

Θεότιμος Μοσχίωνος Ἠλεῖος.
Pausanias VI. xvii. 5: τούτων δ' εἰσὶν Ἠλεῖοι πλησίον, πυγμῇ παῖδας κρατήσαντες, ὁ μὲν Σθένιθος ἔργον τοῦ Ὀλυνθίου Χοίριλος, Θεότιμος δὲ Δαιτώνδα Σικυωνίου. ταῖς δ' ὁ Θεότιμος ἦν Μοσχίωνος, Ἀλεξάνδρῳ τῷ Φιλίππου τῆς ἐπὶ Δαρεῖον καὶ Πέρσας ϛρατείας μετασχόντος.
De Daetondae aetate aliunde nihil constat.

Θερσίλοχος Κερκυραῖος.
Pausanias loco laudato p. 117.

Ἱππόμαχος Μοσχίωνος Ἠλεῖος.
Pausanias VI. xii. 6: Κάλλωνα δὲ τὸν Ἁρμοδίου καὶ τὸν Μοσ-

---

[1] Brunn, Geschichte der Griech. Künstler, I. p. 246.
[2] Brunn, Geschichte der Griech. Künstler, I p. 394.
[3] Brunn, Geschichte der Griech. Künstler, I p. 285.
[4] Brunn, Geschichte der Griech. Künstler, I p. 81.

χίωνος Ἱππόμαχον, γένος τ' Ἠλείους καὶ πυγμῇ κρατήσαντας ἐν
παισί, τὸν μὲν αὐτῶν ἐποίησε Δάϊππος, Ἱππομάχον δ' ὅςις μὲν τὸν
ἀνδριάντα εἰργάσατο οὐκ ἴσμεν, καταμαχέσασθαι δὲ τρεῖς φασιν ἀντα-
γωνιςὰς αὐτὸν οὔτε πληγὴν ἀποδεξάμενον οὔτε τι τρωθέντα τοῦ σώματος.

Ἵππος Ἠλεῖος.
Pausanias VI. III. 5: Ἵππον δ' Ἠλεῖον πυγμῇ παῖδας κρατή-
σαντα ἐποίησε Δαμόκριτος Σικυώνιος.
Damocritus floruit c. Olymp. C[1].

Κάλλων Ἁρμοδίου Ἠλεῖος.
Pausanias loco laudato p. 133 sq.
Daippus teste Pausania Callonis statuam fabricatus est; is
filius fuit Lysippi, qui floruit aetate Alexandri Magni[2].

Κριτόδαμος Κλειτόριος.
Vid. supra Δαμόκριτος.

Κυνίσκος Μαντινεύς.
Pausanias VI. IV. 11: Κυνίσκῳ δὲ τῷ ἐκ Μαντινείας πύκτῃ
παιδὶ ἐποίησε Πολύκλειτος τὴν εἰκόνα.
Duo fuere huius nominis statuarii, quorum alter floruit c. Olymp.
LXXXV, alter c. Olymp. XCV[3].

Λυκῖνος Ἠλεῖος.
Pausanias loco laudato p. 132 sq.

Νεολαΐδας Προξένου Ἀρκὰς ἐκ Φενεοῦ.
Pausanias VI. I. 3: παρὰ δ' αὐτὸν ἐκ Φενεοῦ τῆς Ἀρκάδων
Νεολαΐδας Προξένου πυγμῆς ἐν παισὶν ἀνῃρημένος νίκην ..... τούτων
τῶν κατειλεγμένων εἰργάσατο Ἄλυπος τὰς εἰκόνας Σικυώνιος, Ναυκύ-
δους τοῦ Ἀργείου μαθητής.
Naucydes floruit c. Olymp. XC—XCV[4].

---

[1] Brunn, Geschichte der Griech. Künstler, I p. 105.
[2] Brunn, Geschichte der Griech. Künstler, I p. 358 sq., 407.
[3] Brunn, Geschichte der Griech. Künstler, I p. 211, 214, 280 sq.
[4] Brunn, Geschichte der Griech. Künstler, I p. 279.

Ξενόδικος (Ξενομβρότου Κῷος?)
Pausanias VI. xiv. 12: παῖδα δ' ἐφ' ἵππου καθήμενον καὶ ἐςηκότα ἄνδρα παρὰ τὸν ἵππον, φησὶ τὸ ἐπίγραμμα εἶναι Ξενόμβροτον ἐκ Κῶ τῆς Μεροπίδος ἐφ' ἵππου νίκῃ κεκηρυγμένον, Ξενόδικον δ' ἐπὶ πυγμῇ παίδων ἀναγορευθέντα · τὸν μὲν Παντίας αὐτῶν, Ξενόμβροτον δὲ Φιλότιμος Αἰγινήτης ἐποίησεν.
Pantias floruit c. Olymp. C sqq. [1].

Πεισίρροδος [2] Θούριος.
Cf. ad Olymp. LXXIX p. 43 nota 2, ad Olymp. LXXXVII p. 50 nota 1, et p. 119.
Pausanias V. vi. 7: κατὰ δὲ τὴν ἐς Ὀλυμπίαν ὁδόν, πρὶν ἢ διαβῆναι τὸν Ἀλφειόν, ἔςιν ὄρος ἐκ Σκιλλοῦντος ἐρχομένῳ πέτραις ὑψηλαῖς ἀπότομον · ὀνομάζεται δὲ Τυπαῖον τὸ ὄρος . κατὰ τούτου τὰς γυναῖκας Ἠλείοις ἐςὶν ὠθεῖν νόμος, ἢν φωραθῶσιν ἐς τὸν ἀγῶνα ἐλθοῦσαι τὸν Ὀλυμπικὸν ἢ καὶ ὅλως ἐν ταῖς ἀπειρημέναις σφίσιν ἡμέραις διαβᾶσαι τὸν Ἀλφειόν. οὐ μὴν οὐδ' ἁλῶναι λέγουσιν οὐδεμίαν ὅτι μὴ Καλλιπάτειραν μόνην · εἰσὶ δ' οἳ τὴν αὐτὴν ταύτην Φερενίκην καὶ οὐ Καλλιπάτειραν καλοῦσιν [3]. αὕτη προαποθανόντος αὐτῇ τοῦ ἀνδρὸς ἐξεικάσασα αὑτὴν τὰ πάντα ἀνδρὶ γυμναςῇ ἤγαγεν ἐς Ὀλυμπίαν τὸν υἱὸν μαχούμενον . νικῶντος δὲ τοῦ Πεισιρρόδου τὸ ἔρυμα ἐν ᾧ τοὺς γυμναςὰς ἔχουσιν ἀπειλημμένους, τοῦτο ὑπερπηδῶσα ἡ Καλλιπάτειρα ἐγυμνώθη . φωραθείσης δ' ὅτι εἴη γυνή, ταύτην ἀφιᾶσιν ἀζήμιον, καὶ τῷ πατρὶ (Diagorae, Olymp. LXXIX) καὶ ἀδελφοῖς αὐτῆς (Acusilao, Damageto et Dorieo, Olymp. LXXXVI sqq.) καὶ τῷ παιδὶ αἰδῶ νέμοντες · ὑπῆρχον δ' ἅπασιν αὐτοῖς Ὀλυμπικαὶ νῖκαι . ἐποιήσαντο δὲ νόμον ἐς τὸ ἔπειτα ἐπὶ τοῖς γυμναςαῖς γυμνοὺς σφᾶς ἐς τὸν ἀγῶνα ἐσέρχεσθαι.
Philostratus de Gymnast. p. 50 Darembergii, 20 Mynae: Φερενίκη ἡ Ῥοδία ἐγένετο Διαγόρου θυγάτηρ τοῦ πύκτου, καὶ τὸ ἦθος (l. εἶδος?) ἡ Φερενίκη οὕτω τι ἔρρωτο, ὡς Ἠλείοις τὰ πρῶτα ἀνὴρ

---

[1] Brunn, Geschichte der Griech. Künstler, I p. 81.
[2] Sic nomen scribendum videtur. Pausaniae codices libro V Πεισίροδος, libro VI Πεισίροδος, Πεισίδορος et Πεισίδωρος offerunt. Apud Scholiastam Pindari vulgo Πεισιρρόδιος, Vratisl. A Πεισίρροδος. Apud Philostratum editur Πεισίδωρος.
[3] Ipse Pausanias VI. vii. 2 Euclen Callipatirae filium fuisse tradit, Pisirrhodum matrem habuisse alteram Diagorae filiam.

δόξαι. είρχθη¹ γ' ούν ύπό τρίβωνι εν 'Ολυμπία, και Πεισίρροδον τον έαυτης υιόν έγύμνασεν. πύκτης δ' άρα κάκεινος ην, εύχειρ την τέχνην και μείων ουδέν του πάππου. έπει δε ξυνηκαν της άπάτης, αποκτείναι μεν την Φερενίκην ώκνησαν, ενθυμηθέντες τον Διαγόραν και τους Διαγόρου παίδας· ό γαρ Φερενίκης οίκος 'Ολυμπιονικαι πάντες· νόμος δ' εγράφη τον γυμναςην αποδύεσθαι, και μηδέ τούτον ανέλεγκτον αύτοις είναι.

Eandem historiam variis modis corruptam narrant Aelianus *Var. Hist.* X. 1; Scholiasta Pindari ad Olymp. VII inscript., p. 158 Boeckhii; Tzetzes (qui hausit e corrupto scholiorum codice) *Hist. Var. Chil.* I. 23; Pseudo-Aeschines *Epist.* IV; Choricius *Orat. funebr.* p. 25 Villoisoni in Anecd. Graec. T. II; Valerius Maximus VIII. xv. *Ext.* 4. Cf. quoque Plinius *Hist. Natur.* VII. xli. 42 § 133.

Πρωτόλαος Διάλκους Μαντινεύς.

Pausanias VI. vi. 1: τον μεν δη Μαντινέα Πρωτόλαον Διάλκους πυγμη παίδας κρατήσαντα ο 'Ρηγινος Πυθαγόρας εποίησεν.

Pythagoras floruit c. Olymp. LXXV sqq.².

Πύτταλος Λάμπιδος 'Ηλείος.

Pausanias VI. xvi. 8: Θεόδωρον δε ..... και Πύτταλον Λάμπιδος πυγμη παίδας κρατήσαντα ..... 'Ηλείους σφας όντας ίσω τις. επι δε τω Πυττάλω και τάδ' έτι λέγουσιν, ως γενομένης προς 'Αρκάδας 'Ηλείοις αμφισβητήσεως περί γης όρων είπεν ούτος ο Πύτταλος την δίκην· ο δ' οί άνδριας έργον έςιν 'Ολυνθίου Σθένιδος.

Sthenis aequalis fuit Leocharis, qui floruit Olymp. CII—CXIV³. Bellum, quod Arcades inter et Eleos Olymp. CIII, 4 et CIV, 1 gestum est⁴, quando sit compositum non traditur.

(Σκαίος?) Δούριος Σάμιος.

Pausanias VI. xiii. 5: Χιόνιδος δ' ου πόρρω της εν 'Ολυμπία

---

1 Sic pro είρχται emendavit Cobet, de Philostrati lib. περί γυμνας., p. 46.
2 Brunn, Geschichte der Griech. Künstler, I p. 132 sqq.
3 Brunn, Geschichte der Griech. Künstler, I p. 386 sqq., 391.
4 Clinton, Fasti Hellenici, II p. 116 ed. 2ae.

ςήλης Σκαῖος ¹ ἕςηκεν ὁ Δούριος ² Σάμιος, κρατήσας πυγμῇ παῖδας· τέχνη δ' ἡ εἰκών ἐςι μὲν Ἱσπίου. τοῦτον δὲ τὸ ³ ἐπίγραμμα δηλοῖ τὸ ἐπ' αὐτῷ νικῆσαι ἡνίκα ⁴ ὁ Σαμίων δῆμος ἔφευγεν ἐκ τῆς νήσου. τὸν δὲ καιρόν, καθ' ὃν ⁵ ἐπὶ τὰ οἰκεῖα τὸν δῆμον * * παρὰ δὲ τὸν τύραννον Δίαλλος ὁ Πόλλιδος ἀνάκειται cet.

Satis certum igitur est non puero cuius statuam vidit Pausanias Duris nomen fuisse, sed ipsius patri, et mihi quidem speciosa admodum videtur coniectura Schubart-Walziana, ΣΤΗΛΗΣΣΚΑΙΟΣ pro ΣΤΗΛΗΣΚΑΙΟΣ reponentium. »Gegen diese Anordnung," ita Brunn ⁶, » welche für sich allein sehr annehmbar sein würde, scheinen aber die Worte παρὰ δὲ τὸν τύραννον in dem Folgenden zu sprechen. Denn da wir nur von Duris, nicht aber von einem seiner Söhne wissen, dass er Tyrann von Samos war, so müssen wir annehmen, dass in dem Vorhergehenden von einer Statue des Duris selbst die Rede sei. Und damit lässt sich auch die Angabe vereinigen, dass der Olympische Sieg in die Zeit eines Exils der Samier falle, wenn wir nämlich, abweichend von allen früheren Erklärern ⁷, an dasjenige denken wollen, welches bald nach Alexanders Tode durch Perdikkas nach mehr als 13jähriger ⁸ Dauer aufhörte." Nituntur haec hypothesi verbis τὸν τύραννον post lacunam eandem statuam indicari quam ante lacunam. Fieri tamen potest ut plura interciderint, in quibus ad aliam, eamque tyranni cuiusdam, statuam describendam Pausanias transierit ⁹.

---

[1] Sic coniecerunt Schubart et Walz. Codices plerique καὶ ὅς (unus καὶ ὅσας), Vindobonensis uterque omittunt.

[2] Sic codices omnes; pro Δούριος exspectes Δούριδος: sed alia quoque propria in ‑ος duplicem formam habent in genitivo, veluti Phalaris, Anacharsis, Paris. Pleraeque editiones ἕςηκε Δοῦρις ὁ Σάμιος.

[3] Sic legendum videtur. Pro τοῦτον δὲ τὸ codices bini τοῦτο δὲ τὸ, τούτου δὲ τὸ, et τὸ δὲ, unus τὸ.

[4] Codices νικῆσαι Χίων ἡνίκα, manifesta interpolatione.

[5] Verba καθ' ὃν aliquot codices omittunt; unus omittit verba καθ' ὃν ἐπὶ τὰ οἰκεῖα τὸν, indicata lacuna. Vindobonensis uterque lacunam indicant post δῆμον.

[6] Geschichte der Griech. Künstler, I p. 424.

[7] Non ab omnibus. De eodem exsilio accepit Hulleman, Duridis Samii quae supersunt (1841), p. 7 sq., neque video de quonam alio exsilio Pausaniae verba accipi possint.

[8] Sic Diodorus. Revera autem vix triginta anni fuerant, Olymp. CVII, 1—CXIV, 2. Cf. Hulleman, Duridis Samii quae supersunt, p. 8.

[9] Neque satis constat de Duridis tyrannide; solus huius rei testis est Athenaeus VIII. 18 p. 337 Casauboni.

Τελέςας Μεσσήνιος.
Pausanias VI. xiv. 4: καὶ πλησίον τοῦ ἵππου Τελέςας ἐςὶ Μεσσήνιος κρατήσας πυγμῇ παῖδας · Σιλανίωνος δ' ἔργον ἐςὶν ὁ Τελέςας.
Silanio floruit c. Olymp. CX [1].

Τέλλων Ὀρεσθάσιος.
Pausanias loco laudato p. 127.

Φίλιππος Ἀζὰν ἐκ Παλλήνης.
Pausanias loco laudato p. 109.
Myro, qui teste Pausania Philippi statuam fecit, floruit c. Olymp. LXXX sqq. [2].

Χαιρέας Χαιρήμονος Σικυώνιος.
Pausanias VI. iii. 1: Χαιρέᾳ δὲ Σικυωνίῳ πύκτῃ παιδὶ ἐπίγραμμά ἐςιν ὡς νικήσειεν ἡλικίαν νέος καὶ ὡς πατρὸς εἴη Χαιρήμονος γέγραπται δὲ καὶ ὁ τὸν ἀνδριάντα εἰργασμένος Ἀςερίων Αἰσχύλου.
Asterio quando vixerit non traditur. Hoc tantum de Chaereae aetate affirmare licet, victoriam eius Olympicam recentiorem esse quam Byceli Sicyonii victoriam, quippe qui primus Sicyoniorum hoc certamine vicerit. Cf. supra p. 132.

Χαρμίδας Ἠλεῖος.
Pausanias loco laudato p. 127.

Χοιρίλος Ἠλεῖος.
Pausanias loco laudato p. 133.
Sthenis, quem Pausanias Choerili statuam finxisse tradit, adhuc florebat Olymp. CXIII [3].

ΠΑΓΚΡΑΤΙΟΝ ΠΑΙΔΩΝ.

Ἀμύντας Ἑλλανίκου Ἐφέσιος.
Pausanias VI. iv. 5: πλάςης δ' ἄλλος τῶν Ἀττικῶν, Πολυκλῆς,

---

[1] Brunn, Geschichte der Griech. Künstler, I. p. 394.
[2] Brunn, Geschichte der Griech. Künstler, I p. 142.
[3] Brunn, Geschichte der Griech. Künstler, I p. 391.

Σταδιέως μαθητής 'Αθηναίου, πεποίηκε παΐδα Έφέσιον παγκρατιας-ήν,
'Αμύνταν Έλλανίκου.
Puerorum pancratium adscitum est Olymp. CXLV, eaque Olympiade Phaedimus palmam tulit: quumque Diallus (q. v.) primus Ionum hoc certamine victoriam reportaverit, Amyntas non potest prius Olympiade CXLVII vicisse. Polycles igitur non maior est, quem Plinius Olympiadi CII adsignat, sed minor quem Olymp. CLVI floruisse tradit [1].

Δίαλλος Πόλλιδος Σμυρναίος.
Pausanias VI. XIII. 6: παρὰ δὲ τὸν τύραννον Δίαλλος ὁ Πόλλιδος ἀνάκειται, γένος μὲν Σμυρναίος, Ἰώνων δὲ πρῶτος λαβεῖν ἐν Ὀλυμπίᾳ Φησὶν οὗτος ὁ Δίαλλος παγκρατίου ςέφανον ἐν παισίν.
Non potest Dialli victoria multis Olympiadibus post adscitum Olymp. CXLV puerorum pancratium esse reportata, nam Amyntae Ephesii statua, eodem certamine post Diallum victoris, c. Olymp. CLVI facta est.

ΤΕΘΡΙΠΠΟΣ [2].

'Αλκμαίων Μεγακλέους 'Αθηναίος.
Herodotus VI. 125: Οἱ δὲ 'Αλκμεωνίδαι ἔσαν μὲν καὶ τὰ ἀνέκαθεν λαμπροὶ ἐν τῇσι 'Αθήνῃσι, ἀπὸ δὲ 'Αλκμέωνος καὶ αὖτις Μεγακλέος ἐγένοντο καὶ κάρτα λαμπροί. τοῦτο μὲν γὰρ 'Αλκμέων ὁ Μεγακλέος τοῖσι ἐκ Σαρδίων Λυδοῖσι παρὰ Κροίσου ἀπικνεομένοισι ἐπὶ τὸ χρηςήριον τὸ ἐν Δελφοῖσι [3] συμπρήκτωρ τε ἐγίνετο καὶ συνελάμβανε προθύμως · καί μιν Κροῖσος πυθόμενος τῶν Λυδῶν τῶν ἐς τὰ χρηςήρια Φοιτεόντων ἑωυτὸν εὖ ποιέειν μεταπέμπεται ἐς Σάρδις, ἀπικόμενον δὲ δωρέεται χρυσῷ τὸν ἂν δύνηται τῷ ἑωυτοῦ σώματι ἐξενείκασθαι ἐσάπαξ..... οὕτω μὲν ἐπλούτησε ἡ οἰκίη αὕτη μεγάλως, καὶ ὁ 'Αλκμέων οὗτος οὕτω τεθριπποτροφήσας Ὀλυμπιάδα ἀναιρέεται.

---
[1] Brunn, Geschichte der Griech. Künstler, I p. 537.
[2] Pausanias VI. x. 8, ubi agit de Cleosthene qui Olymp. LXVI curulem victoriam reportavit: τῶν δ' ἱπποτροφησάντων ἐν Ἕλλησι πρῶτος ἐς Ὀλυμπίαν εἰκόνα ἀνέθηκεν ὁ Κλεοσθένης οὗτος. Ergo ceteri omnes curuli certamine victores, quorum statuas Pausanias commemorat, post Olymp. LXVI vicerunt.
[3] Cf. Herodotus I. 46 sqq.

Isocrates *de big.* p. 551 Stephani: ἵππων ζεύγει πρῶτος Ἀλκμαίων τῶν πολιτῶν Ὀλυμπίασιν ἐνίκησεν.

Alcmaeonis ex Megacle filio nepos fuit Clisthenes legislator [1], eiusdemque ex eodem neptem duxit Pisistratus ex priore exsilio redux [2], i. e. Olymp. LVI, LVII aut LVIII [3]. Suspectum igitur est quod Herodotus narrat, Alcmaeonem opes suas debuisse Croeso, qui, quum annos XIV regnasset, victus a Cyro est Olymp. LVIII [4].

Ἀνάξανδρος Λάκων.

Pausanias VI. ι. 7: εἰσὶ δὲ Λακεδαιμόνιοι καὶ ἐφεξῆς ἀνακείμενοι τῇ Κυνίσκᾳ · ἵππων νῖκαι φεγόνασιν αὐτοῖς. Ἀνάξανδρος μὲν ἅρματι ἀνηγορεύθη πρῶτος [5] cet.

Ἄρατος Κλεινίου Σικυώνιος.

Pausanias VI. xii. 5: μετὰ δὲ τοῦ Ἱέρωνος τὰς εἰκόνας Ἀρεὺς ὁ Ἀκροτάτου Λακεδαιμονίων βασιλεὺς καὶ Ἄρατος ἕςηκεν ὁ Κλεινίου, καὶ αὖθις ἀναβεβηκὼς ἐςιν Ἀρεὺς ἵππον. ἀνάθημα δ᾽ ὁ μὲν Κορινθίων ὁ Ἄρατος, Ἀρεὺς δ᾽ Ἡλείων ἐςίν ..... Ἄρατος δὲ καὶ ἅρματι ἀνηγορεύθη νικῶν ἐν Ὀλυμπίᾳ.

Aratus primum praetor fuit viginti annos natus Olymp. CXXXII, 2, liberavit Corinthum in secunda praetura Olymp. CXXXIV, 2, obiit Olymp. CXLI, 4 [6].

---

[1] Herodotus V. 66, 67.
[2] Herodotus I. 60 sq.
[3] Veri simile est Pisistratum e priore exsilio rediisse Olymp. LVIII, 1; cf. Clinton, Fasti Hellenici, II p. 202 sq. ed. 2ae.
[4] Clinton, Fasti Hellenici, II p. 6 et 296 ed. 2ae.
Schultz coniecit famam Croeso tribuisse quod fecerat Alyattes.
[5] Vix est quod moneam falsos esse qui Pausaniae verba ita acceperunt, quasi Anaxander Lacedaemoniorum primus curulem victoriam reportarit. Euagoras v. c. Lacedaemonius caruli certamine tulit palmas multis Olympiadibus ante Anaxandrum. Hic enim post Olymp. LXVI vicerit necesse est (cf. Pausaniae locus laudatus p. 139 nota 2), illius victoriae ante Olymp. LXII reportatae sunt (vid. infra p. 142).
[6] Clinton, Fasti Hellenici, III p. 16, 22 et 44 ed. 2ae.
Plutarchus *Arat.* III narrat Aratum adolescentem πένταθλον ἀγωνίσασθαι καὶ ςεφάνων τυχεῖν, sed non addit in quibus ludis.

Ἀρκεσίλαος Λάκων δίς.

Pausanias VI. ιι. 2, ubi Lacedaemonios quosdam recenset curuli certamine victores: τῷ δ' Ἀρκεσιλάῳ καὶ Λίχᾳ τῷ παιδὶ, τῷ μὲν αὐτῶν γεγόνασι δύο Ὀλυμπικαὶ νῖκαι, Λίχας δέ cet.

De Lichae aetate constat; senex[1] enim curulem victoriam reportavit Olymp. XC.

Ἀρχέλαος Περδίκκου Μακεδών.

Solinus XIV, quo capite de Macedoniae regum successione agit: *idem Archelaus Pythicas et Olympicas palmas quadrigis adeptus, Graeco potius animo, quam regali, gloriam illam prae se tulit.*
Archelaus regnavit Olymp. XCI, 4—XCV, 2[2].

Ἀρχίδαμος Ἠλεῖος.
Pausanias loco laudato p. 125.

Γλαύκων Ἐτεοκλέους Ἀθηναῖος.
Pausanias VI. xvi. 9: καὶ ἅρμα ἀνδρὸς Ἀθηναίου Γλαύκωνος τοῦ Ἐτεοκλέους· ἀνηγορεύθη δ' ὁ Γλαύκων οὗτος ἐφ' ἅρματος τελείου δρόμῳ.

Δαμάρατος Ἀρίςωνος Λάκων.
Herodotus VI. 70 Damarati historiam sic concludit: οὕτω ἀπίκετο ἐς τὴν Ἀσίην Δημάρητος καὶ τοιαύτῃ χρησάμενος τύχῃ, ἄλλα τε Λακεδαιμονίοισι συχνὰ ἔργοισί τε καὶ γνώμῃσι ἀπολαμπρυνθείς, ἐν δὲ δὴ καὶ Ὀλυμπιάδα σφι ἀνελόμενος τεθρίππῳ προσέβαλε, μοῦνος τοῦτο πάντων δὴ τῶν γενομένων βασιλέων ἐν Σπάρτῃ ποιήσας.

Damaratus iam regnabat Olymp. LXVII; regno amisso in Asiam profectus est Olymp. LXXII[3].

Εὐαγόρας Λάκων τρὶς ἑξῆς.
Herodotus VI. 103 tradit Cimonem Stesagorae filium ter iisdem equis victoriam reportasse; deinde sic pergit: ἐποίησαν δὲ

---

[1] Cf. Xenophon loco laudato ad Olymp. XC p. 52 nota 8.
[2] Clinton, Fasti Hellenici, II p. 223 ed. 2ae.
[3] Clinton Fasti Hellenici, II p. 208 ed. 2ae.

καὶ ἄλλαι ἵπποι ἤδη τωὐτὸ τοῦτο Εὐαγόρεω Λάκωνος, πλέω δὲ τούτων οὐδαμαί.

Pausanias VI. x. 8: τῶν δ' ἱπποτροφησάντων ἐν Ἕλλησι πρῶτος ἐς Ὀλυμπίαν εἰκόνα ἀνέθηκεν ὁ Κλεοσθένης οὗτος (Olymp. LXVI). τὰ γὰρ Μιλτιάδου τοῦ Ἀθηναίου καὶ Εὐαγόρου τοῦ Λάκωνος ἀναθήματα, τοῦ μὲν ἅρματός ἐςιν, οὐ μὴν καὶ αὐτὸς ἐπὶ τῷ ἅρματι Εὐαγόρας, τὰ Μιλτιάδου δ' ὁποῖα ἐς Ὀλυμπίαν ἀνέθηκεν ἑτέρωθι δηλώσω τοῦ λόγου.
Quum Cimon vicerit Olymp. LXII—LXIV, sequitur Euagorae victorias antea esse reportatas, idque tribus continuis Olympiadibus, quum iisdem equis reportatae sint.

Θεόχρηςος Κυρηναῖος.
Pausanias loco statim laudando.

Θεόχρηςος Κυρηναῖος.
Pausanias VI. xii. 7: Θεόχρηςον δὲ Κυρηναῖον ἱπποτροφήσαντα κατὰ τὸ ἐπιχώριον τοῖς Λίβυσι καὶ αὐτόν τ' ἐν Ὀλυμπίᾳ καὶ ἔτι πρότερον τὸν ὁμώνυμόν τ' αὐτῷ καὶ τοῦ πατρὸς πατέρα[1], τούτους μὲν ἐνταῦθα ἵππων νίκας, ἐν δ' Ἰσθμῷ τοῦ Θεοχρήςου λαβεῖν τὸν πατέρα τὸ ἐπίγραμμα δηλοῖ τὸ ἐπὶ τῷ ἅρματι.

Καλλίας Ἀθηναῖος τρίς.
Scholiasta Aristophanis ad Nub. 64: ἐπεὶ καὶ Καλλίας ὁ δᾳδοῦχος ὁ ἐν τῇ ἱερᾷ ςολῇ προσελθὼν ἐπὶ τὴν μάχην εἰς Μαραθῶνα καὶ ἀριςεύσας κατὰ τῶν βαρβάρων τρὶς Ὀλύμπια νικήσας ἅρματι τὸν υἱὸν ἐκάλεσεν Ἱππόνικον.

Κλεισθένης Ἀριςωνύμου Σικυώνιος.
Herodotus VI. 126: Μετὰ δέ, γενεῇ δευτέρῃ ὕςερον[2], Κλεισθέ-

---

[1] Non intellexit haec verba Siebelis qui adnotat: *ergo avus, filius et nepos habuerunt nomen Theochresti.* Quid dicere voluerit Pausanias assecuti sunt Schubart et Walz (in sua editione, Vol. I p. LII sq.); *at*, inquiunt, *librariorum culpa non dixit; restituimus Pausaniae verba sic scribendo:* καὶ ἔτι πρότερον τὸν ὁμώνυμόν [τε] αὐτῷ τοῦ πατρὸς πατέρα — τούτους μὲν κτλ.; *τε utcunque possit defendi, melius tamen abest.* Mihi locus sanus videtur. Dicit Pausanias ante Theochrestum, teste epigrammate in ipsius curru, virum quendam vicisse qui Theochresto cognominis eiusque avus erat paternus.

[2] Errasse videntur qui ex his verbis collegerunt necessario integram aetatem

νης μιν ὁ Σικυῶνος τύραννος ἐξήειρε .... Κλεισθένεἳ γὰρ τῷ Ἀριϛωνύμου ..... γίνεται θυγάτηρ τῇ οὔνομα ἦν Ἀγαρίϛη. ταύτην ἠθέλησε Ἑλλήνων πάντων ἐξευρὼν τὸν ἄριϛον τούτῳ γυναῖκα προσθεῖναι. Ὀλυμπίων ὧν ἐόντων καὶ νικῶν ἐν αὐτοῖσι τεθρίππῳ ὁ Κλεισθένης κήρυγμα ἐποιήσατο, cet.

Nupsit Agariste Megacli Alcmaeonis filio; filiamque ex hoc matrimonio natam duxit Pisistratus Olymp. LVIII, 1 aut certe non multo prius [1].

Κρατισθένης Μνασέου Κυρηναῖος.
Pausanias VI. xviii. 1: ἔϛι δὲ καὶ τοῦ Κυρηναίου Κρατισθένους χαλκοῦν ἅρμα, καὶ Νίκη τ' ἐπιβέβηκε τοῦ ἅρματος καὶ αὐτὸς ὁ Κρατισθένης. δῆλα μὲν δὴ ὅτι ἵππων γέγονεν αὐτῷ νίκη · λέγεται δὲ καὶ ὡς Μνασέου τοῦ δρομέως, ἐπικληθέντος δ' ὑφ' Ἑλλήνων Λίβυος, εἴη παῖς ὁ Κρατισθένης. τὰ δ' ἀναθήματα αὐτῷ τὰ ἐς Ὀλυμπίαν ἐϛὶ τοῦ Ῥηγίνου Πυθαγόρου τέχνη.
Cf. ad Olymp. LXX p. 29 nota 4.

Κυνίσκα Ἀρχιδάμου Λάκαινα.
Pausanias III. viii. 1: ἐγένετο δ' Ἀρχιδάμῳ καὶ θυγάτηρ ὄνομα μὲν Κυνίσκα, φιλοτιμότατα δ' ἐς τὸν ἀγῶνα ἔσχε τὸν Ὀλυμπικόν, καὶ πρώτη θ' ἱπποτρόφησε γυναικῶν καὶ νίκην ἀνείλετο Ὀλυμπικὴν πρώτη.
Idem III. xv. 1: πρὸς δὲ τῷ Πλατανιϛᾷ καὶ Κυνίσκας ἐϛὶν ἡρῷον, θυγατρὸς Ἀρχιδάμου βασιλεύοντος Σπαρτιατῶν · πρώτη δ' ἱπποτρόφησε γυναικῶν καὶ Ὀλυμπίασι πρώτη νίκην ἀνείλετο ἅρματι.
Idem V. xii. 5: ἀναθήματα δ' ὁπόσα ἔνδον ἢ ἐν τῷ προνάῳ κεῖται, θρόνος ἐϛὶν Ἀριμνήϛου ..... καὶ ἵπποι Κυνίσκας χαλκοῖ, σημεῖα Ὀλυμπικῆς νίκης.
Idem VI. i. 6: ἐς δὴ τὴν Ἀρχιδάμου Κυνίσκαν, ἐς τὸ γένος τ' αὐτῆς καὶ ἐπὶ ταῖς Ὀλυμπικαῖς νίκαις, πρότερον ἔτι ἐδήλωσα ἐν τοῖς λόγοις οἳ ἐς τοὺς βασιλέας τοὺς Λακεδαιμονίων ἔχουσιν. πεποίηται δ' ἐν Ὀλυμπίᾳ παρὰ τὸν ἀνδριάντα τοῦ Τρωΐλου λίθου κρηπὶς καὶ ἅρμα

---

praeterlapsam esse inter ea quae cap. 125 Herodotus narravit (locum descripsi p. 139) et quae hoc. Significant enim *sequenti generatione*. Itaque fieri potest ut pauci tantum anni praeterierint inter Alcmaeonem a Croeso (Alyatte?) ditatum et Megaclis nuptias.
[1] Cf. supra p. 140.

ϑ' ἵππων καὶ ἀνὴρ ἡνίοχος καὶ αὐτῆς Κυνίσκας εἰκών, Ἀπελλοῦ τέχνη. γέγραπται δὲ καὶ ἐπίγραμμα τὰ ἐς τὴν Κυνίσκαν ἔχον [1].

Xenophon *Agesil.* IX. 6: ἐκεῖνό γε μὴν πῶς οὐ καλὸν καὶ μεγαλόγνωμον, τὸ αὐτὸν μὲν ἀνδρὸς ἔργοις καὶ κτήμασι κοσμεῖν τὸν ἑαυτοῦ οἶκον, κύνας τε πολλοὺς θηρευτὰς καὶ ἵππους πολεμιστηρίους τρέφοντα, Κυνίσκαν δ' ἀδελφὴν οὖσαν πεῖσαι ἁρματοτροφεῖν καὶ ἐπιδεῖξαι νικώσης αὐτῆς ὅτι τὸ θρέμμα τοῦτο οὐκ ἀνδραγαθίας ἀλλὰ πλούτου ἐπίδειγμά ἐστιν.

Plutarchus *Agesil.* XX: οὐ μὴν ἀλλ' ὁρῶν (ὁ Ἀγησίλαος) ἐνίους τῶν πολιτῶν ἀφ' ἱπποτροφίας δοκοῦντας εἶναί τινας καὶ μεγάλα φρονοῦντας ἔπεισε τὴν ἀδελφὴν Κυνίσκαν ἅρμα καθεῖσαν Ὀλυμπίασιν ἀγωνίσασθαι βουλόμενος ἐνδείξασθαι τοῖς Ἕλλησιν ὡς οὐδεμιᾶς ἐστιν ἀρετῆς ἀλλὰ πλούτου καὶ δαπάνης ἡ νίκη [2].

Agesilaus regnavit Olymp. XCV, 3—CIV, 4 [3].

Λάμπος Φιλιππήσιος.

Pausanias VI. iv. 10: πεποίηται δὲ παρὰ τὸν Εὐάνθην ἀνὴρ θ' ἱπποτρόφος καὶ τὸ ἅρμα, ἀναβεβηκυῖα δ' ἐπὶ τὸ ἅρμα παῖς παρθένος. ὄνομα μὲν Λάμπος τῷ ἀνδρί, πατρὶς δ' ἦν αὐτῷ νεωτάτη τῶν ἐν Μακεδονίᾳ πόλεων, καλουμένη δ' ἀπὸ τοῦ οἰκιστοῦ Φιλίππου τοῦ Ἀμύντου.

Λυκῖνος Λάκων.

Pausanias VI. ii. 2, ubi Spartanorum aliquot victorias curules recenset: Λυκῖνος δ' ἀγαγὼν ἐς Ὀλυμπίαν πώλους καὶ οὐ δοκιμασθέντος ἑνὸς ἐξ αὐτῶν, καθῆκεν ἐς τῶν ἵππων τὸν δρόμον τῶν τελείων τοὺς πώλους καὶ ἐνίκα δι' αὐτῶν · ἀνέθηκε δὲ καὶ ἀνδριάντας δύο ἐς Ὀλυμπίαν, Μύρωνος τοῦ Ἀθηναίου ποιήματα.

Equuleorum quadrigae adscitae sunt Olymp. XCIX: ergo non potest Lycini victoria ante hanc Olympiadem reportata esse. At Myrð floruit c. Olymp. LXXX sqq., et quamquam citra Olymp.

---

[1] Codices ἐπιγράμματα ἐς τὴν Κυνίσκαν ἔχοντα. Vindobonensis alter habet ἐπίγραμμα ἐς τὴν Κυνίσκαν ἔχοντα. Cf. Pausanias III. viii. 2.

[2] Eadem verba leguntur apud Plutarchum *Lacon. Apophthegm.* p. 212 ed, Londin., ubi pro εἰς ἅρμα καθίσασαν reponatur ἅρμα καθεῖσαν. Non solebant οἱ ἱπποτροφοῦντες ipsi ἡνιοχεῖν, quod si quis Cyniscam tamen fecisse putet, inspiciat Pausaniae locum laudatum e libro VI.

[3] Clinton, Fasti Hellenici. II p. 213 ed, 2ae.

XC vitam protraxisse possit, non potest tamen Lycini statuas Olympicas fecisse, si vera fama est Lycinum Olympiam venisse equuleorum quadrigis certaturum [1].

Μεγακλῆς 'Αθηναῖος.

Duo sunt huius nominis Alcmaeonidae qui feruntur Olympiae curuli certamine vicisse, Cylonis adversarius alter, alter Pisistrati aequalis; quam tamen famam adversari Pindari testimonio *unam* Olympicam victoriam Alcmaeonidarum genti tribuentis, monuit Boeckhius in Explicat. ad Pindari Pyth. VII, ubi de Alcmaeonidarum victoriis egit p. 300 sqq. Pindarus enim *Pyth.* VII (quo carmine alius Megaclis, qui aut Clisthenis legislatoris filius fuit aut fratris eius Hippocratis, victoriam Pythicam celebravit [2]) vs. 13 sqq.:

ἄγοντι δέ με πέντε μὲν Ἰσθμοῖ
νῖκαι, μία δ' ἐκπρεπής
Διὸς Ὀλυμπιάς,
δύο δ' ἀπὸ Κίρρας,
ὦ Μεγάκλεες, ὑμαί τε καὶ προγόνων.

Una haec Olympica Alcmaeonidarum victoria non potest alia esse quam Alcmaeonis, de qua vid. supra p. 139. Videndum igitur an testes de Megaclis utriusque victoriis Olympicis satis boni sint. Sunt autem hi.

Scholiasta Pindari ad Pyth. VII inscript., p. 391 Boeckhii: γέγραπται ἡ ᾠδὴ Μεγακλεῖ Ἀθηναίῳ ..... ἔςι δ' οὗτος οὐχ ὁ τὰ Ὀλύμπια νενικηκώς, ἀλλ' ἕτερος ..... τὴν γὰρ τεσσαρακοςὴν ἑβδόμην ἐκεῖνος Ὀλυμπιάδα ἀναγράφεται νενικηκώς.

Scholiasta Aristophanis ad Nub. 64: ὁ Ξάνθιππος Περικλέους ἦν πατήρ, ὃς ἦν τοῦ τῶν Ἀλκμαιωνιδῶν γένους. ἐσεμνύνετο δὲ τὸ γύναιον θείῳ Μεγακλεῖ τῷ νικήσαντι τρὶς Ὀλύμπια καὶ δι' ἱπποτροφίαν κατελθόντι ἐκ τῆς φυγῆς. ἐδίωξε γὰρ αὐτὸν ὁ Πεισίςρατος, ὃν καὶ μετεπέμψατο παραχωρήσαντα αὐτῷ τὸ τῆς νίκης κήρυγμα [3].

---

[1] Fugit haec difficultas Brunnium, Geschichte der Griech. Künstler, I p. 142, ubi Myronis aetatem definit.
[2] Vid. Boeckhius l. l. p. 303.
[3] Verba ἐδίωξε — κήρυγμα absunt a codice Ravennate et Veneto.

Corruptos testes esse quum Pindarus arguat, tres Boeckhius ad eos destruendos proposuit hypotheses:
1° *quod apud Schol. Aristoph. de hoc Megacle dicitur, τρίτον νικήσαντι 'Ολύμπια, ut Schol. id protulit falsum est: at Schol. habuit ab antiquiore scriptore, qui hoc ita pronunciaverat, non ut tres Megacles Olympicas victorias reportasse, sed ut post duas alias una Olympica potitus esse diceretur.*
2° *quod ad Pindari Scholiastam, numerus, ut solet in Scholiis vitiatus est: scribe* τὴν γὰρ πεντηκοστὴν ἑβδόμην ἐκεῖνος 'Ολυμπιάδα ἀναγράφεται νενικηκώς. *Ita constituta lectione Megaclis Archontis Olympica victoria, quae Olymp. 47. contigisse fertur, sublata est et in Megaclem Pisistrati aequalem translata; nempe eadem est quam Pisistrato Megacles dicitur gratificatus esse.*
3° intelligens Boeckhius fieri non posse ut Olymp. LVII Megacles Pisistrato victoriam eo consilio gratificatus sit, ut ab exsilio revocaretur, *de hac re*, inquit, *ita iudico, Megaclem postquam Pisistrato filiam collocaverat, nihil omisisse, quo sibi hunc devinciret, ut Pisistrati ope adversarios vinceret, quibuscum Megacles etiam sub Pisistrato certabat (Herodot.* I, 61.): *itaque Pisistrato Olympicam victoriam a sese paratam concessit Olymp.* 57, 1 ..... *sed grammaticus de frequentibus Alcmaeonidarum exiliis cogitans finxit, Megaclem, ut sibi reditum pararet, exulem Pisistrato esse victoriam gratificatum.*

Superest igitur una Megaclis Pisistrato aequalis victoria Olympica, sed, ita Boeckhius rationes concludit, *haec Pindaro non adversatur. In Olympionicarum catalogis a Megacle hanc victoriam partam esse merito docti notabant, quia id verum erat: Megacles tamen illam non sibi sed Pisistrato tribuerat, quod ipsum in Olympionicarum indicibus non omissum fuisse censeo: a Pindaro haec victoria tribui Alcmaeonidis non potuit, quum Pisistratus victor renunciatus et corona potitus esset.*

Si simplex est sigillum veri, vereor ut Boeckhii rationes probentur omnibus. Quod ad Megaclem Pisistrati aequalem, simplicior hypothesis haec est, Scholiastam Aristophanis errasse in nomine, et in Megaclem Alcmaeonidam transtulisse famam, quam audiverat aut legerat de Cimone Stesagorae filio [1]. De alterius

---

[1] Cf. **Herodotus** laudatus p. 24 nota 2.

Megaclis victoria non habeo quod facile probetur; nam quum Pindari Scholiasta non memoriter famam de ea referat, sed anagraphen quandam inspexerit (ἀναγράφεται νενικηκώς), non admodum verisimile est erratum esse in nomine; alioquin Olympias XLVII optime conveniret cum Alcmaeonis aetate. Forte Olymp. XLVII Megacles quidam vicit, Atheniensis quidem, sed ex alia gente, quem igitur Alcmaeonidam fuisse temere crediderit Scholiasta, nomine deceptus.

Μιλτιάδης Κυψέλου 'Αθηναῖος.
Cf. ad Olymp. LXII p. 24 nota 2 et p. 142.
Herodotus VI. 36, ubi historiam narrat coloniae Atticae Miltiade duce in Chersonesum Thracicam profectae: οὕτω δὴ Μιλτιάδης ὁ Κυψέλου, 'Ολύμπια ἀναραιρηκὼς πρότερον τούτων τεθρίππῳ, τότε παραλαβὼν 'Αθηναίων πάντα τὸν βουλόμενον μετέχειν τοῦ ςόλου ἔπλωε ἅμα τοῖσι Δολόγκοισι καὶ ἔσχε τὴν χώρην · καί μιν οἱ ἐπαγαγόμενοι τύραννον κατεςήσαντο.
Pausanias VI. xix. 6: κεῖνται δὲ καὶ ἄλλα ἐνταῦθα ἄξια ἐπιμνησθῆναι, μάχαιρα ἡ Πέλοπος χρυσοῦ τὴν λαβὴν πεποιημένη, καὶ εἰργασμένον ἐλέφαντος κέρας τὸ 'Αμαλθείας, ἀνάθημα Μιλτιάδου τοῦ Κίμωνος, ὃς τὴν ἀρχὴν ἔσχεν ἐν Χερρονήσῳ τῇ Θρακίᾳ πρῶτος τῆς οἰκίας ταύτης.
Pausaniam proclivi errore Miltiadem Cimonis filium et Miltiadem Cypseli filium confudisse, viderunt viri docti.
Miltiades in Chersonesum profectus est non multo post quam Pisistratus summa rerum erat potitus, itaque aut Olymp. LV aut paullo post [1].

Ξενάρχης Φιλανδρίδου Λάκων.
Pausanias loco laudato p. 124 sq.

Περίανδρος Κυψέλου Κορίνθιος.
Ephorus apud Diogenem Laertium I. vii. 2 (96): Ἔφορος ἱστορεῖ ὡς εὔξαιτο, εἰ νικήσειεν 'Ολύμπια τεθρίππῳ, χρυσοῦν ἀνδριάντα ἀναθεῖναι. νικήσας δὲ καὶ ἀπορῶν χρυσίου, κατά τινα ἑορτὴν ἐπιχώ-

---

[1] Grote, History of Greece, IV p. 118 ed. Americ.

ριον κεκοσμημένας ιδών τας γυναίκας, πάντα αφείλετο τον κόσμον,
και έπεμψε το ανάθημα.

Iure dubitatum est de Periandri victoria Olympica quum alias
alii scriptores tradant ponendae statuae aureae causas, aliique cum
Ephoro Periandro, alii Cypselo eam tribuant [1].

Πολυκλῆς Λάκων.
Pausanias VI. ι. 7, ubi Spartanos quosdam enumerat quibus
victoriae curules obtigere: Πολυκλῆς δ' επίκλησιν λαβών Πολύχαλκος
τεθρίππω μεν και ούτος εκράτησεν, ή δ' εικών επί τη χειρί έχει οι
τη δεξιά ταινίαν • παρά δ' αυτώ παιδία δύο το μεν τροχόν κατέχει,
το δ' αιτεί την ταινίαν. ενίκησε δ' ο Πολυκλῆς ίπποις, ως το επί-
γραμμα το επ' αυτώ λέγει, και Πυθοί και Ισθμοί τε και Νεμέα.

Πολυπείθης Καλλιτέλους Λάκων.
Pausanias loco laudato p. 110.

Τηλέμαχος Ηλείος.
Pausanias VI. xiii. 11: Ήλείοις δ' ανδράσιν Αγαθίνω τε τω
Θρασυβούλου και Τηλεμάχω, Τηλεμάχω μεν εφ' ίππων νίκη γέγονεν
η εικών, Αγαθίνον δ' ανέθεσαν Αχαιοί Πελληνείς.

Τίμων Ηλείος.
Pausanias VI. ιι. 8: εν δε τη Άλτει παρά τον του Τιμοσθένους
ανδριάντα ανάκειται Τίμων και ο παις του Τίμωνος Αίσυπος, παιδίον
εφ' ίππω καθήμενον. έςι γαρ δη και η νίκη τω παιδί ίππου κέλητος,
ο Τίμων δ' εφ' άρματι ανηγορεύθη. τω δε Τίμωνι ειργάσατο και τω
παιδί τας εικόνας Δαίδαλος Σικυώνιος, ος και επί τη Λακωνική νίκη
το εν τη Άλτει τρόπαιον εποίησεν Ηλείοις.
Daedalus floruit c. Olymp. XCV sqq. [2].
Idem VI. xii. 6: Τίμωνι δε τω Αισύπου [3] καθέντι ες Ολυμπίαν
ίππους, ανδρί Ηλείω cet. Quae sequuntur lacunosa sunt et misere

---

[1] Vid. Plato *Phaedr.* p. 236 B, Strabo VIII. iii. 30 p. 353 Casauboni, Aristoteles *Oeconom.* II p. 1346 Bekkeri, Pausanias V. ii. 3, Agaclytus et Didymus apud Photium et Suidam v. Κυψελιδών ανάθημα.

[2] Brunn, Geschichte der Griech. Künstler, I p. 278.

[3] Sic pro Αιγύπτου coniecit Krause.

corrupta; describitur autem currus in memoriam huius victoriae dicatus.

Dubium est an statua, quam capite II Pausanias commemorat, eiusdem Timonis sit, cuius capite XII currum describit. Si diversi sunt, ille avus fuerit, hic nepos.

.... Θηβαῖος.
Pindarus *Pyth.* XI (quo carmine celebratur Pythica victoria Thrasydaei Thebani) vs. 46 sq. inter victorias a Thrasydaei gente reportatas unam quoque Olympicam quadrigis partam recenset. Est igitur anonymi huius victoria Olympica ante Pythicam Thrasydaei reportata; verum haec quando obtigerit, ambigitur. Boeckhius[1] eam adsignat Olympiadi LXXV, 3, Rauchenstein[2] Olympiadi LXXIX, 3, Tycho Mommsen[3] Olympiadi LXXX, 3.

ΚΕΛΗΣ.

Αἴσυπος Τίμωνος (Ἠλεῖος?)
Vid. supra p. 148.

Ἐχεκρατίδας Θεσσαλός.
Plinius X. LXIII. 83 § 181: *vicisse Olympia praegnantem* (equam) *Echecratidis Thessali invenimus.*

Idem forte est ac Ἐχεκρατίδας ὁ Θεσσαλῶν βασιλεύς, cuius filium Oresten exsulantem Athenienses frustra restituere conati sunt paullo ante Periclis expeditionem contra Sicyonios[4], quam suscepit Olymp. LXXXI, 3[5].

Principibus Thessalis victorias circenses obtigisse testis est Theocritus *Idyll.* XVI. 46 sq.:

τιμᾶς δὲ καὶ ὠκέες ἔλλαχον ἵπποι,
οἵ σφισιν ἐξ ἱερῶν ϛεφανηφόροι ἤνθον ἀγώνων.

---

[1] In Explicat. ad Pind. Pyth. XI, p. 337.
[2] In Philologo I p. 193 sqq.
[3] De vita Pindari p. 62 sqq.
[4] Thucydides I. 111.
[5] Clinton, Fasti Hellenici, II p. 48 ed. 2ae.

Κλεογένης Σιληνοῦ Ἠλεῖος.
Pausanias VI. ι. 4: Κλεογένην δὲ Σιληνοῦ τὸ ἐπίγραμμα τὸ
ἐπ' αὐτῷ φησιν εἶναι τῶν ἐπιχωρίων, ἐκ δ' ἀγέλης αὐτὸν οἰκείας
ἵππῳ κρατῆσαι κέλητι.

Κρόκων Ἐρετριεύς.
Pausanias VI. xiv. 4: Νικασύλου δὲ τῆς εἰκόνος ἵππος τ' οὐ
μέγας ἕξεται χαλκοῦς, ὃν Κρόκων Ἐρετριεὺς ἀνέθηκεν ἀνελόμενος
κέλητι ἵππῳ ςέφανον.

Ξενόμβροτος Κῷος.
Pausanias loco laudato p. 135.
Quum Xenombroti et Xenodici statuae Olympicae eodem tempore
factae sint, sequitur victorias quoque Olympicas non longo intervallo
a se distare. Verisimile est Xenombrotum fuisse Xenodici patrem.
Philotimus Aegineta, qui teste Pausania statuam eius fabricatus
est, aliunde non est notus.

Πανταρκης Ἠλεῖος.
Pausanias VI. xv. 2: Παντάρκη δ' Ἠλεῖον Ἀχαιῶν ἀνάθημα
εἶναι τὸ ἐπίγραμμα τὸ ἐπ' αὐτῷ φησίν · εἰρήνην τε γὰρ Ἀχαιοῖς
ποιῆσαι καὶ Ἠλείοις αὐτὸν καὶ ὅσοι παρ' ἀμφοτέρων πολεμούντων
ἑαλώκεσαν ἄφεσιν καὶ τούτοις γενέσθαι δι' αὐτόν · οὗτος ἀνείλετο καὶ
κέλητι ἵππῳ νίκην ὁ Παντάρκης, καί οἱ καὶ τῆς νίκης ὑπόμνημά ἐςιν
ἐν Ὀλυμπίᾳ.
Videtur Pantarces ab Eleis missus fuisse in concilium quo bel-
lum sociale Achaeorum compositum est, Olymp. CXL, 3[1].

Φειδώλας Κορίνθιος.
Pausanias VI. xiii. 9: ἡ δ' ἵππος ἡ τοῦ Κορινθίου Φειδώλα
ὄνομα μέν, ὡς οἱ Κορίνθιοι μνημονεύουσιν, ἔχει Αὔρα, τὸν δ' ἀναβά-
την ἔτι ἀρχομένου τοῦ δρόμου συνέπεσεν ἀποβαλεῖν αὐτήν, καὶ οὐδέν
τι ἧσσον θέουσα ἐν κόσμῳ περί τε τὴν νύσσαν ἐπέςρεφε καὶ ἐπεὶ τῆς
σάλπιγγος ἤκουσεν ἐπετάχυνεν ἐς πλέον τὸν δρόμον, φθάνει τε δὴ ἐπὶ
τοὺς Ἑλλανοδίκας ἀφικομένη καὶ νικῶσα ἔγνω καὶ παύεται τοῦ δρό-
μου. Ἠλεῖοι δ' ἀνηγόρευσαν ἐπὶ τῇ νίκῃ τὸν Φειδώλαν καὶ ἀναθεῖναί
οἱ τὴν ἵππον ταύτην ἐφιᾶσιν.
Phidolae filii eodem certamine palmam tulerunt Olymp. LXVIII.

---

[1] Polybius V. 102—105.

ΣΤΝΩΡΙΣ.

Ἑρμοκράτης Ἀντιφῶντος Ἀθηναῖος.
Inscriptio Attica apud Rangabé, Antiq. Hellén. ou Répert. d'Inscr.
cet., n. 984 Vol. II p. 703: (Ἑ)ρμοκράτης Ἀντιφῶντος Κριωεὺς
ἀνέθηκε (ν)ικήσας Ὀλυμπίασιν ἵππων ξυνωρίδι.
» Le caractère des lettres indique le bon temps d' Athènes."
Rangabé.

Εὐρυλεωνὶς Λάκαινα.
Pausanias III. XVII. 6: πρὸς δὲ τῷ σκηνώματι ὀνομαζομένῳ
γυναικός ἐςιν εἰκών, Λακεδαιμόνιοι δὲ Εὐρυλεωνῖδα λέγουσιν εἶναι,
νίκην δ' ἵππων συνωρίδι ἀνείλετο Ὀλυμπικήν.
Euryleonis post Cyniscam vicerit necesse est; cf. testes laudati
p. 143.

ΑΠΗΝΗ.

Ἀναξίλας Κρητίνου Ῥηγῖνος.
Aristoteles in Rheginorum Republ. de hac victoria egit; unde
Heraclides Polit. XXV p. 21 Schneidewini: ἐτυράννησε δ' αὐτῶν
Ἀναξίλας Μεσσήνιος · καὶ νικήσας Ὀλύμπια ἡμιόνοις εἰςίασε τοὺς
Ἕλληνας. καί τις αὐτὸν ἐπέσκωψεν εἰπών · οὗτος τί ἂν ἐποίει νικήσας ἵπποις; ἐποίησε δὲ καὶ ἐπινίκιον Σιμωνίδης (in Bergkii Poet. Lyr.
Graec. p. 872 ed. 2ae):
Χαίρετ' ἀελλοπόδων θύγατρες ἵππων.
(καίτοι καὶ θυγατέρες ὄνων [1]) ἐγένοντο. Et Pollux V. 75: Ἀναξίλας
ὁ Ῥηγῖνος οὔσης, ὡς Ἀριςοτέλης φησίν, τῆς Σικελίας τέως ἀγόνου
λαγῶν, ὁ δ' εἰσαγαγών τε καὶ θρέψας, ὁμοῦ δὲ καὶ Ὀλύμπια νικήσας
ἀπήνῃ, τῷ νομίσματι τῶν Ῥηγίνων ἐνετύπωσεν ἀπήνην καὶ λαγών.
Idem Rhetor. III. 2 p. 1405 b Bekkeri: ὁ Σιμωνίδης, ὅτε μὲν
ἐδίδου μισθὸν ὀλίγον αὐτῷ ὁ νικήσας τοῖς ὀρεῦσιν, οὐκ ἤθελε ποιεῖν ὡς
δυσχεραίνων εἰς ἡμιόνους ποιεῖν, ἐπεὶ δ' ἱκανὸν ἔδωκεν, ἐποίησε·
Χαίρετ' ἀελλοπόδων θύγατρες ἵππων.
καίτοι καὶ τῶν ὄνων θυγατέρες ἦσαν.
Anaxilaus Cretinae filius fuit teste Herodoto VII. 165. Vixisse
eum regnante Dario et Xerxe Bentleius [2] et aliis argumentis de-

---

[1] Sic lacunam supplevit Schneidewin in Comment. ad h. l. p. 94.
[2] Resp. ad C. Boyl. p. 84 sqq. versionis Latinae.

monstravit, et hoc, quod Olympiae vicerit curru mulari, certamine adscito Olymp. LXX, abiecto Olymp. LXXXIV.

ΣΑΛΠΙΓΚΤΗΣ.

Δημοσθένης Μιλήσιος.
Crinagoras in Anthol. Graec. VI. 350:

Τυρσηνῆς κελάδημα διαπρύσιον σάλπιγγος
πολλάκι Πισαίων ςρηνὲς ὑπὲρ πεδίων
Φθεγξαμένης, ὃ πρὶν μὲν ἔχει χρόνος ἐν δυσὶ νίκαις.
εἰ δὲ σὺ καὶ τρισσοὺς ἤγαγες ἐς ςεφάνους,
ἀςὸς Μιλήτου Δημόσθενες, οὔποτε κώδων
χάλκεος ἤχησεν πλειοτέρῳ ςόματι.

Crinagoras Augusti aequalis fuit [1].

Ἡρόδωρος Μεγαρεύς.
Athenaeus X. 7 p. 414 Casauboni: Ἀμάραντος ὁ Ἀλεξανδρεὺς ἐν τοῖς περὶ σκηνῆς Ἡρόδωρόν φησι, τὸν Μεγαρέα σαλπιγκτήν, γενέσθαι τὸ μὲν μέγεθος πηχῶν τριῶν καὶ ἡμίσους, εἶναι δὲ τὰς πλευρὰς ἰσχυρόν. Et post pauca p. 415: Ἄργος γοῦν πολιορκοῦντος Δημητρίου τοῦ Ἀντιγόνου, οὐ δυναμένων τῶν ςρατιωτῶν τὴν ἑλέπολιν προσαγαγεῖν τοῖς τείχεσι διὰ τὸ βάρος, ταῖς δύο σάλπιγξι σημαίνων, ὑπὸ τῆς ἁδρότητος τοῦ ἤχου τοὺς ςρατιώτας ἠνάγκασε προθυμηθέντας προσαγαγεῖν τὴν μηχανήν. ἐνίκησε δὲ τὴν περίοδον δεκάκις, καὶ ἐδείπνει καθήμενος, ὡς ἱςορεῖ Νέςωρ ἐν τοῖς θεατρικοῖς ὑπομνήμασιν.

Pollux IV. 89: καὶ μὴν ὅ γε Μεγαρεὺς Ἡρόδωρος ὁπότε σαλπίζοι χαλεπὸν ἦν αὐτῷ πλησιάζειν πληττομένους διὰ μέγεθος πνεύματος · ἑπτακαίδεκα δὲ περιόδους ἀνείλετο τῶν ςεφανιτῶν ἀγώνων. ἦν δὲ μέγεθος μὲν τεττάρων πήχεων, cet. In sequentibus eandem historiam de Argorum obsidione tradit, quam Athenaeus.

Demetrius Poliorcetes Argos cepit Olymp. CXIX [2].

Λούκιος Κοσίννιος Γαϊανὸς Ἐφέσιος.
Inscriptio Ephesia, in Boeckhii Corp. Inscript. n. 2983 T. II p. 612, catalogum exhibet ministrorum sacris operantium; in his:
Λ. Κοσίννιος Γαϊανὸς ἱεροσαλπίκτης Ὀλυμπιονείκης.

---

[1] Clinton, Fasti Hellenici, III p. 554 ed. 2ᵃᵉ.
[2] Plutarchus *Demetr.* XXV; cf. Diodorus Siculus XX. 102 sq.

ΚΗΡΥΞ.

Ἀρχίας Εὐκλέους Ὑβλαῖος τρὶς ἐξῆς.

Pollux IV. 92: πρότερον δ' Ὀλυμπίασι τῶν ἐπιχωρίων κηρυττόντων, οἳ ταῖς ἱερουργίαις ὑποδιηκονοῦντο, πρῶτος τῶν ξένων ἠγωνίσατο τὰ Ὀλύμπια Ἀρχίας Ὑβλαῖος, καὶ τρεῖς Ὀλυμπιάδας ἐφεξῆς ἐνίκα. ἐνίκα δὲ καὶ Πυθοῖ, καὶ εἰκών τις ἦν αὐτῷ Πυθικὴ καὶ ἐπίγραμμα (Anthol. Graec. append. 372):

Ὑβλαίῳ κήρυκι τόδ' Ἀρχίᾳ Εὐκλέος υἱῷ
δέξαι ἄγαλμ' εὔφρων, Φοῖβ', ἐπ' ἀπημοσύνῃ,
ὃς τρὶς ἐκήρυξεν τὸν Ὀλυμπίᾳ αὐτὸς ἀγῶνα,
οὔθ' ὑπὸ σαλπίγγων, οὔτ' ἀναδείγματ' ἔχων.

INCERTO CERTAMINE.

Ἀγαθῖνος Θρασυβούλου Ἠλεῖος.
Pausanias, loco laudato p. 148, Agathini statuam Olympicam commemorat a Pellenensibus positam; dubium tamen an propter victoriam Olympicam.

Ἀθήναιος Ἀθηναῖος.
Inscriptio Eleusinia in Boeckhii Corp. Inscript. n. 406 T. I p. 450 designat (Ἀθ)ήναιον, τ(ὸν) καὶ Ἐπ(αφ)ρόδειτον, (Ἀ)θην(αῖ)ου περιοδο(νεί)κου υ(ἱό)ν, Φλυέα.
Videtur gymnico certamine vicisse viros.

Πόπλιος Αἴλιος Ἀλκανδρίδας Δαμοκρατίδα Λάκων δίς.
Inscriptio Spartana in Boeckhii Corp. Inscript. n. 1364a T. I. p. 663 designat Πο. Αἴλ. Ἀλκανδρίδαν Δαμοκρατίδα, ἀρχιερέα τοῦ Σεβαςοῦ, Φιλοκαίσαρα καὶ Φιλόπατριν, β' περιοδονείκην, cet.
Videatur ergo lucta palmas tulisse; quamquam hac aetate non valde mirarer Lacedaemonium pugilatu vel pancratio certantem.
Huius Alcandridae pater aut filius, P. Aelius Damocratidas Alcandridae filius, πλεισονείκης παράδοξος dicitur in *inscriptionibus Spartanis* in Boeckhii Corp. Inscript. n. 1363 et 1364b T. I p. 663 et in Rossii Inscript. Graec. ined. n. 13 (et 14) p. 8 fascic. I. Qui si Olympicam palmam tulisset, non fuisset hoc a tituli auctore omissum.

Διονυσόδωρος Θηβαίος.
Arrianus *Anab.* II. xv. 2: Alexander τοὺς πρέσβεις τῶν Ἑλλήνων οἳ πρὸς Δαρεῖον πρὸ τῆς μάχης (ad Issum, Olymp. CXI, 4 [1]) ἀφιγμένοι ἦσαν, ἐπεὶ καὶ τούτους ἑαλωκέναι ἔμαθε, παρ' αὐτὸν πέμπειν ἐκέλευσεν. ἦσαν δ' Εὐθυκλῆς μὲν Σπαρτιάτης, Θεσσαλίσκος δ' Ἰσμηνίου καὶ Διονυσόδωρος Ὀλυμπιονίκης Θηβαῖοι, cet. Post pauca § 4 Dionysodorum ab Alexandro dimissum narrat cum alias ob causas, tum ἐπὶ τῇ νίκῃ τῶν Ὀλυμπίων.

Εὐρυμένης Σάμιος.
Porphyrius *vit. Pythag.* 15: χρόνον δέ τινα αὐτοῦ (Sami) διατρίβων (ὁ Πυθαγόρας) Εὐρυμένους τοῦ Σαμίου ἀθλητοῦ ἐπεμελεῖτο, ὃς τῇ Πυθαγόρου σοφίᾳ, καίτοι σμικρὸς τὸ σῶμα ὤν, πολλῶν καὶ μεγάλων ἐκράτει καὶ ἐνίκα Ὀλυμπίασιν.
Fuerit igitur haec victoria aut pugilatu, aut lucta reportata, aut pancratio.
Eundem athletam commemorat **Favorinus** apud Diogenem Laertium VIII. ɪ. 12 (12); nulla tamen, quatenus eum Diogenes descripsit, Olympiae victoriae facta mentione.

Κλαύδιος Ἀπολλώνιος.
Inscriptio Romana in Boeckhii Corp. Inscript. n. 5910 T. III p. 782: ἡ ἱερὰ ξυστικὴ σύνοδος τῶν περὶ τὸν Ἡρακλέα ἀθλητῶν ἀνέςησαν ἐν τῇ βασιλίδι Ῥώμῃ μνήμης χάριν Κλ. Ῥοῦφον, τὸν καὶ Ἀπολλώνιον, Πεισαῖον, δὶς περίοδον, καὶ υἱὸν Κλ. Ἀπολλωνίου Ζμυρναίου, ὃς καὶ διάδοχος ἐγένετο τοῦ ἰδίου πατρός, καὶ αὐτοῦ περιόδου τελείου ἀνδρῶν τῆς ἀρχιερωσύνης τοῦ σύμπαντος ξυςοῦ · οὗτος δὲ ἐγένετο καὶ γένους ὑπατικῶν.
Synodus ista athletarum Romae degebat Hadriano et Antonino Pio imperantibus [2].

Κλαύδιος Ῥοῦφος, ὁ καὶ Ἀπολλώνιος, δίς.
Inscriptio Romana modo laudata.

Κοννᾶς.
Scholiasta Aristophanis ad Eq. 534 (ὥσπερ Κοννᾶς, ςέ-

---
[1] Clinton, Fasti Hellenici, II p. 152 ed. 2ᵃᵉ.
[2] Boeckhius ad Corp. Inscript. n. 5906 T. III p. 779 sq.

φανον μεν έχων αύον, δίψη δ' άπολωλώς): ὁ Κοννᾶς αὐλητὴς ἦν, ὃς
εἰς συμπόσια παρήει συνεχῶς ἐςεμμένος. οὗτος 'Ολυμπιονίκης γενό-
μενος και πολλάκις ςεφανωθείς, πενιχρὸς ἦν μηδὲν ἔχων ἀλλ.' ἢ τὸν
κότινον. ἐφ' οὗ Κρατῖνος εἶπεν·
  ἔσθιε καὶ σῇ γαςρὶ δίδου χάριν, ὄφρα σε λιμὸς
  ἐχθαίρῃ, Κοννᾶς δὲ πολυςέφανός σε φιλήσῃ.
Eadem Suidas v. Κοννᾶς.
At αὐλητῶν ἀγών Olympiae non habebatur. Forte σαλπιγκτὴν
vicit.

Λακράτης Λάκων.
Xenophon *Hellen.* II. ιv. 33 (ubi versatur in historia τῆς
ἀναρχίας τῆς πρὸ Εὐκλείδου): ἐνταῦθα δ' ἀποθνήσκει Χαίρων τε καὶ
Θίβραχος, ἄμφω πολεμάρχω, καὶ Λακράτης ὁ 'Ολυμπιονίκης καὶ
ἄλλοι οἱ τεθαμμένοι Λακεδαιμονίων πρὸ τῶν πυλῶν ἐν Κεραμεικῷ.

Λεώφρων (τεθρίππῳ?).
Athenaeus I. 5 p. 3 Casauboni: τὸ αὐτὸ (ἑςιᾶν πᾶσαν τὴν
πανήγυριν) ἐποίησε καὶ Λεώφρων 'Ολυμπίασιν, ἐπινίκιον γράψαντος
τοῦ Κείου Σιμωνίδου.
Suidas v. 'Αθήναιος Athenaeum descripsit.

Μελαγκόμας ἐκ Καρίας (πυγμήν?).
Dio Chrysostomus *Orat.* XXVIII et XXIX laudat Melanco-
mam pugilem, Olympionicae cognominis filium. *Orat.* XXVIII p.
534: καὶ τὸν πατέρα ἐνδοξότατον ὄντα, τὸν Μελαγκόμαν ἐκεῖνον τὸν
ἀπὸ τῆς Καρίας, ἄλλους τ' ἀγῶνας καὶ 'Ολυμπίασι νικήσαντα, οὐδέπω
ἀνὴρ ὢν ὑπερεβάλετο. *Orat.* XXIX p. 537: ὁ γὰρ πατὴρ αὐτοῦ τῶν
κατ' αὐτὸν διήνεγκε τοῖς καλλίςοις, εὐψυχίᾳ καὶ ῥώμῃ. δηλοῦσι
δ' αἱ νῖκαι ἃς ἐνίκησε καὶ 'Ολυμπίασι καὶ ἐν τοῖς ἄλλοις ἀγῶσιν.

Πλάτων 'Αρίςωνος 'Αθηναῖος (πάλην?).
Vit. Plat. p. 6 Westermanni in append. ad Diog. Laert. ed.
Didot: γυμναςῇ δ' 'Αρίςωνι ἐφοίτησεν · καὶ γὰρ καὶ τούτου πολλὴν
ἔθετο πρόνοιαν, ὡς καὶ δύο ἀγῶνας αὐτὸν νικῆσαι, 'Ολυμπιά τε καὶ
Νέμεα.
Quinimo, si huiusmodi testimoniis credendum est, περιοδονίκην
Platonem habebimus. Nam Apuleius *de dogm. Plat.* I. 2 Pythia
eum et Isthmia certasse tradit. Diogenes Laertius III. 5 (4):

ἐγυμνάσατο δὲ παρ' Ἀρίςωνι τῷ Ἀργείῳ παλαιςῇ ..... εἰσὶ δ' οἳ
καὶ παλαῖσαί φασιν αὐτὸν Ἰσθμοῖ, καθὰ καὶ Δικαίαρχος ἐν πρώτῳ περὶ
βίων, nulla facta Olympicae aut Nemaeae victoriae mentione.

Σεραπίων Σεραπίωνος Μάγνης ἀπὸ Σιπύλου.
Inscriptio Tralliana in Boeckhii Corp. Inscript. n. 2933 T. II
p. 589: ἐπιμεληθέντων Σεραπίωνος τοῦ Σεραπίωνος Μάγνητος ἀπὸ
Σιπύλου Ὀλυμπιονίκου καὶ Τιβ. Κλαυδίου Σπερχειοῦ.

Φάϋλλος (ὁπλίτην?).
Scholiasta Aristophanis ad Acharn. 214: Φαΰλλῳ] ὁ
Φάϋλλος δρομεὺς ἄριςος (¹Ὀλυμπιονίκης, ὁπλιτοδρόμος περιώνυμος, ὃν
ἐκάλουν ὁδόμετρον   ἦν δὲ καὶ πένταθλος.) ἐφ' οὗ καὶ ἐπίγραμμα
τοιόνδε·
    πέντ' ἐπὶ πεντήκοντα πόδας πήδησε Φάϋλλος,
    δίσκευσεν δ' ἑκατὸν πέντ' ἀπολειπομένων.
(ἐγένετο δὲ καὶ ἕτερος ἀθλητὴς ὀγδόην Ὀλυμπιάδα νικήσας, καὶ τρί-
τος λωποδύτης.)
Suidas v. Φάϋλλος eadem tradit.
Clarissimus quinquertio fuit Phayllus Crotoniata, in quem epi-
gramma laudatum a Scholiasta et a quo proverbium ὑπὲρ τὰ
ἐσκαμμένα πηδᾶν derivant lexicographi et paroemiographi. Hunc
quoque spectavit Aristophanes; sed is ab Herodoto, qui
VIII. 47 Pythicas eius victorias commemorat, Olympiae vicisse
non traditur; a Pausania X. ix. 1 Olympiae non vicisse traditur.
Si verum est alium eiusdem nominis athletam Olympiae (cursu
armato?) vicisse, corruptus tamen est numerus octonarius.

Φίλιππος Βουτακίδα Κροτωνιάτης.
Herodotus V. 47: συνέσπετο δὲ Δωριεῖ καὶ συναπέθανε Φίλιππος
ὁ Βουτακίδεω Κροτωνιήτης ἀνήρ, ... ἐών τε Ὀλυμπιονίκης καὶ
κάλλιςος Ἑλλήνων τῶν κατ' ἑωυτόν.
Dorieus cum suis periit c. Olymp. LXV [2].

---

[1] Uncis inclusa absunt a codice Ravennate.
[2] Clinton, Fasti Hellenici, II p. 207 ed. 2ae.

.... Ἀργεῖος.
Aristoteles *Rhetor.* I. 7 p. 1365a Bekkeri: ὅθεν καὶ τὸ ἐπίγραμμα τῷ Ὀλυμπιονίκῃ·
 πρόσθε μὲν ἀμφ' ὤμοισιν ἔχων τραχεῖαν ἄσιλλαν
 Ἰχθῦς ἐξ Ἄργους εἰς Τεγέαν ἔφερον.

.... Κροτωνιάτης.
Aelianus *Var. Hist.* IX. 31: ἀθλητὴς Κροτωνιάτης Ὀλυμπιονίκης ἀπιὼν πρὸς τοὺς Ἑλλανοδίκας ἵνα λάβῃ τὸν ςέφανον, ἐπίληπτος γενόμενος ἀπέθανε κατενεχθεὶς μετὰ τοῦ πτώματος.

.... Μεγαρεύς.
Inscriptio Megarica in Boeckhii Corp. Inscript. n. 1068 T. I p. 564 victorias enumerat ab athleta, cuius nomen periit, in variis ludis reportatas; in his: Ὀλύμπια ἐν Πείσῃ.
Inscriptio Hadriano imperatore recentior est [1].

---
[1] Boeckhius ad hanc inscript. p. 565.

ADDENDA ET CORRIGENDA.

P. 7.

Pro *δόλιχος* l. *δολιχός*. Idem vitium passim tollendum. Est enim *δολιχός* hoc sensu *adiectivum;* intelligitur *δρόμος*. Arcadius *de accent.* p. 85 Barkeri: τὰ εἰς χος ὑπερδισύλλαβα προπαροξύνεται, ςόμαχος, βάτραχος, σωτήριχος, δόλιχος τὸ ὅσπριον, δολιχός δ' ὁ μακρός. Anonymus *περὶ ποσότητος* p. 294 Crameri in Anecd. Graec. Oxon. vol. II: *δόλιχος τὸ ὅσπριον· τὸ γὰρ ἐπίθετον ὀξύνεται· οἶον δολιχὸς ὁ μακρός*. Falsus est Suidas: *Δόλιχος τὸ ὅσπριον καὶ τὸ ὄνομα τοῦ δρόμου προπαροξυτόνως, δολιχὸς δὲ τὸ ἐπίθετον, ὁ μακρός, ὀξυτόνως*, nam *δολιχὸς τὸ ὄνομα τοῦ δρόμου* est *ἐπίθετον*. Idem vitium corrigendum in Stephaniani Thesauri ed. Paris.

P. 28, nota 1.

Non tam confidenter Hermanni de Hippoclea Hippocleae, non Phriciae, filio sententiam probassem, si legissem ea quibus Tycho Mommsen Schmidii coniecturam defendit in Rhein. Mus. N. F. IV p. 547 sqq. Quamquam mihi quidem vir doctissimus non persuasit. Ipse enim, postquam p. 550 sqq. disquisivit de articuli cum nominibus propriis iuncti usu Pindarico, fatetur p. 553: *Man sieht nach allem Diesem, dasz die Lesart* τὸν Ἱπποκλέαν = *diesen unsern H., ihre Schwierigkeiten hat, obwohl man unter N°. 1 einige Analogien finden wird*. At sub N°. 1 duo tantum vere analoga exempla afferuntur: 1° Nem. II. 13 ἁ Σαλαμίς γε, de quo tamen loco ipse Mommsen p. 551: *wie sich dies zu V. 8.* ταῖς μεγάλαις ... Ἀθάναις *verhält, ist noch nicht klar;* 2° Nem. V. 44 ἁ Νεμέα μέν, de quo tamen loco ipse fatetur: *die Struktur ist da sehr unvollkommen*.

P. 36, nota 1.

De Theagene vid. quoque Dio Chrysostomus *Orat*. XXXI p. 617 sq.: Θεαγένης ἦν Θάσιος ἀθλητής· οὗτος ἐδόκει ῥώμῃ διενεγκεῖν τοὺς καθ' αὑτόν, καὶ δὴ σὺν ἑτέροις πολλοῖς καὶ τὸν Ὀλυμπίασι τρὶς εἴληφε ςέφανον.

Sed si Pausaniae fides, Theagenes tria quidem certamina ἀπεγράψατο (Olymp. LXXV pugilatum et pancration, Olymp. LXXVI solum pancration), sed duas tantummodo palmas tulit.

P. 37, nota 1.

Simonides in Anthol. Planud. I. 2, in Bergkii Poet. Lyr. Graec. p. 917 ed. 2ae:

γνῶθι Θεόγνητον προσιδών, τὸν 'Ολυμπιονίκαν
παῖδα, παλαισμοσύνας δεξιὸν ἡνίοχον,
κάλλιςον μὲν ἰδεῖν, ἀθλεῖν δ' οὐ χείρονα μορφῆς,
ὅς πατέρων ἀγαθῶν ἐςεφάνωσε πόλιν.

In his Θεόγνητον speciosa admodum Schneidewini coniectura est pro Θεόκριτον, quod vitiosum esse demonstrant numeri.

P. 38, nota 4.

Theronis nomen reponendum est apud Servium ad Virgil. Aeneid. III. 704, ubi editur: *quidam autem dicunt Heronem Agrigentinum, vel ut alii ferunt Dionysium tyrannum Siciliae equos ad agones Elidis Olympicos duxisse, et omnes vicisse.* Quae fama de Dionysio quam falsa sit, vide apud Diodorum Siculum XIV. 109.

P. 41, nota 2.

Superest basis statuae Athenis in Calliae memoriam positae, cum hac inscriptione:

Καλλία(ς Διδυμίου ἀνέθηκε,)
νικ(ήσα)ς
'Ολ(υμπ)ίασι,
Πύθια δίς,
Ἴσθμια πεντάκις,
Νέμεια τετράκις,
Παναθήναια μεγ(ά)λ(α).

Edidit inscriptionem Rangabé, Antiq. Hellén. ou Répert. d'Inscript. cet., n. 53 Vol. I p. 43, qui et lacunas supplevit. Versu primo post Διδυμίου nomen demi unde athleta oriundus erat periisse videtur.

P. 43, nota 2.

Pro Πεισίρροθος l. Πεισίρροδος. Cf. p. 135.

P. 91, nota 4.

Pugil quidam Alexandrinus, cui Heraclides nomen, commemoratur apud Plutarchum *Sympos.* I. 6 p. 624 ed. Londin.: ἐκ τούτου περὶ τῶν πολὺ πιόντων ἦν ὁ λόγος · ἐν οἷς καὶ τὸν πύκτην Ἡρακλείδην ἐτίθεσαν, ὃν Ἡρακλῆν Ἀλεξανδρεῖς ὑπεκορίζοντο, κατὰ τοὺς πατέρας ἡμῶν γενόμενον. Vehementer tamen dubito propter postrema verba num hic idem sit qui apud Pausaniam. Nam Heraclides Pausaniae victoriam Olympicam reportavit quatuor vel quinque decenniis post Plutarchi natales.

P. 132.

'Αντίπατρος Κλειτοπάτρου Μιλήσιος.

Pausanias VI. II. 6: παρὰ δὲ τοῦ Θρασυβούλου τὴν εἰκόνα Τιμοσθένης τ' Ἠλεῖος ἔςηκε ..... καὶ Μιλήσιος 'Αντίπατρος Κλεινοπάτρου παῖδας κατειργασμένος πύκτας. Συρακοσίων δ' ἄνδρες ἄγοντες ἐς 'Ολυμπίαν παρὰ Διονυσίου ϑυσίαν τὸν πατέρα τοῦ 'Αντιπάτρου χρήμασιν ἀναπείϑουσιν ἀναγορευϑῆναί οἱ τὸν παῖδα ἐκ Συρακουσῶν · 'Αντίπατρος δὲ (generosum puerum omisisse pudet) ἐν οὐδένι τοῦ τυράννου τὰ δῶρα ἡγούμενος ἀνεῖπεν αὑτὸν Μιλήσιον, καὶ ἀνέγραψε τῇ εἰκόνι ὡς γένος τ' εἴη Μιλήσιος καὶ 'Ιώνων ἀναϑείη πρῶτος ἐς 'Ολυμπίαν εἰκόνα . τούτου μὲν δὴ Πολύκλειτος τὸν ἀνδριάντα εἰργάσατο.

Est hic minor Polycletus, qui c. Olymp. XCV floruit (Brunn, Geschichte der Griech. Künstler, I p. 280 sq.), nam Dionysius tyrannide potitus est Olymp. XCIII, 3 (Clinton, Fasti Hellenici, II p. 82 ed. 2ae). Diodorus Siculus XIV. 109 memorat splendidam theoriam a Dionysio Olympiam missam, et repulsa quam ab Antipatro Dionysius tulit optime convenit cum vehementi odio quod teste Diodoro ea Olympiade Graeci manifestarunt; mirum igitur non est victoriam Antipatri a viris doctis eidem Olympiadi adsignatam esse, qua Dionysii theoriam tam male Graecum vulgus habuit. Diodorus eam rem narrat sub Olymp. XCVIII. Videndum an recte. Nam ex argumentis quibus adductus Grote (History of Greece, X p. 75 sq. XI p. 34 sqq. ed. Americ.) Olympiadi XCIX eam adsignavit, quaedam admodum gravia sunt.

Quod Antipater in titulo statuae gloriatur, ὡς 'Ιώνων πρῶτος ἀναϑείη ἐς 'Ολυμπίαν εἰκόνα, facit ad aetatem aliorum quorundam Olympionicarum quodammodo definiendam. Pyrilampes igitur (p. 108), Epitherses (p. 119), Herodotus (p. 127), Hermesianax (p. 129), Ageles (p. 131), Athenaeus (p. 132), et si quis alius ex Ionia oriundus statua Olympica ornatus est, omnes post Antipatrum palmam tulerunt.

P. 141.

Δημάδης Δημίου 'Αθηναῖος.

Suidas in voce: ἱπποτρόφει δὲ καὶ ἠγωνίζετο 'Ολυμπίασι καὶ ἐνίκα.

Demades senex interfectus est Olymp. CXV, 3 (Clinton, Fasti Hellenici, II p. 167 ed. 2ae).

INDEX OLYMPIONICARUM.

Numeri Romani indicant Olympiadem, Arabici paginam.

A

'Αγάθαρχος LXI.
'Αγαθίνος 153.
'Αγαθόπους CCXXXVIII sq.
'Αγαμήτωρ 131.
'Αγέλης 131. 160.
'Αγέμαχος CXLVII.
'Αγεύς CXIII.
'Αγήμων CLXXVII.
'Αγήνωρ 128.
'Αγήσαρχος 116.
'Αγησίας LXXVIII.
'Αγησίδαμος LXXIV.
'Αγησίστρατος 128.
'Αγιάδας 132.
"Αγις LII.
"Αγνων LIII.
'Αειθαλής CCXXXVI.
'Αθήναιος 132. 160.
'Αθήναιος 153.
'Αθηνόδωρος CCVII. CCVIII. CCX.
'Αθηράδας XX.

Π. Αἴλιος 'Αλκανδρίδας 153.
Αἴνητος 112.
Αἴσυπος 149.
Αἰσχίνης V.
Αἰσχίνης ὁ Γλαυκίας CXCIX.
Αἰσχίνης 112.
"Ακανθος XV.
'Ακεσίλαος ('Αρκεσίλαος) CXLVIII.
'Ακουσίλαος LXXXVI.
'Ακουσίλαος CLXV.
'Αλέξανδρος CCXLV.
'Αλεξίβιος 112.
'Αλεξίνικος 129.
'Αλησίας vid. 'Αμησινᾶς.
'Αλκαίνετος 117. 132.
'Αλκανδρίδας vid. Αἴλιος.
"Αλκετος 132.
'Αλκιβιάδης XCI.
'Αλκίδας CXXXIV.
'Αλκιμέδων LXXX.
"Αλκιμος CLIX.
'Αλκμαίων 139.
'Αμέρτας 129.

Άμησινᾶς ('Αλησίας) LXXX.
Άμμώνιος CXXXI.
Άμμώνιος vid. Έπίδχυρος.
Άμύντας 158.
Άνάξανδρος 140.
Άναξίλας 151.
Άναυχίδας 108. 129.
Άνδρέας CLXXIX.
Άνδροκλος ('Ανδροκλῆς) III.
Άνδρόμαχος CLXXX.
Άνδρομένης CXVIII. CXIX.
Άνδροσθένης XC. XCI.
Άνθεςίων CLXXXII.
Άνουβίων ('Ανουβί), ὁ καὶ Φειδούς CCXL.
Άνοχος LXV.
Άντήνωρ CXVIII.
Άντίγονος CXXII. CXXIII.
Άντικλῆς VIII.
Άντικλῆς CX.
Άντικράτης XLV.
Άντίμαχος II.
Άντίοχος XCV.
Άντίπατρος CLXI.
Άντίπατρος 160.
Άνώδωκος vid. Διόδωρος.
Άπελλαῖος LX.
Άπολλοφάνης CLXXVII.
Άπολλοφάνης ὁ καὶ Πάπης CCXVI.
Άπολλωνίδης CXVIII.
Άπολλώνιος CCIII.
Άπολλώνιος CCXVIII.
Άπολλώνιος vid. Κλαύδιος.
Άρατος 140.
Άρίςανδρος CLIII.
Άριςέας CXCVIII.
Άριςέας CCXXV.
Άριςείδης 125.
Άριςεύς 106.

Άριςίων 117.
Άριςόδαμος XCVIII.
Άριςόλοχος CIX.
Άριςόλοχος CLXXVII.
Άριςομένης CLVI.
Άριςοφῶν 122.
Άρίςων CLXXXV. CLXXXVII.
Άριςωνυμίδας CLXXVII.
Άρκεσίλαος LXXX.
Άρκεσίλαος 141.
Άρκεσίλαος vid. Άκεσίλαος.
Άρριχίων ('Αρραχίων) LII—LIV.
Άρτεμίδωρος CXCIII.
Άρτεμίδωρος CCXII.
Άρτεμίδωρος vid. Ίσίδωρος.
Άρυτάμας (Εὐρυδάμας?) XXXVI.
Άρχέδαμος 129.
Άρχέλαος 141.
Άρχίας 153.
Άρχίβιος vid. Φλαούιος.
Άρχίδαμος 141.
Άρχίλοχος LIX.
Άρχιππος 117.
Άσάμων 117.
Άσιατικός CXCVII.
Άσκληπιάδης CLXXXIX.
Άσκληπιάδης vid. Αὐρήλιος.
Άςυδάμας 122.
Άςύλος LXXIII—LXXV.
Άσώπιχος LXXVI.
Άττικός CCXXXII.
Άτυάνας CLXXVII.
Αὐρήλιος Ἕλιξ CCXLIX. CCL.
Μ. Αὐρήλιος Άσκληπιάδης, ὁ καὶ Ἑρμόδωρος CCXL.
Μ. Αὐρήλιος Δημήτριος 122.
Μ. Αὐρήλιος Δημόςρατος 125.
Αὐφίδιος CXC.
Άχιλλεύς CCXX.

B

Βαῦκις 108.
Βιλιςίχη vid. Φιλιςίχη.
Βοιωτός CLXIV.
Βοιωτῶν δημόσιον vid. Θηβαίων δῆμος.
Βούτας 132.
Βριμίας 118.
Βύκελος 132.

Γ

Γαϊανός vid. Κοσίννιος.
Γάϊος CLXXVII.
Γέλων XLIV.
Γέλων LXXIII.
Γερηνός 108.
Γλαυκίας XLVIII.
Γλαυκίας vid. Αἰσχίνης.
Γλαῦκος LXV.
Γλαύκων 141.
Γλύκων XLVIII.
Γνάθων 132.
Γόργος 105. 113. 125.
Γόργος 113.
Γρανιανός (Κρανaός) CCXXXI.
Γρύλλος (Εὐρύλας) CXII.
Γύγης XXXIII.

Δ

Δαϊκλῆς (Διοκλῆς) VII.
Δάϊππος XXVII.
Δαμάγητος LXXXVI.
Δαμάρατος 141.
Δαμάρετος LXV. LXVI.
Δαμάρετος 133.
Δάμαρχος (Δημαίνετος) 118.

Δαμασίας CXV.
Δαμασίας CCI.
Δαμάτριος 106. 126.
Δαμίσκος CIII.
Δαμόκριτος (Δαμοκράτης) CLII.
Δαμόκριτος 133.
Δαμοξενίδας 119.
Δαμόςρατος CLXXIV.
Δάμων CI. CII.
Δάμων CLXII.
Δάνδης (Δάνδις, Δάτης) LXXVII.
Δάσμων vid. Δέσμων.
Δάτης vid. Δάνδης.
Δεινόλοχος 126.
Δεινοσθένης (Δεινομένης, Δημοσθένης) CXVI.
Δέσμων (Δάσμων) XIV.
Δημάδης 160.
Δημαίνετος vid. Δάμαρχος.
Δημάρητος (Δημάρατος) CXCIV. CXCV.
Δημήτριος CXXXVIII.
Δημήτριος CCXXXIII.
Δημήτριος vid. Αὐρήλιος.
Δημοκράτης 109.
Δημόκριτος (Δημοκράτης) CLII.
Δημοσθένης 152.
Δημοσθένης vid. Δεινοσθένης.
Δημόςρατος vid. Αὐρήλιος.
Δημόςρατος vid. Δαμόςρατος.
Διαγόρας LXXIX.
Δίαλλος 139.
Δίδυμος CCXXX.
Δίκων XCVII. XCIX.
Διόγνητος LVIII.
Διόγνητος 119.
Διόδοτος CXCI.
Διόδωρος (Ἀνώδωκος) CLX.
Διοκλῆς XIII.

Διοκλῆς CLXXVIII.
Διοκλῆς vid. Δαϊκλῆς.
Διονύσιος ὁ Σαμευμύς CCXXVI.
CCXXVII.
Διονύσιος CCXXXII.
Διονύσιος CCLXII.
Διονυσόδωρος C.
Διονυσόδωρος 154.
Διόπομπος LXXXVI.
Διοφάνης CXCII.
Διοφάνης CXCVIII.
Δίων CLXXVI.
Διώξιππος CXI.
Δομεςικός vid. Οὔλπιος.
Δοῦρις vid. Σκαῖος.
Δρομεύς LXXIV. LXXV.
Δρομεύς LXXV.
Δωριεύς LXXXVII—LXXXIX.
Δωρόθεος CXLI.
Δωτάδας X.

E

Εἰκάσιος 129. 160.
Ἑκατόμνως (Ἑκάτομνος) CLXXVII.
Ἕλιξ vid. Αὐρήλιος.
Ἑλλάνικος LXXXIX.
Ἑλλάνικος CLXXVII.
Ἐμαυτίων 126.
Ἐμπεδοκλῆς LXXI.
Ἐξαίνετος (Ἐξάγεντος) XCI. XCII.
Ἐξαίνετος LXXI.
Ἐπαίνετος CLXXV.
Ἐπέραςος 125.
Ἐπίδαυρος, ὁ καὶ Ἀμμώνιος CCXXIX.
Ἐπιθέρσης 119. 160.
Ἐπικράδιος 133.
Ἐπινίκιος, ὁ καὶ Κυνᾶς CCXLVI.
Ἐπιτελίδας L.

Ἐπιχάρης 126.
Ἐρατοσθένης LI.
Ἐράτων CXXXV.
Ἐργοτέλης LXXVII. LXXVIII.
Ἑρμησιάναξ 129. 160.
Ἑρμογένης CCII.
Ἑρμογένης CCXV—CCXVII.
Ἑρμόδωρος vid. Αὐρήλιος.
Ἑρμοκράτης 151.
Ἐρυξίας LXII.
Ἑτοιμοκλῆς 109. 130.
Εὐαγόρας XCIII.
Εὐαγόρας 141.
Εὐαλκίδης 133.
Εὐάνθης 119.
Εὐανορίδας 130.
Εὔβατος vid. Εὐβώτας.
Εὐβουλίδας CCV.
Εὐβώτας (Εὔβατος) XCIII. CIV.
Εὐδαίμων CCXXXVII.
Εὔδαμος CLXXII.
Εὐθυμένης 109. 130.
Εὔθυμος LXXIV. LXXVI. LXXVII.
Εὐκλῆς 119.
Εὐπόλεμος (Εὔπολις) XCVI.
Εὔπωλος XCVIII.
Εὐρυβάτης (Εὐρύβοτος, Εὔρυβος) XXVII.
Εὐρύβατος XVIII.
Εὐρύβατος (Συβαριάδης) XCIX.
Εὔρυβος, Εὐρύβοτος vid. Εὐρυβάτης.
Εὐρυδάμας vid. Ἀρυτάμας.
Εὐρυκλείδας XXXVII.
Εὐρυκλῆς XLVII.
Εὐρύλας vid. Γρύλλος.
Εὐρυλεωνίς 151.
Εὐρυμένης 154.
Εὔςολός CCXXIII.
Εὐτελίδας XXXVIII.

Εὐφράνωρ vid. Σώφρων.
Ἐφάρμοςος LXXXI.
Ἐφουδίων (Ἐφωδίων, Ἐφωτίων)
LXXIX.
Ἐχεκρατίδας 149.

Z

Ζώπυρος CXL.

Θεόχρηςος 142.
Θεόχρηςος 142.
Θερσίας LXX.
Θερσίλοχος 133.
Θεσσαλός LXIX.
Θεωνᾶς, ὁ καὶ Σμάραγδος CCXXI.
Θηβαίων δῆμος (Λίχας) XC.
Θήρων LXXVI. 159.
Θυμηλός CLI.

H

Ἠλεῖοι ἐκ Δυσποντίου XXVII.
Ἡλιόδωρος CCXVIII.
Ἡλιόδωρος, ὁ καὶ Τρωσιδάμας CCXLVIII. CCXLIX.
Ἡρακλείδης CXLIV.
Ἡρακλείδης CCXVIII. 159.
Ἡράκλειτος CXLIII.
Ἡρᾶς CCXXXIV.
Ἡρᾶς 123.
Ἡρόδοτος 127. 160.
Ἡρόδωρος 152.
Ἥρων CCXLI.

Θ

Θάλπιος (Θάλπις) XXV.
Θεαγένης LXXV. LXXVI. 158.
Θέαντος XC.
Θεόγνητος (Θεόκριτος) LXXV. 159.
Θεόδοτος (Θεόδωρος) CCXIII.
Θεόδωρος CLXXXIII. CLXXXIV.
Θεόδωρος 113.
Θεόκριτος vid. Θεόγνητος.
Θεόπομπος LXXXVI.
Θεόπομπος 110.
Θεόπομπος 113.
Θεότιμος 135.

I

Ἰδαῖος ἢ Νικάτωρ CXXVI.
Ἱέρων LXXIII. LXXVII. LXXVIII.
Ἱερώνυμος LXXV.
Ἰκάριος (Ἴκαρος) XXIII.
Ἴκκος 113.
Ἰολαΐδας CXXXIX.
Ἱπποκλέας (Φρικίας) LXVIII. LXIX. 158.
Ἱπποκλέας LXXII. LXXIII. 158.
Ἱπποκράτης CXXXI.
Ἱππόμαχος 133.
Ἵππος 134.
Ἱπποσθένης XXXVII. XXXIX— XLIII.
Ἱππόςρατος LIV. LV.
Ἱππόςρατος CXLIX.
Ἰσαρίων CCXXIV.
Ἰσίδωρος CLXXVII.
Ἰσίδωρος, ὁ καὶ Ἀρτεμίδωρος CCXLIII. CCXLIV.
Ἰσόμαχος (Ἰσχόμαχος) LXVIII. LXIX.
Ἰσχυρός LXVI.

K

Κάλας CLXXVII.

Καλλίας LIV.
Καλλίας LXXVII. 159.
Καλλίας 142.
Καλλικλῆς CCIX.
Καλλικράτης 125.
Κάλλιππος CXII.
Κάλλιππος CLXXVII.
Καλλισθένης XXVI.
Κάλλιςος CCXXII.
Καλλιτέλης 110.
Κάλλων 134.
Κάπρος CXLII.
Κερᾶς CXX.
Κίμων LXII. LXIV.
Κλαύδιος Ἀπολλώνιος 154.
Κλαύδιος Ῥοῦφος, ὁ καὶ Ἀπολλώνιος 154.
Κλεάρετος 114.
Κλεινόμαχος 114.
Κλεισθένης 142.
Κλειτόμαχος CXLI. CXLII.
Κλειτόςρατος (Κλεόςρατος) CXLVII.
Κλεογένης 150.
Κλεόμαντις CXI.
Κλεόμαχος 120.
Κλεομήδης LXXI.
Κλεόξενος CXXXV.
Κλεοπτόλεμος XXIV.
Κλεοσθένης LXVI.
Κλεόςρατος vid. Κλειτόςρατος.
Κλέων XLIII.
Κλεώνδας XLI.
Κλητίας CLXXVII.
Κλίτων CXIII.
Κομαῖος XXXII.
Κοννᾶς 154.
Κορκίνας vid. Κροκίνας.
Κόροιβος I.
Λ. Κοσίννιος Ταϊανός 152.

Κρανκός vid. Γρανιανός.
Κραξίλλας vid. Κραυξίδας.
Κράτης XCVI.
Κράτης CXLII.
Κρατῖνος XXXII.
Κρατῖνος 130.
Κρατισθένης 143.
Κραυξίδας XXXIII.
Κρέων LX.
Κριάννιος 125.
Κρίσων (Κρίσσων) LXXXIII sqq.
Κριτόδαμος 134.
Κροκίνας (Κορκίνας) XCIV.
Κρόκων 150.
Κύλων XXXV.
Κυνᾶς vid. Ἐπινίκιος.
Κυνίσκα 143.
Κυνίσκος 134.

Λ

Λάβαξ 120.
Λάδας CXXV.
Λάδας 107.
Λάδρομος LVII.
Λακράτης 155.
Λάμαχος CLXXXI.
Λάμπις XVIII.
Λάμπος 144.
Λασθένης XCIV.
Λαςρατίδας 130.
Λεοντίσκος 110.
Λεοντίσκος 125.
Λεωνίδας CLIV—CLVII.
Λεώφρων 155.
Λεωχάρης XI.
Λίβυς LXX.
Λίχας vid. Θηβαίων δῆμος.
Λουκᾶς CCXXVIII.
Λύγδαμις XXXIII.

Λυκίνος XLIX.
Λυκίνος 127.
Λυκίνος 134.
Λυκίνος 144.
Λύκος LXXXII.
Λύκος 114.
Λυκώτας XLII.
Λύσιππος 150.

M

Μάγνος CCXLII.
Μαιανδρεύς CCLV.
Μαρίων CLXXXII.
Μεγακλῆς 145.
Μελαγκόμας 155.
Μενάλκης 114.
Μένανδρος LXIV.
Μενεπτόλεμος 127.
Μενεσθεύς CXXXVII.
Μένος XIX.
Μένων vid. Μίνως.
Μητρόβιος vid. Φλάβιος.
Μικίνας CXIV.
Μικίων CXLVI.
Μικρίνας (Σμικρίνας) CVII.
Μιλτιάδης 147.
Μίλων LX. LXII—LXVI.
Μίνως (Μένων) XCV.
Μνασέας LXX.
Μνασίβουλος CCXXXV.
Μόσχος CXLV.
Μύρων XXXIII.
Μῦς CXII.

N

Ναρυκίδας 111.
Νεολαΐδας (Νελαΐδας) 105, 125, 127.

Νεολαΐδας 134.
Νέρων CCXI.
Νικίςας vid. Νικέας.
Νίκανδρος 105.
Νικασύλος 111.
Νικάτωρ vid. Ἰδαῖος.
Νικέας (Νικίςας) LXX.
Νικόδαμος (Νικόδημος) CLXIX.
Νικοκλῆς 105, 107, 126.
Νικόμαχος CLXVIII.
Νικόςρατος CCIV.
Νικόςρατος 150.
Νικοφῶν 120.

Ξ

Ξενάρχης 147.
Ξενόδαμος CCXI.
Ξενόδικος 135.
Ξενοκλῆς (Ξενόδοκος) IX.
Ξενοκλῆς 131.
Ξενόμβροτος 150.
Ξενοφάνης CXXXII.
Ξενοφῶν LXXIX.
Ξενοφῶν 124.
Ξένων 127.

O

Οἰβώτας VI.
Ὀλυνθεύς XXXVIII. XL.
Ὀνησίκριτος CL.
Ὀνόμασος XXIII.
Ὀξύθεμις XII.
Ὄρθων CLVIII.
Ὄρσιππος XV.
Οὐαλέριος CCVI.
Οὐαραζδάτης CCXCI.
Οὔλπιος (Μάρκος) Δομεςικός 124.

Π

Παγώνδας XXV.
Παιάνιος CXLI.
Παμμένης CXCVI.
Παντακλῆς XXI. XXII.
Παντάρκης LXXXVI.
Παντάρκης 150.
Πάπης vid. 'Απολλοφάνης.
Παραβάλλων 106.
Παρμενίδης LXIII.
Παρμενίδης LXXVIII.
Παρμενίδης (Παρμενίων) CXVII.
Παρμενίσκος CLXXI. CLXXIII.
Παρμενίων vid. Παρμενίδης.
Πάταικος LXXI.
Παῦρος vid. Πῶρος.
Πεισίρροδος (Πεισίδωρος) 135.
Πεισίςρατος LXIII.
Περίανδρος 147.
Περιγένης CXXVII.
Πλάτων 155.
Πλούταρχος 120.
Πολέμων CC.
Πολίτης CCXII.
Πολυδάμας vid. Πουλυδάμας.
Πολυκλῆς CVIII.
Πολυκλῆς 148.
Πολύκτωρ CXCII.
Πολυμήςωρ XLVI.
Πολύμναςος LXXXI.
Πολυνείκης XXXVII.
Πολυπείθης 148.
Πολυχάρης IV.
Πουλυδάμας XCIII.
Πραξιδάμας LIX.
Προκλῆς 131.
Πρόμαχος XCIV.
Πρῶρος vid. Πῶρος.

Πρωτόλαος 136.
Πρωτοφάνης CLXXII.
Πυθαγόρας XVI.
Πυθαγόρας XLVIII.
Πυθαγόρας CXX. CXXI.
Πύθαρχος 127.
Πυθοκλῆς CXXXVI.
Πυθοκλῆς 114.
Πυθόςρατος CIII.
Πυριλάμπης 108. 160.
Πυρρίας CXLV.
Πύτταλος 136.
Πῶλος XVII.
Πῶρος (Παῦρος, Πρῶρος) CV. CVI.

Ρ

Ρηξίβιος LXI.
Ριψόλαος XXXIX.
Ρόδων CCXIII.
Ροῦφος vid. Κλαύδιος.

Σ

Σαμευμύς vid. Διονύσιος.
Σαραπάμμων CCXXVI.
Σαραπίων CCIV.
Σαραπίων CCXVII.
Σατορνῖνος (Σατόρνιλος) CCXLVII.
Σάτυρος 121.
Σελεάδας 111.
Σέλευκος CXXVIII.
Σεραπίων 156.
Σιμμίας CLXX.
Σιμύλος CXXXIII.
Σκαῖος (Δοῦρις) 136.
Σκαμάνδριος (Σκάμανδρος) LXXVI.
Σκάμανδρος CLXXXVI.
Σμάραγδος vid. Θεωνᾶς.

Σμικρίνας vid. Μικρίνας.
Σόφιος 128.
Στέφανος CCXIX.
Στόμας (Στόμος) XXXIV.
Στόμιος 115.
Στόμος vid. Στόμας.
Στράτων (Στρατόνικος) CLXXVIII.
CLXXIX.
Στράτων CCXIV.
Συβαριάδης vid. Εὐρύβατος.
Σύμμαχος LXXXVIII. LXXXIX.
Σύμμαχος 111.
Σφαῖρος XXXV.
Σφοδρίας CLXXVII.
Σωκράτης CCXXXII.
Σωκράτης vid. Σώςρατος.
Σωδάμας 128.
Σώπατρος CLXXXVIII.
Σωσιγένης CLXXVII.
Σώσιππος XCVIII.
Σώςρατος (Σωκράτης) LXXX.
Σώςρατος CIV—CVI.
Σωτάδης XCIX. C.
Σωτήριχος CLXXVII.
Σώφρων (Εὐφράνωρ) LXXXVII.

T

Ταυροσθένης 111.
Τελέςας 158.
Τέλλις XVIII.
Τέλλων 138.
Τεριναῖος XCVII.
Τηλέμαχος 148.
Τιβέριος CXCIX.
Τίμαιος XCVI.
Τιμάνθης 124.
Τιμασίθεος LXVI. LXVII.
Τιμασίθεος LXVII.

Τιμόδημος LXXVIII.
Τιμόθεος CLXIII.
Τιμοσθένης 128.
Τίμων 115.
Τίμων 148.
Τισάμενος LXXV.
Τίσανδρος LX—LXIII.
Τισικράτης LXXI. LXXII.
Τληπόλεμος CXXXI.
Τορύμμας (Τορύλλας, Τορύμβας) LXXX.
Τρύφων CCXI.
Τρώϊλος CII.
Τρωσιδάμας vid. Ἡλιόδωρος.
M. Τύλλιος 121.

Υ

Ὑπέρβιος XC.
Ὑπηνος (Ὑπήνιος) XIV.
Ὑσμων 115.
Ὑψικλῆς CLXXVII.

Φ

Φαίδιμος CXLV.
Φαῖδρος LVI.
Φανᾶς LXVII.
Φάνας 108.
Φάϋλλος 156.
Φειδούς vid. Ἀνουβίων.
Φειδώλας 150.
Φειδώλα παῖδες LXVIII.
Φερένικος 131.
Φερίας LXXIX.
Φιλάμμων CXII.
Φιλητᾶς (Φιλώτας) XLI.
Φιλίμβροτος vid. Φιλόμβροτος.
Φιλῖνος CXXIX. CXXX.

Φίλιππος CVI.
Φίλιππος 138.
Φίλιππος 156.
Φιλισίχη (Βιλισίχη) CXXIX.
Φίλλης 131.
Φιλόμβροτος (Φιλίμβροτος) XXVI
—XXVIII.
Φιλόμηλος CXXIV.
Φιλόςρατος CLXXVIII.
Φιλουμενός CCLXXXVIII.
Φίλων LXXII. LXXIII.
Φίλων 128.
Φιλώτας vid. Φιλητᾶς.
T. Φλάβιος Μητρόβιος CCXVII.
T. Φλαούιος 'Αρχίβιος CCXX.
CCXXI.
Φορμίων XCVII.
Φρικίας vid. Ἱπποκλέας.
Φρύνων XXXVI.

Φωκίδης CIV.

X

Χαιρέας 138.
Χαίρων CVI—CIX.
Χαρῖνος 106. 126.
Χαρμίδας 138.
Χάρμις XXVIII.
Χείλων CXII. CXIII.
Χείμων 112.
Χίονις XXVIII—XXXI.
Χοιρίλος 138.
Χρυσόγονος CLXVI. CLXVII.
Χρυσόμαχος XLVI.

Ψ

Ψαῦμις LXXXII.

THESES.

I.

Mendose editur apud Pollucem VIII. 89: δίκαι δὲ πρὸς αὐτὸν λαγχάνονται κακώσεως, παρανοίας, εἰς διαιτητῶν αἵρεσιν. Pollux dederat: εἰς δατητῶν αἵρεσιν.

II.

Ridicula scriptura est apud eundem VIII. 125: κατὰ μικρὸν δὲ κατεγελάσθη τὸ τῶν ἐφετῶν δικαστήριον. Pro κατεγελάσθη unice verum est κατελύθη.

III.

Misere corruptum est fragmentum Philippidae apud eundem IX. 30: ὅταν ἑξῆς παραγώγιον ἂν ἐκφέρῃς εἰσπράξομαι. Corrigendum est:

ὅταν ἐξίῃς
παραγώγιον ὧν ἂν ἐκφέρῃς εἰσπράξομαι.

Ibidem IX. 29 in Philonidae versu pro παναγεῖς γενεὰν πορνοτελῶναι Μεγαρεῖς rescribendum est: παναγὴς γενεά, πορνοτελῶναι, Μεγαρῆς.

IV.

Non est Graecum quod editur apud Pollucem IX. 79; ὁ δὲ νοῦμμος ..... ἐςὶν Ἑλληνικὸν τῶν ἐν Ἰταλίᾳ καὶ Σικελίᾳ Δωριέων. Scribendum est νόμος pro νοῦμμος et in fragmentis Epicharmi pro ἄρνες εὑρήσουσι δέ μοι καὶ νούμμους legendum est ἄρνες εὑρησοῦντί μοι δέκα νόμως, et in altero: πρίω μοι δέκα νόμων (pro νούμμων) μόσχον καλάν.

V.

In *Lexico Rhetorico*, quod cum Photio edidit Porsonus, in v. Ὀςρακισμοῦ τρόπος male editur: διαριθμηθέντων δὲ (τῶν ὀςράκων) ὅτε πλεῖςα γένοιτο καὶ μὴ ἐλάττω ἑξακισχιλίων τοῦτον ἔδει τὰ δίκαια δόντα καὶ λαβόντα ..... μεταςῆναι τῆς πόλεως ἔτη δέκα ..... μὴ ἐπιβαίνοντα ἐντὸς Πέρα τοῦ Εὐβοίας ἀκρωτηρίου. Legendum est ὅτῳ (pro ὅτε) πλεῖςα γένοιτο, et ἐντὸς Γεραιςοῦ τοῦ Εὐβοίας ἀκρωτηρίου.

VI.

Ibidem in v. Ἀργίας δίκη ubi editur: Δράκων ἦν ὁ θεὶς τὸν νόμον, αὖθις δὲ καὶ Σόλων ἐχρήσατο, θάνατον οὐχ ὁρίσας ὥσπερ ἐκεῖνος, ἀλλ' ἀτιμίαν, ἐάν τις ἁλῷ τίσαι· ἂν δ' ἅπαξ ζημιοῦσθαι δραχμὰς ἑκατόν, emendandum est: ἀτιμίαν ἐὰν τρὶς ἁλῷ τις· ἐὰν δ' ἅπαξ ζημιοῦσθαι δραχμαῖς ἑκατόν.

VII.

Apud Herodotum V. 22 Alexander non ἀγωνιζόμενος sed ἀγωνιεόμενος ςάδιον συνεξέπιπτε τῷ πρώτῳ.

VIII.

Ibidem VI. 127 non audiendus est Palmerius, qui (in Exercit. ad h. l.) post Φείδωνος δέ inseri iussit ἀπόγονος. Frustra quoque Falconeri coniecturam, apud Pausaniam VI. xxii. 2 pro Ὀλυμπιάδι μὲν τῇ η' reponentis 'Ολυμπιάδι μὲν τῇ κη', tueri conatus est Weissenborn (Hellen, Beitr. zur Griechischen Alterthumskunde p. 1 sqq).

IX.

Ferre non debebant editores in Herodoto interpretamenta qualia sunt I. 54 κατ' ἄνδρα δύο ςατῆρσι [ἕκαςον] χρυσοῦ, I. 63 μετεξέτεροι αὐτῶν [οἱ μὲν] πρὸς κύβους, οἱ δὲ πρὸς ὕπνον (cf. VII. 84, ubi in codicibus plerisque glossa ἔνιοι expulit Herodoti manum μετεξέτεροι), I. 141 αὐτοῦ [Κύρου] δεηθέντος, VI. 39 τοῦ πατρὸς [Κίμωνος] αὐτοῦ, VII. 4 συνήνεικε αὐτὸν [Δαρεῖον] ἀποθανέειν, VIII. 121 αὐτοῦ [ἐς Σαλαμῖνα].

X.

Apud eundem III. 10 pro ἐςρατοπεδεύετο legendum ἐςρατοπέδευτο.

XI.

Apud Thucydidem I. 3 in fine legendum: ἀλλὰ κατὰ ταύτην τὴν ςρατείαν..... ξυνῆλθον.

XII.

Ibidem I. 6: ἐν τοῖς πρῶτοι δ' 'Αθηναῖοι. Emendandum πρώτοις.

XIII.

Ibidem I. 80: πρότερον ταῖς ναυσίν; Reponendum πότερον.

XIV.

Ibidem II. 3: Φυλάξαντες ἔτι νύκτα καὶ αὐτὸ τὸ περίορθρον ἐχώρουν ἐκ τῶν οἰκιῶν ἐπ' αὐτούς, ὅπως μὴ κατὰ φῶς θαρσαλεωτέροις οὖσι προσφέρωνται. Igitur κατ' αὐτὸ τὸ περίορθρον ἐχώρουν ἐπ' αὐτούς. In praecedentibus non ῥᾳδίως κρατῆσαι Thucydides scripsit, sed ῥᾳδίως κρατήσειν aut ῥᾳδίως ἂν κρατῆσαι.

XV.

Ibidem II. 4: ἐσπίπτουσιν ἐς οἴκημα μέγα, ὃ ἦν τοῦ τείχους, καὶ αἱ πλήσιον θύραι ἀνεῳγμέναι ἦσαν αὐτοῦ. Transponendum: ὃ ἦν πλήσιον τοῦ τείχους καὶ αἱ θύραι cet.

XVI.

Vocabulum πρόσχημα olim in desuetudinem abiisse docent Lexicographi veteres. Photius v. c. πρόσχημα: προκάλυμμα. Hinc in Platonis *Protag.* p. 316 D verbis πρόσχημα πcιεῖσθαι adhaesit interpretamentum καὶ προκαλύπτεσθαι.

XVII.

Ibid. p. 315 C legendum: εἰ γάρ με τοῦτ' ἤρου, εἶπον ἂν ὅτι οὐ πάντες· τοὺς δ' ἀνδρείους ὡς θαρραλέοι εἰσι cet. deleta vocula οὐ.

XVIII.

Apud Plutarchum *Sol.* xv: οἱ δὲ πλεῖςοι πάντων ὁμοῦ φασι τῶν συμβολαίων γενέσθαι τὴν σεισάχθειαν καὶ τούτοις συνᾴδειν μᾶλλον τὰ ποιήματα. Reponendum συνᾴδει.

XIX.

Particula ἄν apud Atticos scriptores cum Praesenti, Futuro et Perfecto tempore non coniungitur, neque in Indicativo, neque in reliquis modis.

XX.

In Ciceronis orat. *pro Cluent.* XXX. 83 nomen proprium spurium est in his: *cur, cum in consilium mittebant, Stalenum, iudicem cui pecuniam dederant, non requirebant?* Et in his LXII. 176: *post mortem eius Sassia statim moliri nefaria mulier coepit insidias filio.*

XXI.

In eiusdem orat. *pro Caec.* interpretamentum irrepsit III. 8: *etiam si [praetor] is, qui iudicia dat*, cet. Et X. 27: *malum minaretur [hoc est mortem minaretur]*.

XXII.

Ibidem XVIII. 51: *quae iudicia aut stipulationes aut pacti et conventi formula non infirmari aut convelli potest, si ad verba rem deflectere velimus*, cet. Legendum: *quae iudicii aut stipulationis* cet.

XXIII.

In *Antoniana* altera XVI. 41 retinenda sunt verba *ne nomen quidem perscripsit*.

XXIV.

Ibid. XXXVIII. 98: *tantum queror, primum eorum reditus inquinatos esse, quorum causam Caesar dissimilem iudicarit.* Nihil opus est Camerarii coniectura *aequatos* pro *inquinatos*.

XXV.

Optimus quisque liber manuscriptus, veluti *Urbinas* Isocratis, prodest Isocrati, eo quod multis locis veram lectionem servat, sed imprimis prodest aliis scriptoribus, eo quod comparatus cum deterioribus eiusdem scriptoris codicibus docet qualia vitia eos scriptores inquinent, quorum solos deteriores codices possidemus.

XXVI.

Verbum *bruineren (brunir)* non significat *fuscum reddere*, sed *polire*. *Bruin* olim non tantum *fuscum* notabat, sed etiam *fulgens, splendens, micans*.

XXVII.

Adiectivum *tegenwoordig* non ducit originem a substantivo *woord*.

XXVIII.

Wallenstein minime insons fuit proditionis.

XXIX.

So gewisz wir annehmen müssen, dasz es realiter eine vielheit von Dingen, Stoffen, Kräften giebt, so gewisz müssen wir annehmen, dasz die Dinge auch an sich nach Kategorieen unterschieden sind. (ULRICI).

MAY 12 1993

Books on regular loan may be checked out...
must be presented at the Circulation Desk in order to...
A fine is charged after date due.
Special books are subject to special regulations at the discretion of
the library staff.